NI

Nikos Kazantza
l'île de Crète. I ... rsité
d'Athènes et vint ... uivit les cours de
Bergson qui l'influença profondément. Revenu en Grèce, il commença à publier ses premières œuvres poétiques et philosophiques. Il entreprit ensuite de longs voyages documentaires en Allemagne, Russie, Espagne, Égypte, Chine, Japon, etc. Les impressions de ces voyages ont, dès leur parution en grec, été considérées comme des chefs-d'œuvre du genre.

En 1945, il entra dans la vie politique grecque. Devenu président de l'Union ouvrière socialiste, il fut nommé ministre mais il démissionna bientôt pour reprendre en toute liberté son activité littéraire. En 1947, il vint en France où il dirigea quelque temps le bureau de la traduction des classiques de l'UNESCO, et finit par se fixer à Antibes en exil volontaire.

Il mourut en Allemagne en 1957.

Nikos Kazantzaki est une des figures les plus marquantes de la littérature contemporaine. De tous les écrivains grecs modernes, c'est celui dont l'œuvre a le plus grand rayonnement international. Son œuvre considérable embrasse tous les genres : l'essai philosophique, notamment des études sur Nietzsche et Bergson ; la poésie épique, illustrée par l'*Odyssée,* épopée de 33 000 vers qui commence là où finit celle d'Homère ; le roman, dont il faut citer *Alexis Zorba, la Liberté ou la Mort, le Christ recrucifié, la Dernière Tentation* parmi les plus célèbres. Enfin Nikos Kazantzaki a fait de nombreuses traductions en grec moderne du français, de l'espagnol, de l'anglais, de l'italien et de l'allemand. Les plus importantes sont la *la Divine Comédie* de Dante (en vers), *Faust* de Goethe (en vers), *Ainsi parlait Zarathoustra* de Nietzsche.

ALEXIS ZORBA

DU MÊME AUTEUR
DANS PRESSES POCKET

LE CHRIST RECRUCIFIÉ
LES FRÈRES ENNEMIS
LA LIBERTÉ OU LA MORT
LA DERNIÈRE TENTATION
LETTRE AU GRECO
LE PAUVRE D'ASSISE

NIKOS KAZANTZAKI

ALEXIS ZORBA

Roman

PLON

Traduit du grec par Yvonne Gauthier
avec la collaboration de
Gisèle Prassinos et Pierre Fridas

ISBN 2-266-02311-X

A MON AMI
JEAN HERBERT

1

JE le rencontrai pour la première fois au Pirée. J'étais descendu au port prendre le bateau pour la Crète. Le jour allait se lever. Il pleuvait. Un fort sirocco soufflait et les éclaboussures des vagues arrivaient jusqu'au petit café. Les portes vitrées étaient closes, l'air sentait le relent humain et l'infusion de sauge. Dehors, il faisait froid et le brouillard des haleines embuait les carreaux. Cinq ou six matelots qui avaient veillé toute la nuit, emmitouflés dans leurs vareuses brunes, en poil de chèvre, buvaient du café ou de la sauge et regardaient la mer à travers les vitres ternies. Les poissons étourdis par les coups de la mer démontée avaient trouvé un refuge dans les eaux tranquilles des profondeurs ; ils attendaient que, là-haut, le calme revienne. Les pêcheurs empilés dans les cafés attendaient eux aussi la fin de la bourrasque et que les poissons, rassurés, remontent à la surface mordre à l'appât. Les soles, les rascasses, les raies revenaient de leurs expéditions nocturnes. Le jour se levait.

La porte vitrée s'ouvrit ; un docker courtaud et tanné, tête nue, pieds nus, tout crotté, entra.

— Holà ! Kostandi, cria un vieux loup de mer en houppelande bleu horizon, qu'est-ce que tu deviens, vieux ?

Kostandi cracha.

— Qu'est-ce que tu veux que je devienne ? répondit-il, bourru. Bonjour, bistrot, bonsoir, la maison. Bonjour, bistrot, bonsoir, la maison ! voilà ma vie. Travail nib !

Quelques-uns se mirent à rire, d'autres hochèrent la tête en jurant.

— Le monde, c'est la prison à vie, dit un moustachu qui avait fait ses études de philosophie chez Karagheuz (1), oui, la prison à vie, maudit soit-il.

Une douce lueur bleu-vert baigna les vitres sales, entra dans le café, s'accrocha à des mains, des nez, des fronts, et, sautant sur la cheminée, alluma les bouteilles. Les lumières électriques faiblirent et le cafetier, somnolent après cette nuit blanche, avança la main et éteignit.

Un instant de silence. Tous les yeux se levèrent et regardèrent au-dehors le jour boueux. On entendit les vagues qui se brisaient en mugissant et, dans le café, le gargouillis de quelques narguilés.

Le vieux loup de mer soupira :

— Dites donc ! Qu'est-ce qu'il peut bien devenir le capitaine Lémoni ? Dieu lui vienne en aide !

Il lança un regard farouche vers la mer.

— Hou ! maudite faiseuse de veuves ! hurla-t-il, et il mordit sa moustache grise.

J'étais assis dans un coin, j'avais froid, je commandai une deuxième sauge. J'avais envie de dormir. Je luttais contre le sommeil, contre la fatigue et contre la désolation du petit jour. Je regardais à travers les vitres embuées le port qui s'éveillait et hurlait de toutes les sirènes des navires, des cris des charretiers et des bateliers. Et à force de regarder, un filet secret fait de mer, de pluie et de départ m'entortilla le cœur de ses mailles serrées.

J'avais les yeux rivés sur la proue noire d'un grand bateau ; toute la coque était encore noyée dans la nuit. Il pleuvait et je voyais les fils de pluie relier le ciel à la boue.

Je regardais le bateau noir, les ombres, la pluie et ma tristesse prenait corps. Les souvenirs remontaient. Dans l'air mouillé se précisait, composé de pluie et de regrets, le visage de l'ami bien-aimé. Était-ce l'an dernier ? Dans une autre vie ? Hier ? Quand étais-je donc descendu dans ce même port pour lui faire mes adieux ? La pluie encore, ce

(1) Le Guignol grec

matin-là, je m'en souviens, et le froid, et le petit jour. Cette fois-là aussi j'avais le cœur lourd.

Se séparer lentement des êtres aimés, quelle amertume ! Mieux vaut trancher dans le vif, et retrouver la solitude, climat naturel de l'homme. Pourtant, dans ce petit jour pluvieux, je ne pouvais me détacher de mon ami. (Plus tard, j'ai compris, trop tard hélas ! pourquoi.) J'étais monté avec lui sur le bateau et j'étais assis dans sa cabine, au milieu des valises éparses. Je le regardais longuement avec insistance, quand son attention se fixait ailleurs, comme si je voulais, un à un, noter ses traits dans ma mémoire — ses yeux lumineux d'un bleu-vert, son jeune visage plein, son expression fine et dédaigneuse et, par-dessus tout, ses mains aristocratiques aux longs doigts effilés.

Un instant, il surprit mon regard glissant sur lui, avide et lent. Il se retourna avec cet air moqueur qu'il prenait quand il voulait cacher son émotion. Il me regarda. Il comprit. Et pour distraire notre tristesse :

— Jusqu'à quand ? me demanda-t-il, souriant, ironique.

— Quoi : jusqu'à quand ?

— ... Continueras-tu à mâchonner du papier et à te barbouiller d'encre ? Viens avec moi, cher maître. Là-bas, dans le Caucase, des milliers d'hommes de notre race sont en danger. Allons les sauver.

Il se mit à rire comme pour railler son noble dessein.

— Possible que nous ne les sauvions pas, ajouta-t-il. Mais nous nous sauverons nous-mêmes en nous efforçant de sauver les autres. N'est-ce pas ce que tu prêches, mon maître ? « La seule façon de te sauver toi-même, c'est de lutter pour sauver les autres... » Alors, en avant, maître, toi qui prêchais si bien. Viens !

Je ne répondis pas. Terre sacrée de l'Orient, mère des dieux, hautes montagnes où retentit la clameur de Prométhée. Clouée comme lui à ces mêmes rochers, notre race appelait. Elle était encore une fois en péril et appelait ses fils à son secours. Et moi je l'écoutais, passif, comme si la douleur n'était qu'un rêve et la vie une tragédie captivante où c'est faire preuve de grossièreté et d'ingénuité que de se précipiter sur la scène et de prendre part à l'action.

Sans attendre de réponse, mon ami se leva. Le bateau sifflait maintenant pour la troisième fois. Il me tendit la main, cacha de nouveau son émotion sous la raillerie.

— Au revoir, souris papivore ! dit-il.

Sa voix tremblait. Il savait qu'il est honteux de ne pouvoir dominer son cœur. Larmes, mots tendres, gestes désordonnés, familiarités populaires, tout cela lui semblait des faiblesses indignes de l'homme. Jamais, nous qui nous aimions tant, nous n'avions échangé une parole affectueuse. Nous jouions et nous nous égratignions comme des fauves. Lui, l'homme fin, ironique, policé. Moi, le barbare. Lui, se maîtrisant, épuisant avec aisance toutes les manifestations de son âme dans un sourire. Moi, brusque, éclatant d'un rire déplacé et sauvage.

J'essayai, moi aussi, de camoufler mon trouble sous une parole dure, mais j'eus honte. Non, ce n'est pas que j'eus honte, mais je n'y parvins pas. Je serrai sa main. Je la tenais, je ne la lâchais pas. Il me regarda, étonné.

— Ému, fit-il en ébauchant un sourire.

— Oui, lui répondis-je calmement.

— Pourquoi ? Qu'avions-nous décidé ? Depuis des années ne nous étions-nous pas mis d'accord ? Que disent les Japonais que tu aimes tant ? « Foudoshin ! » Placidité, quiétude, le visage : un masque souriant et immobile. Ce qui se passe derrière le masque, ça, c'est notre affaire.

— Oui, répondis-je de nouveau, m'efforçant de ne pas me compromettre en me lançant dans une longue phrase. Je n'étais pas sûr de pouvoir empêcher ma voix de trembler.

Le gong retentit à bord, chassant, de cabine en cabine les visiteurs. Il pleuvait doucement. L'air s'emplit de pathétiques paroles d'adieu, de serments, de baisers prolongés, de recommandations hâtives et haletantes. La mère se précipitait sur son fils, la femme sur son mari, l'ami sur son ami. Comme s'ils se quittaient pour toujours. Comme si cette petite séparation leur rappelait l'autre, la Grande. Et le son si doux du gong retentit soudain, de la poupe à la proue, dans l'air humide, comme une cloche funèbre. Je frissonnai.

Mon ami se pencha.

— Écoute, dit-il à voix basse, aurais-tu un mauvais pressentiment ?

— Oui, répondis-je encore.

— Tu crois à de telles sornettes ?

— Non, répondis-je avec assurance.

— Alors ?

Il n'y avait pas d'« alors ». Je ne croyais pas, mais j'avais peur.

Mon ami posa légèrement sa main gauche sur mon genou, comme il avait coutume de le faire au moment le plus cordial de nos discussions. Je le poussais à prendre quelque décision, il résistait, refusait, pour céder finalement, et alors il me touchait le genou, comme pour me dire : « Je ferai ce que tu veux, par amitié... »

Ses paupières battirent deux ou trois fois. Il me fixa de nouveau. Il comprit que j'étais affligé et hésita à employer nos armes préférées : le rire, le sourire, la raillerie...

— Bien, dit-il. Donne ta main. Si l'un de nous deux se trouvait en danger de mort...

Il s'arrêta, comme s'il avait honte. Nous qui, depuis des années, raillions ces « raids » métaphysiques et mettions dans le même sac : végétariens, spirites, théosophes et ectoplasmes...

— Alors ? demandai-je, m'efforçant de deviner.

— Prenons-le comme un jeu, veux-tu ? dit-il précipitamment, pour sortir de la périlleuse phrase où il s'était embarqué. Si l'un de nous deux se trouvait en danger de mort, qu'il pense à l'autre assez intensément pour l'avertir, où qu'il se trouve... D'accord ?

Il essaya de rire, mais ses lèvres, comme gelées, ne remuèrent pas.

— D'accord, dis-je.

Mon ami, craignant d'avoir trop manifesté son trouble, s'empressa d'ajouter :

— Je ne crois pas du tout, bien sûr, à de telles communications aériennes des âmes...

— Ça ne fait rien, murmurai-je. Soit...

— Eh bien ! alors, soit. Jouons. D'accord ?

— D'accord, répondis-je de nouveau.

Ce furent là nos dernières paroles. Nous nous serrâmes la main sans rien dire, nos doigts se joignirent, ardents, se séparèrent brusquement et je partis d'un pas rapide sans me retourner, comme si on me poursuivait. J'eus un mouvement pour tourner la tête et voir mon ami une dernière fois, mais je me retins. « Ne te retourne pas ! m'ordonnai-je, marche ! »

L'âme humaine, embourbée dans la chair, est encore à l'état brut, imparfaite. Elle est incapable, avec ses facultés insuffisamment développées, de pressentir d'une manière claire et sûre. Si elle en était capable, combien différente eût été cette séparation.

Il faisait de plus en plus clair. Les deux matinées se confondaient. Le visage aimé de mon ami, je le voyais plus nettement maintenant, resté sous la pluie, immobile, désolé, dans l'air du port. La porte du café s'ouvrit, la mer mugit, un matelot entra, courtaud, les jambes écartées, avec des moustaches pendantes. Des voix retentirent, joyeuses :

— Salut, capitaine Lémoni !

Je me rencoignai, m'efforçant de me concentrer de nouveau. Mais le visage de mon ami s'était déjà dissous dans la pluie.

La lumière augmentait, le capitaine Lémoni sortit son chapelet d'ambre et se mit à l'égrener, bourru et taciturne. Je luttais pour ne pas voir, ne pas entendre et pour retenir encore un peu la vision qui se dissipait. Revivre encore la colère qui m'envahit alors, colère mêlée de honte, quand mon ami m'avait appelé « souris papivore ». Depuis, je m'en souviens, dans ce mot s'est incarné tout mon dégoût pour l'existence que je menais. Moi qui aimais tant la vie, comment m'étais-je laissé empêtrer, depuis si longtemps, dans ce fatras de bouquins et de papiers noircis ! En ce jour de séparation, mon ami m'aida à voir clair. J'en fus soulagé. Connaissant désormais le nom de ma misère, j'allais pouvoir, peut-être, la vaincre plus aisément. Elle n'était plus éparse et incorporelle ; elle était entrée dans le mot, elle avait pris corps et il me devenait facile de lutter avec elle.

Cette parole avait sûrement cheminée en moi, sans bruit, et j'avais depuis lors cherché un prétexte pour abandonner les paperasses et me jeter dans l'action. Il me répugnait d'avoir dans mon blason ce misérable rongeur. Et voilà qu'un mois auparavant, j'avais trouvé l'occasion souhaitée. J'avais loué sur un rivage crétois, du côté de la mer de Libye, une vieille mine de lignite abandonnée et je m'en allais maintenant vivre avec des hommes simples, des ouvriers, des paysans, loin de l'espèce des souris papivores.

Je fis mes préparatifs de départ, très ému, comme si ce voyage avait quelque sens caché. J'avais décidé de changer de vie. « Jusqu'à présent, mon âme, disais-je, tu ne voyais que l'ombre et tu t'en réjouissais ; maintenant je te conduis à la chair. »

J'étais enfin prêt. La veille de mon départ, en fouillant dans mes papiers, je trouvai un manuscrit inachevé. Je le pris et le regardai, hésitant. Depuis deux ans, dans le tréfonds de moi-même, frémissait un grand désir, une semence : Bouddha. Je le sentais à tout moment dans mes entrailles me dévorer et mûrir. Il grandissait, s'agitait, commençait à donner dans ma poitrine des coups de pied pour sortir. Maintenant je n'avais plus le courage de le rejeter. Je ne le pouvais pas. Il était déjà trop tard pour un pareil avortement spirituel.

Soudain, comme je tenais, indécis, le manuscrit, le sourire de mon ami se dessina dans l'air, tout d'ironie et de tendresse. « Je le prendrai ! dis-je, piqué, je le prendrai, ne souris pas ! » Je l'enveloppai avec soin, comme un bébé dans ses langes, et l'emportai.

On entendit la voix du capitaine Lémoni, grave et rauque. Je tendis l'oreille. Il parlait des lutins qui, pendant la tempête, avaient grimpé aux mâts de son caïque et les léchaient.

— Ils sont mous et gluants, disait-il et quand on les touche, on a des mains de feu. Je me suis retroussé la moustache une fois, et toute la nuit, je brillais comme un diable. Alors, comme je vous disais, la mer était entrée dans le bateau. Ma cargaison était arrosée, elle avait pris du poids et le bateau commençait à donner de la bande. J'étais fichu. Mais le Bon Dieu a eu pitié de moi et m'a envoyé une bonne foudre qui a fait sauter les panneaux d'écoutilles et tout le charbon avec. La mer était pleine de charbon, mais le bateau était plus léger ; alors, il s'est redressé. C'est comme ça que je m'en suis tiré encore cette fois-ci.

Je sortis de ma poche mon petit Dante, le « compagnon de voyage ». J'allumai ma pipe, m'adossai au mur et m'installai confortablement. Mon envie un instant balança : d'où puiser les vers ? De la poix brûlante de l'Enfer, de la flamme rafraîchissante du Purgatoire, ou bien allais-je m'élancer tout droit à l'étage le plus élevé de l'Espérance humaine ? J'avais le choix. Je tenais mon minuscule Dante, je savourais ma liberté. Les vers que j'allais choisir de si bon matin allaient donner le rythme à ma journée tout entière.

Je me penchai sur la dense vision pour prendre une décision, mais je n'en eus pas le temps. Tout d'un coup, inquiet, je levai la tête. Je ne sais comment, j'eus l'impression que deux trous s'ouvraient au sommet de mon crâne ; je me retournai brusquement et regardai derrière moi par la porte vitrée. Comme un éclair, l'espoir fou de revoir mon ami me traversa l'esprit. J'étais prêt à accueillir le miracle. Mais le miracle n'eut pas lieu. Un inconnu, frisant la soixantaine, de très haute taille, sec, les yeux écarquillés, avait collé le nez à la vitre et me regardait. Il tenait un petit balluchon aplati sous l'aisselle.

Ce qui m'impressionna le plus, ce furent ses yeux, tristes, inquiets, moqueurs et pleins de flamme. Du moins, c'est ainsi qu'ils m'apparurent.

Dès que nos regards se furent croisés — on eût dit qu'il se confirmait dans l'idée que j'étais bien celui qu'il cherchait, — mon inconnu étendit résolument le bras et ouvrit la porte. Il passa entre les tables d'un pas vif et élastique et vint s'arrêter devant moi.

— En voyage ? me demanda-t-il. Pour où donc ?

— Pour la Crète. Pourquoi ?

— Tu m'emmènes ?

Je le regardai attentivement. Des joues creuses, une forte mâchoire, des pommettes saillantes, des cheveux gris et frisés, des yeux étincelants.

— Pourquoi ? Que veux-tu que je fasse de toi ?

Il haussa les épaules.

— Pourquoi ! Pourquoi ! fit-il avec dédain. On ne peut donc rien faire sans pourquoi ? Comme ça, pour son plaisir ? Eh bien, prends-moi, disons, comme cuisinier. Je sais faire de ces soupes !

Je me mis à rire. Ses manières et ses paroles tranchantes me plaisaient. Les soupes aussi. Ce ne serait pas mal, pensai-je, de prendre avec moi ce dégingandé de bonhomme sur cette lointaine côte solitaire. Des soupes, des causeries... Il avait l'air d'avoir pas mal roulé sa bosse sur les mers, une espèce de Sindbad le Marin... Il me plut.

— A quoi penses-tu ? me fit-il en branlant sa grosse tête. Tu pèses le pour et le contre, toi aussi, hein ? A un gramme près, pas vrai ? Allons, décide-toi, courage !

Il se tenait au-dessus de moi, le grand escogriffe et je me fatiguais à lever la tête pour lui parler. Je fermai le Dante.

— Assieds-toi, lui dis-je. Tu prends une sauge ?

Il s'assit, déposa précautionneusement son balluchon sur la chaise voisine.

— Une sauge ? fit-il dédaigneusement. Patron, un rhum !

Il but son rhum à petites gorgées, le gardant longtemps dans sa bouche pour le savourer, puis le laissant lentement descendre et lui réchauffer les entrailles. « Sensuel, pensai-je, connaisseur raffiné... »

— Quel est ton métier ? lui demandai-je.

— Tous les métiers : du pied, de la main, de la tête, tous. Manquerait plus que ça, qu'on choisisse.

— Tu travaillais où, les derniers temps ?

— Dans une mine. Je suis un bon mineur, tu sais. Je m'y connais en métaux, je sais trouver des filons, ouvrir des galeries, je descends dans les puits, je n'ai pas peur. Je travaillais bien, j'étais contremaître, je n'avais pas à me plaindre. Mais voilà que le diable s'est mêlé de l'affaire.

Samedi passé, le soir, j'étais un peu dans les vignes, je ne fais ni une ni deux, je vais trouver le patron qui était venu ce jour-là en inspection et je lui flanque une raclée...

— Une raclée ? Pourquoi ? Qu'est-ce qu'il t'avait fait ?

— A moi ? rien ! Rien de rien, je te dis ! C'était la première fois que je voyais le bonhomme. Il nous avait même distribué des cigarettes, le pauvre diable.

— Et alors ?

— Oh ! tu poses de ces questions ! Ça m'est venu comme ça, mon vieux. Tu connais l'histoire de la meunière, eh bien ! Est-ce que le derrière de la meunière connaît l'orthographe ? Le derrière de la meunière, c'est la raison humaine.

J'avais lu bien des définitions de la raison humaine. Celle-ci me parut être la plus stupéfiante et elle me plut. Je regardai mon nouveau compagnon avec un vif intérêt. Son visage était couvert de rides, vermoulu, comme rongé par les bourrasques et les pluies. Un autre visage, quelques années plus tard, me fit la même impression de bois travaillé et souffrant : celui de Panaït Istrati.

— Et qu'est-ce que tu as dans ton balluchon ? Des victuailles ? des vêtements ? des outils ?

Mon compagnon haussa les épaules et rit.

— Tu me parais bien raisonnable, dit-il, sauf ton respect.

Il caressa le balluchon de ses longs doigts durs.

— Non, ajouta-t-il. C'est un santouri (1).

— Un santouri ? Tu joues du santouri ?

— Quand je suis dans la purée, je fais le tour des bistrots en jouant du santouri. Je chante de vieux airs kleftiques de Macédoine et après je fais la quête, tiens, dans ce bonnet-là, et il se remplit de gros sous.

— Comment t'appelles-tu ?

— Alexis Zorba. On m'appelle aussi Pelle-à-four pour me blaguer de ce que je suis long avec un crâne aplati comme une galette. Mais on peut bien dire ce qu'on veut ! On m'appelle encore « Passa Tempo » parce qu'il fut un

(1) Instrument à cordes.

temps où je vendais des graines de citrouille grillées. On m'appelle aussi Mildiou partout où je vais, il paraît que je fais des ravages. J'ai encore d'autres sobriquets, mais ce sera pour une autre fois...

— Et comment as-tu appris le santouri ?

— J'avais vingt ans. A une fête de mon village, là-bas, au pied de l'Olympe, j'ai entendu pour la première fois jouer du santouri. J'en ai eu le souffle coupé. Pendant trois jours, je n'ai rien pu avaler. « Qu'est-ce que tu as, toi ? » qu'il me fait mon père un soir. « Je veux apprendre à jouer du santouri ! — Tu n'as pas honte ? Est-ce que tu es un romanichel ? Tu deviendrais un joueur d'instrument ? — Moi, je veux apprendre à jouer du santouri ! » J'avais quelques sous de côté pour me marier le moment venu. Un gosse encore, tu vois, un écervelé. J'avais le sang chaud, je voulais me marier, moi le pauvre diable ! Donc, je donne tout ce que j'avais et le reste et je m'achète un santouri. Tiens, celui-là. Je file avec, j'arrive à Salonique et je m'en vais trouver un Turc, Retsep Effendi, un connaisseur, le maître du santouri. Je me jette à ses pieds. « Qu'est-ce que tu veux, petit Roumi ? qu'il me fait. — Je veux apprendre le santouri. — Bon, et pourquoi donc est-ce que tu te jettes à mes pieds ? — Parce que je n'ai pas de sous pour te payer ! — Alors, comme ça, tu as la marotte du santouri ? — Oui. — Eh bien, reste alors, mon garçon, moi je n'ai pas besoin d'être payé ! »

Je suis resté un an à étudier chez lui, il doit être mort à l'heure qu'il est. Si Dieu laisse entrer des chiens dans son paradis, il peut ouvrir la porte à Retsep Effendi. Depuis que j'ai appris à jouer du santouri, je suis devenu un autre homme. Quand j'ai le cafard ou quand je suis dans la purée, je joue du santouri et je me sens plus léger. Quand je joue, on peut me parler, je n'entends rien et même si j'entends, je ne peux pas parler. J'ai beau vouloir, rien à faire, je ne peux pas !

— Mais pourquoi, Zorba ?

— Eh ! La passion !

La porte s'ouvrit. La rumeur de la mer entra de nouveau dans le café ; on avait les pieds et les mains gelés. Je m'enfonçai encore un peu plus dans mon coin et m'enveloppai dans mon pardessus ; je ressentis une volupté béate.

« Où aller, pensai-je. Je suis bien ici. Puisse cette minute durer des années. »

Je regardai l'étrange personnage en face de moi. Il avait les yeux rivés sur moi, des petits yeux ronds, tout noirs, avec des veinules rouges dans le blanc. Je les sentais me transpercer et me fouiller, insatiables.

— Alors ? fis-je, et après ?

Zorba haussa de nouveau ses épaules osseuses.

— Laisse donc ça, dit-il. Tu me donnes une cigarette ?

Je la lui donnai. Il sortit de son gilet une pierre à briquet, une mèche et l'alluma. Ses yeux se fermèrent à demi, satisfaits.

— Tu as été marié ?

— Je suis un homme, fit-il, agacé. Je suis un homme, c'est-à-dire un aveugle. Moi aussi, je suis tombé dans le panneau la tête la première, comme tout le monde. Je me suis marié. J'ai pris la mauvaise pente. Je suis devenu chef de famille. J'ai bâti une maison. J'ai eu des enfants. Des embêtements. Mais béni soit le santouri !

— Tu jouais chez toi pour chasser les soucis, n'est-ce pas ?

— Ah ! mon vieux ! On voit bien que tu ne joues d'aucun instrument ! Qu'est-ce que tu me chantes là ? A la maison, il y a les ennuis, la femme, les gosses. Qu'est-ce qu'on va manger ? Qu'est-ce qu'on va se mettre sur le dos ? Qu'est-ce qu'on va devenir ? L'enfer ! Non, non, pour le santouri, il faut être en train, il faut être pur. Si ma femme me dit un mot de trop, comment veux-tu que j'aie le cœur à jouer du santouri ? Si les enfants ont faim et grognent, va donc essayer de jouer. Pour jouer du santouri, il faut avoir la tête au santouri et pas ailleurs, tu comprends ?

Je comprenais que ce Zorba était l'homme que je cherchais depuis si longtemps sans le trouver. Un cœur vivant, une large bouche goulue, une grande âme brute.

Le sens des mots art, amour, beauté, pureté, passion — cet ouvrier l'éclairait pour moi avec les mots humains les plus simples.

Je regardai ses mains qui savaient manier la pioche et le santouri — toutes calleuses et crevassées, déformées et nerveuses. Avec précaution et tendresse, comme si elles dévêtaient une femme, elles ouvrirent le sac et en sortirent un vieux santouri poli par les ans, avec un tas de cordes, des garnitures de cuivre et d'ivoire et un gland de soie rouge. Les gros doigts le caressaient tout entier, lentement, passionnément, comme s'ils caressaient une femme. Puis, ils l'enveloppèrent de nouveau comme on couvre un corps aimé pour qu'il ne prenne pas froid.

— Le voilà mon santouri ! murmura-t-il en le reposant avec précaution sur la chaise.

Les matelots maintenant choquaient leurs verres, riaient aux éclats. Le vieux donna au capitaine Lémoni des tapes amicales dans le dos.

— Tu as eu une sacrée trouille, hein, capitaine Lémoni, dis la vérité ! Dieu sait combien de cierges tu as promis à saint Nicolas !

Le capitaine fronça ses sourcils broussailleux.

— Je vous le jure sur la mer, les gars, quand j'ai vu la mort en face, je n'ai pensé ni à la Sainte Vierge ni à saint Nicolas ! Je me suis tourné dans la direction de Salamine, j'ai pensé à ma femme et j'ai crié ; « Ah ! ma bonne Kathérina, si je pouvais être dans ton lit ! »

Une fois de plus les matelots éclatèrent de rire et le capitaine Lémoni rit aussi.

— Dis donc, quel animal bizarre, l'homme ! fit-il. L'Archange de la Mort est au-dessus de sa tête avec son glaive, mais son esprit est là, juste là et pas ailleurs ! Pouah ! Le diable l'emporte, le cochon !

Il frappa dans ses mains.

— Patron, cria-t-il, apporte à boire à la compagnie !

Zorba écoutait, ses grandes oreilles tendues. Il se retourna, regarda les matelots, puis moi.

— Où là ? demanda-t-il. Qu'est-ce qu'il raconte, celui-là ?

Mais tout à coup, il comprit et sursauta.

— Bravo, mon vieux ! fit-il, admiratif. Ces marins

connaissent le secret. Probable que c'est parce qu'ils luttent jour et nuit avec la mort.

Il agita dans l'air sa grosse patte :

— Bon ! dit-il, ça c'est une autre histoire. Revenons à la nôtre : est-ce que je reste ou est-ce que je m'en vais ? Décide.

— Zorba, dis-je, et je me retins avec force pour ne pas me jeter dans ses bras, Zorba, d'accord ! Tu viens avec moi. J'ai du lignite en Crète, tu surveilleras les ouvriers. Le soir, on s'étendra tous les deux sur le sable — je n'ai au monde ni femme, ni enfants, ni chien — on mangera et on boira ensemble. Après, tu joueras du santouri...

— ... Si je suis en train, tu entends, si je suis en train. Travailler pour toi, ça, autant que tu voudras. Je suis ton homme. Mais le santouri, c'est autre chose. C'est un animal sauvage, il a besoin de liberté. Si je suis en train, je jouerai, je chanterai même. Et je danserai le zéimbékiko, le hassapiko, le pendozali — mais je te le dis carrément, il faudra que je sois en train. Les bons comptes font les bons amis. Si tu me forces, ce sera fini. Pour ces choses-là, il faut que tu le saches, je suis un homme.

— Un homme ? Qu'est-ce que tu veux dire ?

— Eh bien, quoi, libre !

— Patron, appelai-je, encore un rhum !

— Deux rhums ! s'écria Zorba. Tu vas en boire un, toi aussi, on va trinquer. La sauge et le rhum, ça ne fait pas bon ménage. Tu vas boire un rhum, toi aussi, pour arroser notre accord.

Nous choquâmes les petits verres. Cette fois, il faisait bien jour. Le bateau sifflait. Le passeur qui m'avait porté mes valises sur le bateau me fit signe.

— Que Dieu soit avec nous, dis-je en me levant. Allons !

— ... Et le diable ! compléta tranquillement Zorba.

Il se baissa, mit le santouri sous son bras, ouvrit la porte et sortit le premier.

2

MER, douceur automnale, îles baignées de lumière, voile diaphane de petite pluie fine qui couvrait l'immortelle nudité de la Grèce. Heureux, pensai-je, l'homme à qui il a été donné, avant de mourir, de naviguer dans la mer égéenne.

Nombreuses sont les joies de ce monde — les femmes, les fruits, les idées. Mais fendre cette mer-là, par un tendre automne, en murmurant le nom de chaque île, je crois qu'il n'est pas de joie qui, davantage, plonge le cœur de l'homme dans le Paradis. Nulle part ailleurs on ne passe aussi sereinement ni plus aisément de la réalité au rêve. Les frontières s'amenuisent et des mâts du plus vétuste des bateaux s'élancent rameaux et grappes. On dirait qu'ici, en Grèce, le miracle est la fleur inévitable de la nécessité.

Vers midi, la pluie avait cessé, le soleil déchira les nuages, se montra doux, tendre, tout frais lavé, et caressa de ses rayons les eaux et les terres bien-aimées. Je me tenais à la proue et, jusqu'au fond de l'horizon, je m'enivrais du miracle.

Sur le bateau, les Grecs, malins en diable, les yeux rapaces, les cervelles en pacotille de bazar, la politicaillerie et les querelles, un piano désaccordé, d'honnêtes et venimeuses mijaurées. Il régnait une atmosphère de misère provinciale. L'envie vous prenait de saisir le bateau par les deux bouts, de le plonger dans la mer, de le secouer soigneusement, pour en faire tomber toutes les bêtes qui le souillaient — hommes, rats, punaises — et puis de le remettre à flot, lavé de frais et vide.

Mais, par moments, j'étais saisi de compassion. Une compassion bouddhique, froide comme une conclusion de syllogisme métaphysique. Compassion non seulement pour les hommes, mais pour le monde entier qui lutte, crie, pleure, espère et ne voit pas que tout n'est qu'une fantasmagorie du Néant. Compassion pour les Grecs et pour le bateau, et pour la mer, et pour moi, et pour la mine de lignite, et pour le manuscrit de « Bouddha », pour tous ces vains composés d'ombre et de lumière qui soudain agitent et souillent l'air pur.

Je regardais Zorba, décomposé, cireux, assis sur un rouleau de cordages à la proue. Il reniflait un citron, tendait sa grosse oreille et écoutait les passagers se quereller l'un pour le roi, l'autre pour Vénizélos. Il hochait sa caboche et crachait.

— Des vieilles lunes ! murmurait-il avec mépris, ils n'ont pas honte !

— Qu'est-ce que ça veut dire : vieilles lunes, Zorba ?

— Mais tout ça : rois, démocraties, députés. Quelle mascarade !

Dans l'esprit de Zorba, les événements contemporains n'étaient déjà plus que des vieilleries, tant, en lui-même, il les avait dépassés. Assurément, dans sa pensée, télégraphe, bateau à vapeur, chemin de fer, morale courante, patrie, religion, devaient apparaître comme de vieilles carabines rouillées. Son âme avançait bien plus vite que le monde.

Les cordes grinçaient sur les mâts, les côtes dansaient, les femmes étaient devenues plus jaunes que des citrons. Elles avaient déposé les armes — fards, corsages, épingles à cheveux, peignes. Leurs lèvres avaient pâli, leurs ongles bleuissaient. Les vieilles pies se déplumaient, les plumes d'emprunt tombaient — rubans, faux sourcils, faux grains de beauté, soutien-gorge — et à les voir au seuil des vomissements, on éprouvait du dégoût et une grande compassion.

Zorba, lui aussi, devint jaune, puis vert, ses yeux

étincelants se ternirent. Ce fut seulement vers le soir que son regard s'anima. Il étendit le bras et me montra deux dauphins qui bondissaient, rivalisant de vitesse avec le bateau.

— Des dauphins ! fit-il, joyeux.

Je remarquai alors pour la première fois que l'index de sa main gauche était coupé presque à la moitié. Je sursautai, en proie à un certain malaise.

— Qu'est-il arrivé à ton doigt, Zorba ? criai-je.

— Rien ! répondit-il, froissé de ce que je ne me sois pas assez réjoui à la vue des dauphins.

— C'est une machine qui te l'a écrasé ? insistai-je.

— Qu'est-ce que tu racontes avec ta machine ? Je l'ai coupé moi-même.

— Toi-même ? Pourquoi ?

— Tu ne peux pas comprendre, toi, patron ! dit-il en haussant les épaules. Je t'ai dit que j'ai fait tous les métiers. Une fois donc, j'ai été potier. Ce métier-là, je l'aimais comme un fou. Tu sais ce que c'est que de prendre une motte de boue et d'en faire tout ce que tu veux ? Frrr ! tu fais marcher le tour et la boue tourne comme une possédée pendant que tu es là au-dessus d'elle et que tu dis : je vais faire une cruche, je vais faire une assiette, je vais faire une lampe et tout ce que je veux, nom d'un chien ! C'est ça qui s'appelle être un homme : Liberté !

Il avait oublié la mer, il ne mordait plus dans le citron, ses yeux redevinrent clairs.

— Alors ? demandai-je, et ton doigt ?

— Bien, voilà : il me gênait sur le tour. Il venait au beau milieu de tout, déranger mes plans. Alors moi, un beau jour, j'attrape la hachette...

— Et tu n'as pas eu mal ?

— Comment, je n'ai pas eu mal ! Je ne suis pas une souche, je suis un homme, ça m'a fait mal. Mais je te dis, il me gênait, alors je l'ai coupé.

Le soleil se coucha, la mer se calma un peu, les nuages se dispersèrent. L'étoile du soir brilla. Je regardai la mer, je regardai le ciel, je me pris à songer... Aimer ainsi, prendre la hachette, couper, et avoir mal... Mais je cachai mon émotion.

— Mauvais système que celui-là, Zorba ! dis-je en souriant. Ça me rappelle cette histoire que raconte *la Légende dorée*. Un jour, un ascète vit une femme qui le troubla. Alors, il prit une hache...

— L'imbécile ! m'interrompit Zorba, devinant ce que j'allais dire. Couper ça ! l'idiot ! Mais ce pauvre bougre, ce n'est jamais un obstacle.

— Comment ! insistai-je, et même un grand obstacle.

— A quoi ?

— A ton entrée au royaume des cieux.

Zorba me regarda de biais d'un air moqueur.

— Mais ça justement, dit-il, idiot, c'est la clef du Paradis !

Il leva la tête, me regarda attentivement comme s'il voulait discerner quelle était mon idée là-dessus : vies futures, royaume des cieux, femmes et curés. Mais il ne put, semble-t-il, deviner grand-chose et il secoua avec circonspection sa grosse tête grise.

— Les estropiés n'entrent pas au Paradis ! dit-il, et il se tut.

J'allai m'étendre dans ma cabine, je pris un livre ; Bouddha gouvernait encore mes pensées. Je lus le *Dialogue de Bouddha et du Berger* qui, ces dernières années, me remplissait de paix et de sécurité.

LE BERGER. — *Mon repas est prêt, j'ai trait mes brebis. A la porte de ma cabane le verrou est mis, mon feu est allumé. Et toi, tu peux pleuvoir tant que tu veux, ciel !*

BOUDDHA. — *Je n'ai plus besoin de nourriture ni de lait. Les vents sont ma cabane, mon feu s'est éteint. Et toi, tu peux pleuvoir tant que tu veux, ciel !*

LE BERGER. — *J'ai des bœufs, j'ai des vaches, j'ai les prairies de mes pères et un taureau qui couvre mes vaches. Et toi, tu peux pleuvoir tant que tu veux, ciel !*

BOUDDHA. — *Je n'ai ni bœufs ni vaches. Je n'ai pas de*

prairies. Je n'ai rien. Je ne crains rien. Et toi, tu peux pleuvoir tant que tu veux, ciel !

LE BERGER. — *J'ai une bergère docile et fidèle. Depuis des années elle est ma femme ; je suis heureux de jouer la nuit avec elle. Et toi, tu peux pleuvoir tant que tu veux, ciel !*

BOUDDHA. — *J'ai une âme docile et libre. Depuis des années je l'exerce et je lui apprends à jouer avec moi. Et toi, tu peux pleuvoir tant que tu veux, ciel !*

Ces deux voix parlaient encore quand le sommeil me prit. Le vent s'était levé de nouveau et les vagues se brisaient sur l'épais hublot de verre. Je flottais comme une fumée entre le sommeil et la veille. Une violente tempête éclata, les prairies sombrèrent, les bœufs, les vaches, le taureau furent engloutis. Le vent emporta le toit de la cabane, le feu s'éteignit ; la femme poussa un cri et s'écroula morte dans la boue. Et le berger commença la complainte ; il criait, je n'entendais pas ce qu'il disait, mais il criait, et moi je m'enfonçais toujours plus profondément dans le sommeil, glissant comme un poisson dans la mer.

Lorsque je m'éveillai, au point du jour, la grande île seigneuriale s'étendait à notre droite, fière et sauvage. Les montagnes rose pâle souriaient derrière les brumes sous le soleil d'automne. Autour de nous, la mer bleu indigo bouillonnait, encore inquiète.

Zorba, enveloppé dans une couverture brune, regardait insatiablement la Crête. Son regard volait de la montagne à la plaine, puis longeait le rivage, l'explorait, comme si toutes ces terres et ces mers lui étaient familières et qu'il se fût réjoui de les fouler de nouveau en pensée.

Je m'approchai et touchai son épaule :

— Ce n'est sûrement pas la première fois que tu viens en Crète, Zorba ! dis-je. Tu la regardes comme une vieille amie.

Zorba bâilla comme quelqu'un qui s'ennuie. Je le sentis, il n'était pas du tout disposé à engager la conversation.

Je souris.

— Ça t'ennuie de parler, Zorba ?

— Ce n'est pas que ça m'ennuie, patron, répondit-il, mais j'ai de la peine à le faire.

— De la peine ? Pourquoi ?

Il ne répondit pas tout de suite. De nouveau il promena lentement son regard le long du rivage. Il avait dormi sur le pont, et ses cheveux gris et frisés dégouttaient de rosée. Toutes les rides profondes de ses joues, de son menton et de son cou se trouvèrent éclairées jusqu'au fond par le soleil levant.

Enfin, ses grosses lèvres pendantes, comme celles d'un bouc, remuèrent.

— Le matin j'ai de la peine à ouvrir la bouche. Beaucoup de peine, excuse-moi.

Il se tut et fixa de nouveau ses petits yeux ronds sur la Crète.

La cloche sonna pour le petit déjeuner. Des visages chiffonnés, d'un jaune verdâtre, commencèrent à émerger des cabines. Des femmes au chignon défait se traînaient, titubantes, de table en table. Elles sentaient la vomissure et l'eau de Cologne et avaient le regard trouble, terrifié et imbécile.

Zorba, assis en face de moi, sirotait voluptueusement son café. Il enduisait son pain de beurre et de miel et mangeait. Son visage, peu à peu, s'éclaircit, s'apaisa, sa bouche s'adoucit. Je le contemplais en cachette tandis qu'il sortait lentement de sa gaine de sommeil et que ses yeux pétillaient de plus en plus.

Il alluma une cigarette, aspira avec délices, et ses narines poilues expulsèrent des nuages de fumée bleue. Il replia la jambe droite sous lui, prit ses aises à l'orientale. Maintenant il lui était possible de parler.

— Si c'est la première fois que je viens en Crète ? commença-t-il... (Il ferma à demi les yeux et regarda au loin, par le hublot, le mont Ida qui s'estompait derrière nous). Non, ce n'est pas la première fois. En 1896, j'étais déjà un homme fait. Ma moustache et mes cheveux étaient de leur couleur véritable, noirs comme le corbeau. J'avais mes trente-deux dents et quand je me soûlais, je bouffais d'abord les hors-d'œuvre et puis, après, l'assiette. Mais juste à ce moment-là, le diable a voulu qu'une révolution éclate en Crète.

« En ce temps-là, je faisais le colporteur en Macédoine. J'allais de village en village, je vendais de la mercerie, et, au lieu d'argent, je demandais du fromage, de la laine, du beurre, des lapins, du maïs ; après, je revendais tout ça et je gagnais double. Pour la nuit, dans n'importe quel village où j'arrivais le soir, je savais dans quelle maison loger. Dans tous les villages, il y a une veuve compatissante. Je lui donnais une bobine ou un peigne, ou un fichu noir à cause du défunt et je couchais avec elle. Ce n'était pas cher ! Pas chère, patron, la bonne vie. Mais, comme je te disais, voilà que la Crète prend de nouveau les armes. « Pouah ! Garce de vie ! que je me dis. Cette Crète-là, elle ne nous laissera jamais en paix. » Je mets de côté les bobines et les peignes, je prends un fusil, je vais rejoindre les autres rebelles et on se met en route pour la Crète. »

Zorba se tut. Nous longions maintenant une baie arrondie, sablonneuse, tranquille. Les vagues s'y étalaient doucement, sans se briser, et déposaient seulement une légère écume le long de la grève. Les nuages s'étaient dispersés, le soleil brillait et l'âpre Crète souriait, apaisée.

Zorba se retourna et me jeta un regard moqueur.

— Toi, tu te figures, patron, que je vais me mettre à te faire le compte des têtes turques que j'ai coupées et des oreilles turques que j'ai mises dans l'alcool — c'est l'habitude en Crète... Je ne dirai rien ! Ça m'ennuie, j'ai honte. Quelle est cette rage ? je me dis maintenant que j'ai un peu de plomb dans la cervelle, quelle est cette rage ? On se jette sur un homme qui ne nous a rien fait, on le mord, on lui coupe le nez, on lui arrache les oreilles, on lui ouvre le ventre et tout ça en appelant Dieu à son secours. Autrement dit, on lui demande, à lui aussi, de couper des nez et des oreilles et d'ouvrir des ventres.

« Mais à l'époque, tu vois, j'avais le sang bouillant. Je ne serais pas resté à éplucher la question. Pour penser juste et honnêtement, il faut du calme, de l'âge et pas de dents. Quand on n'a plus de dents, c'est facile de dire : « C'est honteux, les gars, ne mordez pas ! » Mais quand on a ses trente-deux dents... C'est une bête féroce, l'homme, quand il est jeune ; oui, patron, une bête féroce qui mange des hommes ! »

Il hocha la tête.

— Il mange des moutons aussi, des poules, des cochons, mais s'il ne mange pas de l'homme, non, il n'est pas rassasié.

Il ajouta, en écrasant sa cigarette dans la soucoupe de sa tasse à café :

— Non, il n'est pas rassasié. Qu'est-ce que tu en dis, toi, savantissime ?

Mais sans attendre de réponse :

— Qu'est-ce que tu peux dire, toi, fit-il en me soupesant du regard... A ce que je comprends, ta seigneurie n'a jamais eu faim, jamais tué, jamais volé, jamais couché avec la femme d'un autre. Qu'est-ce que tu peux donc savoir du monde ? Cervelle d'innocent, chair qui ne connaît pas le soleil... murmura-t-il avec un évident mépris.

Et moi, j'eus honte de mes mains délicates, de mon visage pâle et de ma vie qui n'était pas éclaboussée de sang et de boue.

— Soit ! fit Zorba en passant sa lourde main sur la table, comme s'il effaçait avec une éponge. Soit ! Je voudrais tout de même te demander quelque chose. Tu as dû feuilleter des tas de bouquins, peut-être que tu sais...

— Vas-y, Zorba, quoi ?

— C'est bizarre, patron... C'est très bizarre, ça me déroute. Ces crapuleries, ces vols, ces carnages qu'on a commis, nous, les rebelles, ça a amené le prince Georges en Crète. La liberté !

Il me regarda avec des yeux écarquillés, stupéfaits.

— C'est un mystère, murmura-t-il, un grand mystère ! Alors, pour que la liberté vienne dans ce monde, il faut tellement de meurtres et de crapuleries ? Si je me mettais à aligner devant toi tout ce qu'on a fait comme saloperies et comme assassinats, tu en aurais les cheveux dressés sur la tête. Pourtant le résultat de tout ça, qu'est-ce que ça a été ? La liberté ! Au lieu de lancer sa foudre sur nous pour nous brûler, Dieu nous donne la liberté ! Je n'y comprends rien !

Il me regarda comme s'il appelait au secours. On le sentait, ce problème l'avait beaucoup tourmenté et il ne pouvait en venir à bout.

— Tu comprends, toi, patron? demanda-t-il avec angoisse.

Que comprendre ? Que lui dire ? Ou bien ce que nous appelons Dieu n'existe pas ; ou bien ce que nous appelons meurtres et scélératesses est nécessaire à la lutte et à la libération du monde...

Je m'efforçai de trouver pour Zorba une autre expression plus simple.

— Comment une fleur germe-t-elle et pousse-t-elle sur le fumier et les ordures ? Dis-toi, Zorba, que le fumier et les ordures c'est l'homme, et la fleur la liberté.

— Mais la graine ? fit Zorba en frappant du poing sur la table. Pour qu'une fleur germe, il faut la graine. Qui a mis une graine comme ça dans nos sales entrailles ? Et pourquoi est-ce que cette graine ne donne pas de fleurs avec la bonté et l'honnêteté ? Et qu'il lui faut du sang et des ordures ?

Je secouai la tête.

— Je ne sais pas, dis-je.

— Qui le sait ?

— Personne.

— Mais alors, cria Zorba, désespéré, en jetant autour de lui des regards sauvages, qu'est-ce que tu veux que je fasse des bateaux, des machines et des faux cols ?

Deux ou trois passagers malmenés par la mer et qui buvaient leur café à la table voisine se ranimèrent. Ils flairèrent une querelle et tendirent l'oreille.

Cela dégoûta Zorba. Il baissa la voix :

— Laissons ça, dit-il. Quand j'y pense, j'ai envie de casser ce qui me tombe sous la main, une chaise, ou une lampe, ou ma tête contre le mur. Et après, à quoi ça m'avance ? Le diable m'emporte ! Je paie les pots cassés ou bien je vais chez le pharmacien et il me met des bandages sur la tête. Et si le bon Dieu existe, eh ! alors, c'est encore pire : on est foutu ! Il doit me lorgner du haut du ciel et se

Il secoua brusquement la main comme pour chasser une mouche importune.

— Enfin ! dit-il ennuyé. Ce que je voulais te dire, c'est ça : quand le bateau royal est arrivé tout pavoisé et qu'on a commencé à tirer des coups de canon et que le prince a posé le pied en Crète... Tu as déjà vu un peuple tout entier qui devient fou de retrouver sa liberté ? Non ? Eh ! alors, mon pauvre patron, tu es né aveugle et aveugle tu mourras. Moi, même si je vis mille ans, même s'il ne reste de moi qu'une bouchée de viande vivante, cette chose que j'ai vue ce jour-là, je ne l'oublierai jamais. Et si chaque homme pouvait choisir son Paradis dans le ciel, en accord avec ses goûts — et c'est ce qu'il faudrait : c'est ce que j'appelle Paradis — moi je dirais au bon Dieu : « Seigneur, que mon Paradis à moi soit une Crète pavoisée de myrte et de drapeaux et qu'elle dure des siècles cette minute où le prince Georges a posé le pied sur la terre de Crète. Ça me suffit. »

Zorba se tut de nouveau. Il retroussa sa moustache, remplit à pleins bords un verre d'eau glacée et l'avala d'un seul trait.

— Que s'est-il passé en Crète, Zorba ? Raconte !

— On ne va pas se mettre à faire des phrases ! fit Zorba énervé. Mon vieux, moi je te dis que ce monde-ci est un mystère et que l'homme n'est qu'une grande brute.

« Une grande brute et un grand Dieu. Un salaud de rebelle qui était descendu de Macédoine, avec moi, Yorga qu'on l'appelait, un type de sac et de corde, un porc infect, quoi, eh bien, il pleurait. « Pourquoi que tu pleures, damné Yorga ? je lui fais, et moi aussi je pleurais comme une fontaine. Pourquoi que tu pleures, espèce de cochon ? » Mais le voilà qui se jette sur moi et se met à m'embrasser en chialant comme un gosse. Et puis, ce gros radin, il sort sa bourse, vide sur ses genoux les pièces d'or barbotées aux Turcs, et il les jette en l'air à pleines poignées. Tu comprends, patron, c'est ça la liberté ! »

Je me levai et montai sur le pont pour me faire fouetter par l'âpre souffle de la mer.

« C'est ça la liberté, pensai-je. Avoir une passion,

entasser les pièces d'or et, brusquement, vaincre sa passion et jeter son trésor aux quatre vents. Se libérer d'une passion pour obéir à une autre, plus noble. Mais cela, n'est-ce pas aussi une forme d'esclavage ? Se sacrifier pour une idée, pour sa race, pour Dieu ? Ou bien est-ce que plus le patron se trouve haut placé, plus la corde de l'esclave s'allonge ? Il peut alors s'ébattre et folâtrer sur une arène plus spacieuse et mourir sans rencontrer la corde. Est-ce donc cela qu'on appelle liberté ? »

A la fin de l'après-midi, nous abordâmes à notre rivage sablonneux. Un sable blanc, finement tamisé, des lauriers-roses encore en fleur, des figuiers, des caroubiers et, plus loin, à droite, une petite colline basse et grise, sans un arbre, ressemblant à un visage de femme renversé. Et sous son menton, sur son cou, passaient les veines brun sombre du lignite.

Un vent d'automne soufflait, des nuages effilochés passaient lentement et adoucissaient la terre en la couvrant d'ombre. D'autres montaient du ciel, menaçants. Le soleil se couvrait et se découvrait, et la face de la terre s'éclairait et s'obscurcissait comme un visage vivant et troublé.

Je m'arrêtai un instant sur le sable et regardai. La sainte solitude s'étendait devant moi, triste, fascinante, comme le désert. Le poème bouddhique monta du sol et s'insinua jusqu'au fond de mon être. « Quand donc, enfin, me retirerai-je dans la solitude, seul, sans compagnons, sans joie et sans tristesse, avec seulement la sainte certitude que tout n'est que songe ? Quand, avec mes guenilles — sans désirs, — me retirerai-je joyeux dans la montagne ? Quand, voyant que mon corps n'est que maladie et crime, vieillesse et mort — libre, sans peur, plein de joie, — me retirerai-je dans la forêt ? Quand ? Quand ? Quand ? »

Zorba s'approcha, son santouri sous le bras.

— Le voilà, le lignite ! dis-je pour dissimuler mon émotion. Et j'étendis le bras vers la colline au visage de femme.

Mais Zorba fronça les sourcils sans se retourner :

— Plus tard, c'est pas le moment, patron, dit-il. D'abord il faut que la terre s'arrête. Elle bouge encore, nom d'un chien, elle bouge, la garce, comme le pont d'un bateau. Allons vite au village.

Puis il s'en alla à grands pas.

Deux gamins pieds nus, bronzés comme de petits fellahs, accoururent et se chargèrent des valises. Un gros douanier aux yeux bleus fumait le narguilé dans la baraque faisant office de douane. Il nous lorgna du coin de l'œil, glissa un regard nonchalant sur les valises, remua un instant sur sa chaise comme pour se lever. Mais il n'en eut pas le courage. Il souleva lentement le tuyau de son narguilé :

— Soyez les bienvenus ! dit-il, d'un ton somnolent.

L'un des gamins s'approcha de moi. Il cligna ses yeux noirs comme des olives :

— Il n'est pas Crétois ! fit-il, gouailleur, un flemmard, quoi !

— Les Crétois ne sont pas flemmards, eux ?

— Ils le sont... ils le sont... répondit le petit Crétois, mais autrement...

— Le village est loin ?

— Ah bah ! à une portée de fusil ! Tiens, derrière les jardins, dans la ravine. Un beau village, patron. Un pays de cocagne. Il y a des caroubes, des haricots, des pois chiches, de l'huile, du vin. Et là-bas, dans le sable, poussent les concombres, et les melons les plus précoces de Crète. C'est le vent d'Afrique, patron, qui les gonfle. Si tu couches dans un potager, tu les entends craquer crr ! crr ! et grossir pendant la nuit.

Zorba allait devant un peu de travers. La tête lui tournait encore.

— Courage, Zorba ! lui criai-je, nous sommes tirés d'affaire, n'aie pas peur !

Nous marchions vite. La terre était mélangée de sable et de coquillages. De temps en temps un tamaris, un figuier sauvage, une touffe de joncs, des molènes amères. Il faisait lourd. Les nuages descendaient toujours plus bas, le vent tombait.

Nous passions près d'un grand figuier au tronc jumelé, torsadé, qui commençait à se creuser de vieillesse. L'un des gamins s'arrêta. D'un mouvement de menton il me désigna le vieil arbre.

— Le figuier de la Demoiselle ! dit-il.

Je sursautai. Sur cette terre de Crète, chaque pierre, chaque arbre a sa tragique histoire.

— De la Demoiselle ? Pourquoi ça ?

— Du temps de mon grand-père, une fille de notable était tombée amoureuse d'un jeune berger. Mais son père ne voulait pas ; la demoiselle pleurait, criait, suppliait, mais le vieux, toujours la même chanson ! Et voilà qu'un soir les deux jeunes gens disparaissent. On les cherche, un, deux, trois jours, une semaine, introuvables ! Mais ils ont commencé à empester, alors on a suivi la puanteur et on les a trouvés sous ce figuier, pourris et enlacés. Tu comprends ? Ils les ont trouvés à cause de la puanteur.

L'enfant éclata de rire. On entendit la rumeur du village. Des chiens se mirent à aboyer, des femmes piaillaient, les coqs annonçaient le changement de temps. Dans l'air flottait l'odeur du marc de raisin qui s'exhalait des chaudières où l'on distillait le raki.

— Le voilà le village ! crièrent les deux enfants qui prirent leur élan.

Dès que nous eûmes contourné la colline de sable, le petit village apparut, grimpant au flanc du ravin. Des maisons basses à terrasses, blanchies à la chaux, collées l'une contre l'autre ; et comme les fenêtres ouvertes faisaient taches noires, elles ressemblaient à des crânes blanchis coincés entre les pierres.

Je rejoignis Zorba.

— Fais attention, Zorba, lui recommandai-je à voix basse, conduis-toi comme il faut, maintenant que nous entrons dans le village. Il ne faut pas qu'ils se doutent de quelque chose, Zorba ! Faisons les hommes d'affaires sérieux : moi le patron et toi le contremaître. Les Crétois, sache-le, ne badinent pas. Une fois qu'ils ont l'œil sur toi, ils trouvent aussitôt ce qui cloche et te collent un sobriquet. Plus moyen de t'en dépêtrer. Tu cours comme un chien à qui on a attaché une casserole à la queue.

Zorba prit sa moustache à pleine main et se plongea dans la méditation.

— Écoute, patron, dit-il enfin, s'il y a une veuve dans le bled tu n'as pas besoin d'avoir peur, s'il n'y en a pas...

A ce moment, à l'entrée du village, une mendiante couverte de loques accourut, la main tendue. Basanée, toute crasseuse, avec une petite moustache noire et drue.

— Eh, compère ! cria-t-elle à Zorba, eh, compère ! tu as une âme ?

Zorba s'arrêta.

— J'en ai une, répondit-il sérieusement.

— Alors donne-moi cinq drachmes !

Zorba sortit de sa poche un portefeuille de cuir délabré.

— Tiens ! dit-il.

Et un sourire détendit ses lèvres encore amères. Il se retourna :

— A ce que je vois, dit-il, ce n'est pas cher par ici : cinq drachmes l'âme.

Les chiens du village se précipitèrent sur nous, les femmes se penchèrent aux terrasses, les enfants nous emboîtèrent le pas en braillant. Les uns aboyaient, d'autres cornaient comme des autos, d'autres nous devançaient en nous regardant avec de grands yeux extasiés.

Nous arrivâmes sur la place du village : deux immenses peupliers blancs, entourés de troncs grossièrement équarris servant de bancs ; en face, le café surmonté d'une vaste enseigne déteinte : « Café-Boucherie La Pudeur ».

— Pourquoi tu ris, patron ? demanda Zorba.

Mais je n'eus pas le temps de répondre. De la porte du café-boucherie jaillirent cinq ou six colosses, portant les braies bleu foncé avec la ceinture rouge.

— Soyez les bienvenus, amis ! crièrent-ils. Donnez-vous la peine d'entrer prendre un raki. Il est tout chaud encore, il sort de la chaudière.

Zorba claqua la langue.

— Qu'est-ce que tu en dis, patron ?

Il se retourna vers moi et cligna de l'œil.

— On en boit un ?

Nous en bûmes un, qui nous brûla les entrailles. Le

cafetier-boucher, un vieux costaud bien conservé et leste, nous apporta des chaises.

Je demandai où nous pourrions loger.

— Allez chez Mme Hortense, cria quelqu'un.

— Une Française ? fis-je surpris.

— Elle vient de l'autre bout du monde. Elle a fait la vie, elle a roulé sa bosse un peu partout et quand elle est devenue vieille, elle a échoué ici où elle a ouvert une auberge.

— Elle vend aussi des bonbons ! lança un enfant.

— Elle se met de la farine et de la peinture ! cria un autre. Elle a un ruban autour de son cou... Elle a aussi un perroquet.

— Veuve ? demanda Zorba, c'est une veuve ?

Personne ne lui répondit.

— Veuve ? redemanda-t-il, l'eau à la bouche.

Le cafetier empoigna son épaisse barbe grise.

— Combien de poils que ça fait, l'ami ? Combien ? Eh bien, elle est veuve d'autant de maris. Tu as saisi ?

— J'ai saisi, répondit Zorba en se pourléchant les babines.

— Elle peut te faire veuf toi aussi.

— Prends garde, l'ami ! cria un vieux, et tous de s'esclaffer.

Le cafetier reparut portant sur un plateau la nouvelle tournée qu'on nous offrait : du pain d'orge, du fromage de chèvre, des poires.

— Allons, fichez-leur la paix ! cria-t-il. Il n'y a pas de madame qui tienne ! C'est chez moi qu'ils coucheront.

— C'est moi qui vais les prendre, Kondomanolio ! dit le vieillard. Moi je n'ai pas d'enfants, ma maison est grande, il y a de la place.

— Pardon, oncle Anagnosti, cria le cafetier en se penchant à l'oreille du vieux. Je l'ai dit le premier.

— Tu n'as qu'à prendre l'autre, dit le vieil Anagnosti, moi je prendrai le vieux.

— Quel vieux ? fit Zorba, piqué au vif.

— On ne se sépare pas, dis-je en faisant signe à Zorba

de ne pas s'irriter. On ne se sépare pas. On va aller chez Mme Hortense...

— Soyez les bienvenus ! Soyez les bienvenus !

Une petite bonne femme, courtaude, grassouillette, les cheveux décolorés, couleur de lin, apparut sous les peupliers, se dandinant sur ses jambes torses, les bras tendus. Un grain de beauté, hérissé de soies porcines, ornait son menton. Elle portait un ruban de velours rouge autour du cou et ses joues flétries étaient plâtrées de poudre mauve. Une petite mèche folâtre sautillait sur son front, qui la faisait ressembler à Sarah Bernhardt, vieille, dans *l'Aiglon.*

— Charmé de faire votre connaissance, madame Hortense ! répondis-je en me préparant à lui baiser la main, entraîné par une soudaine bonne humeur.

La vie m'apparut tout à coup comme un conte, une comédie de Shakespeare, disons *la Tempête.* Nous venions de débarquer, tout trempés après le naufrage imaginaire. Nous étions en train d'explorer les rivages surprenants et de saluer cérémonieusement les habitants du lieu. Cette Dame Hortense me faisait l'effet de la reine de l'île, une sorte d'otarie blonde et luisante qui aurait échoué, à moitié pourrie, parfumée et moustachue sur cette plage de sable. Derrière elle, avec ses multiples têtes crasseuses, poilues et pleines de bonne humeur, Caliban, le peuple, qui la regardait avec fierté et mépris.

Zorba, le prince travesti, la contemplait, lui aussi, les yeux écarquillés, comme une ancienne compagne, vieille frégate ayant combattu sur des mers lointaines, tour à tour victorieuse et vaincue, ses sabords enfoncés, ses mâts rompus, ses voiles déchirées — et qui, maintenant, sillonnée de fissures qu'elle calfatait de crème et de poudre, s'était retirée sur cette côte et attendait. Assurément elle attendait Zorba, le capitaine aux mille balafres. Et j'avais plaisir à voir ces deux comédiens se rencontrer enfin dans ce décor crétois, simplement mis en scène et brossé à grands coups de pinceau.

— Deux lits, madame Hortense ! dis-je en m'inclinant

devant la vieille comédienne de l'amour. Deux lits sans punaises...

— Pas de punaises, non, pas de punaises ! s'écria-t-elle en me jetant un long regard provocant.

— Il y en a ! Il y en a ! crièrent en ricanant les bouches de Caliban.

— Il n'y en a pas ! Il n'y en a pas ! insista-t-elle en frappant les pierres d'un petit pied grassouillet, chaussé d'un gros bas bleu ciel. Elle portait de vieux escarpins défoncés, ornés d'un coquet petit nœud de soie.

— Hou ! Hou ! le diable t'emporte, prima donna ! s'esclaffa encore Caliban.

Mais Dame Hortense, pleine de dignité, s'en allait déjà et nous ouvrait le passage. Elle sentait la poudre et la savonnette bon marché.

Zorba allait derrière elle en la dévorant des yeux.

— Dis donc, vise-moi ça, patron, me confia-t-il. Comment qu'elle se dandine, la garce : plaf ! plaf ! comme ces brebis qui ont la queue toute en graisse !

Deux ou trois grosses gouttes tombèrent, le ciel s'obscurcit. Des éclairs bleus sabrèrent la montagne. Des fillettes, emmitouflées dans leurs petites capes blanches en poil de chèvre, ramenaient en hâte du pâturage la chèvre et le mouton de la famille. Les femmes, accroupies devant la cheminée, allumaient le feu du soir.

Zorba mordit nerveusement sa moustache sans cesser de regarder la croupe roulante de la dame.

— Hum ! murmura-t-il soudain dans un soupir. Cette garce de vie, elle n'est jamais à court de surprises.

3

D'ANCIENNES cabines de bain, accolées l'une à l'autre, composaient le petit hôtel de Dame Hortense. La première cabine, c'était la boutique. On y trouvait des bonbons, des cigarettes, des cacahuètes, des mèches de lampe, des alphabets, des cierges et du benjoin. Quatre autres cabines à la file constituaient les chambres à coucher. Derrière, dans la cour, il y avait la cuisine, la buanderie, le poulailler et les clapiers. Tout autour, plantés dans le sable fin, des bambous touffus et des figuiers de Barbarie. Tout cet assemblage fleurait la mer, la fiente et l'urine. Mais de temps à temps, quand passait Dame Hortense, l'air changeait d'odeur — comme si l'on avait vidé sous votre nez une cuvette de coiffeur.

Les lits préparés, nous nous couchâmes et ne fîmes qu'un somme jusqu'au matin. Je ne me souviens pas du rêve que j'eus, mais j'étais en me levant aussi léger et dispos que si je sortais de la mer.

C'était dimanche, les ouvriers devaient venir le lendemain des villages proches pour commencer le travail à la mine. J'avais donc le temps de faire un tour ce jour-là pour voir sur quels rivages m'avait jeté le sort. L'aube pointait à peine lorsque je m'élançai au-dehors. Je dépassai les jardins, longeai le bord de la mer, fis à la hâte connaissance avec l'eau, la terre, l'air de l'endroit, cueillis des plantes sauvages, et mes paumes se parfumèrent de sarriette, de sauge et de menthe.

Je montai sur une hauteur et regardai. Un austère

paysage de granit et de pierre à chaux très dure. Des caroubiers sombres, des oliviers argentés, des figuiers et des vignes. Dans les creux abrités, des jardins d'orangers, de citronniers et de néfliers ; tout près du rivage, les potagers. Au sud, la mer encore irritée, immense, venant des côtes africaines, mugissante, s'élançait et rongeait la Crète. Tout près, un îlot bas, sablonneux, d'un rose virginal sous les premiers rayons.

Ce paysage crétois ressemblait, me parut-il, à la bonne prose : bien travaillé, sobre, exempt de richesses superflues, puissant et retenu. Il exprimait l'essentiel avec les plus simples moyens. Il ne badinait pas, refusait d'utiliser le moindre artifice. Il disait ce qu'il avait à dire avec une virile austérité. Mais entre les lignes sévères on distinguait une sensibilité et une tendresse imprévues ; dans les creux abrités, les citronniers et les orangers embaumaient, et plus loin, de la mer infinie, émanait une inépuisable poésie.

— La Crète, murmurais-je, la Crète... et mon cœur battait.

Je descendis de la petite colline et pris le bord de l'eau Des jeunes filles jacassantes apparurent, fichus blancs comme neige, hautes bottes jaunes, jupes retroussées ; elles allaient entendre la messe au monastère que l'on voyait là-bas, éblouissant de blancheur, au bord de la mer.

Je m'arrêtai. Dès qu'elles m'aperçurent, leur rire s'éteignit. Leur visage, à la vue d'un homme étranger, se ferma farouchement. De la tête aux pieds leur corps se mit sur la défensive et leurs doigts s'accrochèrent nerveusement à leurs corsages étroitement boutonnés. Leur sang s'alarmait. Sur toutes ces côtes crétoises tournées vers l'Afrique, les corsaires ont, des siècles durant, fait de soudaines incursions, ravissant les brebis, les femmes, les enfants. Ils les ligotaient avec leurs ceintures rouges, les jetaient dans les cales et levaient l'ancre pour aller les vendre à Alger. Alexandrie, Beyrouth. Des siècles durant, sur ce rivage festonné de tresses noires, la mer a retenti de pleurs. Je regardais s'approcher les jeunes filles farouches, collées l'une à l'autre, comme pour former une barrière infranchissable. Mouvements sûrs, indispensables aux siècles passés, et qui reviennent aujourd'hui sans raison, suivant le rythme d'une nécessité disparue.

Mais comme les jeunes filles passaient devant moi, je m'écartai bien tranquillement en souriant. Et aussitôt, comme si elles sentaient soudain que depuis des siècles le danger était passé, s'éveillant en sursaut dans notre époque de sécurité, leurs visages s'éclairèrent, la ligne de bataille aux rangs serrés s'espaça, et toutes ensemble elles me souhaitèrent le bonjour avec des voix joyeuses et limpides. Au même moment, les cloches du lointain monastère, heureuses, folâtres, remplirent l'air de leur jubilation.

Le soleil était déjà haut, le ciel était pur. Je me blottis entre les rochers, niché comme une mouette dans un creux et contemplai la mer. Je sentais mon corps plein de force, frais, docile. Et mon esprit, en suivant la vague, devenait vague et se soumettait lui aussi, sans plus résister, au rythme de la mer.

Peu à peu, mon cœur se gonflait. Des voix obscures montaient en moi, impérieuses et suppliantes. Je savais qui appelait. Dès que je restais seul un instant, il mugissait en moi, angoissé de pressentiments horribles, de craintes folles, de transports et attendait de moi la délivrance.

J'ouvris rapidement Dante, le « compagnon de voyage », pour ne pas entendre et conjurer le terrible démon. Je feuilletais, lisais un vers par-ci, un verset par-là, me remémorais le chant tout entier et de ces pages ardentes s'élevaient en hurlant les damnés. Plus haut, des âmes blessées s'efforçaient d'escalader une haute montagne escarpée. Plus haut encore, flânaient dans des prairies d'émeraude les âmes des bienheureux, pareilles à de brillantes lucioles. J'allais et venais du haut en bas du terrible édifice de la destinée, je circulais à loisir dans l'Enfer, le Purgatoire, le Paradis, comme dans ma propre demeure. Je souffrais, j'espérais ou goûtais la béatitude en me laissant emporter par les vers merveilleux.

Soudain je fermai Dante et regardai vers le large. Une mouette, le ventre appuyé sur la vague, montait, descendait avec elle, savourant, heureuse, la grande volupté de l'abandon. Un jeune garçon bronzé apparut au bord de l'eau, pieds nus et chantant des chansons d'amour. Peut-être comprenait-il la souffrance qu'elles exprimaient, car sa voix commençait à s'enrouer comme celle d'un jeune coq.

Pendant des années, des siècles, les vers de Dante se chantaient ainsi dans le pays du poète. Et comme la chanson d'amour prépare les garçons et les filles à l'amour, les brûlants vers florentins préparaient les éphèbes italiens à la lutte pour la délivrance. Tous, de génération en génération, communiaient avec l'âme du poète, changeant leur esclavage en liberté.

J'entendis rire dans mon dos. Je dégringolai d'un seul coup des sommets dantesques, me retournai et vis Zorba debout derrière moi, riant de tout son visage.

— Qu'est-ce que c'est que ces manières, patron ? cria-t-il. Ça fait des heures que je te cherche, mais où aller te dénicher ?

Et comme il me voyait silencieux, immobile :

— Il est midi passé, cria-t-il, la poule est cuite ; elle va être complètement fondue, la pauvrette ! Tu comprends ?

— Je comprends, mais je n'ai pas faim.

— Tu n'as pas faim ! fit Zorba en se frappant les cuisses. Mais tu ne t'es rien mis sous la dent depuis ce matin. Il faut s'occuper du corps aussi, aie pitié de lui. Donne-lui à manger, patron, donne-lui à manger, c'est notre bourricot, tu vois. Si tu ne le nourris pas, il te laissera en plan au beau milieu de la route.

Depuis des années je méprisais les joies de la chair, et si ç'avait été commode, j'aurais mangé en cachette, comme si je commettais une action honteuse. Mais pour que Zorba ne rouspète pas :

— Bon, dis-je, je viens.

Nous nous dirigeâmes vers le village. Les heures dans les rochers avaient passé comme des heures d'amour, aussi vite que l'éclair. Je sentais encore sur moi le souffle brûlant du Florentin.

— Tu pensais au lignite ? demanda Zorba avec quelque hésitation.

— A quoi d'autre veux-tu que je pense ? répondis-je en

riant. Demain, nous commençons le travail. Il fallait que je fasse des calculs.

Zorba m'observa du coin de l'œil et se tut. Je comprenais de nouveau qu'il me pesait, il ne savait pas encore ce qu'il devait croire ou ne pas croire.

— Et le résultat de tes calculs ? demanda-t-il encore, avançant avec prudence.

— C'est que dans trois mois nous devons extraire dix tonnes de lignite par jour, pour couvrir les frais.

Zorba me regarda encore, mais cette fois avec inquiétude. Puis, peu après :

— Et pourquoi, diable, tu es allé au bord de la mer pour faire des calculs ? Excuse-moi, patron, si je te demande ça, mais je ne comprends pas. Moi, quand je me débats avec des chiffres, je voudrais me fourrer dans un trou de la terre, pour ne rien voir. Si je lève les yeux et que je voie la mer, ou un arbre, ou une femme, même une vieille, hein ! va te faire fiche ! voilà les calculs et les cochons de chiffres qui foutent le camp, on dirait qu'il leur pousse des ailes...

— Mais c'est ta faute, Zorba ! fis-je pour le taquiner. Tu n'as pas la force de concentrer tes pensées.

— Je ne sais pas, moi, patron. Ça dépend. Il y a des cas où même le sage Salomon... Tiens, un jour, je passais dans un petit village. Un vieux grand-père de quatre-vingt-dix ans était en train de planter un amandier. « Eh ! petit père, je lui fais, tu plantes un amandier ? » Et lui, courbé comme il était, il se retourne et il me fait : « Moi, mon fils, j'agis comme si je ne devais jamais mourir. » Et moi, je lui réponds : « J'agis comme si je devais mourir à chaque instant. » Qui de nous deux avait raison, patron ?

Il me regarda, triomphant :

— C'est ici que je t'attends, dit-il.

Je me taisais. Deux sentiers également montants et hardis peuvent conduire au sommet. Agir comme si la mort n'existait pas, agir en pensant à chaque instant à la mort, c'est peut-être la même chose. Mais au moment où Zorba me le demanda, je ne le savais pas.

— Alors ? fit Zorba gouailleur. Ne te fais pas de mauvais sang, patron, on n'en sort pas. Parlons d'autre chose. Moi, en ce moment, je pense au déjeuner, à la poule, au pilaf avec de la cannelle dessus et j'ai le cerveau qui fume comme le pilaf. Mangeons d'abord et après on verra. Chaque chose en son temps. Maintenant, devant nous, il y a le pilaf, donc, notre pensée doit être pilaf. Demain, c'est le lignite qui sera devant nous, donc, notre pensée sera lignite. Pas de demi-mesures, tu comprends ?

Nous entrions dans le village. Les femmes étaient assises sur le seuil et bavardaient ; les vieux, appuyés sur leurs bâtons, demeuraient silencieux. Sous un grenadier chargé de fruits, une petite vieille ratatinée épouillait son petit-fils.

Devant le café se tenait un vieillard bien droit, au visage sévère et concentré, au nez aquilin, l'air grand seigneur ; c'était Mavrandoni, l'ancien du village, qui nous avait loué la mine de lignite. Il était passé la veille chez Dame Hortense pour nous amener chez lui.

— C'est une grande honte pour nous, avait-il dit, vous demeurez à l'auberge, comme s'il n'y avait personne dans le village pour vous recevoir.

Il était grave, ses paroles étaient mesurées. Nous avions refusé. Il avait été froissé, mais n'avait pas insisté.

— J'ai fait mon devoir, avait-il dit en s'en allant ; vous êtes libres.

Peu après, il nous avait fait porter deux boules de fromage, un panier de grenades, une jarre de raisins secs et de figues et une dame-jeanne de raki.

— Salut de la part du capetan Mavrandoni ! dit le domestique en déchargeant le petit âne — peu de choses, qu'il dit, mais beaucoup de cœur.

Nous saluâmes le notable du village avec une abondance de paroles cordiales.

— Longue vie à vous ! dit-il en posant la main sur sa poitrine.

Et il se tut.

— Il n'aime pas beaucoup parler, murmura Zorba : c'est un homme revêche.

— Fier, dis-je, il me plaît.

Déjà nous arrivions. Les narines de Zorba palpitaient

joyeusement. Dame Hortense, dès qu'elle nous aperçut depuis le seuil, poussa un cri, et rentra dans la cuisine.

Zorba dressa la table dans la cour, sous la treille dépouillée de ses feuilles. Il coupa de larges tranches de pain, apporta du vin, mit les assiettes et les couverts. Il se retourna, me regarda malicieusement, et me désigna la table : il avait mis trois couverts !

— Tu comprends, patron ? me souffla-t-il.

— Je comprends, répondis-je, je comprends, vieux débauché.

— C'est les vieilles poules qui font le bon bouillon, dit-il en se léchant les lèvres. J'en sais quelque chose.

Il courait, agile, ses yeux lançaient des étincelles, il fredonnait de vieilles chansons d'amour.

— C'est ça la vie, patron, la bonne vie. Tiens, en ce moment, j'agis comme si je devais mourir à la minute. Et je me dépêche pour ne pas casser ma pipe avant de manger la poule.

— A table ! ordonna Dame Hortense.

Elle souleva la marmite et vint la poser devant nous. Mais elle demeura bouche bée : elle avait aperçu les trois couverts. Cramoisie de plaisir, elle regarda Zorba et ses petits yeux acides, bleu pervenche, papillotèrent.

— Elle a le feu dans ses culottes, me fit Zorba à voix basse.

Puis, avec une extrême politesse, il se tourna vers la dame :

— Belle nymphe des ondes, dit-il, nous sommes des naufragés et la mer nous a rejetés dans ton royaume. Daigne partager notre repas, ma sirène !

La vieille chanteuse ouvrit tout grands ses bras et les referma comme si elle voulait nous y serrer tous les deux, se balança gracieusement, frôla Zorba, puis moi, et, gloussante, courut dans sa chambre. Peu après, elle réapparaissait, frétillante et se dandinant, vêtue de sa toilette numéro un : une vieille robe de velours vert toute râpée, ornée de ganses jaunes élimées. Son corsage restait hospitalièrement ouvert et elle avait épinglé dans l'échancrure une rose de tissu épanouie. Elle avait à la main la cage du perroquet qu'elle suspendit à la treille.

Nous la fîmes asseoir au milieu, Zorba à sa droite, moi à sa gauche.

Nous nous jetâmes tous trois sur le déjeuner. Un long moment s'écoula sans que nous soufflions mot. En nous, la bête se nourrissait, s'abreuvait de vin, la nourriture se transformait vite en sang, le monde embellissait, la femme à nos côtés devenait à chaque instant plus jeune et ses rides s'effaçaient. Le perroquet suspendu en face de nous, habit vert et gilet jaune, se penchait pour nous regarder et nous apparaissait tantôt comme un petit bonhomme ensorcelé, tantôt comme l'âme de la vieille chanteuse, portant toilette vert et jaune. Et au-dessus de nos têtes la treille défeuillée se couvrit soudain de grosses grappes de raisins noirs.

Zorba roula des yeux, ouvrit tout grands ses bras, comme s'il voulait embrasser le monde.

— Qu'est-ce qui se passe, patron ? s'écria-t-il, stupéfait. On boit un petit verre de vin et voilà le monde qui perd la boule. Tout de même, ce que c'est que la vie, patron ! Sur ta foi, ça, ce qui pend au-dessus de nos têtes, c'est des raisins, c'est des anges, je ne distingue pas. Ou bien ce n'est rien du tout, et rien n'existe, ni poule, ni sirène, ni Crète ? Parle, patron, parle, ou je deviens cinglé !

Zorba commençait à être guilleret. Il en avait terminé avec la poule et regardait gloutonnement Dame Hortense. Ses yeux se jetaient sur elle, montaient, descendaient, se faufilaient dans la poitrine gonflée et la palpaient comme des mains. Les petits yeux de notre bonne dame brillaient aussi, elle appréciait le vin et avait sifflé pas mal de verres. Et le turbulent démon du vin l'avait ramenée au bon vieux temps. Redevenue tendre, enjouée, expansive, elle se leva, verrouilla la porte extérieure pour que les villageois ne la voient pas — « les barbares », comme elle les appelait, — alluma une cigarette, et son petit nez retroussé à la française se mit à souffler des volutes de fumée.

En de pareils moments, toutes les portes de la femme s'ouvrent, les sentinelles s'endorment et une bonne parole est aussi puissante que l'or ou l'amour. J'allumai donc ma pipe et prononçai la bonne parole.

— Dame Hortense, tu me rappelles Sarah Bernhardt... quand elle était jeune. Je ne m'attendais pas à trouver dans ce lieu sauvage tant d'élégance, de grâce, de beauté et de courtoisie. Quel Shakespeare t'a donc envoyée ici, parmi les barbares ?

— Shakespeare ? fit-elle en écarquillant ses petits yeux délavés, quel Shakespeare ?

Son esprit s'envola, rapide, vers les théâtres qu'elle avait vus, elle fit en un clin d'œil le tour des cafés-chantants, de Paris à Beyrouth, de là tout le long des côtes d'Anatolie, et, brusquement, elle se rappela : c'était à Alexandrie, une grande salle avec des lustres, des sièges de velours, des hommes et des femmes, des dos nus, des parfums, des fleurs. Soudain, le rideau se leva et un nègre terrible apparut...

— Quel Shakespeare ? fit-elle de nouveau, fière de s'être enfin souvenue — celui qu'on appelle aussi Othello ?

— Lui-même. Quel Shakespeare, noble dame, t'a jetée sur ces rochers sauvages ?

Elle regarda autour d'elle. Les portes étaient fermées, le perroquet dormait, les lapins faisaient l'amour, nous étions seuls. Émue, elle commença à nous ouvrir son cœur, comme on ouvre un vieux coffre plein d'épices, de billets doux jaunis, d'antiques toilettes...

Elle parlait le grec tant bien que mal, écorchait les mots, embrouillait les syllabes. Pourtant nous la comprenions parfaitement, et tantôt nous avions peine à réprimer notre rire, tantôt — nous avions déjà pas mal picolé — nous fondions en larmes.

— Eh bien (c'est à peu près ce que nous racontait la vieille sirène dans sa cour parfumée), eh bien, moi qui vous parle, je n'étais pas chanteuse de cabaret, non ! J'étais une artiste renommée. Je portais des combinaisons de soie avec de vraies dentelles. Mais l'amour...

Elle soupira profondément, alluma une nouvelle cigarette à celle de Zorba.

— J'étais amoureuse d'un amiral. La Crète était en

pleine révolution et les flottes des grandes puissances avaient jeté l'ancre dans le port de Souda. Quelques jours après, j'y jetai l'ancre moi aussi. Ah ! quel magnificence ! Vous auriez dû voir les quatre amiraux : l'Anglais, le Français, l'Italien et le Russe, tout couverts d'or, avec des souliers vernis et des plumes sur la tête. Comme des coqs. De grands coqs de quatre-vingts à cent kilos chacun. Et quelles barbes ! frisées, soyeuses, brune, blonde, grise, châtain, et comme elles sentaient bon ! Chacun avait son parfum à lui, c'est comme ça que je les distinguais la nuit. L'Angleterre sentait l'eau de Cologne, la France la violette, la Russie le musc et l'Italie, ah ! l'Italie raffolait de l'ambre ! Quelles barbes, mon Dieu, quelles barbes !

« Souvent, on se réunissait sur le vaisseau-amiral, et on parlait de la révolution. Tous les uniformes étaient dégrafés, moi je n'avais qu'une chemisette de soie qui collait à ma peau, parce qu'ils me la trempaient avec du champagne. C'était l'été, tu comprends. On parlait donc de la révolution, des conversations sérieuses, et moi j'attrapais leurs barbes et je les suppliais de ne pas bombarder les pauvres chers Crétois. On les voyait avec les jumelles, sur un rocher, près de la Canée. Petits, tout petits, comme des fourmis, avec des braies bleues et des bottes jaunes. Et ils criaient, criaient, et ils avaient un drapeau... »

Les roseaux qui formaient la clôture de la cour remuèrent. La vieille combattante s'arrêta, terrifiée. Entre les feuilles, des yeux malicieux brillèrent. Les enfants du village avaient flairé notre bombance et nous épiaient.

La chanteuse essaya de se lever, mais n'y parvint pas : elle avait trop mangé et trop bu, elle se rassit tout en sueur. Zorba ramassa une pierre : les enfants se dispersèrent en piaillant.

— Continue, ma belle, continue, mon trésor ! fit Zorba, approchant sa chaise un peu plus.

— Je disais donc à l'amiral italien, avec qui j'avais plus de liberté, je lui disais en lui prenant la barbe : « Mon Canavaro — c'était son nom, — mon petit Canavaro, pas faire boum ! boum ! pas faire boum ! boum ! »

« Combien de fois, moi qui vous parle, j'ai sauvé les

Crétois de la mort ! Combien de fois les canons étaient prêts à tirer et moi je tenais la barbe de l'amiral et ne le laissais pas faire boum ! boum ! Mais qui m'en a de la reconnaissance ? En fait de décoration... »

Elle était fâchée, Dame Hortense, de l'ingratitude des hommes. Elle frappa la table de son petit poing mou et ridé. Et Zorba, étendant sa main experte sur les genoux écartés, les saisit, emporté par une feinte émotion et s'écria :

— Ma Bouboulina (1), je t'en prie, fais pas boum ! boum !

— Bas les pattes ! fit notre bonne dame en gloussant, pour qui tu me prends, mon vieux ?

Et elle lui glissa un regard langoureux.

— Il y a un bon Dieu, disait le vieux rusé, ne te chagrine pas, ma Bouboulina. On est là, ma chérie, n'aie pas peur !

La vieille sirène leva au ciel ses petits yeux bleus acidulés ; elle vit son perroquet endormi dans sa cage, tout vert.

— Mon Canavaro, mon petit Canavaro ! roucoula-t-elle amoureusement.

Le perroquet, reconnaissant sa voix, ouvrit les yeux, s'agrippa aux barreaux de la cage et se mit à crier de la voix rauque d'un homme qui se noie :

— Canavaro ! Canavaro !

— Présent ! cria Zorba en appliquant de nouveau la main sur ces genoux qui avaient tant servi, comme s'il voulait en prendre possession.

La vieille chanteuse se tortilla sur sa chaise et ouvrit à nouveau sa petite bouche plissée.

— J'ai combattu moi aussi, poitrine contre poitrine, vaillamment... Mais les mauvais jours sont venus. La Crète a été libérée, les flottes ont reçu l'ordre de partir. « Et moi, qu'est-ce que je vais devenir, que je criais en attrapant les quatre barbes. Où est-ce que vous allez me laisser ? Je me suis habituée aux grandeurs, je me suis habituée au

(1) Bouboulina : héroïne de la guerre de l'indépendance (1821-1828) qui combattit vaillamment sur mer comme Canaris et Mioulis.

champagne et aux poulets rôtis, je me suis habituée aux jolis petits marins qui me faisaient le salut militaire. Qu'est-ce que je vais devenir, quatre fois veuve, mes seigneurs amiraux ? »

« Eux, ils rigolaient. Ah ! les hommes ! Ils m'ont comblée de livres anglaises, de lires italiennes, de roubles et de napoléons. J'en ai mis dans mes bas, dans mon corsage et dans mes escarpins. Le dernier soir, je pleurais et je criais, alors les amiraux ont eu pitié de moi. Ils ont rempli la baignoire de champagne, ils m'ont plongée dedans — on était très familiers vous voyez — et après ils ont bu tout le champagne en mon honneur et ça les a soûlés. Et puis, ils ont éteint les lumières...

« Le matin, je sentais toutes les odeurs superposées : la violette, l'eau de Cologne, le musc et l'ambre. Les quatre grandes puissances — l'Angleterre, la France, la Russie, l'Italie — je les tenais ici, ici, sur mes genoux, et je les maniais, tiens, comme ça ! »

Dame Hortense, écartant ses petits bras grassouillets, les agita, de bas en haut, comme si elle faisait sauter un bébé sur ses genoux.

— Là, comme ça ! comme ça !

« Dès qu'il a fait jour, ils se sont mis à tirer des coups de canon, je ne mens pas, je vous le jure sur mon honneur, et une barque blanche avec douze rameurs est venue me prendre et me déposer à terre. »

Elle prit son petit mouchoir et se mit à pleurer, inconsolable.

— Ma Bouboulina, cria Zorba enflammé, ferme les yeux... Ferme les yeux, mon trésor. C'est moi Canavaro !

— Bas les pattes, je te dis ! glapit de nouveau notre bonne dame en minaudant. Regardez-moi cette tête ! Où sont les épaulettes d'or, le tricorne, la barbe parfumée ? Ah ! Ah !

Elle serra doucement la main de Zorba et se remit à pleurer.

Le temps fraîchit. Nous nous tûmes un moment. La mer, derrière les roseaux, soupirait, enfin paisible et tendre. Le vent était tombé, le soleil se coucha. Deux corbeaux du soir passèrent au-dessus de nous et leurs ailes sifflèrent comme si on déchirait une étoffe de soie, disons la chemise de soie d'une chanteuse.

Le crépuscule tombait comme une poussière d'or et saupoudrait la cour. La boucle folle de Dame Hortense prit feu et s'agita dans la brise du soir, comme si elle voulait s'envoler pour porter l'incendie aux têtes voisines. Sa poitrine à moitié découverte, ses genoux écartés, empâtés par l'âge, les rides de son cou, ses escarpins éculés se couvrirent d'or.

Notre vieille sirène frissonna. Fermant à demi ses petits yeux rougis par les larmes et le vin, elle regardait tantôt moi, tantôt Zorba qui, lèvres desséchées, était suspendu à sa poitrine. Il faisait maintenant plus sombre. Elle nous regardait tous les deux d'un air interrogateur, s'efforçant de discerner lequel de nous était Canavaro.

— Ma Bouboulina, lui roucoulait passionnément Zorba, en appuyant son genou contre le sien, il n'y a pas de Dieu, ni de diable, ne t'en fais pas. Relève ta petite tête, appuie ta menotte sur ta joue et pousse-nous une chanson. Vive la vie et que la mort crève !...

Zorba était allumé. Tandis que sa main gauche tortillait sa moustache, sa main droite se promenait sur la chanteuse grisée. Il parlait le souffle court et ses yeux s'étaient alanguis. Assurément, ce n'était plus cette vieille momifiée et maquillée à outrance qu'il voyait devant lui, mais toute la « gent femelle », comme il avait coutume d'appeler la femme. L'individualité disparaissait, le visage s'effaçait. Jeune ou décrépite, belle ou laide, ce n'était plus là que variantes sans importance. Derrière chaque femme se dressait, austère, sacré, plein de mystère, le visage d'Aphrodite.

C'est ce visage que voyait Zorba, c'est à lui qu'il parlait, c'est lui qu'il désirait ; Dame Hortense n'était qu'un masque éphémère et transparent que Zorba déchirait pour baiser la bouche éternelle.

— Relève ton cou de neige, mon trésor, reprit sa voix suppliante et haletante, relève ton cou de neige, pousse ta chanson !

La vieille chanteuse appuya sa joue sur sa main grassouillette, crevassée par les lessives, son regard se fit langoureux. Elle poussa un grand cri lamentable et sauvage et commença sa chanson préférée, mille fois redite, en regardant Zorba — elle avait déjà fait son choix — avec des yeux pâmés, à demi éteints :

Au fil de mes jours
Pourquoi t'ai-je rencontré...

Zorba bondit, alla chercher son santouri, s'assit par terre à la turque, dévêtit son instrument, l'appuya sur ses genoux et allongea ses grosses pattes.

— Ohé ! Ohé ! beugla-t-il, prends un couteau et égorge-moi, ma Bouboulina !

Quand la nuit commença à tomber, que roula dans le ciel l'étoile du soir, que s'éleva, enjôleuse et complice, la voix du santouri, Dame Hortense, bourrée de poule et de riz, d'amandes grillées et de vin, chavira lourdement sur l'épaule de Zorba et soupira. Elle se frotta légèrement contre ses flancs osseux, bâilla et soupira encore.

Zorba me fit un signe et, baissant la voix :

— Elle a le feu dans ses culottes, patron, souffla-t-il, va-t'en !

4

Le jour se leva, j'ouvris les yeux et vis en face de moi Zorba, assis les jambes repliées à l'extrémité de son lit ; il fumait, en proie à une profonde méditation. Ses petits yeux ronds fixaient devant lui la lucarne que les premières lueurs teintaient d'un blanc laiteux. Il avait les yeux bouffis, son cou nu et décharné se tendait, anormalement long, comme un cou d'oiseau de proie.

La veille, je m'étais retiré de bonne heure et l'avais laissé seul avec la vieille sirène.

— Je m'en vais, avais-je dit, amuse-toi bien, Zorba, et courage, mon gaillard !

— Au revoir, patron, avait répondu Zorba. Laisse-nous régler notre affaire, bonsoir, patron, dors bien !

Apparemment ils l'avaient réglée, leur affaire, car dans mon sommeil il m'avait semblé entendre des roucoulements étouffés et, à un moment, des secousses avaient ébranlé la chambre voisine. Puis je m'étais rendormi. Longtemps après minuit, Zorba entrait pieds nus et s'allongeait sur son lit, tout doucement, pour ne pas me réveiller.

Maintenant, dans le petit jour, il était là, les yeux perdus au loin, vers la lumière, le regard encore éteint. On le sentait plongé dans une légère torpeur ; ses tempes ne s'étaient pas encore libérées du sommeil. Calmement, passivement, il s'abandonnait à un courant de pénombre épais comme du miel. L'univers s'écoulait, terres, eaux, pensées, hommes, vers une mer lointaine, et Zorba s'écoulait avec eux, sans apporter de résistance, sans interroger, heureux.

Le village commençait à s'éveiller — rumeur confuse de coqs, de cochons, d'ânes, d'hommes. Je voulus sauter du lit, crier : « Hé, Zorba aujourd'hui nous avons du travail ! » mais j'éprouvais moi-même une grande félicité à me livrer ainsi, sans paroles, sans gestes, aux incertaines, aux vermeilles insinuations de l'aube. En ces minutes magiques, la vie entière semble légère comme un duvet. Comme un nuage, ondoyante et molle, la terre se forme et se reforme au souffle du vent.

Je regardais fumer Zorba, j'eus envie de fumer aussi, j'étendis le bras et pris ma pipe. Je la regardai avec émotion. C'était une grosse et précieuse pipe anglaise, un cadeau que m'avait fait mon ami — celui qui avait les yeux gris-vert et les mains aux doigts effilés — il y avait déjà bien des années, à l'étranger, un midi. Ses études terminées, il partait le soir même pour la Grèce. « Laisse tomber la cigarette, m'avait-il dit ; tu l'allumes, tu en fumes la moitié et tu la rejettes comme une prostituée. C'est une honte. Marie-toi avec la pipe, c'est elle la femme fidèle. Quand tu rentreras chez toi, elle sera toujours là, elle t'aura attendu sans bouger. Tu l'allumeras, tu regarderas la fumée monter dans l'air, et tu te souviendras de moi ! »

Il était midi, nous sortions d'un musée de Berlin, où il était allé faire ses adieux à son cher *Guerrier* de Rembrandt, au casque de bronze, aux joues émaciées, au regard douloureux et volontaire. « Si jamais j'accomplis dans ma vie une action digne d'un homme, murmura-t-il en regardant le guerrier implacable et désespéré, c'est à lui que je le devrai. »

Nous étions dans la cour du musée, adossés à une colonne. En face de nous une statue de bronze — une amazone nue chevauchant avec une grâce indicible un cheval sauvage. Un petit oiseau gris, une bergeronnette, se posa un instant sur la tête de l'amazone, se tourna vers nous, hocha sa queue à petits coups vifs, siffla deux ou trois fois d'un air goguenard et s'envola.

Je frissonnai et regardai mon ami :

— Tu as entendu l'oiseau ? demandai-je. Il a eu l'air de nous dire quelque chose.

Mon ami sourit :

— « C'est un oiseau, laisse-le chanter, c'est un oiseau, laisse-le dire ! » répondit-il en citant un vers de nos complaintes populaires.

Comment à cet instant, au lever du jour, sur cette côte crétoise, ce souvenir remonta-t-il dans ma mémoire avec ce vers funèbre inondant mon esprit d'amertume ?

Je bourrai lentement ma pipe et l'allumai. Tout a un sens caché dans ce monde, pensai-je. Hommes, animaux, arbres, étoiles, tout n'est qu'hiéroglyphes ; heureux celui qui commence à les déchiffrer et à deviner ce qu'ils disent, mais malheur à lui. Quand il les voit, il ne les comprend pas. Il croit que ce sont des hommes, des animaux, des arbres, des étoiles. C'est seulement des années après, trop tard, qu'il découvre leur vraie signification.

Le guerrier au casque de bronze, mon ami appuyé contre la colonne, dans la lumière opaque de ce midi-là, la bergeronnette et ce qu'elle nous dit en pépiant, le vers de la chanson funèbre, tout cela, pensai-je aujourd'hui, peut avoir quelque sens caché, mais lequel ?

Je suivais des yeux la fumée qui s'enroulait et se déroulait dans le clair-obscur et se dissipait lentement. Et mon âme s'enlaçait à cette fumée, se perdait lentement en volutes bleues. Un long moment s'écoula et je sentais, sans l'intervention de la logique, avec une indicible certitude, l'origine, l'épanouissement et la disparition du monde. Comme si j'étais de nouveau plongé, mais cette fois sans les mots trompeurs et les jeux acrobatiques et impudents de l'esprit, dans Bouddha. Cette fumée est l'essence de son enseignement, ces spirales mourantes, c'est la vie qui aboutit, tranquille, sereine et heureuse, au nirvana bleu. Je ne réfléchissais pas, je ne cherchais rien, je n'avais aucun doute. Je vivais dans la certitude.

Je soupirai doucement. Comme si ce soupir m'avait ramené à la minute présente, je regardai autour de moi et vis la misérable baraque de planches et, pendu au mur, un petit miroir sur lequel venait de tomber, jetant des étincelles, le premier rayon de soleil. En face de moi, sur son matelas, Zorba assis me tournait le dos et fumait.

D'un seul coup surgit en moi, avec toutes ses péripéties tragi-comiques, la journée de la veille. Senteurs de violette éventée — de violette, d'eau de Cologne, de musc et d'ambre ; un perroquet, un être presque humain changé en perroquet, qui battait des ailes contre sa cage de fer en appelant un ancien amant ; et une vieille mahonne, seule survivante de toute une flotte, qui relatait d'antiques combats navals...

Zorba entendit mon soupir, secoua la tête et se retourna.

— On s'est mal conduit, murmura-t-il, on s'est mal conduit, patron. Tu as rigolé, moi aussi, et elle nous a vus, la pauvre ! Et tu es parti, sans même lui faire des avances, comme si elle était une vieille de mille ans, quelle honte ! Ce n'est pas de la politesse, ça, patron, ce n'est pas comme ça que doit se conduire un homme, non, permets-moi de te le dire ! C'est une femme, après tout, non ? Une créature faible, pleurnicheuse. Heureusement que moi je suis resté pour la consoler.

— Mais qu'est-ce que tu racontes, Zorba, dis-je en riant, tu penses sérieusement que toutes les femmes n'ont que ça en tête ?

— Oui, elles n'ont que ça en tête. Crois-moi, patron. Moi qui en ai vu et fait de toutes les couleurs, j'ai, comme qui dirait, une petite expérience. La femme n'a pas autre chose en tête, c'est une créature malade, je te dis, pleurnicheuse. Si tu ne lui dis pas que tu l'aimes et que tu la désires, elle se met à pleurer. Possible qu'elle te dise non, possible que tu ne lui plaises pas du tout, que tu la dégoûtes, ça c'est une autre histoire. Mais ceux qui la voient, il faut qu'ils la désirent. C'est ça qu'elle veut, la pauvre, alors tu peux bien lui faire plaisir !

« Moi, j'avais une grand-mère, elle devait avoir quatre-vingts ans. Un vrai roman l'histoire de cette vieille-là. Mais bon, ça aussi c'est un autre chapitre... Elle devait donc avoir dans les quatre-vingts ans et en face de notre maison habitait une jeune fille fraîche comme une fleur. Krystalo qu'elle s'appelait. Tous les samedis soir, nous, les blancs-becs du village, on allait boire un coup et le vin nous émoustillait. On se passait une branche de basilic derrière l'oreille, un cousin à moi prenait sa guitare et on allait donner la sérénade. Quelle flamme ! Quelle passion ! On beuglait comme des buffles. On la voulait tous et tous les samedis soirs on allait en troupeau pour qu'elle fasse son choix.

« Eh bien ! Tu me croiras, patron ? C'est un mystère effarant, il y a dans la femme une plaie qui ne se ferme jamais. Toutes les plaies se ferment, celle-là, n'écoute pas ce que racontent tes bouquins, elle ne se ferme jamais. Quoi, parce que la femme a quatre-vingts ans ? La plaie reste toujours ouverte.

« Donc, tous les samedis, la vieille tirait son matelas devant la fenêtre, prenait en cachette son petit miroir et je te peigne les quelques tifs qui restaient, et je te fais la raie... Elle regardait autour d'elle à la dérobée, de peur d'être vue ; si quelqu'un approchait, elle se pelotonnait tranquillement comme une sainte nitouche et faisait celle qui dort. Mais comment dormir ? Elle attendait la sérénade. A quatre-vingts ans ! Tu vois, patron, à moi ça me donne envie de pleurer aujourd'hui. Mais en ce temps-là, je n'étais qu'un étourdi, je ne comprenais pas et ça me faisait rigoler. Un jour, je me suis mis en colère contre elle. Elle me houspillait parce que je courais après les filles, alors moi, je lui ai dit son fait un bon coup : « Pourquoi que tu te passes les lèvres à la feuille de noyer tous les samedis, et que tu te fais la raie ? Tu te figures peut-être que c'est pour toi qu'on donne la sérénade ? Nous, c'est Krystalo qu'on veut. Toi, tu sens le cadavre ! »

« Tu me croiras, patron ! Ce jour-là, quand j'ai vu deux grosses larmes couler des yeux de ma grand-mère, pour la première fois, j'ai compris ce que c'est qu'une femme. Elle s'était pelotonnée dans son coin comme une chienne et son menton tremblait. « Krystalo » que je criais en m'approchant d'elle pour qu'elle entende mieux, « Krystalo ! » La jeunesse, c'est une bête féroce, inhumaine et qui ne comprend pas. Ma grand-mère leva ses bras décharnés vers le ciel et me cria : « Je te maudis du fond de mon cœur. »

A partir de ce jour-là, elle commença à descendre la pente, elle dépérit et deux mois plus tard, elle était mourante. Au moment où elle agonisait, elle m'aperçut. Elle souffla comme une tortue et tendit sa main desséchée pour m'agripper : « C'est toi qui m'as tuée, Alexis, c'est toi qui m'as tuée, maudit. Malédiction sur toi et que tu souffres toi aussi tout ce que j'ai souffert ! »

Zorba sourit.

— Ah ! Elle ne m'a pas raté la malédiction de la vieille, dit-il en caressant sa moustache. J'ai soixante-cinq ans, je crois, mais même si je vis cent ans, je ne deviendrai jamais sage. J'aurai encore un petit miroir dans ma poche et je courrai après la gent femelle.

Il sourit de nouveau, jeta sa cigarette par la lucarne, s'étira :

— J'ai des masses de défauts, dit-il, mais celui-là, il me tuera !

Il sauta de son lit.

— Ça suffit, assez parlé. Aujourd'hui, on travaille !

Il s'habilla en moins de rien, mit ses souliers et sortit.

La tête penchée sur ma poitrine, je ruminais les paroles de Zorba et soudain me revint à l'esprit une ville lointaine couverte de neige. J'étais arrêté à regarder, dans une exposition d'œuvres de Rodin, une énorme main de bronze, la *Main de Dieu*. La paume en était à moitié fermée et dans cette paume, extatiques, enlacés, luttaient et se mêlaient un homme et une femme.

Une jeune fille s'approcha et s'arrêta à côté de moi. Troublée elle aussi, elle regardait l'inquiétant et éternel enlacement de l'homme et de la femme. Elle était mince, bien habillée, avec d'épais cheveux blonds, un menton fort, des lèvres étroites. Elle avait quelque chose de décidé et de viril. Et moi qui déteste engager des conversations faciles, je ne sais ce qui me poussa. Je me retournai :

— A quoi pensez-vous ? lui demandai-je.

— Si on pouvait s'échapper ! murmura-t-elle avec dépit.

— Pour aller où ? La main de Dieu est partout. Pas de salut. Vous le regrettez ?

— Non. Il se peut que l'amour soit la joie la plus intense

sur cette terre. C'est possible. Mais maintenant que je vois cette main de bronze, je voudrais m'échapper.

— Vous préférez la liberté ?

— Oui.

— Mais si ce n'est que lorsqu'on obéit à la main de bronze qu'on est libres ? Si le mot « Dieu » n'avait pas le sens commode que lui donne la masse ?

Elle me regarda, inquiète. Ses yeux étaient d'un gris métallique, ses lèvres sèches et amères.

— Je ne comprends pas, dit-elle, et elle s'éloigna, comme effrayée.

Elle disparut. Depuis lors, elle ne m'était jamais revenue à l'esprit. Pourtant elle vivait sûrement en moi, sous la dalle de ma poitrine — et aujourd'hui, sur cette côte déserte, la voici sortie du fond de mon être, pâle et plaintive.

Oui, je m'étais mal conduit, Zorba avait raison. C'était un bon prétexte que cette main de bronze, la première prise de contact était réussie, les premières douces paroles amorcées, et nous aurions pu, peu à peu, sans en prendre conscience ni l'un ni l'autre, nous étreindre et nous unir en toute tranquillité dans la paume de Dieu. Mais moi je m'étais élancé brusquement de la terre vers le ciel et la femme effarouchée s'était enfuie.

Le vieux coq chanta dans la cour de Dame .Hortense. Le jour entrait maintenant, tout blanc, par la petite fenêtre. Je me levai d'un bond.

Les ouvriers commençaient d'arriver avec leurs pioches, leurs leviers et leurs pics. J'entendis Zorba donner des ordres. Il s'était tout de suite donné à sa besogne ; on sentait en lui l'homme qui sait commander et aime la responsabilité.

Je passai la tête à la lucarne et le vis debout, gigantesque escogriffe au milieu d'une trentaine d'hommes maigres, rudes, hâlés, à la taille fine. Son bras se tendait impérieux, ses paroles étaient brèves et précises. A un certain moment, il attrapa par la nuque un petit jeunet qui murmurait et s'avançait en hésitant.

— Tu as quelque chose à dire ? lui cria-t-il. Dis-le fort !

Les marmottages ça ne me plaît pas. Pour travailler, il faut être bien disposé. Si tu ne l'es pas, file au bistrot.

Alors apparut Dame Hortense, échevelée, les joues bouffies, pas fardée, vêtue d'une ample chemise sale et traînant des espèces de longues pantoufles éculées. Elle toussa de la toux rauque des vieilles chanteuses, pareille à un braiment, s'arrêta et regarda Zorba avec orgueil. Ses yeux se troublèrent. Elle toussa de nouveau pour qu'il l'entendît et passa près de lui en se balançant et frétillant de la croupe. Il s'en fallut d'un cheveu qu'elle ne le frôlât de sa large manche. Mais il ne se retourna même pas pour la regarder. Il prit à un ouvrier un morceau de galette d'orge et une poignée d'olives.

— Allons, les gars, cria-t-il, faites votre signe de croix !

Et à grandes enjambées il entraîna l'équipe en droite ligne vers la montagne.

Je ne décrirai pas ici les travaux de la mine. Pour cela il faut de la patience et je n'en ai pas. Nous avions construit avec des roseaux, de l'osier et des bidons d'essence une baraque près de la mer. Au point du jour, Zorba s'éveillait, attrapait sa pioche, se rendait à la mine avant les ouvriers, creusait une galerie, l'abandonnait, trouvait une veine de lignite brillant comme de la houille et dansait de joie. Mais quelques jours après, le filon se perdait et Zorba se jetait à terre, les jambes en l'air et, des pieds et des mains, faisait la figue au ciel.

Il avait pris le travail à cœur. Il ne me consultait même plus. Dès les premiers jours, tout le souci et toute la responsabilité étaient passés de mes mains dans les siennes. A lui la charge de décider et d'exécuter. A moi de payer les pots cassés — ce qui d'ailleurs ne me déplaisait guère — car, je le sentais bien, ces mois seraient dans ma vie parmi les plus heureux. Aussi, tout compte fait, j'avais conscience d'acheter mon bonheur à peu de frais.

Mon grand-père maternel, qui habitait une bourgade de Crète, prenait chaque soir sa lanterne et faisait un tour dans le village, pour voir si d'aventure quelque étranger n'était pas arrivé. Il l'emmenait chez lui, lui servait abondamment à boire et à manger, après quoi il s'asseyait sur le divan, allumait son long chibouk, se tournait vers son hôte — pour qui le moment était venu de s'acquitter — et lui disait impérieusement :

— Raconte !

— Raconter quoi, père Moustoyoryi ?

— Ce que tu es, qui tu es, d'où tu viens, quelles villes et quels villages tes yeux ont vus, tout, raconte tout. Allez, parle !

Et l'hôte commençait à raconter, pêle-mêle, vérités et mensonges, tandis que mon grand-père fumait son chibouk, l'écoutait et voyageait avec lui, tranquillement assis sur le divan. Et si l'hôte lui plaisait, il lui disait :

— Tu resteras demain aussi, tu ne pars pas. Tu as encore des choses à raconter.

Mon grand-père n'était jamais sorti de son village. Il n'était même pas allé jusqu'à Candie ou jusqu'à La Canée. « Y aller, pour quoi faire ? disait-il. Il y a des Caniotes et des Candiotes qui passent par ici, Candie et La Canée viennent chez moi. Je n'ai pas besoin d'y aller, moi ! »

Je perpétue aujourd'hui sur cette côte crétoise la manie de mon grand-père. Moi aussi j'ai trouvé un hôte, comme si je l'avais cherché à la lueur de ma lanterne. Je ne le laisse pas s'en aller. Il me coûte beaucoup plus cher qu'un dîner, mais il en vaut la peine. Chaque soir, je l'attends après le travail, je le fais asseoir en face de moi, nous mangeons, le moment vient où il doit payer et je lui dis : « Raconte ! » Je fume ma pipe et j'écoute. Il a bien exploré la terre, cet hôte, bien exploré l'âme humaine, je ne me rassasie pas de l'écouter !

— Raconte, Zorba, raconte !

Dès qu'il ouvre la bouche, toute la Macédoine se découvre devant moi, s'étale dans le petit espace entre Zorba et moi, avec ses montagnes, ses forêts et ses torrents, ses comitadjis, ses femmes dures au travail et ses hommes massifs et rudes. Le mont Athos aussi avec ses vingt et un monastères, ses arsenaux et ses fainéants fessus. Zorba secoue son col en terminant ses histoires de moines et dit en éclatant de rire : « Dieu te garde, patron, des derrières de mulets et des devants de moines ! »

Chaque soir, Zorba me promène à travers la Grèce, la Bulgarie et Constantinople, je ferme les yeux et je vois. Il a parcouru les Balkans, embrouillés et tourmentés, il a tout observé de ses petits yeux de faucon, qu'il écarquille à chaque instant, frappé de stupeur. Les choses auxquelles nous sommes, nous, accoutumés et devant lesquelles nous passons indifférents, se dressent devant Zorba comme de redoutables énigmes. Voit-il passer une femme, il s'arrête ahuri :

— Quel est ce mystère ? demande-t-il. Qu'est-ce que c'est qu'une femme, et pourquoi nous fait-elle ainsi tourner la cervelle ? Qu'est-ce que c'est encore que ça, dis-moi un peu ?

Il s'interroge avec la même stupeur devant un homme, un arbre en fleur, un verre d'eau fraîche. Zorba voit chaque jour toutes choses pour la première fois.

Hier, nous étions assis devant la baraque. Ayant bu un verre de vin, il se tourna vers moi, alarmé :

— Qu'est-ce que c'est encore que cette eau rouge, patron, dis-moi ! Une vieille souche pousse des rameaux, il y a des espèces d'ornements acides qui pendent, et le temps passe, le soleil les mûrit, ils deviennent doux comme du miel et alors on les appelle raisins ; on les foule, on retire le jus qu'on met dans des tonneaux, il fermente tout seul, on le découvre à la fête de Saint-Georges-le-Buveur, il est devenu du vin ! Qu'est-ce que c'est encore que ce prodige ! Tu bois ce jus rouge et voilà ton âme qui grandit, elle ne tient plus dans la vieille carcasse, elle défie Dieu à la lutte. Qu'est-ce que c'est que ça, patron, dis-moi ?

Je ne parlais pas. Je sentais, en écoutant Zorba, se renouveler la virginité du monde. Toutes les choses quotidiennes et décolorées reprenaient l'éclat qu'elles avaient au premier jour, quand elles sortirent des mains de Dieu. L'eau, la femme, l'étoile, le pain, revenaient à la mystérieuse source primitive, et le divin tourbillon se déclenchait de nouveau dans les airs.

Voilà pourquoi chaque soir, étendu sur les galets du

rivage, j'attendais Zorba avec impatience. Couvert de boue, barbouillé de charbon, il débouchait des entrailles de la terre, telle une souris géante, de sa démarche longue et dégingandée. De loin, je devinais comment le travail avait marché ce jour-là : à l'attitude de son corps, à sa tête basse ou haut redressée, au balancement de ses grands bras.

Au début, j'allais avec lui ; j'observais les travailleurs, je m'efforçais de prendre un nouveau chemin, de m'intéresser aux besognes pratiques, de connaître, d'aimer le matériel humain qui était tombé entre mes mains, d'éprouver la joie longtemps désirée de ne plus avoir affaire avec les mots, mais avec des hommes vivants. Et je faisais des projets romantiques — l'extraction du lignite marchant bien — d'organiser une sorte de commune où nous travaillerions tous, où tout serait commun, où nous mangerions tous ensemble la même nourriture et porterions les mêmes vêtements, comme des frères. Je créais dans mon esprit un nouvel ordre religieux, le levain d'une nouvelle vie...

Mais je ne me décidais pas encore à faire part de mes projets à Zorba. Agacé, il me regardait aller et venir parmi les travailleurs, interroger, intervenir et prendre toujours le parti des ouvriers.

Zorba plissait les lèvres :

— Patron, me disait-il, tu ne vas pas faire un tour dehors ? Il y a un de ces soleils !

Mais moi, les premiers temps, j'insistais, je ne partais pas. J'interrogeais, bavardais, je connaissais l'histoire de tous mes ouvriers : les enfants qu'ils avaient à nourrir, les sœurs à marier, les vieux parents impotents ; leurs soucis, leurs maladies, leurs tourments.

— Ne fouille pas comme ça dans leurs histoires, patron, me disait Zorba, renfrogné. Ton cœur s'y laissera prendre, tu les aimeras plus qu'il ne faut et plus qu'il n'est avantageux pour notre travail. Tu leur pardonneras n'importe quoi... Alors, malheur à eux aussi, il faut que tu le saches. Quand le patron est dur, les ouvriers le craignent, le respectent et ils travaillent. Quand le patron est faible, ils lui passent la bride et ils se la coulent douce. Tu comprends ?

Un autre soir, le travail terminé, il jeta sa pioche devant la baraque, d'un air excédé :

— Dis donc, patron, cria-t-il, je t'en prie, ne te mêle plus de rien. Moi je construis et toi tu démolis. Qu'est-ce que c'est encore que tous ces trucs que tu leur racontais aujourd'hui ? Socialisme et balivernes ! Tu es un prédicateur ou un capitaliste ? Il faudrait choisir.

Mais comment choisir ? J'étais dévoré du désir ingénu d'unir les deux choses, de trouver la synthèse où fraterniseraient les oppositions irréductibles et de gagner à la fois la vie terrestre et le royaume des cieux. Ça durait depuis des années, depuis ma petite enfance. Quand j'étais encore à l'école, j'avais organisé avec mes amis les plus intimes une « Fraternité Amicale », c'est le nom que nous lui avions donné, et nous avions fait le serment, enfermés à clef dans ma chambre, que toute notre vie nous la consacrerions à combattre l'injustice. De grosses larmes coulaient de nos yeux au moment où, la main sur le cœur, nous prêtions serment.

Idéaux puérils ! Pourtant malheur à celui qui rit à les entendre ! Quand je vois à quoi ont abouti les membres de la « Fraternité Amicale » — médicastres, avocaillons, épiciers, politiciens fourbes, petits journalistes — mon cœur se serre. Il est âpre et rude, semble-t-il, le climat de cette terre, les semences les plus précieuses ne germent pas ou bien sont étouffées par la broussaille et les orties. Moi, je le vois bien aujourd'hui, je ne suis pas encore raisonnable. Dieu soit loué ! je me sens tout prêt à me lancer dans des expéditions don quichottesques.

Le dimanche, nous nous apprêtions tous les deux, comme des jeunes gens à marier : nous nous rasions, mettions une chemise blanche toute fraîche et nous rendions, sur la fin de l'après-midi, chez Dame Hortense. Tous les dimanches, elle saignait pour nous une poule, et nous nous asseyions de nouveau tous les trois, pour boire et manger ; puis Zorba allongeait ses longues pattes sur le sein hospitalier de la bonne dame et en prenait possession. Lorsque, la nuit tombée, nous revenions à notre rivage, la vie nous paraissait simple et pleine de bonnes intentions, vieille, mais très agréable et accueillante, pareille à Dame Hortense.

Un de ces dimanches, en revenant de nos copieuses agapes, je décidai de parler et de confier mes projets à Zorba. Il m'écouta bouche bée, s'obligeant à la patience. De temps en temps seulement, il hochait avec irritation sa grosse caboche. Dès les premiers mots, il fut dégrisé, son cerveau se clarifia. Quand j'eus terminé, il arracha nerveusement deux ou trois poils de sa moustache.

— Avec ta permission, patron, dit-il, j'ai l'impression que ton cerveau n'est pas très consistant, de la vraie pâte à crêpe. Quel âge tu as ?

— Trente-cinq ans.

— Eh ! alors il n'épaissira jamais.

Sur quoi il éclata de rire. Je fus piqué :

— Tu ne crois pas en l'homme, toi ? m'écriai-je.

— Ne te fâche pas, patron. Non, je ne crois en rien. Si je croyais en l'homme, je croirais aussi en Dieu, je croirais aussi au diable. Et c'est toute une affaire. Les choses s'embrouillent alors, patron ; et ça me cause un tas d'embêtements.

Il se tut, ôta son béret, se gratta la tête avec frénésie, se tirailla encore la moustache comme s'il avait résolu de l'arracher. Il voulait dire quelque chose mais se retenait. Il me regarda du coin de l'œil, me regarda encore, et se décida.

— L'homme est une brute ! cria-t-il en frappant furieusement les pierres avec son bâton. Une grande brute. Ta seigneurie ne le sait pas, à ce qu'il paraît tout a été facile pour toi, mais demande-moi à moi. Une brute, je te dis ! Tu es mauvais avec lui : il te respecte et te craint. Tu es bon avec lui : il t'arrache les yeux.

« Garde les distances, patron, ne donne pas trop de hardiesse aux hommes, ne va pas leur dire qu'on est tous égaux, qu'on a tous les mêmes droits. Aussitôt, ils piétineront ton droit à toi, ils te voleront ton pain et te laisseront crever de faim. Garde les distances, patron, par le bien que je te veux !

— Mais tu ne crois donc à rien, toi ? criai-je exaspéré.

— Non, je ne crois à rien, combien de fois il faut te le dire ? Je ne crois à rien, ni à personne ; seulement à Zorba. Pas parce que Zorba est meilleur que les autres, pas du tout, mais pas du tout ! Une brute, lui aussi. Mais je crois à Zorba parce que c'est le seul que j'aie en mon pouvoir, le seul que je connaisse ; tous les autres, des fantômes. C'est avec ses yeux que je vois, avec ses oreilles que j'entends, avec ses boyaux que je digère. Tous les autres, je te dis, des fantômes. Quand, moi, je mourrai, tout mourra. Le monde zorbesque tout entier coulera à pic !

— Tu parles d'un égoïsme ! dis-je, sarcastique.

— Je n'y peux rien, patron ! C'est comme ça : j'ai mangé des fèves, je parle de fèves ; je suis Zorba, je parle à la Zorba.

Je ne dis rien. Je sentais sur moi comme des coups de cravache les paroles de Zorba. Je l'admirais d'être aussi fort, de pouvoir mépriser à ce point les hommes et en même temps d'avoir une telle envie de vivre et de travailler avec eux. Moi, ou bien je serais devenu un ascète, ou bien j'aurais paré les hommes de fausses plumes pour pouvoir les supporter.

Zorba se tourna et me regarda. A la clarté des étoiles, je distinguais sa bouche qu'un sourire fendait jusqu'aux oreilles.

— Je t'ai vexé, patron ? dit-il en s'arrêtant court.

Nous étions arrivés à la baraque. Zorba me regarda avec tendresse et inquiétude.

Je ne répondis pas. Je sentais que mon esprit était d'accord avec Zorba, mais mon cœur résistait, voulait s'élancer, s'échapper hors de la brute, s'ouvrir un chemin.

— Je n'ai pas sommeil, ce soir, Zorba, dis-je. Va te coucher, toi.

Les étoiles scintillaient, la mer soupirait et léchait les coquillages, une luciole alluma sous son ventre son petit fanal érotique. Les cheveux de la nuit ruisselaient de rosée.

Je m'étendis sur le rivage, plongeai dans le silence, sans penser à rien. Je ne fis plus qu'un avec la nuit et la mer, je sentais mon âme comme une luciole qui, son petit fanal d'or vert allumé, s'est posée sur la terre humide et noire et attend.

Les étoiles voyageaient, les heures passaient — et quand je me levai, j'avais, sans comprendre comment, gravé en moi définitivement la double tâche que j'aurais à remplir sur ce rivage :

Échapper à Bouddha, me débarrasser dans les mots de tous mes soucis métaphysiques et libérer mon âme d'une vaine angoisse ;

Établir, à partir de ce moment, un contact profond et direct avec les hommes.

« Peut-être, me disais-je, en est-il temps encore. »

5

« ONCLE Anagnosti, l'ancien, vous salue et vous demande si ça vous ferait plaisir de vous donner la peine de venir jusqu'à la maison prendre la collation. Le hongreur passera aujourd'hui au village pour châtrer les porcs ; Kyra Maroulia, la femme de l'ancien, fera cuire pour vous les « parties ». Vous souhaiterez aussi la bonne fête à leur petit-fils Minas, c'est aujourd'hui sa fête. »

C'est une grande joie d'entrer dans une maison de paysans crétois. Tout ce qui vous entoure est patriarcal : la cheminée, la lampe à huile, les jarres alignées le long du mur, une table, quelques chaises et, à gauche en entrant, dans un creux du mur, la cruche d'eau fraîche. Aux poutres pendent des chapelets de coings, de grenades et de plantes aromatiques : sauge, menthe poivrée, romarin, sarriette.

Au fond, trois ou quatre marches de bois conduisent à la galerie où se trouve le lit à tréteaux et, au-dessus, les saintes icônes avec la veilleuse toujours allumée. La maison vous paraît vide et pourtant elle possède tout l'indispensable, tant l'homme véritable a besoin de peu de choses.

La journée était magnifique, le soleil d'automne d'une grande douceur. Nous nous assîmes devant la maison, dans le courtil, sous un olivier chargé de fruits. Entre les feuilles argentées, la mer étincelait au loin, calme, figée. Des nuages vaporeux passaient au-dessus de nous. Ils couvraient le soleil, le découvraient : on eût dit que la terre, tantôt joyeuse, tantôt chagrine, respirait.

Au fond du jardinet, dans un petit enclos, le porc châtré

criait de douleur et nous assourdissait. De la cheminée nous parvenait le fumet de ses « parties » cuisant sur la braise.

Nous parlions des choses éternelles : des céréales, des vignes, de la pluie. Nous étions obligés de crier : le vieux notable n'entendait pas bien. Il avait, disait-il, l'oreille très fière. La vie de ce vieux Crétois avait été droite et calme comme celle d'un arbre dans une ravine abritée des vents. Il était né, avait grandi, s'était marié. Il avait eu des enfants et des petits-enfants. Plusieurs étaient morts, mais d'autres vivaient ; la descendance était assurée.

Le vieux Crétois se rappela les temps anciens, l'époque des Turcs, se remémora les paroles de son père, les miracles qui arrivaient en ce temps-là parce que les gens craignaient Dieu et avaient la foi.

— Tenez, moi qui vous parle, moi l'oncle Anagnosti, je suis né d'un miracle. Oui, d'un miracle. Et quand je vous raconterai comment, vous serez émerveillés et vous direz : « Seigneur Miséricorde ! » et vous irez au monastère de la Vierge pour lui faire brûler un cierge.

Il fit le signe de croix et commença tout tranquillement de sa douce voix :

— En ce temps-là, donc, il y avait dans notre village une riche Turque — damnée soit-elle ! — Un beau jour la voilà enceinte, la maudite, et son temps d'accoucher arrive. On la met sur le siège et elle reste à beugler comme une génisse trois jours et trois nuits. Mais l'enfant ne sortait pas. Une amie à elle — damnée soit-elle celle-là aussi ! — lui donna un conseil : « Tzafer Hanoum, tu devrais appeler la mère Meïré à ton secours ! » Mère Meïré, c'est le nom que les Turcs donnent à la Vierge. « Appeler celle-là ? beugla cette chienne de Tzafer, celle-là ? J'aimerais mieux mourir ! » Mais les douleurs étaient fortes. Elle passa encore un jour et une nuit. Elle beuglait toujours, elle n'accouchait pas. Que faire ? Elle ne pouvait plus supporter les douleurs. Alors elle se met à appeler : « Mère Meïré ! Mère Meïré ! » Elle avait beau crier tant qu'elle pouvait, les douleurs ne la lâchaient pas et l'enfant ne venait pas. « Elle ne t'entend pas, lui dit alors son amie, elle ne doit pas savoir le turc.

Appelle-la avec son nom chrétien. — Vierge des Roumis ! cria alors la chienne, Vierge des Roumis ! » Mais va te faire fiche, les douleurs augmentaient. « Tu ne l'appelles pas comme il faut, Tzafer Hanoum, dit encore l'amie, tu ne l'appelles pas comme il faut et c'est pour ça qu'elle ne vient pas. » Alors, cette chienne d'infidèle, voyant le danger, pousse un grand cri : « Sainte Vierge ! » Et, d'un seul coup, voilà l'enfant qui glisse de son ventre comme une anguille.

« Ça se passait un dimanche, et le dimanche suivant ma mère était à son tour dans les douleurs. Elle avait mal, elle aussi, la pauvre, elle avait mal, elle beuglait, ma pauvre mère. Elle criait : « Sainte Vierge ! Sainte Vierge ! » mais la délivrance, elle ne la voyait point venir. Mon père était assis par terre au milieu de la cour, il avait tant de peine qu'il ne pouvait ni boire ni manger. Il en avait après la Sainte Vierge. « L'autre fois, voyez-vous, cette chienne de Tzafer l'a appelée et elle s'est cassé le cou pour courir la délivrer. Maintenant... » Le quatrième jour, mon père n'y tient plus. Il ne fait ni une ni deux, prend son bâton fourchu et le voilà parti au monastère de la Vierge-Égorgée. Qu'elle nous vienne en aide ! Il arrive, entre dans l'église sans même faire son signe de croix, tant sa fureur était grande, il ferme derrière lui la porte au loquet et s'arrête devant l'icône : « Dis donc, Sainte Vierge, qu'il crie, il y a une femme, Krinio, tu la connais, elle t'apporte de l'huile tous les samedis soir et elle allume tes veilleuses, ma femme Krinio est dans les douleurs depuis trois jours et trois nuits et elle t'appelle ; tu ne l'entends donc pas ? Il faut que tu sois devenue sourde pour ne pas l'entendre. Bien sûr, si c'était une chienne comme Tzafer, une de ces saloperies de Turques, on te verrait te casser le cou pour aller la tirer d'affaire. Mais pour ma femme, la chrétienne, tu es devenue sourde, tu ne l'entends pas ! Eh bien, si tu n'étais pas la Sainte Vierge, je t'aurais fichu une bonne correction, avec cette trique que tu vois ! »

« Sur quoi, sans se prosterner, il tourne le dos pour sortir. Mais au même moment, l'icône se met à grincer très fort comme si elle se fendait. Les icônes grincent comme ça quand elles font des miracles, apprenez-le si vous ne le saviez pas. Mon père comprend tout de suite, alors il se retourne, se met à genoux et se signe : « J'ai péché, Sainte Vierge, qu'il crie, mettons que tout ce qu'on a dit ça compte pour du beurre ! »

« Il était à peine arrivé au village qu'on lui annonce la bonne nouvelle : « Félicitations, Kostandi, ta femme a accouché, c'est un garçon. » C'était moi, le vieil Anagnosti. Mais je suis né avec l'oreille un peu fière. Mon père, vous voyez, avait blasphémé en traitant la Vierge de sourde.

« Ah ! c'est comme ça ? qu'elle avait dû dire la Vierge. Eh bien ! attends un peu, ton fils, je vais le rendre sourd, ça t'apprendra à blasphémer ! »

Et l'oncle Anagnosti se signa.

— Et ce n'est rien encore, dit-il, car elle pouvait me rendre aveugle ou crétin, ou bossu, ou bien — Dieu m'en garde ! — elle aurait pu me faire fille. Ce n'est rien, je me prosterne devant sa grâce !

Il remplit les verres :

— Qu'elle nous vienne en aide ! dit-il en levant le sien.

— A ta santé, oncle Anagnosti, je te souhaite de vivre cent ans et de connaître tes arrière-petits-enfants !

Le vieillard lampa son vin d'un trait et s'essuya la moustache.

— Non, mon fils, dit-il, ça suffit. J'ai connu mes petits-enfants, ça suffit ! Il ne faut pas trop demander. Mon heure est venue. Me voilà vieux, les amis, j'ai les reins vidés, je ne peux plus, ce n'est pourtant pas l'envie qui me manque, je ne peux plus semer d'enfants ; alors, qu'est-ce que j'en ferais de la vie ?

Il remplit les verres à nouveau, sortit de sa ceinture des noix et des figues sèches enveloppées dans des feuilles de laurier et les partagea entre nous.

— Tout ce que j'avais, je l'ai donné à mes enfants, dit-il. On s'est trouvé dans la misère, oui, dans la misère, mais c'est le dernier de mes soucis. Dieu est grand !

— Dieu est grand, oncle Anagnosti, fit Zorba, à l'oreille du vieillard, Dieu est grand... mais nous, on est petits !

Le vieux notable fronça les sourcils.

— Halte là, ne le malmène pas comme ça, l'ami, dit-il avec sévérité. Ne le malmène pas ! Lui aussi, il compte sur nous, le pauvre !

A ce moment, silencieuse, soumise, la mère Anagnosti apporta dans un plat de terre les « parties » du cochon et un grand broc de cuivre rempli de vin. Elle posa le tout sur la table, resta debout, croisa les mains et baissa les yeux.

J'éprouvais de la répugnance à goûter ces hors-d'œuvre, mais, d'autre part, j'avais honte de refuser. Zorba me regarda du coin de l'œil en souriant malicieusement.

— C'est la viande la plus savoureuse, patron, m'affirma-t-il. Ne fais pas le dégoûté.

Le vieil Anagnosti eut un petit rire.

— Il dit vrai, il dit vrai, essaie pour voir. C'est comme de la cervelle ! Quand le prince Georges est passé par le monastère, là-haut, sur la montagne, les moines avaient préparé un repas royal avec de la viande pour tout le monde. Et pour le prince, il n'y avait qu'une assiette de soupe. Le prince prend la cuiller et se met à remuer sa soupe : « Des haricots ? qu'il demande, surpris. Des haricots blancs ? — Mange, mon prince, lui dit le vieil higoumène, mange et nous en reparlerons après. » Le prince goûte une cuillerée, deux, trois, vide son assiette et se pourlèche. « Quelle est cette merveille ? qu'il dit. Quels savoureux haricots ! c'est comme de la cervelle ! — Ce n'est pas des haricots, prince, lui fait l'higoumène, ce n'est pas des haricots. On a fait châtrer tous les coqs des alentours ! »

En riant, le vieillard piqua avec sa fourchette un morceau des « parties » du cochon.

— Un mets de prince ! dit-il, ouvre la bouche.

J'ouvris la bouche et il y fourra le morceau.

Il remplit de nouveau les verres et nous bûmes à la santé de son petit-fils. Les yeux du grand-père brillèrent.

— Que voudrais-tu qu'il devienne, ton petit-fils, oncle Anagnosti ? lui demandai-je. Dis-le, on va faire des souhaits pour lui.

— Qu'est-ce que je pourrais vouloir, mon fils. Eh bien,

qu'il prenne le bon chemin, qu'il devienne un brave homme, un bon chef de famille, qu'il ait, lui aussi, des enfants et des petits-enfants, et qu'un de ses enfants me ressemble. Pour que les vieux disent en le regardant : « Dis donc, comme il ressemble au vieil Anagnosti ! Qu'il repose en paix, c'était un brave homme. »

« Maroulia, fit-il sans regarder sa femme, Maroulia, remplis encore le broc de vin ! »

A ce moment, sous une forte poussée, le portillon de l'enclos s'ouvrit et le cochon se précipita dans le jardinet en grognant.

— Il a mal, pauvre bête... fit Zorba avec compassion.

— Bien sûr qu'il a mal ! cria le vieux Crétois en riant. Si on t'en faisait autant, tu n'aurais pas mal, toi ?

Zorba toucha du bois.

— Avale ta langue, vieux sourdaud ! murmura-t-il épouvanté.

Le cochon allait et venait devant nous et nous regardait furieux.

— Ma foi, on dirait qu'il comprend qu'on les lui mange ! fit encore l'oncle Anagnosti, mis en verve par le peu de vin qu'il avait bu.

Mais nous, tranquillement, satisfaits, nous mangions comme des cannibales en buvant le vin rouge et nous regardions, entre les branches argentées de l'olivier, la mer maintenant toute rose au couchant.

Quand, le soir tombé, nous quittâmes la maison de l'ancien du village, Zorba, en verve lui aussi, avait envie de parler.

— Qu'est-ce qu'on disait avant-hier, patron ? me fit-il. Tu voulais éclairer le peuple, que tu disais, lui ouvrir les yeux ! Eh bien, tiens ! Essaie d'ouvrir ceux de l'oncle Anagnosti ! Tu as vu comment sa femme se tenait devant lui, et attendait les ordres, comme un chien qui fait le beau ? Va maintenant leur apprendre que c'est une chose cruelle d'être là en train de manger un morceau de la viande du cochon pendant que le cochon gémit tout vif devant toi, ou que la femme a les mêmes droits que l'homme. Qu'est-ce qu'il gagnera le pauvre diable d'oncle Anagnosti avec toutes tes sornettes explicatives ? Tu ne feras que lui causer des embêtements. Et qu'est-ce qu'elle y gagnera la mère Anagnosti ? Les scènes commenceront, la poule voudra devenir coq et dans le ménage, il n'y aura plus que des prises de becs... Laisse les gens tranquilles, patron, ne leur ouvre pas les yeux. Si tu leur ouvres les yeux, qu'est-ce qu'ils verront ? Leur misère ! Laisse-les donc continuer à rêver !

Il se tut un instant, se gratta la tête. Il réfléchissait.

— A moins, fit-il enfin, à moins que.

— Quoi ? Voyons un peu.

— A moins que, quand ils ouvriront les yeux, tu aies à leur montrer un monde meilleur que le monde des ténèbres où ils vivent maintenant. Tu l'as ?

Je ne savais pas. Je savais bien ce qui s'écroulerait, je ne savais pas ce qui se construirait sur les ruines. Cela, personne ne peut le savoir avec certitude, pensai-je. Le vieux monde est palpable, solide, nous le vivons et luttons avec lui à chaque instant, il existe. Le monde de l'avenir n'est pas encore né, il est insaisissable, fluide, fait de la lumière dont sont tissés les rêves, c'est un nuage battu par des vents violents — l'amour, la haine, l'imagination, le hasard, Dieu... Le plus grand prophète ne peut donner aux hommes qu'un mot d'ordre, et, plus ce mot d'ordre sera imprécis, plus le prophète sera grand.

Zorba me regardait avec un sourire gouailleur. Je me fâchai.

— J'en ai un, répondis-je piqué.

— Tu en as un ? Dis voir !

— Je ne peux pas te dire, tu ne comprendrais pas.

— Eh ! c'est que tu n'en as pas ! fit Zorba en secouant la tête. Ne te figure pas que j'ai mangé de l'herbe à nigauds, patron. Si on te l'a dit, on t'a trompé. Je suis aussi ignare qu'oncle Anagnosti, mais je ne suis pas aussi bête, ah ! non ! Alors, puisque moi je ne comprendrais pas, comment veux-tu qu'ils comprennent, ce petit bonhomme et son ânesse de moitié. Et tous les Anagnosti du monde ? C'est donc des nouvelles ténèbres qu'ils vont voir ? Alors, laisse-leur les vieilles ; ils y sont habitués. Ils s'en sont bien tiré jusqu'à maintenant, tu ne trouves pas ? Ils vivent et ils vivent bien, ils font des enfants et même des petits-enfants. Dieu les rend sourds, aveugles et eux ils crient : « Dieu soit loué ! » Ils sont à l'aise dans la misère. Alors laisse-les et tais-toi.

Je me tus. Nous passions devant le jardin de la veuve. Zorba s'arrêta un instant, soupira mais ne dit rien. Il avait dû pleuvoir quelque part. Une odeur de terre, pleine de fraîcheur, parfumait l'air. Les premières étoiles apparurent. La nouvelle lune brillait, tendre, jaune verdâtre, le ciel débordait de douceur.

« Cet homme-là, pensai-je, n'est pas allé à l'école et son cerveau ne s'est pas détraqué. Il en a vu de toutes les couleurs, son esprit s'est ouvert, son cœur s'est élargi, sans perdre son audace primitive. Tous les problèmes compliqués, insolubles pour nous, il les tranche, lui, d'un coup d'épée, comme son compatriote Alexandre le Grand. Il lui est difficile, à lui, de tomber à côté, parce qu'il s'appuie tout entier, des pieds à la tête, sur la terre. Les sauvages d'Afrique adorent le serpent parce que de tout son corps il touche à la terre et connaît ainsi tous les secrets du monde. Il les connaît avec son ventre, avec sa queue, avec sa tête. Il touche, se mêle, ne fait qu'un avec la mère. De même pour Zorba. Nous, les gens instruits, nous ne sommes que des oiseaux écervelés de l'air. »

Les étoiles se multipliaient. Farouches, dédaigneuses, dures, sans aucune pitié pour les hommes.

Nous ne parlions plus. Nous regardions tous deux le ciel avec effroi, nous voyions à chaque instant d'autres étoiles s'allumer à l'orient et s'étendre l'incendie.

Nous arrivâmes à la baraque. Je n'avais pas la moindre envie de manger et je m'assis sur un rocher au bord de la mer. Zorba alluma du feu, mangea, fut sur le point de venir me rejoindre, mais changea d'avis, se coucha sur son matelas et s'endormit.

La mer était figée. Immobile sous la salve des étoiles, la terre se taisait aussi. Pas un chien n'aboyait, pas un oiseau de nuit ne se lamentait. Un silence total, sournois, dangereux, fait de milliers de cris, si lointains ou si profonds en nous qu'on ne les entendait pas. Je percevais seulement la rumeur de mon sang frappant mes tempes et les veines de mon cou.

« La mélodie du tigre ! » pensais-je en frissonnant. Aux Indes, quand tombe la nuit, on chante à voix basse un air douloureux et monotone, un chant sauvage et lent, comme un lointain bâillement de fauve — la mélodie du tigre. Le cœur de l'homme déborde d'une attente frémissante.

Et comme je songeais à la terrible mélodie, le vide de ma poitrine se combla peu à peu. Mes oreilles s'éveillaient, le silence devenait cri. On eût dit que l'âme, faite elle aussi de la même mélodie, s'évadait hors du corps pour écouter.

Je me baissai, emplis ma paume d'eau de mer, mouillai mon front et mes tempes. Je me sentis rafraîchi. Au fond de mon être, des cris retentissaient, menaçants, confus, impatients — le tigre était en moi et rugissait.

Et, tout à coup, j'entendis clairement la voix :

— Bouddha ! Bouddha ! criai-je en me redressant d'un bond.

Je me mis à marcher très vite, au bord de l'eau, comme si je voulais m'échapper Depuis un certain temps déjà, quand je suis seul la nuit et que règne le silence, j'entends sa voix — triste au début, suppliante comme un mirologue ; peu à peu, elle s'irrite, gronde, ordonne. Et elle rue dans ma poitrine comme un enfant dont le temps est venu.

Il devait être minuit. Des nuages noirs s'étaient amassés dans le ciel, de grosses gouttes tombaient sur mes mains. Mais je n'y prêtais aucune attention. J'étais plongé dans une atmosphère ardente, je sentais à droite et à gauche, sur mes tempes, deux boucles de feu.

Le moment est venu, pensais-je, frissonnant, la roue bouddhique m'entraîne, le moment est venu de me libérer du merveilleux fardeau.

Je revins rapidement à la baraque et allumai la veilleuse. Zorba, lorsque la lumière le frappa, battit des paupières ouvrit les yeux, me regarda me pencher sur le papier et écrire. Il grogna quelque chose que je n'entendis pas, se retourna brusquement vers le mur et replongea dans le sommeil.

J'écrivais très vite, j'étais pressé. « Bouddha » tout entier était en moi, je le voyais se dérouler hors de mon esprit comme un ruban bleu couvert de signes. Il se déroulait rapidement et je me hâtais pour le rattraper. J'écrivais, tout était devenu facile, très simple. Je n'écrivais pas, je recopiais. Tout un monde apparaissait devant moi, fait de compassion, de renoncement, d'air — les palais de Bouddha, les femmes du harem, le carrosse d'or, les trois rencontres fatales : du vieillard, du malade, du mort ; la fuite, l'ascèse, la délivrance, la proclamation du salut. La terre se couvrait de fleurs jaunes, les mendiants et les rois revêtaient des robes jaunes, les pierres, le bois, les chairs s'allégeaient. Les âmes devenaient air, devenaient esprit, l'esprit s'anéantissait. Mes doigts se fatiguèrent, mais je ne voulais pas, je ne pouvais pas m'arrêter. La vision passait, rapide, s'enfuyait ; il me fallait la rattraper.

Le matin, Zorba me trouva endormi, la tête sur le manuscrit.

6

Le soleil était déjà haut de deux toises lorsque je m'éveillai. J'avais la main droite ankylosée à force d'avoir écrit et je ne pouvais joindre les doigts. La tempête bouddhique avait passé sur moi, me laissant fatigué et vide.

Je me baissai pour ramasser les feuillets éparpillés à terre. Je n'avais ni l'envie ni la force de les regarder. Comme si toute cette impétueuse inspiration n'eût été qu'un rêve que je ne voulais pas voir prisonnier des mots, avili par eux.

Il pleuvait ce jour-là, sans bruit, mollement. Zorba, avant de partir, avait allumé le brasero, et tout le jour je demeurai assis, les jambes repliées, les mains tendues au-dessus du feu, sans manger, immobile, écoutant la première pluie tomber doucement.

Je ne pensais à rien. Mon cerveau, roulé en boule comme une taupe dans un sol détrempé, se délassait. J'entendais les mouvements légers, les rumeurs, les grignotements de la terre, et la pluie qui tombait et les graines qui gonflaient. Je sentais le ciel et la terre s'accoupler ainsi qu'aux époques primitives où ils s'unissaient comme un homme et une femme et faisaient des enfants. Devant moi, le long du rivage, j'entendais la mer mugir et lécher comme un fauve qui sort la langue pour boire.

J'étais heureux, je le savais. Tant que nous vivons un bonheur, nous le sentons difficilement. C'est seulement quand il est passé et que nous regardons en arrière que nous sentons soudain — parfois avec surprise — combien nous étions heureux. Mais moi, sur cette côte crétoise, je vivais le bonheur et savais que j'étais heureux.

Une mer d'un bleu sombre, immense, allant jusqu'aux rivages africains. Souvent un vent du sud très chaud soufflait, le *livas,* qui venait des lointains sables brûlants. Au matin, la mer embaumait comme une pastèque ; à midi elle fumait, figée, avec de légères ondulations comme des seins à peine dessinés. Le soir, elle soupirait, couleur de rose, de vin, d'aubergine, bleu sombre.

Je m'amusais, l'après-midi, à remplir ma main de fin sable blond et je le sentais glisser et s'échapper, chaud et mou, entre mes doigts. La main, un sablier d'où la vie s'échappe et se perd. Elle se perd et je regarde la mer, j'entends Zorba et je sens mes tempes craquer de bonheur.

Un jour, je me rappelle, ma petite nièce Alka, une fillette de quatre ans, au moment où nous regardions, la veille du premier de l'an, une vitrine de jouets, se tourna vers moi et me dit cette phrase surprenante : « Mon oncle l'Ogre, je suis si contente qu'il m'est poussé des cornes ! » Je fus effaré. Quel prodige que la vie et comme toutes les âmes, quand elles plongent profondément leurs racines, se rejoignent et se confondent ! Car je me rappelai aussitôt une tête de Bouddha sculptée dans l'ébène que j'avais vue dans un lointain musée. Bouddha s'était libéré et la joie suprême l'inondait, après une agonie de sept ans. Les veines de son front, à droite et à gauche, s'étaient tellement gonflées qu'elles avaient jailli hors de la peau et étaient devenues deux cornes vigoureuses vrillées comme deux ressorts d'acier.

Vers la fin de l'après-midi la petite pluie avait cessé, le ciel redevint pur. J'avais faim, je me réjouissais d'avoir faim, car maintenant Zorba allait venir, il allumerait le feu et commencerait la cérémonie quotidienne de la cuisine.

— Encore une histoire sans fin, celle-ci ! disait souvent Zorba, en posant la marmite sur le feu. Il n'y a pas que la femme — maudite soit-elle ! — qui est une histoire sans fin, il y a aussi la mangeaille.

Pour la première fois, je sentis sur cette côte la douceur du repas. Le soir, Zorba allumait le feu entre deux pierres et faisait la cuisine ; nous nous mettions à manger et à buvoter, la conversation s'animait ; je comprenais enfin que manger est aussi une fonction spirituelle et que la viande, le pain, le vin sont les matières premières dont l'esprit est fait.

Avant de manger et de boire, Zorba n'avait, le soir, après la fatigue du travail, aucun entrain ; ses propos étaient maussades, il fallait lui arracher les mots. Ses gestes étaient las et disgracieux. Mais dès qu'il jetait, comme il disait, du charbon dans la machine, toute l'usine engourdie et harassée de son corps se ranimait, prenait de l'élan et commençait à travailler. Ses yeux s'allumaient, sa mémoire débordait, il lui poussait des ailes aux pieds, il dansait.

— Dis-moi ce que tu fais de ce que tu manges et je te dirai qui tu es. Il y en a qui transforment ça en lard et en ordures, d'autres en travail et bonne humeur, et d'autres, en Dieu, comme j'ai entendu dire. C'est donc qu'il y a trois espèces d'hommes. Moi, je ne suis ni des pires, ni des meilleurs. Je me tiens entre les deux. Ce que je mange, je le transforme en travail et en bonne humeur. C'est pas trop mal !

Il me regarda malicieusement et se mit à rire.

— Toi, patron, dit-il, ce que tu manges, je pense que tu t'efforces à le faire Dieu. Mais tu n'y arrives pas et tu te tortures. Il t'est arrivé la même chose qu'au corbeau.

— Que lui est-il arrivé au corbeau, Zorba ?

— Lui, tu vois, avant il marchait honorablement, convenablement, comme un corbeau, quoi. Mais un jour il s'est mis dans la tête de marcher en se rengorgeant, comme une perdrix. Depuis ce temps-là, le pauvre, il a oublié jusqu'à sa propre démarche, il ne sait plus où il en est, et il boitille.

Je levai la tête. J'entendis le pas de Zorba remontant de la galerie. Peu après je le vis s'approcher, la mine allongée, renfrogné, ses grands bras se balançant, disloqués.

— 'soir, patron ! dit-il du bout des lèvres.

— Salut, vieux. Comment a marché le travail, aujourd'hui ?

Il ne répondit pas.

— Je vais allumer le feu, dit-il, et faire à manger.

Il prit une brassée de bois dans le coin, sortit, disposa artistement les branches en faisceau entre les deux pierres et y mit le feu. Il posa la marmite de terre, y jeta de l'eau, des oignons, des tomates, du riz et commença sa cuisine. Moi, pendant ce temps, je mettais une serviette sur la table ronde et basse, coupais d'épaisses tranches de pain de froment et emplissais de vin, à la dame-jeanne, la calebasse ornée de dessins dont l'oncle Anagnosti nous avait fait cadeau les premiers jours.

Zorba s'était mis à genoux devant la marmite, il regardait le feu, les yeux dilatés, et restait silencieux.

— Tu as des enfants, Zorba ? lui demandai-je brusquement.

Il se retourna.

— Pourquoi que tu demandes ça ? J'ai une fille.

— Mariée ?

Zorba se mit à rire.

— Pourquoi ris-tu, Zorba ?

— Ça ne se demande pas, dit-il. Bien sûr, mariée. Elle n'est pas idiote. Je travaillais dans une mine de cuivre, à Pravitsa, en Chalcidique. Un jour, je reçois une lettre de mon frère Yanni. C'est vrai, j'ai oublié de te dire que j'ai un frère, homme d'intérieur, sensé, calotin, usurier, hypocrite, un homme comme il faut, pilier de la société. Il est épicier à Salonique. « Alexis, mon frère, qu'il m'écrivait, ta fille Phrosso a pris le mauvais chemin, elle a déshonoré notre nom. Elle a un amant, elle a eu un enfant de lui, c'en est fait de notre réputation. Je vais aller au village pour l'égorger. »

— Et toi qu'est-ce que tu as fait, Zorba ?

Zorba haussa les épaules :

— Pff ! les femmes ! que j'ai dit, et j'ai déchiré la lettre.

Il remua le riz, mit du sel et ricana.

— Mais attends, tu vas voir le plus drôle. Deux mois après, je reçois de mon andouille de frère une deuxième lettre : « Santé et joie, mon cher frère Alexis ! écrivait l'imbécile. L'honneur a repris sa place, tu peux maintenant lever haut le .front, l'homme en question a épousé Phrosso ! »

Zorba se retourna et me regarda. A la lueur de sa cigarette je voyais ses yeux étinceler. Il haussa encore les épaules :

— Pff ! les hommes ! fit-il avec un indicible mépris.

Et peu après :

— Qu'est-ce qu'on peut attendre des femmes ? dit-il. Qu'elles fassent des enfants avec le premier venu. Qu'est-ce qu'on peut attendre des hommes ? Qu'ils tombent dans le piège. Tiens-toi le pour dit, patron !

Il retira la marmite du feu et nous nous mîmes à manger.

Zorba était retombé dans ses réflexions. Un souci le tourmentait. Il me regardait, ouvrait la bouche, la refermait. A la lumière de la lampe à huile, je voyais nettement ses yeux ennuyés et inquiets.

Je n'y tins plus.

— Zorba, lui dis-je, tu as quelque chose à me dire, dis-le. Tu as mal au ventre, accouche !

Zorba se taisait. Il ramassa une petite pierre, la lança avec force par la porte ouverte.

— Laisse les pierres, parle !

Zorba allongea son cou ridé.

— Tu as confiance en moi, patron ? demanda-t-il, anxieux, en me regardant dans les yeux.

— Oui, Zorba, répondis-je. Quoi que tu fasses, tu ne peux te tromper. Même si tu le voulais, tu ne le pourrais pas. Tu es comme un lion, disons, ou comme un loup. Ces bêtes-là ne se conduisent jamais comme des moutons ou comme des ânes, elles ne s'écartent jamais des voies de leur nature. Toi aussi : tu es Zorba jusqu'au bout des ongles.

Zorba hocha la tête :

— Mais moi je ne sais plus où diable on va ! dit-il.

— Moi je sais, ne te soucie pas de ça. Va de l'avant !

— Dis-le encore une fois, patron, que je prenne courage ! cria-t-il.

— Va de l'avant !

Les yeux de Zorba étincelèrent.

— Maintenant je peux te parler, dit-il. Depuis des jours

j'ai un grand projet dans la tête, une idée folle. On la réalise ?

— Et tu le demandes ? Mais c'est pour ça que nous sommes venus ici : pour réaliser des idées.

Zorba allongea le cou, me regarda avec joie et crainte :

— Parle net, patron ! cria-t-il. On n'est pas venu ici pour le charbon ?

— Le charbon est un prétexte, pour que les gens ne soient pas intrigués. Pour qu'ils nous prennent pour de sages entrepreneurs, et ne nous reçoivent pas à coups de tomates. Tu comprends, Zorba ?

Zorba demeura bouche bée. Il s'acharnait à comprendre, il n'osait pas croire à tant de bonheur. Soudain, il saisit. Il se précipita sur moi, me prit aux épaules :

— Tu danses ? me demanda-t-il avec passion, tu danses ?

— Non.

— Non ?

Il laissa baller ses bras, stupéfait.

— Bon, dit-il au bout d'un moment. Alors, moi je vais danser, patron. Assieds-toi plus loin que je ne te culbute pas. Hohé ! Hohé !

Il fit un saut, bondit hors de la baraque, jeta ses souliers, son veston, son gilet, retroussa ses pantalons jusqu'aux genoux et se mit à danser. Sa figure, encore barbouillée de charbon, était toute noire. Ses yeux luisaient, tout blancs.

Il se jeta dans la danse, frappant des mains, bondissant, pirouettant en l'air, retombant les genoux ployés, rebondissant les jambes repliées, comme s'il était de caoutchouc. Soudain, il s'élançait très haut comme s'il voulait vaincre les grandes lois de la nature et s'envoler. On sentait dans ce corps vermoulu l'âme en lutte pour entraîner la chair et se jeter avec elle, dans les ténèbres, comme un météore. Elle secouait le corps qui retombait, ne pouvant se maintenir en l'air bien longtemps, elle le secouait de nouveau, impitoyable, cette fois un peu plus haut, mais le pauvre retombait encore, haletant.

Zorba fronçait les sourcils, son visage avait pris une gravité inquiétante. Il ne poussait plus de cris. Les mâchoires serrées il s'efforçait d'atteindre l'impossible.

— Zorba ! Zorba ! criai-je, c'est assez !

Je craignais que, brusquement, le vieux corps ne résistât pas à tant d'impétuosité et ne se dispersât en mille morceaux aux quatre vents.

Je pouvais bien crier. Comment voulez-vous que Zorba entendît les cris de la terre ? Ses entrailles étaient devenues comme celles de l'oiseau.

Je suivais avec une légère inquiétude la danse sauvage et désespérée. Quand j'étais enfant, mon imagination travaillait sans frein et je racontais à mes amis des énormités auxquelles je croyais moi-même.

« Comment qu'il est mort, ton grand-père à toi ? » me demandèrent un jour mes petits camarades à l'école communale.

Et moi, sur-le-champ, de forger un mythe ; et à mesure que je le forgeais, j'y croyais :

« Mon grand-père à moi portait des souliers de caoutchouc. Un jour, quand il eut de la barbe blanche, il sauta du toit de notre maison. Mais en touchant la terre il rebondit comme un ballon et monta plus haut que la maison, et toujours plus haut, plus haut, et il disparut dans les nuages. C'est comme ça qu'il est mort, mon grand-père. »

Depuis le jour où j'inventai ce mythe, chaque fois que j'allais dans la petite église de Saint-Minas et que je voyais, au bas de l'iconostase, l'ascension du Christ, je tendais la main et disais à mes camarades :

« Tenez, voilà mon grand-père avec ses souliers de caoutchouc. »

Ce soir-là, tant d'années après, en voyant Zorba sauter en l'air, je revivais ce conte enfantin avec terreur, comme si je craignais de voir Zorba disparaître dans les nuages.

— Zorba ! Zorba ! criai-je, c'est assez !

Zorba s'était maintenant accroupi au sol, essoufflé. Son visage brillait, heureux. Ses cheveux gris avaient collé sur son front, et la sueur coulait sur ses joues et son menton, mélangée de poussier.

Je me penchai sur lui, inquiet.

— Ça m'a soulagé, dit-il au bout d'un moment, comme si on m'avait fait une saignée. Maintenant, je peux parler.

Il rentra dans la baraque, s'assit devant le brasero et me regarda, le visage radieux.

— Qu'est-ce qui t'a pris de te mettre à danser ?

— Qu'est-ce que tu voulais que je fasse, patron ? La joie m'étouffait, il fallait que je me détende. Et comment me détendre ? En paroles ? Pff !

— Quelle joie ?

Son visage s'obscurcit. Sa lèvre se mit à trembler.

— Quelle joie ? Alors, tout ce que tu viens de dire, tu l'as dit comme ça, en l'air, sans le comprendre toi-même ? On n'est pas venus ici pour le charbon, tu disais. Tu as dit ça comme ça, hein ? On est venus pour passer le temps. On jette de la poudre aux yeux des gens, pour qu'ils ne nous prennent pas pour des piqués et qu'ils ne nous jettent pas de tomates ! Mais nous, quand on sera tout seuls et que personne ne nous verra, on éclatera de rire ! C'est ça, parole d'honneur, que je voulais moi aussi, mais je ne le comprenais pas très bien. Des fois je pensais au charbon, des fois à la mère Bouboulina, des fois à toi... un embrouillamini. Quand je perçais une galerie, je disais : « C'est du charbon que je veux ! » Et, des pieds à la tête, je devenais charbon. Mais après, le travail fini, quand je batifolais avec cette vieille truie, j'envoyais tous les lignites et tous les patrons se faire pendre au petit ruban de son cou ; et Zorba avec. Je perdais la tête. Quand enfin, je restais seul et que je n'avais rien à faire, je pensais à toi, patron, et mon coeur se fendait. C'était un poids dans mon âme : « C'est honteux, Zorba, que je criais, honteux de te moquer de ce brave homme et de lui bouffer ses sous. Jusqu'à quand tu seras un salaud ? Il y en a assez ! »

« Je te le dis, patron, j'avais perdu la tête. Le diable me tirait d'un côté, le bon Dieu de l'autre ; à eux deux, ils me déchiraient par le milieu. Là, patron, tu as bien parlé et j'y vois clair. J'ai compris ! On s'est mis d'accord. Maintenant, on met le feu aux poudres ! Tu as encore combien d'argent ? Aboule tout, on bouffe le fonds ! »

Zorba s'épongea et chercha autour de lui. Les restes de

notre dîner étaient encore éparpillés sur la petite table. Il tendit son grand bras :

— Avec ta permission, patron, dit-il. J'ai encore faim.

Il prit une tranche de pain, un oignon et une poignée d'olives.

Il mangeait voracement, renversait dans sa bouche, sans la toucher des lèvres, la calebasse et le vin glougloutait. Zorba claqua sa langue, satisfait.

— Je me sens tout ragaillardi, dit-il.

Il me cligna de l'œil :

— Pourquoi que tu ne ris pas, patron ? demanda-t-il. Qu'est-ce que tu as à me regarder ? Je suis comme ça. Il y a en moi un diable qui crie et je fais ce qu'il me dit. Chaque fois que je suis sur le point de suffoquer, il crie : « Danse ! » et je danse. Et ça me soulage ! Une fois, quand mon petit Dimitraki est mort, en Chalcidique, je me suis encore levé comme ça et j'ai dansé. Les parents et les amis qui me regardaient danser devant le corps, se sont précipités pour m'arrêter. « Zorba est devenu fou ! qu'ils criaient, Zorba est devenu fou ! » Mais moi, à ce moment-là, si je n'avais pas dansé, je serais devenu fou de douleur. Parce que c'était mon premier fils et qu'il avait trois ans et que je ne pouvais pas supporter sa perte. Tu comprends ce que je te dis, patron, ou bien est-ce que je parle aux murs ?

— Je comprends, Zorba, je comprends, tu ne parles pas aux murs.

— Une autre fois encore... J'étais en Russie, près de Novorossisk, parce que je suis allé là-bas aussi, toujours pour les mines. Du cuivre, cette fois.

« J'avais appris cinq ou six mots de russe, juste ce qu'il fallait pour mon boulot : « Non, oui, pain, eau, je t'aime, viens, combien ? » Je m'étais lié d'amitié avec un Russe, un bolchevik enragé. On allait tous les soirs dans une taverne du port, on descendait pas mal de carafons de vodka, et ça nous mettait en train. Dès qu'on commençait à être gais, on avait le cœur qui s'ouvrait. Lui, il voulait me raconter en détail tout ce qui lui était arrivé pendant la révolution russe, et moi, de mon côté, je voulais le mettre au courant de mes faits et gestes. On s'était soûlés ensemble, tu vois, et on était devenus frères.

« Avec des gestes, tant bien que mal, on s'était mis d'accord. Lui, il parlerait le premier. Quand je ne comprendrais plus, je lui crierais : stop ! Alors il se lèverait pour danser. Comprends-tu, patron ? Pour danser ce qu'il voulait me dire. Et moi, la même chose. Tout ce qu'on ne pouvait pas dire avec la bouche, on le dirait avec les pieds, avec les mains, avec le ventre ou avec des cris sauvages : Haï ! Haï ! Hop là ! Hohé !

« C'est le Russe qui commença : comment ils avaient pris le fusil, comment la guerre s'était allumée, comment ils étaient arrivés à Novorossisk. Quand je ne pouvais plus comprendre ce qu'il me disait, je levais la main, je criais : Stop ! Aussitôt le Russe s'élançait, et allez ! il se mettait à danser !Il dansait comme un possédé. Et moi je regardais ses mains, ses pieds, sa poitrine, ses yeux et je comprenais tout : comment ils étaient entrés à Novorossisk et avaient tué leurs maîtres, comment ils avaient pillé les boutiques, comment ils étaient entrés dans les maisons et avaient enlevé les femmes. Au commencement, elles pleuraient, les garces, elles se griffaient et elles griffaient, mais tout doucement, elles s'apprivoisaient, elles fermaient les yeux, elles glapissaient de satisfaction. Des femmes, quoi...

« Et puis, après, ça a été mon tour. Dès les premiers mots, peut-être bien qu'il était un peu bouché et que son cerveau marchait mal, le Russe criait : Stop ! Moi, je n'attendais que ça. Je m'élançais, j'écartais les chaises et les tables, et je me mettais à danser. Ah ! mon pauvre vieux ! Ils sont tombés bien bas, les hommes, pouah ! Ils ont laissé leurs corps devenir muets et ils ne parlent plus qu'avec la bouche. Mais qu'est-ce que tu veux qu'elle dise, la bouche ? Qu'est-ce qu'elle peut dire ? Si tu avais pu voir, comment qu'il m'écoutait, de la tête aux pieds, le Russe, et comment qu'il comprenait tout ! Je lui décrivais, en dansant, mes malheurs, mes voyages, combien de fois je me suis marié, les métiers que j'ai appris : carrier, mineur, colporteur, potier, comitadji, joueur de santouri, marchand de passatempo, forgeron et contrebandier ; comment on m'a fourré en prison, comment je me suis évadé, comment je suis arrivé en Russie...

« Tout, il comprenait tout, même bouché comme il était. Mes pieds, mes mains parlaient, mes cheveux aussi et mes habits. Et un canif qui pendait à ma ceinture, lui aussi, il parlait. Quand j'avais fini, le gros bêta me serrait dans ses bras, il m'embrassait, on remplissait encore les verres de vodka, on pleurait et on riait, dans les bras l'un de l'autre. Au petit jour, on nous séparait et on allait se coucher en trébuchant. Et le soir on se retrouvait.

« Tu ris ? Tu ne me crois pas, patron ? Tu te dis en dedans : dis donc, qu'est-ce que c'est que ces boniments qu'il nous débite ce Sindbad le Marin ? Se parler en dansant, est-ce que c'est possible ? Et pourtant j'en mettrais ma main au feu, c'est comme ça qu'ils doivent se parler, les dieux et les diables.

« Mais je vois que tu as sommeil. Tu es très délicat, tu n'as pas de résistance. Allons, va faire dodo et demain on en recausera. J'ai un projet, un magnifique projet ; demain je t'en parlerai. Je vais fumer encore une cigarette, peut-être même que je vais me plonger la tête dans la mer. Je suis en feu, il faut que je m'éteigne. Bonne nuit ! »

Je tardais à m'endormir. Ma vie est fichue, pensais-je. Si je pouvais prendre une éponge et effacer tout ce que j'ai appris, tout ce que j'ai vu et entendu et puis entrer à l'école de Zorba et commencer le grand, le vrai alphabet ! Comme elle serait différente, la route que je prendrais ! J'exercerais parfaitement mes cinq sens, ma peau tout entière, pour qu'elle jouisse et comprenne. J'apprendrais à courir, à lutter, à nager, à monter à cheval, à ramer, à conduire une auto, à tirer au fusil. Je remplirais mon âme de chair. Je remplirais ma chair d'âme. Je réconcilierais en moi, enfin, ces deux ennemis séculaires...

Assis sur mon matelas, je songeais à ma vie qui s'en allait en pure perte. Par la porte ouverte, je distinguais confusément, à la clarté des étoiles, Zorba accroupi sur un rocher comme un oiseau de nuit. Je l'enviais. C'est lui qui a trouvé la vérité, pensais-je, la bonne route, c'est celle-là !

En d'autres époques primitives et créatrices, Zorba aurait été chef de tribu, il aurait marché en avant, ouvrant le chemin avec sa hache. Ou bien il aurait été un troubadour renommé, visitant les châteaux et tout le monde aurait été suspendu à ses grosses lèvres, seigneurs, domestiques et nobles dames... Dans notre époque ingrate, il rôde, affamé, autour des enclos comme un loup, ou bien il déchoit au point de devenir le bouffon d'un gratte-papier quelconque.

Tout à coup, je vis Zorba se lever. Il se dévêtit, lança ses habits sur les galets et se jeta dans la mer. Je voyais par instants, à la faible lumière de la lune naissante, sa grosse tête émerger et disparaître de nouveau. De temps en temps, il poussait un cri, aboyait, hennissait, imitait le chant du coq — son âme dans cette nuit déserte retournait vers les animaux.

Doucement, sans m'en apercevoir, je fus emporté par le sommeil. Le lendemain, au petit jour, je vis Zorba souriant, reposé, venir me tirer par les pieds.

— Lève-toi, patron, dit-il, que je te confie mon projet. Tu écoutes ?

— J'écoute.

Il s'assit par terre à la turque et se mit à m'expliquer comment il installerait un téléférique du sommet de la montagne à la côte ; on ferait ainsi descendre le bois dont nous aurions besoin pour les galeries et nous pourrions vendre le reste comme bois de construction. Nous avions décidé de louer une forêt de pins appartenant au monastère, mais le transport coûtait cher et nous ne trouvions pas de mulets. Zorba avait donc imaginé de mettre en chantier un téléférique avec du gros câble, des piliers et des poulies.

— D'accord ? me demanda-t-il quand il eut achevé ; tu signes ?

— Je signe, Zorba, d'accord !

Il m'alluma le brasero, mit la bouilloire sur le feu, me prépara mon café, me jeta une couverture sur les pieds pour que je ne prenne pas froid et s'en alla, satisfait.

— Aujourd'hui, dit-il, on va piocher une nouvelle galerie. J'ai trouvé un de ces filons ! du vrai diamant noir !

J'ouvris le manuscrit de Bouddha et m'enfonçai dans mes propres galeries. Je travaillai toute la journée, et à mesure que j'avançais, je me sentais délivré, j'éprouvais une émotion complexe — soulagement, orgueil et dégoût. Mais je me laissais empoigner par le travail, car je le savais, dès que j'aurais achevé ce manuscrit, que je l'aurais cacheté et lié, je serais libre.

J'avais faim. Je mangeai quelques raisins secs, des amandes et un morceau de pain. J'attendais que Zorba revienne, porteur de tous les biens qui réjouissent l'homme — le rire clair, la bonne parole, les mets savoureux.

Vers le soir, il apparut. Il prépara le repas, nous mangeâmes, mais il avait l'esprit ailleurs. Il se mit à genoux, enfonça de petits morceaux de bois dans la terre, tendit une ficelle, suspendit à de minuscules poulies une allumette, s'efforçant de trouver l'inclinaison à donner au fil pour que tout ne s'écroule pas.

— S'il y a plus de pente qu'il n'en faut, m'expliquait-il, on est foutu. S'il y en a moins, on est encore foutu. Il faut trouver la pente au poil. Et pour ça, patron, il faut du vin et de la jugeote.

— Du vin, on en a en quantité, mais de la jugeote...

Zorba éclata de rire :

— Tu n'es pas bête, patron, dit-il en me regardant avec tendresse.

Il s'assit pour se reposer et alluma une cigarette. Il était de nouveau de bonne humeur et sa langue se délia.

— Si le téléférique pouvait réussir, dit-il, on ferait descendre toute la forêt, on ouvrirait une usine, on ferait des planches, des poteaux, des boisages, on ramasserait l'argent à la pelle et puis on mettrait un trois-mâts en chantier, on tirerait ses cliques et ses claques et on irait courir le monde !

Les yeux de Zorba brillèrent, se remplirent de femmes lointaines, de villes, d'illuminations, de maisons gigantesques, de machines, de bateaux.

— C'est que j'ai le poil blanc, patron, et que mes dents commencent à bouger, je n'ai plus de temps à perdre. Toi, tu es jeune, tu peux encore patienter. Moi, je ne peux pas.

Ma parole, tant plus que je me fais vieux, tant plus que je deviens sauvage ! Qu'on ne vienne pas me raconter à moi que la vieillesse adoucit l'homme et calme son ardeur ! Ni qu'en voyant la mort, il tend son cou en disant : « Coupe-moi la tête, s'il te plaît, que j'aille au ciel ! » Moi, plus ça va, plus je deviens rebelle. Je ne baisse pas pavillon, je veux conquérir le monde !

Il se leva, décrocha du mur le santouri.

— Viens un peu ici, démon, dit-il. Qu'est-ce que tu fiches là, au mur, sans rien dire ? Chante un peu !

Je ne me rassasiais pas de voir avec quelles précautions, quelle tendresse, Zorba sortait le santouri des linges dont il l'avait enveloppé. Il avait l'air d'éplucher une figue, de déshabiller une femme.

Il posa le santouri sur ses genoux, se pencha sur lui, caressa légèrement les cordes — on aurait dit qu'il le consultait sur l'air qu'ils allaient chanter, qu'il le priait de se réveiller, qu'il le prenait par la douceur pour qu'il vienne tenir compagnie à son âme en peine, fatiguée de la solitude. Il commença une chanson : ça ne sortait pas, il l'abandonna, en commença une autre ; les cordes grinçaient comme si elles avaient mal, comme si elles ne voulaient pas. Zorba s'appuya au mur, épongea la sueur qui soudain s'était mise à suinter sur son front.

— Il ne veut pas... murmura-t-il en regardant avec effort le santouri, il ne veut pas.

Il l'enveloppa de nouveau avec précaution, comme si c'était un fauve et qu'il craignait d'être mordu, il se leva lentement et l'accrocha au mur.

— Il ne veut pas... murmura-t-il encore, il ne veut pas... Il ne faut pas le forcer.

Il se rassit par terre, enfouit des châtaignes dans la braise, remplit les verres de vin. Il but, but encore, éplucha une châtaigne et me la donna.

— Tu y comprends quelque chose, patron ? me demanda-t-il. Moi, pas. Toutes les choses ont une âme, le bois, les pierres, le vin qu'on boit, la terre où on marche... tout, tout, patron.

Il leva son verre :

— A ta santé !

Il le vida et le remplit de nouveau.

— La garce de vie ! murmura-t-il, la garce ! Celle-là aussi, elle est comme la mère Bouboulina.

Je me mis à rire.

— Écoute ce que je te dis, patron, ne rigole pas. La vie, c'est comme la mère Bouboulina. Elle est vieille, hein ? Eh bien, pourtant, elle ne manque pas de piquant. Elle connaît des trucs à t'en faire perdre la boule. En fermant les yeux, tu te figures que tu as dans les bras une fille de vingt ans. Vingt ans qu'elle a, je te jure, mon vieux, quand tu es en forme et que tu as éteint la lumière.

« Tu me diras qu'elle est à moitié blette, qu'elle a mené une vie de bâton de chaise, qu'elle a bamboché avec des amiraux, des matelots, des soldats, des paysans, des forains, des popes, des pêcheurs, des gendarmes, des maîtres d'école, des prédicateurs, des juges de paix. Et puis après ? Qu'est-ce que ça fait ? Elle oublie vite, la salope ; elle ne se rappelle aucun de ses amants, elle redevient, ce n'est pas des blagues, une colombe innocente, une oie blanche, un petit pigeon, et elle rougit, tu peux me croire, elle rougit et elle tremble comme si c'était la première fois. C'est un mystère, la femme, patron ! Elle peut tomber mille fois, mille fois elle se relèvera vierge. Mais pourquoi, tu me diras ? Eh bien, parce qu'elle ne se rappelle pas.

— Le perroquet, lui, se rappelle, Zorba, dis-je pour le taquiner. Il crie toujours un nom qui n'est pas le tien. Ça ne te fait pas enrager, au moment où tu montes avec elle au septième ciel, d'entendre le perroquet crier : « Canavaro ! Canavaro ! » L'envie ne te vient pas de l'attraper par le cou et de l'étrangler ? A la fin il est temps que tu lui apprennes à crier : « Zorba ! Zorba ! »

— Oh ! là là ! ce que tu es vieux jeu ! cria Zorba en se bouchant les oreilles de ses grosses pattes. Pourquoi veux-tu que je l'étrangle ? Moi, j'adore l'entendre crier le nom que tu dis. La nuit, elle l'accroche au-dessus du lit, la garce, et à peine il nous voit en train de nous expliquer, parce qu'il a des yeux qui percent l'obscurité, le salaud, il se met à crier : « Canavaro ! Canavaro ! »

« Et aussitôt, je te jure, patron, mais comment pourras-tu comprendre ça, toi qui es pourri par ces sacrés bouquins ! je te le jure, je me sens des souliers vernis aux pattes, des plumes sur la tête et une barbe douce comme de la soie qui sent l'ambre. *Buon giorno ! Buona sera ! Mangiate macaroni ?* Je deviens Canavaro pour de vrai. Je monte sur mon vaisseau amiral percé de mille trous et allez... le feu aux chaudières ! La canonnade commence ! »

Zorba rit aux éclats. Il ferma l'œil gauche et me regarda.

— Tu m'excuseras, patron, dit-il, mais moi je ressemble à mon grand-père, le capetan Alexis, Dieu ait son âme ! A cent ans, il s'asseyait le soir devant sa porte pour reluquer les jeunesses qui allaient à la fontaine. Sa vue avait baissé, il ne distinguait plus très bien. Alors il appelait les filles : « Dis donc, qui tu es, toi ? — Lénio, la fille à Mastrandoni ! — Viens donc un peu ici que je te touche ! Viens donc, n'aie pas peur ! » Elle rentrait son envie de rire et elle s'approchait. Mon grand-père levait alors la main jusqu'au visage de la jeune fille et il le palpait lentement, tendrement, goulûment. Et les larmes lui coulaient. « Pourquoi tu pleures grand-père ? » je lui ai demandé une fois. « Eh ! tu crois qu'il n'y a pas de quoi pleurer, mon fils, quand moi je suis en train de mourir et que je laisse derrière moi tant de belles filles ? »

Zorba soupira.

— Ah ! mon pauvre grand-père, dit-il, comme je te comprends ! Il m'arrive souvent de me dire : « Ah ! misère ! si au moins toutes les jolies femmes pouvaient mourir en même temps que moi ! » Mais ces salopes, elles vivront, elles mèneront la bonne vie, des hommes les prendront dans leurs bras, les embrasseront, et Zorba sera devenu poussière pour qu'elles marchent dessus !

Il sortit quelques châtaignes de la braise et les éplucha. Nous choquâmes nos verres. Longtemps nous restâmes là, buvant et mâchonnant sans hâte, comme deux grands lapins, et nous entendions dehors mugir la mer.

7

NOUS restâmes silencieux auprès du brasero, tard dans la nuit. Je sentais de nouveau combien le bonheur est chose simple et frugale : un verre de vin, une châtaigne, un misérable poêle, la rumeur de la mer. Rien d'autre. Et pour sentir que tout cela c'est du bonheur, il ne faut qu'un cœur simple et frugal.

— Combien de fois t'es-tu marié, Zorba ? demandai-je.

Nous étions tous deux légèrement gris, pas tant pour avoir beaucoup bu qu'à cause de ce grand bonheur indicible qui était en nous. Nous n'étions que deux petits insectes éphémères, bien accrochés sur l'écorce terrestre et nous le sentions profondément, chacun à sa façon. Nous avions trouvé un coin commode, près de la mer, derrière des roseaux, des planches et des bidons vides, où nous nous serrions l'un contre l'autre, nous avions devant nous des choses agréables et des victuailles, et en nous la sérénité, l'affection et la sécurité.

Zorba ne m'entendit pas. Qui sait sur quels océans, où ma voix ne pouvait lui parvenir, voguait son esprit. Étendant le bras, je le touchai du bout des doigts :

— Combien de fois t'es-tu marié, Zorba ? redemandai-je.

Il sursauta. Cette fois-ci il avait entendu et, agitant sa grosse patte :

— Oh ! me répondit-il, qu'est-ce que tu vas chercher maintenant ! Après tout, je suis un homme. Moi aussi j'ai fait la Grande Bêtise. C'est comme ça que j'appelle le mariage. Que tous les gens mariés me pardonnent. J'ai donc fait la Grande Bêtise, je me suis marié.

— Bon, mais combien de fois ?

Zorba se gratta nerveusement le cou. Il réfléchit un instant.

— Combien de fois ? fit-il enfin. Honnêtement, une fois, une fois pour toutes. Mi-honnêtement, deux fois. Malhonnêtement, mille, deux mille, trois mille fois. Comment veux-tu que je fasse le compte ?

— Raconte un peu, Zorba ! Demain c'est dimanche, on se rasera, on mettra ses beaux habits et on ira chez la mère Bouboulina. On n'a rien à faire, alors on peut veiller ce soir. Raconte !

— Raconter quoi ? Ce n'est pas des choses qu'on raconte, ça, patron ! Les unions légales, ça n'a pas de goût, c'est un plat sans poivre. Raconter quoi ? Qu'il n'y a aucun plaisir à s'embrasser quand les saints vous regardent de leurs icônes et vous donnent leur bénédiction. Nous, dans notre village, on dit : « Il n'y a que la viande volée qui a du goût. » Ta propre femme, ce n'est pas de la viande volée. Maintenant, les unions malhonnêtes, comment se les rappeler ? Est-ce que les coqs tiennent des comptes ? Penses-tu ! Pourtant, quand j'étais jeune, j'avais la manie de prendre une mèche de cheveux à chaque femme qui couchait avec moi. Alors, j'avais toujours des ciseaux sur moi. Même quand j'allais à l'église, les ciseaux étaient dans ma poche ! On est des hommes, on ne sait jamais ce qui peut arriver, pas vrai ?

« Alors, comme ça, je faisais collection de mèches : il y en avait des noires, des blondes, des châtaines, quelquefois même avec des poils blancs. A force d'en amasser, j'ai rempli un oreiller. Oui, un oreiller et je le mettais sous ma tête pour dormir ; mais rien que l'hiver, l'été il m'échauffait. Puis, quelque temps après, je m'en suis dégoûté : il commençait à puer, alors je l'ai brûlé. »

Zorba se mit à rire :

— C'était ça, mon livre de comptes, patron, dit-il. Et il a brûlé. J'en ai eu marre. J'avais cru qu'il n'y en aurait pas beaucoup, et puis j'ai vu que ça n'en finissait pas, alors j'ai jeté les ciseaux.

— Et les unions à moitié honnêtes, Zorba ?

— Eh ! celles-là, elles ne manquent pas de charme, répondit-il en ricanant. Ah ! les femmes slaves ! Quelle liberté ! Pas de ces : « Où es-tu allé ? Pourquoi es-tu en retard ? Où as-tu couché ? » Elles ne te demandent rien et tu ne leur demandes rien. La liberté, quoi !

Il allongea la main, prit son verre, le vida, éplucha une châtaigne. Il mâchonnait tout en parlant.

— Il y en avait une qui s'appelait Sophinka, l'autre Noussa. Sophinka je l'ai connue dans un gros bourg près de Novorossisk. C'était en hiver, il y avait de la neige, je m'en allais chercher du travail dans une mine et en passant dans ce village, je me suis arrêté. C'était jour de marché et, de tous les villages des environs, femmes et hommes étaient descendus pour acheter et pour vendre. Une famine terrible, un froid de loup, les gens vendaient tout ce qu'ils avaient, jusqu'à leurs icônes, pour acheter du pain.

« Je circulais donc dans le marché, quand je vois une jeune paysanne qui sautait d'une charrette, une luronne de deux mètres de haut avec des yeux bleus comme la mer, et une de ces croupes... une jument !... J'en suis resté ahuri. « Hé ! pauvre Zorba, que je me dis, tu es foutu ! »

« Je me mets à la suivre. Et je la regardais... impossible de m'en rassasier ! Il fallait voir ses fesses qui se balançaient comme les cloches de Pâques. « Pourquoi aller acheter des mines, mon pauvre vieux ? je me disais. Tu fais fausse route, espèce de girouette ! La voilà la vraie mine : fourre-toi dedans et perce des galeries ! »

« La fille s'arrête, marchande, achète un tas de bois, le soulève — quels bras, nom de nom ! — et le jette dans la charrette. Elle achète un peu de pain et cinq ou six poissons fumés. « Ça fait combien ? qu'elle demande. — Tant... » Elle défait sa boucle d'oreille en or pour payer. Comme elle n'avait pas d'argent, elle allait donner sa boucle d'oreille. Alors mon sang ne fait qu'un tour. Laisser une femme donner ses boucles d'oreilles, ses ornements, ses savonnettes parfumées, son flacon de lavande... Si elle donne tout ça, le monde est fichu ! C'est comme si tu plumais un paon. Tu aurais le cœur de plumer un paon ? Jamais ! Non, non, tant que Zorba vivra, je me dis, ça n'arrivera pas. J'ai ouvert ma bourse et j'ai payé. C'était l'époque où les roubles étaient devenus des chiffons de papier. Avec cent drachmes, on achetait un mulet et avec dix, une femme.

« Donc, je paye. La donzelle se retourne et me reluque du coin de l'œil. Elle me prend la main pour l'embrasser. Mais moi, je la retire. Quoi, est-ce qu'elle me prenait pour un vieillard ? *« Spassiba ! Spassiba ! »* qu'elle me crie ; ça veut dire : Merci ! Merci ! Et la voilà d'un bond dans sa charrette ; elle prend les guides et lève le fouet. « Zorba, que je me dis alors, gare, mon vieux, elle va te filer sous le nez. » D'un bond, je me trouve dans la charrette à côté d'elle. Elle n'a rien dit. Elle ne s'est même pas retournée pour me regarder. Un coup de fouet au cheval et nous voilà partis.

« En route, elle a compris que je la voulais pour femme. Je baragouinais trois mots de russe, mais pour ces affaires-là, pas besoin de parler beaucoup. On se parlait avec les yeux, avec les mains, avec les genoux. Bref, on arrive au village et on s'arrête devant une isba. On descend. D'un coup d'épaule la jeune fille ouvre la porte et on entre. On décharge le bois dans la cour, on prend les poissons et le pain et on pénètre dans la chambre. Il y avait là une petite vieille qui était assise près de la cheminée éteinte. Elle grelottait. Elle était emmitouflée dans des sacs, des chiffons, des peaux de moutons, mais elle grelottait. Il faisait un de ces froids, les ongles t'en tombaient, nom de nom ! Je me suis baissé, j'ai mis une bonne brassée de bois dans la cheminée et j'ai allumé le feu. La petite vieille me regardait en souriant. Sa fille lui avait dit quelque chose, mais je n'avais rien compris. J'ai allumé le feu, la vieille s'est réchauffée et elle est un peu revenue à la vie.

« Entre-temps, la fille mettait le couvert. Elle apporte un peu de vodka, et on la boit. Elle allume le samovar, fait du thé, on mange et on donne sa part à la vieille. Après ça, vite elle fait le lit, met des draps propres, allume la veilleuse devant l'icône de la Sainte Vierge et fait trois signes de croix. Puis elle m'appelle d'un geste ; on se met à genoux devant la vieille et on lui baise la main. Elle pose ses mains osseuses sur nos têtes en murmurant quelque chose. Probable qu'elle nous donnait sa bénédiction. « *Spassiba ! Spassiba !* » que je crie, et, d'un bond, nous voilà dans le lit avec la donzelle. »

Zorba se tut. Il releva la tête et regarda au loin vers la mer.

— Elle s'appelait Sophinka... dit-il peu après, et il retomba dans le silence.

— Alors ? demandai-je impatient, alors ?

— Il n'y a pas d' « alors ! » Quelle manie tu as avec les « alors » et les « pourquoi », patron ! ça ne se raconte pas ces choses-là, voyons ! La femme, c'est une source fraîche : on se penche, on voit son visage et on boit, on boit et on a les os qui craquent. Puis, il y en a un autre qui vient et qui a soif lui aussi : il se penche, il voit son visage et il boit. Puis encore un autre... La femme, c'est une source, je t'assure.

— Et après, tu es parti ?

— Qu'est-ce que tu voulais que je fasse ? C'est une source, je te dis, et moi je suis le passant : j'ai repris la route. Je suis resté trois mois avec elle. Mais au bout de trois mois, je me suis rappelé que j'allais à la recherche d'une mine. « Sophinka, que je lui dis un matin, moi, j'ai du travail, il faut que je m'en aille.

— C'est bon, dit Sophinka, va-t'en. Je t'attendrai un mois et si tu ne reviens pas au bout d'un mois, je serai libre. Toi aussi. A la grâce de Dieu ! » Je suis parti.

— Et tu es revenu au bout d'un mois...

— Mais tu es bête, patron, sauf ton respect ! s'écria Zorba. Comment revenir ? Elles ne te laissent pas tranquilles, les garces ! Dix jours après, dans le Kouban, j'ai rencontré Noussa.

— Raconte ! Raconte !

— Une autre fois, patron. Il ne faut pas les mélanger, les pauvres ! A la santé de Sophinka !

Il avala son vin d'un trait. Puis, s'adossant au mur :

— C'est bon, dit-il, je vais te dire aussi pour Noussa. Ce

soir, j'ai la caboche pleine de la Russie. Amène ! On vide les cales !

Il essuya sa moustache et tisonna la braise.

— Celle-là, donc, comme je te disais, je l'ai connue dans un village du Kouban. C'était l'été. Des montagnes de pastèques et de melons ; je me baissais, j'en prenais un et personne ne disait rien. Je le coupais en deux et je me fourrais le museau dedans.

« Tout en abondance, là-bas, en Russie, patron, tout en vrac : choisissez et prenez ! et pas seulement les melons et les pastèques, mais les poissons et le beurre et les femmes. En passant, tu vois une pastèque, tu la prends. Tu vois une femme, tu la prends aussi. Pas comme ici, en Grèce, où, dès que tu chipes à quelqu'un la moindre peau de melon, il te traîne devant les tribunaux, et dès que tu touches à une femme, son frère sort son couteau pour te réduire en chair à saucisse. Pouah ! des mesquins, des pingres... Allez vous faire pendre ! bande de pouilleux ! Allez donc un peu en Russie voir ce que c'est que ces grands seigneurs !

« Je passais donc par le Kouban et je vois une femme dans un potager. Elle me plaît. Il faut que tu saches, patron, que la Slave, elle, n'est pas comme ces petites Grecques cupides qui te vendent l'amour au compte-gouttes et font tout pour t'en refiler moins que ton dû et te carotter sur le poids. La Slave, patron, elle, t'en met bon poids. Dans le sommeil, dans l'amour, dans le manger ; elle est très près des bêtes et de la terre : elle donne, elle donne beaucoup, elle n'est pas comme ces chipoteuses de Grecques ! Je lui demande : « Comment tu t'appelles ? » Avec les femmes, tu vois, j'avais appris un peu de russe. « Noussa, et toi ? — Alexis. Tu me plais bien, Noussa. » Elle me regarde avec attention comme on regarde un cheval qu'on veut acheter. « Toi aussi, tu n'as pas l'air d'un freluquet, qu'elle me fait. Tu as des dents solides, des grandes moustaches, un dos large, des bras forts. Tu me plais. » On n'a pas dit grand-chose de plus, et ce n'était pas la peine. En un tournemain on se met d'accord. Je devais aller le soir même chez elle avec mes habits du dimanche. « Tu as aussi une pelisse fourrée ? me demanda Noussa. —

Oui, mais avec cette chaleur... — Ça ne fait rien. Apporte-la, ça fera riche. »

« Le soir, je me nippe donc comme un nouveau marié, je prends la pelisse sur mon bras, j'emporte aussi une canne à pomme d'argent que j'avais, et me voila parti. C'était une grande maison paysanne, avec des cours, des vaches, des pressoirs, des feux allumés dans la cour, des chaudrons sur les feux. « Qu'est-ce qui bout ici ? que je demande. — Du moût de pastèque. — Et ici ? — Du moût de melon. » « Quel pays que je me dis, tu entends ça ! du moût de pastèque et de melon ; c'est la terre promise ! A la tienne, Zorba, tu es bien tombé, comme un rat dans un fromage. »

« Je monte l'escalier, un énorme escalier en bois qui grinçait. Sur le palier, le père et la mère de Noussa. Ils portaient des espèces de braies vertes et une ceinture rouge avec des glands : des gros bonnets, quoi. Ils ouvrent les bras et je t'embrasse par-ci et je t'embrasse par-là. J'étais trempé de salive. Ils me parlaient très vite et je ne comprenais pas très bien, mais à leurs figures, je voyais que ce n'était pas du mal qu'ils me voulaient.

« J'entre dans la salle et qu'est-ce que je vois ? Des tables servies, surchargées comme des voiliers. Tout le monde était debout : parents, femmes et hommes, et devant, Noussa, fardée, habillée et la poitrine à l'air comme une figure de proue. Étincelante de beauté et de jeunesse. Elle portait un mouchoir rouge autour de la tête et il y avait brodés sur son cœur une faucille et un marteau. « Dis donc, Zorba, espèce de veinard, que je me dis en moi-même, c'est pour toi cette viande-là ? C'est ce corps-là que tu vas tenir ce soir dans tes bras ? »

« On se jette tous à belles dents sur la boustifaille, les femmes comme les hommes. On mangeait comme des cochons, on buvait comme des trous. « Et le pope ? » que je demande au père de Noussa qui était assis à côté de moi et qui n'était pas loin d'éclater tellement il avait bouffé. « Où est le pope qui va nous bénir ? — Il n'y a pas de pope, qu'il me répond en postillonnant, il n'y a pas de pope. La religion est l'opium du peuple. »

« Sur ce, il se lève en bombant le torse, il desserre sa

ceinture rouge et lève le bras pour qu'on fasse silence. Il tenait son verre, plein à ras, et il me regardait dans les yeux. Puis il commence à parler, à parler ; il me fait un discours, quoi ! Ce qu'il disait ? Dieu seul le savait ! J'en avais assez d'être debout, et puis je commençais à être un peu soûl. Je me rassois, et je colle mon genou contre celui de Noussa qui était à ma droite.

« Il n'en finissait pas de parler, le vieux et il transpirait. Alors, ils se jettent tous sur lui et le serrent dans leurs bras pour le faire taire. Noussa me fait signe : « Allez, parle, toi aussi ! »

« Je me lève donc à mon tour et je fais un discours, moitié russe moitié grec. Ce que je disais ? Que je sois pendu si je le savais. Je me rappelle seulement qu'à la fin je m'étais lancé dans les chansons kleftiques. J'avais commencé sans rime ni raison, à braire :

Des Kleftes sont montés sur la montagne
pour voler des chevaux !
Des chevaux, y en avait pas.
C'est Noussa qu'ils ont enlevée !

« Tu vois, patron, j'arrangeais un peu pour la circonstance.

Et ils s'en vont, ils s'en vont...
(allons, ma mère, ils s'en vont !)
Ah ! ma Noussa,
Ah ! ma Noussa,
Vaï !

« Et en beuglant *« Vaï ! »* je me jette sur Noussa et je l'embrasse.

« C'était ce qu'il fallait ! Comme si j'avais donné le signal qu'ils attendaient, et ils n'attendaient que ça, quelques grands gaillards à barbe rousse se précipitent et éteignent les lumières.

« Les coquines de femmes se mettent à glapir, soi-disant qu'elles avaient peur. Puis, aussitôt, dans l'obscurité, elles se mettent à pousser des petits cris. Ça se chatouillait et ça rigolait.

« Ce qui s'est passé, patron, Dieu seul le sait. Mais je crois qu'il ne le savait pas lui non plus, sinon il aurait jeté la foudre pour nous rôtir. Les hommes et les femmes, pêle-mêle, roulaient par terre. Moi, je me mets à chercher Noussa, mais impossible de la trouver ! J'en trouve une autre et je fais l'affaire avec elle.

« Au petit jour, je me lève pour partir avec ma femme. Il faisait encore sombre et je n'y voyais pas bien. J'attrape un pied, je le tire : ce n'était pas celui de Noussa. J'attrape un autre pied : non plus ! J'en tire un autre : non plus ! J'en attrape un autre, encore un et à la fin du compte, après m'être donné un mal de chien, je trouve le pied de Noussa, je le tire, je la dépêtre de deux ou trois grands diables qui l'avaient écrabouillée, la pauvre et je la réveille : « Noussa, je lui dis, allons-nous-en ! — N'oublie pas ta fourrure ! qu'elle me répond. Allons ! » Et on est parti. »

— Alors ? demandai-je de nouveau, voyant que Zorba se taisait.

— Te voilà encore avec tes « alors ? » fit Zorba énervé.

Il soupira.

— J'ai vécu six mois avec elle. Depuis ce jour-là, je te jure, je ne crains plus rien. Mais rien, je te dis ! Rien qu'une chose : c'est que le diable ou Dieu efface ces six mois de ma mémoire. Tu comprends ?

Zorba ferma les yeux. Il paraissait très ému. C'était la première fois que je le voyais empoigné si fort par un souvenir lointain.

— Tu l'as donc tant aimée, cette Noussa ? demandai-je quelques instants plus tard.

Zorba ouvrit les yeux.

— Tu es jeune, toi, patron, dit-il, tu es jeune, tu ne peux pas comprendre. Quand tu auras le poil blanc, toi aussi, on en recausera de cette éternelle histoire.

— Quelle éternelle histoire ?

— La femme, pardi ! Combien de fois faut-il te le

répéter ? La femme est une histoire éternelle. Pour le moment, toi, tu es comme les jeunes coqs qui couvrent les poules en deux temps trois mouvements et puis qui gonflent le jabot, montent sur le tas de fumier et se mettent à crier et à crâner. Ce n'est pas la poule qu'ils regardent, c'est leur crête. Alors, qu'est-ce qu'ils peuvent comprendre à l'amour ? Rien de rien.

Il cracha à terre avec mépris. Puis il détourna la tête ; il ne voulait pas me regarder.

— Alors, Zorba, demandai-je encore. Et Noussa ?

Zorba, le regard perdu au loin vers la mer :

— Un soir, répondit-il, en rentrant à la maison, je ne l'ai pas trouvée. Elle avait fichu le camp avec un beau militaire qui était arrivé au village depuis quelques jours. C'était fini ! J'ai eu le cœur fendu en deux. Mais il s'est recollé bien vite, le gredin. Tu as déjà vu ces voiles rafistolées de pièces rouges, jaunes, noires, cousues avec de la grosse ficelle et qui ne se déchirent plus, même dans les plus mauvaises tempêtes ? Mon cœur est pareil. Trente-six mille trous, trente-six mille pièces : il ne craint plus rien !

— Et tu n'en as pas voulu à Noussa, Zorba ?

— Pourquoi lui en vouloir ? Tu peux dire ce que tu veux, la femme c'est quelque chose d'autre, ce n'est pas un humain ! Pourquoi lui en vouloir ? C'est quelque chose d'incompréhensible, la femme, et toutes les lois de l'État et de la religion, elles se fourrent le doigt dans l'œil. Elles ne devraient pas traiter la femme comme ça, non ! Elles sont très dures, patron, très injustes ! Si c'était moi qui devais faire les lois, je ne ferais pas les mêmes pour les hommes et pour les femmes. Dix, cent, mille commandements pour l'homme. L'homme, c'est l'homme, quoi, il peut supporter ça. Mais pas un pour la femme. Parce que, combien de fois il faudra que je te le dise, patron ? La femme, c'est un être faible. A la santé de Noussa, patron ! A la santé de la femme ! Et que Dieu nous mette du plomb dans la cervelle, à nous, les hommes !

Il but, leva le bras et le laissa tomber brusquement, comme s'il tenait une hache.

— Qu'il nous mette du plomb dans la cervelle, répéta-t-il, ou bien qu'il nous fasse une opération. Autrement, tu peux m'en croire : on est foutu !

8

AUJOURD'HUI, il pleut lentement, et le ciel s'unit à la terre avec une tendresse infinie. Je me rappelle un bas-relief hindou, en pierre gris foncé : l'homme a les bras jetés autour de la femme et s'unit à elle avec tant de douceur et de résignation qu'on a l'impression, le temps ayant léché et presque rongé les corps, de voir deux insectes étroitement enlacés sur lesquels une pluie fine s'est mise à tomber, que la terre absorbe, voluptueusement et sans hâte.

Je suis assis dans la cabane. Je regarde le ciel se ternir et la mer luire d'un éclat de cendre verte. D'un bout à l'autre de la plage, pas un homme, pas une voile, pas un oiseau. L'odeur de la terre entre seule par la fenêtre ouverte.

Je me levai, tendis la main à la pluie comme un mendiant. Tout à coup, j'eus envie de pleurer. Un chagrin, pas pour moi, pas à moi, plus profond, plus obscur, montait de la terre mouillée. La panique que doit éprouver l'animal qui paît, insouciant, et qui, tout à coup, sans rien voir, flaire autour de lui, dans l'air, qu'il est bloqué et ne peut s'échapper.

Je fus sur le point de pousser un cri, sachant que cela me soulagerait, mais j'eus honte.

Le ciel s'abaissait de plus en plus. Je regardai par la fenêtre ; mon coeur tremblait doucement.

Voluptueuses, toutes de chagrin, sont ces heures de pluie fine. A l'esprit reviennent tous les souvenirs amers, enfouis dans le cœur — séparations d'amis, sourires de femmes qui se sont éteints, espoirs qui ont perdu leurs ailes comme des papillons dont il n'est resté que le ver. Et ce ver s'est posé sur les feuilles de mon cœur et les ronge.

Peu à peu, à travers la pluie et la terre mouillée, monta de nouveau le souvenir de mon ami, exilé là-bas, dans le Caucase. Je pris ma plume, me penchai sur mon papier, me mis à lui parler, pour déchirer le filet de pluie et respirer.

« Très cher, je t'écris d'un rivage solitaire de Crète, où nous sommes convenus, la Destinée et moi, que je resterais quelques mois pour jouer : jouer au capitaliste, au propriétaire d'une mine de lignite, à l'homme d'affaires. Si mon jeu réussit, alors je dirai que ce n'était pas un jeu, mais que j'avais pris une grande résolution, celle de changer de vie.

« Tu te rappelles, en partant, tu m'as appelé « souris papivore ». Alors, dépité, j'ai décidé d'abandonner les paperasses pour un temps — ou pour toujours ? — et de me jeter dans l'action. J'ai loué une petite colline renfermant du lignite, j'ai engagé des ouvriers, j'ai acheté des pioches, des pelles, des lampes à acétylène, des paniers, des chariots, j'ai percé des galeries et je me fourre dedans. Comme ça, pour te faire enrager. Et de souris papivore, à force de creuser et de faire des couloirs dans la terre, je suis devenu taupe. J'espère que tu approuveras la métamorphose.

« Mes joies ici sont grandes parce que très simples, faites des éléments éternels : air pur, soleil, mer, pain de froment. Le soir, assis à la turque devant moi, un extraordinaire Sindbad le Marin parle ; il parle, et le monde s'élargit. Parfois, quand la parole ne lui suffit plus, il se redresse d'un bond et danse. Et quand la danse elle-même ne lui suffit pas, il pose son santouri sur ses genoux et se met à jouer.

« Tantôt, c'est un air sauvage et on se sent suffoquer, parce que l'on comprend brusquement que la vie est insipide et misérable, indigne de l'homme. Tantôt, c'est un air douloureux et on sent que la vie passe et s'écoule comme le sable entre les doigts et qu'il n'y a pas de salut.

« Mon cœur va et vient, d'un bout à l'autre de ma poitrine, comme une navette de tisserand. Il tisse ces quelques mois que je vais passer en Crète, et — Dieu me pardonne ! — je crois que je suis heureux.

« Confucius dit : « Beaucoup cherchent le bonheur plus haut que l'homme ; d'autres, plus bas. Mais le bonheur est à la taille de l'homme. » C'est juste. Il existe donc autant de bonheurs qu'il y a de tailles d'hommes. Tel est, mon cher élève et maître, mon bonheur d'aujourd'hui : je le mesure, le remesure, inquiet, pour savoir quelle est maintenant ma taille. Parce que, tu le sais bien, la taille de l'homme n'est pas toujours la même.

« Les hommes vus de ma solitude, ici, m'apparaissent non comme des fourmis, mais, au contraire comme d'énormes monstres, dinosaures et ptérodactyles, vivant dans une atmosphère saturée d'acide carbonique et d'une épaisse pourriture cosmogonique. Une jungle incompréhensible, absurde et lamentable. Les notions de « patrie » et de « race » que tu aimes, les notions de « superpatrie » et d' « humanité » qui m'ont séduit, acquièrent la même valeur au souffle tout-puissant de la destruction. Nous sentons que nous sommes remontés pour dire quelques syllabes et quelquefois même pas des syllabes, des sons inarticulés, un « a » ! un « ou » ! — après quoi nous nous brisons. Et les idées les plus élevées, même si on leur ouvre le ventre, on voit que ce sont, elles aussi, des poupées bourrées de son, et, caché dans le son, on trouve un ressort de fer-blanc.

« Tu sais bien que ces cruelles méditations, loin de me faire lâcher pied sont, au contraire, des allume-feu indispensables à ma flamme intérieure. Parce que, comme le dit mon maître Bouddha, « j'ai vu ». Et puisque j'ai vu et que je me suis entendu d'un clignement d'œil avec l'invisible metteur en scène, plein de bonne humeur et de fantaisie, je peux désormais jouer jusqu'au bout, c'est-à-dire avec cohérence et sans découragement, mon rôle sur la terre. Car, ayant vu, j'ai collaboré, moi aussi, à l'oeuvre que je joue sur la scène de Dieu.

« C'est ainsi que, promenant mon regard sur la scène universelle, je te vois là-bas, dans les repaires légendaires du Caucase, jouer, toi aussi, ton rôle ; tu t'efforces de sauver quelques milliers d'âmes de notre race en danger de mort. Pseudo-Prométhée, mais qui dois souffrir des martyres bien réels en combattant contre les forces obscures : la faim, le froid, la maladie, la mort. Mais toi, parfois, orgueilleux comme tu l'es, tu dois te réjouir de ce que les forces obscures soient si nombreuses et invincibles : car ainsi ton dessein d'être presque sans espoir devient plus héroïque et ton âme acquiert une grandeur plus tragique.

« Cette vie que tu mènes, tu la considères, sûrement, comme un bonheur. Et puisque tu la considères comme telle, elle l'est. Tu as, toi aussi, coupé ton bonheur à ta taille ; et ta taille maintenant — Dieu soit loué ! — dépasse la mienne. Le bon maître ne veut pas de récompense plus éclatante que celle-là : former un élève qui le dépasse.

« Pour moi, j'oublie souvent, je dénigre, je m'égare, ma foi est une mosaïque d'incrédulités ; l'envie me prend parfois de faire un échange : de prendre une petite minute et de donner ma vie tout entière. Mais toi, tu tiens fermement le gouvernail et tu n'oublies pas, même aux plus doux des instants mortels, sur quoi tu as mis le cap.

« Te souviens-tu de ce jour où nous traversions tous deux l'Italie, rentrant en Grèce ? Nous avions résolu de nous rendre dans la région du Pont, alors en danger, te rappelles-tu ? Dans une petite ville, nous descendîmes du train à la hâte, — nous avions une heure seulement avant l'arrivée de l'autre train. Nous entrâmes dans un grand jardin touffu, près de la gare : des arbres aux larges feuilles, des bananiers, des roseaux aux sombres couleurs métalliques, des abeilles accrochées à une branche fleurie qui tremblait, heureuse de les voir téter.

« Nous avancions muets, en extase, comme dans un rêve. Soudain, à un détour de l'allée fleurie, deux jeunes filles apparurent, qui marchaient en lisant. Je ne me rappelle plus si elles étaient jolies ou laides. Je me rappelle seulement que l'une était blonde, l'autre brune et qu'elles portaient toutes deux des robes printanières.

« Et avec l'audace qu'on a en rêve, nous nous approchâmes d'elles et tu leur dis en riant : « Quel que soit le livre que vous lisez, nous allons en discuter. » Elles lisaient Gorki. Alors, courant la poste, car nous étions pressés, nous nous mîmes à parler de la vie, de la misère, de la révolte de l'âme, de l'amour...

« Je n'oublierai jamais notre joie et notre peine. Nous étions déjà, nous et ces deux jeunes filles inconnues, de vieux amis, de vieux amants ; responsables de leur âme et de leur corps, nous nous hâtions : quelques minutes plus tard, nous allions les quitter pour toujours. Dans l'air frémissant on sentait le rapt et la mort.

« Le train arriva, siffla. Nous sursautâmes comme si nous nous éveillions. Nous nous serrâmes la main. Comment oublier l'étreinte étroite et désespérée de nos mains, les dix doigts qui ne voulaient pas se séparer. L'une des jeunes filles était très pâle, l'autre riait et tremblait.

« Et je me rappelle t'avoir dit alors : « Voilà la vérité. Grèce, patrie, devoir, ce sont des mots qui ne veulent rien dire. » Et toi, tu me répondis : « Grèce, patrie, devoir, en effet, cela ne veut rien dire, mais c'est pour ce rien que nous allons volontairement périr. »

« Mais pourquoi est-ce que je t'écris cela ? Pour te dire que je n'ai rien oublié de ce que nous avons vécu ensemble. Pour avoir aussi une occasion d'exprimer ce que jamais, à cause de l'habitude bonne ou mauvaise que nous avons prise de nous contenir, il ne m'est possible de révéler quand nous sommes ensemble.

« Maintenant que tu n'es pas devant moi, que tu ne vois pas mon visage et que je ne risque pas de paraître ridicule, je te dis que je t'aime beaucoup. »

J'achevai ma lettre. J'avais conversé avec mon ami et me sentais soulagé. J'appelai Zorba. Accroupi sous une roche pour ne pas être mouillé, il essayait son téléférique.

— Viens, Zorba, lui criai-je. Lève-toi et allons au village nous promener.

— Tu es de bonne humeur, patron. Il pleut. Tu ne veux pas y aller tout seul ?

— Oui, et ma bonne humeur, je ne veux pas la perdre. Si nous sommes ensemble, je ne risque rien. Viens.

Il rit.

— Je suis heureux, dit-il, que tu aies besoin de moi. Allons !

Il mit le petit paletot crétois de laine à capuchon pointu dont je lui avais fait cadeau et nous gagnâmes la route en pataugeant dans la boue.

Il pleuvait. Les cimes des montagnes étaient cachées; pas un souffle de vent; les pierres luisaient. La petite montagne au lignite était étouffée sous le brouillard. On eût dit qu'un chagrin humain enveloppait le visage de femme de la colline, comme si elle s'était évanouie sous la pluie.

— Le cœur de l'homme souffre quand il pleut, dit Zorba, il ne faut pas lui en vouloir !

Il se baissa au pied d'une haie et cueillit les premiers narcisses sauvages. Il les regarda un long moment, sans pouvoir s'en rassasier, comme s'il voyait des narcisses pour la première fois ; il les respira en fermant les yeux, soupira et me les donna.

— Si on savait, patron, dit-il, ce que disent les pierres, les fleurs, la pluie ! Peut-être bien qu'elles appellent, qu'elles nous appellent, et que nous, on n'entend pas. Quand est-ce que les oreilles des gens s'ouvriront ? Quand est-ce qu'on aura les yeux ouverts pour voir ? Quand est-ce qu'on ouvrira les bras pour s'embrasser tous, les pierres, les fleurs, la pluie, les hommes ? Qu'est-ce que tu en dis, toi. patron ? Et tes bouquins, qu'est-ce qu'ils disent ?

— Le diable les emporte, dis-je, en me servant de l'expression préférée de Zorba, le diable les emporte !

Zorba me prit le bras.

— Je vais te dire une idée que j'ai eue, patron, mais il ne faut pas te fâcher : faire un tas de tous tes bouquins et y fiche le feu. Après ça, qui sait, tu n'es pas bête, tu es un brave type... on pourra faire quelque chose de toi !

« Il a raison, il a raison ! criai-je en moi-même, il a raison, mais je ne peux pas ! »

Zorba hésita, réfléchit. Puis, un instant après :

— Moi, il y a quelque chose que je comprends et... dit-il.

— Quoi ? dis-le !

— Je ne sais pas exactement. Il me semble, comme ça, que je comprends quelque chose. Mais si j'essaie de le dire, je vais tout abîmer. Un jour que je serai en train, je te le danserai.

Il se mit à pleuvoir plus fort. Nous arrivions au village Des petites filles ramenaient les moutons du pâturage, les laboureurs avaient dételé les bœufs, abandonnant leur champ à moitié labouré, les femmes couraient après leurs enfants dans les ruelles. Une panique allègre s'était emparée du village à la venue de l'averse. Les femmes poussaient des cris aigus et leurs yeux riaient ; aux barbes drues, aux moustaches retroussées des hommes pendaient de grosses gouttes de pluie. Un parfum âpre monta de la terre, des pierres et de l'herbe.

Trempés jusqu'aux os, nous nous engouffrâmes dans le café-boucherie « La Pudeur ». Il y avait foule, les uns jouaient aux cartes, d'autres discutaient à pleine voix, comme s'ils s'interpellaient d'une montagne à l'autre. A une petite table du fond, sur un banc de bois, trônaient les notabilités du village : oncle Anagnosti, avec sa chemise blanche à larges manches ; Mavrandoni, silencieux, sévère, fumant son narguilé, les yeux rivés à terre ; l'instituteur, entre deux âges, sec, imposant, s'appuyant sur son gros bâton et écoutant avec un sourire condescendant un colosse chevelu qui revenait tout juste de Candie et décrivait les merveilles de la grande ville. Le cafetier, debout à son comptoir, écoutait et riait, surveillant les bouilloires à café, alignées sur le feu.

Dès qu'il nous vit, oncle Anagnosti se leva :

— Donnez-vous la peine de venir par ici, mes pays, dit-il. Sfakianonikoli est en train de nous raconter tout ce qu'il a vu et entendu à Candie ; il est bien drôle, venez par ici.

Il se tourna vers le cafetier.

— Deux rakis, Manolaki ! dit-il.

Nous nous assîmes. Le berger sauvage, en voyant des étrangers, se ramassa et se tut.

— Et alors, tu es allé aussi au théâtre, capetan Nikoli ? lui demanda l'instituteur pour le faire parler. Comment as-tu trouvé ça ?

Sfakianonikoli avança sa grosse main, empoigna son verre de vin, l'avala d'un seul coup, prit courage :

— Et comment que je n'y suis pas allé ? cria-t-il. J'y suis allé, pour sûr. J'entendais toujours dire : « Kotopouli (1) par-ici, Kotopouli par-là. » Alors, un soir, je fais mon signe de croix et je dis : je vais y aller, par ma foi, je vais aller la voir, moi aussi.

— Et qu'est-ce que tu as vu, mon brave? demanda l'oncle Anagnosti, dis-le !

— Rien du tout. Je n'ai rien vu, je vous le jure. On entend parler du théâtre et on croit que ça doit être marrant. Mais pas du tout. Je regrette l'argent que j'ai dépensé. C'était un genre de grand café, tout rond, comme une bergerie, plein à craquer de gens, de chaises et de chandeliers. Je n'étais pas rassuré, j'avais la vue trouble, je n'y voyais plus. « Bon Dieu ! que je me dis, pour sûr qu'on est en train de me jeter un sort ici. Je vais filer. » A ce moment, une donzelle frétillante comme un hochequeue, s'approche de moi et me prend par la main. « Dis donc, toi ? que je lui crie, où est-ce que tu m'emmènes ? » Mais elle m'entraînait, m'entraînait sans faire attention à ce que je lui disais et puis elle se retourne et me fait : « Assieds-toi ! » Je me suis assis. Il y avait des gens partout : devant, derrière, à droite, à gauche, au plafond. Je vais étouffer, pour sûr, que je pensais, je vais crever, il n'y a pas d'air ici ! Je me tourne vers mon voisin : « Par où donc, l'ami, qu'elles vont sortir, les permandones (2) ? — Là, de là-dedans » qu'il me fait en me montrant un rideau.

« Et c'était bien vrai ! Il y a d'abord une cloche qui sonne, le rideau se lève et voilà Kotopouli. Mais, en fait de Kotopouli, c'était bien une femme, une vraie femme, quoi ! Et elle se met à marcher en se tortillant par-ci, par-là. Elle allait, elle venait, et puis après, les gens en ont eu assez, ils se sont mis à frapper dans leurs mains et elle s'est ensauvée. »

Les paysans se tordaient de rire. Sfakianonikoli en prit ombrage et se renfrogna. Il se tourna vers la porte.

— Il pleut ! dit-il pour changer la conversation.

(1) Actrice célèbre en Grèce. Le nom signifie poulet.
(2) Déformation de prima donna.

Tous les regards suivirent le sien. A cet instant précis, sa jupe noire retroussée jusqu'aux genoux, les cheveux répandus sur les épaules, une femme passait en courant. Bien en chair, onduleuse, ses vêtements lui collaient à la peau, révélant un corps provocant et ferme.

Je sursautai. Quelle bête fauve est-ce là ? pensais-je. Elle me parut souple, dangereuse, une dévoreuse d'hommes.

La femme tourna un instant la tête et jeta un regard étincelant et furtif dans le café.

— Sainte Vierge ! murmura un tendron avec un duvet de barbe, assis près de la vitre.

— Maudite sois-tu, allumeuse ! rugit Manolakas, le garde champêtre. Le feu que tu allumes, tu ne l'éteins pas.

Le jeune homme qui était près de la vitre se mit à chantonner, doucement d'abord, hésitant ; peu à peu sa voix se fit rauque :

L'oreiller de la veuve a une odeur de coings.
Moi aussi je l'ai sentie et ne peux plus dormir.

— La ferme ! cria Mavrandoni brandissant le tuyau de son narguilé.

Le jeune homme se tint coi. Un vieillard se pencha sur Manolakas, le garde champêtre.

— Voilà ton oncle qui se fâche, dit-il à voix basse. S'il pouvait, il la couperait en petits morceaux, la malheureuse ! Dieu la protège !

— Eh ! père Androuli, fit Manolakas, à ce que je crois, tu es aussi accroché au jupon de la veuve. Tu n'as pas honte, toi, le bedeau ?

— Eh non ! Je te le répète : Dieu la protège ! Tu n'as peut-être pas vu les enfants qui naissent dans notre village depuis quelque temps ? Ils sont beaux comme des anges. Tu peux me dire pourquoi ? Eh bien, c'est grâce à la veuve ! Elle est comme qui dirait la maîtresse de tout le village : tu éteins la lumière et tu te figures que ce n'est pas ta femme que tu tiens dans tes bras, mais la veuve. Et c'est pour ça, tu vois, que notre village met bas de si beaux enfants.

Le père Androuli se tut un moment, puis :

— Heureuses les cuisses qui la serrent ! murmura-t-il. Ah ! mon vieux, si j'avais vingt ans comme Pavli, le fils à Mavrandoni !

— Maintenant on va le voir rappliquer ! dit quelqu'un en riant.

Ils se tournèrent vers la porte. Il pleuvait à seaux. L'eau glougloutait sur les cailloux ; de loin en loin des éclairs sabraient le ciel. Zorba, suffoqué par le passage de la veuve, n'y tint plus et me fit signe :

— Il ne pleut plus, patron, dit-il. Allons-nous-en !

A la porte se montra un tout jeune garçon, pieds nus, échevelé, avec de grands yeux hagards. C'est ainsi que les peintres d'icônes représentent saint Jean-Baptiste, les yeux démesurément agrandis par la faim et la prière.

— Salut, Mimitho ! crièrent quelques-uns en riant.

Tout village a son innocent, et, s'il n'en a pas, il s'en fabrique un pour passer le temps. Mimitho était l'innocent du village.

— Les amis, cria-t-il de sa voix bégayante et efféminée, les amis, la veuve Sourmelina a perdu sa brebis. Pour celui qui la trouvera, cinq litres de vin comme récompense !

— Fous le camp ! cria le vieux Mavrandoni, fous le camp !

Mimitho, terrifié, se recroquevilla dans le coin, près de la porte.

— Assieds-toi, Mimitho, viens boire un raki pour te réchauffer ! dit l'oncle Anagnosti apitoyé. Qu'est-ce que deviendrait notre village sans son idiot ?

Un jeune homme maladif, aux yeux d'un bleu délavé, apparut sur le seuil, essoufflé, les cheveux collés sur le front et dégoulinants.

— Salut, Pavli ! cria Manolakas, salut petit cousin ! Entre.

Mavrandoni se retourna, regarda son fils, fronça les sourcils.

« C'est mon fils, ça ? se dit-il. Cet avorton ? A qui diable est-ce qu'il ressemble ? Il me vient l'envie de l'attraper par le cou, de le soulever et de le frapper par terre comme un poulpe. »

Zorba était sur des charbons ardents. La veuve lui avait enflammé le cerveau et il ne pouvait plus tenir entre ces quatre murs.

— Allons-nous-en, patron, allons-nous-en, me chuchotait-il à chaque instant, on va crever là-dedans !

Il lui semblait que les nuages s'étaient dispersés et que le soleil avait reparu.

Il se tourna vers le cafetier :

— Qu'est-ce que c'est que cette veuve ? demanda-t-il, jouant l'indifférence.

— Une jument, répondit Kondomanolio.

Il mit un doigt sur ses lèvres et montra de l'œil Mavrandoni qui tenait de nouveau ses yeux rivés au sol.

— Une jument, répéta-t-il, ne parlons pas d'elle, pour ne pas nous damner.

Mavrandoni se leva et enroula le tuyau autour du col du narguilé.

— Excusez-moi, dit-il. Je rentre chez moi. Viens, Pavli, suis-moi !

Il emmena son fils, et tous deux disparurent aussitôt sous la pluie. Manolakas se leva et le suivit.

Kondomanolio s'installa sur la chaise de Mavrandoni.

— Pauvre Mavrandoni, il va en crever de dépit, dit-il à voix basse, pour qu'on ne l'entendît pas des tables voisines. C'est un grand malheur qui est entré chez lui. Hier, j'ai entendu Pavli, de mes propres oreilles, lui dire : « Si elle ne devient pas ma femme, je me tue ! » Mais elle, la garce, elle ne veut pas de lui. « Morveux ! » qu'elle l'appelle.

— Allons-nous-en, répéta Zorba, qui, à entendre parler de la veuve, s'enflammait de plus en plus.

Les coqs se mirent à chanter ; la pluie diminua un peu.

— Allons ! dis-je en me levant.

Mimitho bondit de son coin et s'esquiva sur nos talons.

Les cailloux luisaient, les portes trempées de pluie étaient devenues toutes noires, les petites vieilles sortaient avec leurs paniers pour ramasser des escargots.

Mimitho s'approcha de moi, me toucha le bras :

— Passe-moi une cigarette, patron, dit-il, ça te portera bonheur en amour.

Je lui donnai la cigarette. Il tendit sa main maigre, brûlée par le soleil.

— Donne-moi aussi du feu !

Je lui en donnai ; il aspira jusqu'au fond de ses poumons, souffla la fumée par les narines et ferma à demi les yeux.

— Heureux comme un pacha ! murmura-t-il.

— Où vas-tu ?

— Au jardin de la veuve. Elle a dit qu'elle me donnerait à manger si je faisais l'annonce pour sa brebis.

Nous marchions vite. Les nuages s'étaient un peu déchirés, le soleil se montra. Tout le village sourit, lavé de frais.

— Elle te plaît, la veuve, Mimitho ? fit Zorba, l'eau à la bouche.

Mimitho gloussa :

— Pourquoi donc qu'elle ne me plairait pas ? Est-ce que je ne suis pas sorti d'un égout, moi aussi ?

— D'un égout ? fis-je surpris. Que veux-tu dire, Mimitho ?

— Ben, d'un ventre de femme.

Je fus effaré. Seul un Shakespeare, pensai-je, aurait pu, en ses minutes les plus créatrices, trouver une expression d'un réalisme aussi cru, pour peindre l'obscur et répugnant mystère de l'enfantement.

Je regardai Mimitho. Ses yeux étaient grands, vides, un peu louches.

— Comment passes-tu tes journées, Mimitho ?

— Comment veux-tu que je les passe ? Comme un pacha ! Le matin, je me réveille, je mange un bout de pain et après, je me mets au boulot, je fais des corvées, n'importe où, n'importe quoi. Je fais des commissions, je transporte du fumier, je ramasse le crottin et je pêche avec ma gaule. J'habite chez ma tante, la mère Lénio, la pleureuse. Probable que vous la connaissez, tout le monde la connaît. Même qu'on l'a photographiée. Sur le soir, je rentre à la maison, je mange une écuelle de soupe et je bois un peu de vin. S'il n'y a pas de vin, je bois de l'eau, de l'eau du bon Dieu, tout mon soûl, que j'en ai le ventre comme un tambour. Après, bonne nuit !

— Et tu ne te marieras pas, Mimitho ?

— Moi ? je ne suis pas louf ! Qu'est-ce que tu dis là mon vieux ? Que je me mette des embêtements sur le dos ? Une femme a besoin de souliers ! Où est-ce que j'en trouverais ? Tiens, moi je marche pieds nus.

— Tu n'as pas de bottes ?

— Comment que j'en n'ai pas ! C'est celles que ma tante Lénio a tirées des pieds d'un type qui est mort l'année dernière. Mais je les mets seulement à Pâques pour aller à l'église et me marrer à regarder les popes. Après, je les retire, je les passe à mon cou et je reviens à la maison.

— Quelle est la chose que tu aimes le mieux au monde, Mimitho ?

— D'abord le pain. Ah ! que je l'aime ! Tout chaud ! croustillant, surtout si c'est du pain de froment ! Après, le vin. Après, le sommeil.

— Et les femmes ?

— Pff ! Mange, bois et va te coucher, je te dis ! Tout le reste, des embêtements !

— Et la veuve ?

— Laisse-la donc au diable, c'est ce que tu as de mieux à faire ! *Vade retro Satanas !*

Il cracha trois fois et fit le signe de croix.

— Est-ce que tu sais lire ?

— Pas du tout ! Quand j'étais petit, on m'a traîné de force à l'école, mais j'ai tout de suite attrapé le typhus et je suis devenu idiot. C'est comme ça que je m'en suis tiré !

Zorba en avait assez de mes questions ; il ne pensait qu'à la veuve.

— Patron..., me dit-il, en me prenant par le bras.

Il se tourna vers Mimitho :

— Marche devant, lui ordonna-t-il, on a à se parler.

Il baissa la voix, il avait l'air ému :

— Patron, dit-il, c'est ici que je t'attends. Ne déshonore pas la gent masculine ! Le diable, ou le bon Dieu, t'envoie ce plat de choix ; tu as des dents, alors ne le refuse pas ! Allonge la main et prends-le ! Pourquoi c'est faire que le

Créateur nous a donné des mains ? Pour prendre ! Alors, prends. Des femmes, j'en ai vu des tas dans ma vie. Mais cette veuve-là, elle ferait crouler des clochers, la maudite !

— Je ne veux pas d'embêtements, répondis-je, irrité.

J'étais énervé parce qu'en mon for intérieur j'avais, moi aussi, désiré ce corps tout-puissant, qui était passé devant moi, comme un fauve en rut.

— Tu ne veux pas d'embêtements ? fit Zorba stupéfait, et qu'est-ce que tu veux alors ?

Je ne répondis pas.

— La vie, c'est un embêtement, poursuivit Zorba ; la mort, non. Vivre, sais-tu ce que ça veut dire ? Défaire sa ceinture et chercher la bagarre.

Je ne disais rien. Je savais que Zorba avait raison, je le savais, mais je manquais de courage. Ma vie avait fait fausse route et mon contact avec les hommes n'était plus qu'un monologue intérieur. J'étais descendu si bas que si j'avais eu à choisir entre tomber amoureux d'une femme et lire un bon livre sur l'amour j'aurais choisi le livre.

— Ne calcule donc pas, patron, poursuivit Zorba, laisse tomber les chiffres, démolis la foutue balance, ferme la boutique, je te dis. C'est maintenant que tu vas sauver ou perdre ton âme. Écoute, patron, prends deux ou trois livres, mais des livres en or, celles en papier elles ne tapent pas dans l'œil, noue-les dans un mouchoir et envoie-les à la veuve par Mimitho. Apprends-lui ce qu'il aura à dire :« Le patron de la mine te salue et t'envoie ce petit mouchoir. C'est peu de chose, qu'il a dit, mais beaucoup d'amour. Il a dit aussi que tu ne te fasses pas de mauvais sang à cause de la brebis ; si elle est perdue, ne t'en fais pas. On est là, n'aie pas peur ! Il t'a vue passer devant le café et depuis, il ne pense qu'à toi. »

« Voilà ! Puis, le soir même, tu frappes à sa porte. Il faut battre le fer quand il est chaud. Tu lui dis que tu as perdu ton chemin, que la nuit t'a surpris et que tu aurais besoin d'une lanterne. Ou bien que tu as eu un malaise tout à coup et que tu voudrais un verre d'eau. Ou bien, encore mieux : tu achètes une brebis, tu l'amènes et tu dis : « Tiens, ma belle, voilà la brebis que tu as perdue, je l'ai retrouvée ! »

Et fais-moi confiance, patron, la veuve te donnera la récompense et tu entreras — ah ! si je pouvais être en croupe sur ton cheval ! — tu entreras à cheval au Paradis. D'autre paradis que celui-là, mon vieux, je t'assure, il n'y en a pas. N'écoute pas ce que disent les popes, d'autre paradis, il n'y en a pas ! »

Nous devions approcher du jardin de la veuve, car Mimitho soupira et se mit, de sa voix bégayante, à chanter sa peine :

Il faut du vin pour la châtaigne et du miel pour la noix
Pour le gars une fille et pour la fille un gars.

Zorba hâta le pas. Ses narines frémissaient. Il s'arrêta, respira profondément et me regarda :

— Alors ? fit-il, impatient.

— Partons ! répondis-je sèchement et je me mis à marcher plus vite.

Zorba secoua la tête et rugit quelque chose que je n'entendis pas.

Lorsque nous arrivâmes à la baraque, il s'assit, les jambes croisées, posa le santouri sur ses genoux et baissa la tête, plongé dans la méditation. On aurait dit qu'il écoutait des chansons innombrables et qu'il tâchait d'en choisir une, la plus belle, ou la plus désespérée. Enfin, il fit son choix et entonna un air plaintif. De temps en temps, il me lorgnait du coin de l'œil. Je sentais que tout ce qu'il ne pouvait ou n'osait me dire avec des mots, il l'exprimait avec le santouri. Que je gâchais ma vie, que la veuve et moi étions deux insectes qui ne vivent qu'une seconde sous le soleil, puis crèvent pour l'éternité. Plus jamais ! Plus jamais !

Zorba se leva d'un bond. Il comprit soudain qu'il se fatiguait en pure perte. Il s'appuya au mur, alluma une cigarette ; puis, au bout d'un moment :

— Patron, dit-il, je vais te confier quelque chose qu'un hodja m'a dit un jour à Salonique ; je vais te le confier. même si ça ne doit servir à rien.

« Dans ce temps-là, je faisais le colporteur en Macédoine. J'allais dans les villages pour vendre des bobines de fil, des aiguilles, les vies des saints, du benjoin, du poivre. J'avais une de ces voix, un vrai rossignol. Et tu dois savoir que les femmes se laissent prendre à la voix aussi. (Et à quoi est-ce qu'elles ne se laissent pas prendre, les garces ?) Dieu sait ce qui se passe dans leurs entrailles ! Tu peux être moche, boiteux, bossu, mais si tu as la voix douce et que tu sais chanter, tu leur fais tourner la tête.

« Je faisais le colporteur dans Salonique aussi et je passais même dans les quartiers turcs. Et, à ce qu'il paraît, ma voix avait enjôlé une riche musulmane, au point qu'elle en avait perdu le sommeil. Alors, elle appelle un vieux hodja et lui remplit la main de medjidiés. « Aman (1), qu'elle lui dit, va dire au ghiaour colporteur de venir, aman ! Il faut que je le voie ! Je n'y tiens plus ! »

« Le hodja vient me trouver : « Dis donc, jeune Roumi, qu'il me fait, viens avec moi. — Je ne viens pas, que je lui réponds. Où est-ce que tu veux m'emmener ? — Il y a une fille de pacha qui est comme l'eau fraîche et qui t'attend dans sa chambre, petit Roumi, viens ! » Mais moi, je savais qu'on tuait les chrétiens, le soir, dans les quartiers turcs. « Non, je ne viens pas, que je fais. — Tu ne crains donc pas Dieu, ghiaour ? — Pourquoi que je le craindrais ? — Parce que, petit Roumi, celui qui peut coucher avec une femme et qui ne le fait pas, commet un grand péché. Quand une femme t'appelle pour partager sa couche, mon garçon, et que tu n'y vas pas, ton âme est perdue ! Cette femme-là, elle soupirera au jour du grand jugement de Dieu, et ce soupir, qui que tu sois, et malgré toutes les belles actions que tu auras faites, te précipitera en Enfer ! »

Zorba soupira.

— Si l'Enfer existe, dit-il, j'irai en Enfer, et ce sera ça la cause. Pas parce que j'ai volé, tué ou couché avec les femmes des autres, non, non ! Tout ça n'est rien. Le bon Dieu pardonne ces choses-là. Mais j'irai en Enfer parce que, cette nuit-là, une femme m'attendait dans son lit et que je n'y suis pas allé...

(1) Aman : interjection exprimant la supplication.

Il se leva, alluma le feu, se mit à faire la cuisine. Il me regarda du coin de l'œil et sourit dédaigneusement :

— Il n'y a de pire sourd que celui qui ne veut pas entendre ! murmura-t-il.

Et, se penchant, il se mit à souffler rageusement sur le bois humide.

9

LES jours diminuaient, la lumière baissait rapidement, le cœur se faisait anxieux à chaque fin d'après-midi. On était repris par la primitive terreur des ancêtres, qui voyaient pendant les mois d'hiver le soleil s'éteindre un peu plus tôt chaque soir. « Demain, il s'éteindra complètement », pensaient-ils, désespérés, et ils passaient la nuit entière sur les hauteurs à trembler.

Zorba éprouvait cette inquiétude plus profondément et plus primitivement que moi. Pour y échapper, il ne sortait des galeries souterraines que lorsque les étoiles s'étaient allumées dans le ciel.

Il était tombé sur un bon filon de lignite, sans beaucoup de cendre, peu humide, riche en calories, et il était content. Car, instantanément, le gain subissait dans son imagination des transformations merveilleuses — devenait voyages, femmes et nouvelles aventures. Il attendait impatiemment le jour où il gagnerait beaucoup, où ses ailes seraient assez grandes — les ailes, c'était ainsi qu'il appelait l'argent — pour s'envoler. Aussi passait-il des nuits entières à essayer son minuscule téléférique, cherchant la juste inclinaison, pour que les troncs descendent mollement, disait-il, comme transportés par des anges.

Un jour, il prit une longue feuille de papier, des crayons de couleur et dessina la montagne, la forêt, le téléférique et les troncs descendant suspendus au câble, chacun d'eux doté de deux grandes ailes bleu azur. Dans la petite baie arrondie, il dessina des bateaux noirs avec des marins verts comme des petits perroquets et des mahonnes transportant des troncs d'arbres jaunes. Quatre moines se tenaient dans les quatre coins, et de leurs bouches s'envolaient des rubans roses aux majuscules noires : « Ô Seigneur, comme tu es grand et combien admirables sont tes œuvres ! »

Depuis quelques jours, Zorba allumait le feu à la hâte, il préparait le repas, nous mangions et il filait vers la route du village. Quelque temps après, il revenait, renfrogné.

— Où es-tu encore allé, Zorba ? lui demandais-je.

— Ne t'occupe pas, patron, disait-il, et il changeait de conversation.

Un soir, en revenant, il me demanda anxieusement :

— Est-ce que Dieu existe, oui ou non ? Qu'est-ce que tu en dis, toi, patron ? Et s'il existe — tout est possible — comment tu te le représentes ?

Je haussai les épaules sans répondre.

— Moi, ne ris pas, patron, je me représente Dieu tout pareil à moi. Seulement, plus grand, plus fort, plus toqué. Et par-dessus le marché, immortel. Il est assis confortablement sur des peaux de mouton bien moelleuses, et sa baraque, c'est le ciel. Elle n'est pas en vieux bidons d'essence comme la nôtre, mais en nuages. Dans sa main droite il tient, non pas un glaive ni une balance — ces instruments-là c'est pour les bouchers et les épiciers — il tient une grosse éponge pleine d'eau, comme un nuage de pluie. A sa droite, c'est le Paradis, à sa gauche, c'est l'Enfer. Quand une âme s'amène, la pauvrette, toute nue, car elle a perdu son corps, grelottante, Dieu la regarde en rigolant dans sa barbe, mais il fait le croquemitaine : « Viens ici, qu'il lui dit, en faisant la grosse voix, viens ici, maudite ! »

« Et il commence l'interrogatoire. L'âme se jette aux pieds de Dieu. « Grâce ! qu'elle lui crie, pardonne-moi ! » Et la voilà qui se met à débiter ses péchés. Elle en débite une kyrielle et ça n'en finit pas. Dieu en a plein le dos. Il bâille. « Tais-toi donc, qu'il lui crie, tu me casses la tête ! » Et fap ! un coup d'éponge et il efface tous les péchés. « Oust, déguerpis, file au Paradis ! qu'il lui dit. Pierre, fais entrer celle-là aussi la pauvre fille ! »

« Car, tu dois le savoir, patron, Dieu est un grand seigneur et la noblesse, c'est ça : pardonner ! »

Ce soir-là, je m'en souviens, pendant que Zorba me sortait ses profondes balivernes, je riais. Mais cette « noblesse » de Dieu prenait corps et mûrissait en moi, compatissante, généreuse et toute-puissante.

Un autre soir qu'il pleuvait et que nous étions tapis dans notre baraque, occupés à rôtir des châtaignes dans le brasero, Zorba tourna les yeux vers moi et me regarda un long moment comme s'il voulait élucider quelque grand mystère. A la fin, il n'y tint plus.

— Je voudrais savoir, patron, dit-il, qu'est-ce que tu peux bien trouver chez moi. Qu'est-ce que tu attends pour me prendre par l'oreille et me fiche dehors ? Je te l'ai déjà dit qu'on m'appelle « Mildiou » parce que partout où je vais je ne laisse pas pierre sur pierre... Tes affaires iront au diable. Fous-moi dehors, je te dis !

— Tu me plais, répondis-je. N'en demande pas plus.

— Tu ne comprends donc pas, patron, que ma cervelle n'a pas de poids ? J'en ai peut-être plus, ou moins, mais le poids qu'il faut, sûrement pas ! Tiens, tu vas comprendre : voilà maintenant des jours et des nuits que la veuve ne me laisse pas de répit. Pas pour moi, non, je te jure. Moi, c'est une affaire certaine, je ne la toucherai jamais. Elle n'est pas pour mon bec, que le diable l'emporte ! Mais je ne veux pas non plus qu'elle soit perdue pour tout le monde. Je ne veux pas qu'elle couche seule. Ce serait dommage, patron, je ne peux pas supporter ça. Alors, je rôde la nuit autour de son jardin. Tu sais pourquoi ? Pour voir si quelqu'un va coucher avec elle et me tranquilliser !

Je me mis à rire.

— Ne ris pas, patron ! Si une femme couche toute seule. c'est notre faute à nous, les hommes. On aura tous à rendre des comptes le jour du jugement dernier. Dieu pardonne tous les péchés, comme on a dit, il a l'éponge en main, mais ce péché-là, il ne le pardonne pas. Malheur à l'homme qui pouvait coucher avec une femme et qui ne l'a pas fait ! patron. Malheur à la femme qui pouvait coucher avec un homme et qui ne l'a pas fait ! Rappelle-toi ce que disait le hodja.

Il se tut un instant et, brusquement :

— Quand un homme meurt, il peut revenir sur terre sous une autre forme ? demanda-t-il.

— Je ne crois pas, Zorba.

— Moi non plus. Mais s'il pouvait, alors ces hommes dont je te parle, ceux qui ont refusé de servir, disons les déserteurs de l'amour, ils reviendraient sur terre, tu sais comme quoi ? comme mulets !

Il se tut de nouveau et réfléchit. Soudain ses yeux étincelèrent.

— Qui sait, dit-il, excité de sa trouvaille, peut-être que tous les mulets qu'on voit aujourd'hui dans le monde, c'est ces gens-là, les ballots, qui, pendant leur vie étaient des hommes et des femmes sans l'être, et c'est pour ça qu'ils sont devenus des mulets. C'est pour ça aussi qu'ils ruent tout le temps. Qu'est-ce que tu en penses, toi, patron ?

— Que ta cervelle pèse sûrement moins que le poids, Zorba, répondis-je en riant. Lève-toi, prends le santouri.

— Il n'y a pas de santouri ce soir, patron, il ne faut pas te fâcher. Je parle, je parle, je dis des bêtises, tu sais pourquoi ? Parce que j'ai de gros soucis. De grands embêtements. La nouvelle galerie, elle va me jouer des tours. Et toi, tu me parles de santouri...

Sur ce, il sortit les châtaignes des cendres, m'en donna une poignée, et remplit nos verres de raki.

— Que Dieu nous vienne en aide ! dis-je en choquant nos verres.

— Que Dieu nous vienne en aide, répéta Zorba, si tu veux... Mais jusqu'à présent, ça n'a rien donné de propre.

Il avala d'un trait le feu liquide et s'étendit sur son lit.

— Demain, dit-il, il me faudra beaucoup de force. J'aurai à lutter contre mille démons. Bonne nuit !

Le lendemain, au petit jour, Zorba s'enfonça dans la mine. Ils avaient bien avancé la galerie dans le bon filon, l'eau gouttait du plafond, les ouvriers pataugeaient dans la boue noire.

Zorba, depuis l'avant-veille, avait fait porter du bois pour consolider la galerie. Mais il était inquiet. Les troncs d'arbres n'étaient pas aussi gros qu'il aurait fallu et avec son instinct profond, qui le portait à sentir ce qui se passait dans ce labyrinthe souterrain comme s'il s'agissait de son propre corps, il savait que les boisages n'étaient pas sûrs ; il entendait, légers encore, des grincements imperceptibles pour les autres, comme si l'armature du plafond gémissait sous le poids.

Autre chose encore augmentait ce jour-là l'inquiétude de Zorba : au moment où il se préparait à descendre dans la galerie, le pope du village, le père Stéphane, passait sur son mulet, se dirigeant en toute hâte vers le couvent voisin pour donner les derniers sacrements à une nonne moribonde. Zorba eut heureusement le temps, avant que le pope ne lui adresse la parole, de cracher trois fois par terre.

— Bonjour, pope ! répondit-il du bout des dents au salut du prêtre.

Et, à voix un peu plus basse :

— Ta malédiction sur moi ! murmura-t-il.

Il sentait pourtant que ces exorcismes n'étaient pas suffisants et il s'enfonça, nerveux, dans la nouvelle galerie.

Une odeur lourde de lignite et d'acétylène. Les ouvriers avaient déjà commencé à consolider les poteaux et à soutenir la galerie. Zorba leur souhaita le bonjour, brusque, renfrogné ; il retroussa ses manches et se mit au travail.

Une dizaine d'ouvriers entamaient le filon à coups de pics, entassaient le charbon à leurs pieds, d'autres le ramassaient à la pelle et, sur de petites brouettes, le transportaient dehors.

Soudain Zorba s'arrêta, fit signe aux ouvriers d'en faire autant et tendit l'oreille. Comme le cavalier se confond avec son cheval, ne fait plus qu'un avec lui, comme le capitaine avec son navire, Zorba ne faisait qu'un avec la mine ; il sentait la galerie se ramifier comme des veines dans ses chairs, et ce que les masses sombres de charbon ne pouvaient sentir, Zorba le sentait avec une consciente lucidité humaine.

Ayant tendu sa grande oreille velue, il épiait. C'est à ce moment que j'arrivai. Comme si j'avais un pressentiment, comme si une main m'avait poussé, je m'étais éveillé en sursaut. Je m'étais habillé en toute hâte et avais bondi dehors, sans savoir pourquoi je me pressais tant ni où j'allais ; mais mon corps, sans hésiter, avait pris le chemin de la mine. J'étais arrivé juste au moment où Zorba, inquiet, tendait l'oreille pour écouter.

— Rien... dit-il au bout d'un instant, il m'avait semblé... Au boulot, les enfants !

Il se retourna, m'aperçut, plissa les lèvres :

— Qu'est-ce que tu fais par ici de si bon matin, patron ?

Il s'approcha de moi :

— Tu ne remontes pas prendre l'air, patron ? me souffla-t-il. Tu viendras un autre jour faire ici ta petite promenade.

— Que se passe-t-il, Zorba ?

— Rien... je m'étais fait des idées. J'ai vu un pope ce matin de bonne heure. Va-t'en !

— S'il y a du danger, ne serait-il pas honteux que je m'en aille ?

— Si, répondit Zorba.

— Tu serais parti, toi ?

— Non.

— Alors ?

— Les mesures que je prends pour Zorba, fit-il, énervé, ne sont pas les mêmes que pour les autres. Mais puisque tu as compris que ce serait honteux de t'en aller, ne t'en va pas. Reste. Tant pis !

Il prit son marteau, se dressa sur la pointe des pieds et se mit à fixer avec des gros clous la charpente du toit. Je décrochai d'un pilier une lampe à acétylène, j'allais et venais dans la boue, regardant le filon brun foncé et brillant. Des forêts immenses ont été englouties, des millions d'années ont passé, la terre a mâché, digéré, transformé ses enfants. Les arbres sont devenus lignite, le lignite charbon et Zorba est venu...

Je raccrochai la lampe et regardai travailler Zorba. Il se donnait tout entier à la tâche ; il n'avait rien d'autre à l'esprit, il ne faisait plus qu'un avec la terre, le pic et le charbon. Il faisait corps avec le marteau et les clous, pour lutter contre le bois. Il souffrait avec le plafond de la galerie qui se bombait. Il luttait avec toute la montagne pour s'emparer du charbon par la ruse, par la violence. Zorba sentait la matière avec une infaillible sûreté et la frappait sans se tromper, là où elle était plus faible et pouvait être vaincue. Et, tel que je le voyais à ce moment, barbouillé, plein de poussière, avec seulement le blanc des yeux qui luisait, il me semblait qu'il s'était camouflé en charbon, qu'il était devenu charbon, pour pouvoir plus facilement approcher l'adversaire et pénétrer dans ses retranchements.

— Vas-y, mon brave Zorba ! criai-je, emporté par une admiration naïve.

Mais il ne se retourna même pas. Comment aurait-il pu s'entretenir à ce moment-là avec une souris papivore qui, au lieu de pic, tenait à la main un misérable bout de crayon ? Il était occupé, il ne daignait pas parler. « Ne me parle pas quand je travaille, me disait-il un soir, je pourrais craquer. — Craquer, Zorba, pourquoi ? — Te voilà encore avec tes pourquoi ! Comme un gosse. Comment t'expliquer ? Je suis tout entier au travail, tendu, tout raide, des orteils à la tête, collé sur la pierre ou le charbon ou bien sur le santouri. Si tu me touches alors brusquement, si tu me parles et que je me retourne, je peux craquer. Voilà. »

Je regardai ma montre : dix heures.

— Il est temps de casser la croûte, les amis, dis-je. Vous avez dépassé l'heure.

Les ouvriers jetèrent aussitôt leurs outils dans un coin, épongèrent leur visage en sueur, se préparant à sortir de la galerie. Zorba, tout entier à la besogne, n'avait pas entendu. Eût-il entendu qu'il n'aurait pas bronché. Il dressait de nouveau l'oreille, inquiet.

— Attendez, dis-je aux ouvriers, une cigarette !

Je fouillai dans mes poches ; autour de moi les ouvriers attendaient.

Soudain Zorba sursauta. Il colla l'oreille à la paroi de la

galerie. A la lumière de l'acétylène je distinguais sa bouche convulsivement ouverte.

— Qu'est-ce qui te prend, Zorba ? criai-je.

Mais, à ce moment, ce fut comme si tout le plafond de la galerie avait frémi au-dessus de nous.

— Filez ! cria Zorba d'une voix rauque. Filez !

Nous nous ruâmes vers la sortie ; mais nous n'avions pas atteint la première charpente, qu'un deuxième craquement, plus fort, se fit entendre sur nos têtes. Zorba, pendant ce temps, soulevait un grand tronc d'arbre pour le caler en renfort dans une charpente qui cédait. S'il arrivait à le faire assez vite, peut-être retiendrait-il encore quelques secondes le plafond et nous donnerait le temps de nous sauver.

— Filez ! reprit la voix de Zorba, assourdie cette fois, comme si elle sortait des entrailles de la terre.

Tous, avec la lâcheté qui s'empare souvent des hommes dans les moments critiques, nous nous précipitâmes dehors, sans nous soucier de Zorba. Mais au bout de quelques secondes, je pus me ressaisir et m'élançai vers lui.

— Zorba ! criai-je, Zorba !

Il me semblait que j'avais crié, mais je compris ensuite que le cri n'était pas sorti de ma gorge. La peur avait étranglé ma voix.

La honte me prit. Je fis un pas en arrière et tendis les bras. Zorba avait fini de consolider le gros étai ; glissant dans la boue, il fit un bond vers la sortie. Dans la demi-obscurité, emporté par son élan, il se jeta sur moi. Sans le vouloir, nous tombâmes dans les bras l'un de l'autre.

— Filons ! hurla-t-il d'une voix étranglée. Filons !

Nous nous mîmes à courir et arrivâmes à la lumière. Les ouvriers, rassemblés à l'entrée, épiaient, sans un mot, blêmes.

On entendit un troisième craquement, plus fort, comme d'un arbre brisé par la tempête. Tour à coup, un mugissement formidable éclata, gronda comme un roulement de tonnerre, ébranla la montagne, et la galerie s'effondra.

— Bonté divine ! murmurèrent les ouvriers en se signant.

— Vous avez laissé vos pics dedans ? cria Zorba avec colère.

Les ouvriers se taisaient.

— Pourquoi ne les avez-vous pas pris ? cria-t-il de nouveau, furieux. Hein, les braves, vous avez caqué dans vos culottes ! Dommage pour les outils !

— C'est bien le moment de se soucier des pics, Zorba, dis-je en m'interposant. Réjouissons-nous que tous les hommes soient sains et saufs ! On te doit une fière chandelle, Zorba, grâce à toi on est tous vivants.

— J'ai faim ! fit Zorba. Ça m'a creusé.

Il prit la musette contenant son casse-croûte qu'il avait posé sur une pierre, l'ouvrit, en sortit du pain, des olives, des oignons, une pomme de terre bouillie, une petite gourde de vin.

— Allons, cassons la croûte, les gars ! dit-il, la bouche pleine.

Il avalait avec avidité, à la hâte, comme s'il avait brusquement perdu beaucoup de forces et qu'il voulût maintenant refaire le plein.

Il mangeait courbé, silencieux ; il prit la gourde, renversa le cou en arrière et fit glouglouter le vin dans son gosier desséché.

Les ouvriers reprirent aussi courage, ouvrirent leurs musettes et se mirent à manger. Ils s'étaient tous assis, jambes croisées, autour de Zorba, et mangeaient en le regardant. Ils auraient voulu se jeter à ses pieds, lui baiser les mains, mais ils le savaient brusque et bizarre et aucun d'eux n'osait commencer.

A la fin, Michélis, le plus âgé, qui avait de grosses moustaches grises, se décida et parla :

— Si tu n'avais pas été là, maître Alexis, dit-il, nos enfants seraient orphelins, à l'heure qu'il est.

— La ferme ! fit Zorba la bouche pleine, et personne n'osa plus dire un mot.

10

« QUI donc a créé ce dédale de l'incertitude, ce temple de la présomption, cette cruche aux péchés, ce champ semé de mille ruses, cette porte de l'Enfer, ce panier débordant d'astuces, ce poison qui ressemble au miel, cette chaîne qui enchaîne les mortels à la terre : la femme ? »

Je copiais, lentement, silencieusement, ce chant bouddhique, assis par terre, près du brasero allumé. Je m'acharnais, entassant exorcisme sur exorcisme, à chasser de mon esprit un corps trempé de pluie, roulant des hanches, qui, pendant toutes ces nuits d'hiver, passait et repassait devant moi dans l'air humide. Je ne sais comment, aussitôt après l'effondrement de la galerie, où ma vie avait failli s'arrêter court, la veuve avait surgi dans mon sang ; elle m'appelait comme une bête fauve, impérieuse, pleine de reproche.

— Viens, viens ! criait-elle. La vie n'est qu'un éclair. Viens vite, viens, viens, avant qu'il soit trop tard !

Je savais bien que c'était Mara, l'esprit du Malin, sous les apparences d'un corps de femme à la croupe puissante. Je luttais. Je m'étais mis à écrire « Bouddha », comme les sauvages dans leurs grottes gravaient avec une pierre pointue ou peignaient en rouge et blanc les bêtes féroces qui rôdaient, affamées, autour d'eux. Ils s'efforçaient, eux aussi, en les gravant, en les peignant, de les fixer sur la roche ; s'ils ne l'avaient pas fait, elles se seraient précipitées sur eux.

Depuis le jour où j'avais failli être écrasé, la veuve passait dans l'air enflammé de ma solitude et me faisait signe en balançant voluptueusement ses flancs. Le jour, j'étais fort, mon esprit était en éveil, j'arrivais à la chasser. J'écrivais sous quelle forme le Tentateur se présenta à Bouddha, comment il s'habilla en femme, comment il appuya sur les genoux de l'ascète ses seins durs, enfin, comment Bouddha vit le danger, proclama la mobilisation de tout son être et mit le Malin en déroute. Et j'arrivai à le mettre, moi aussi, en déroute.

A chaque phrase que j'écrivais, j'étais soulagé, je prenais courage, je sentais le Malin se retirer, chassé par l'exorcisme tout-puissant, le mot. Je luttais, le jour, de toutes mes forces, mais, la nuit, mon esprit déposait les armes, les portes intérieures s'ouvraient et la veuve entrait.

Le matin, je m'éveillais épuisé et vaincu, et la guerre recommençait. Parfois je levais la tête : c'était la fin de l'après-midi ; la lumière, pourchassée, s'enfuyait, l'obscurité fondait sur moi brusquement. Les jours raccourcissaient, Noël approchait, je m'acharnais à la lutte et je me disais : « Je ne suis pas seul. Une grande force, la lumière, combat, elle aussi, tantôt vaincue, tantôt victorieuse : elle ne désespère pas. Je lutte et j'espère avec elle ! »

Il me semblait, et cela me donnait du courage, que j'obéissais à un grand rythme universel en luttant contre la veuve. C'est ce corps, pensais-je, qu'a choisi l'astucieuse matière pour rabattre doucement et éteindre la flamme libre qui monte en moi. Je me disais : « Divine est la force impérissable qui transforme la matière en esprit. Chaque homme a en lui un fragment de ce divin tourbillon et c'est pourquoi il réussit à convertir le pain, l'eau et la viande en pensée et en action. Zorba a raison : Dis-moi ce que tu fais de ce que tu manges et je te dirai qui tu es ! »

Je m'efforçais donc, douloureusement, de transformer ce violent désir de la chair en « Bouddha ».

— A quoi tu penses ? Tu n'as pas l'air dans ton assiette, patron, me dit, un soir, la veille de Noël, Zorba, qui se doutait du démon contre lequel je me battais.

Je fis semblant de ne pas entendre. Mais Zorba n'abandonnait pas si facilement la partie.

— Tu es jeune, patron, dit-il.

Et soudain, sa voix eut une résonance amère et irritée :

— Tu es jeune, tu es solide, tu manges bien, tu bois bien, tu respires l'air de la mer qui ravigote, tu emmagasines des forces, et qu'est-ce que tu en fais ? Tu couches tout seul. C'est dommage ! Vas-y, tiens, ce soir même, ne perds pas de temps, tout est simple en ce monde, patron. Combien de fois faudra-t-il te le répéter ? Ne complique donc pas tout !

J'avais, grand ouvert devant moi, le manuscrit de « Bouddha » et je le feuilletais ; j'écoutais les paroles de Zorba et je savais qu'elles ouvraient un chemin sûr. Avec elles, c'était aussi l'esprit de Mara, l'astucieux entremetteur, qui appelait.

Je l'écoutais sans mot dire, résolu à résister, en feuilletant lentement le manuscrit et je sifflais pour cacher mon trouble. Mais Zorba, voyant que je restais silencieux, éclata :

— Ce soir, c'est la nuit de Noël, mon vieux, dépêche-toi, va la trouver avant qu'elle aille à l'église. C'est ce soir que naît le Christ, patron, fais ton miracle, toi aussi !

Je me levai, agacé :

— Ça suffit, Zorba, dis-je. Chacun suit sa propre voie. L'homme, sache-le, est semblable à l'arbre. As-tu jamais cherché querelle au figuier parce qu'il ne produit pas de cerises ? Alors, tais-toi ! Il est près de minuit, allons aussi à l'église voir naître le Christ.

Zorba enfonça sur sa tête son gros bonnet d'hiver :

— Ça va ! dit-il ennuyé, allons ! Mais je tiens à te faire savoir que le bon Dieu aurait été bien plus content si tu étais allé ce soir chez la veuve, comme l'archange Gabriel. Si le bon Dieu avait suivi la même voie que toi, patron, il ne serait jamais allé chez Marie et le Christ ne serait jamais né. Si tu me demandais quelle voie il suit, le bon Dieu, je te dirais : celle qui conduit chez Marie. Marie, c'est la veuve.

Il se tut et attendit en vain la réponse. Il ouvrit la porte avec force et nous sortîmes ; du bout de son bâton il frappa les galets avec impatience.

— Oui, oui, répéta-t-il obstiné, Marie, c'est la veuve !

— Allons, en route ! dis-je, ne crie pas !

Nous marchions d'un bon pas dans la nuit d'hiver, le ciel était d'une pureté extraordinaire, les étoiles brillaient, grosses, basses, telles des boules de feu accrochées en l'air. La nuit mugissait, comme nous avancions le long du rivage, semblable à une grande bête noire étendue au bord de la mer.

« A partir de ce soir, me disais-je, la lumière, que l'hiver avait acculée, commence à reprendre le dessus. Comme si elle naissait cette nuit avec l'enfant dieu. »

Tous les villageois s'étaient entassés dans la ruche chaude et parfumée de l'église. Devant, les hommes ; derrière, mains croisées, les femmes. Le pope Stéphane, grand, exaspéré par son jeûne de quarante jours, revêtu de sa lourde chasuble d'or, courait, de-ci, de-là, à grandes enjambées, agitait l'encensoir, chantait à tue-tête, pressé de voir naître le Christ et de rentrer chez lui pour se jeter sur la soupe grasse, les saucissons et les viandes fumées...

Si on avait dit : « Aujourd'hui naît la lumière », cela n'eût pas ému le cœur de l'homme ; l'idée ne serait pas devenue légende et n'aurait pas conquis le monde. Elle n'aurait exprimé qu'un phénomène physique normal et n'eût point bouleversé notre imagination, je veux dire notre âme. Mais la lumière qui naît au cœur de l'hiver est devenue un enfant, l'enfant est devenu Dieu, et voilà vingt siècles que notre âme le garde en son sein et l'allaite...

Un peu après minuit, la cérémonie mystique prit fin. Le Christ était né. Les villageois couraient chez eux, affamés, joyeux, pour faire ripaille et sentir jusqu'au plus profond de leur ventre le mystère de l'incarnation. Le ventre est la base solide : du pain, du vin et de la viande avant tout ; ce n'est qu'avec du pain, du vin et de la viande que l'on peut créer Dieu.

Les étoiles brillaient, grandes comme des anges, au-dessus de la coupole toute blanche de l'église. La voie lactée, tel un fleuve, coulait d'un bout à l'autre du ciel. Une étoile verte scintillait au-dessus de nous comme une émeraude. Je soupirai, troublé.

Zorba se tourna vers moi :

— Tu crois ça, toi, patron, que Dieu est devenu homme

et qu'il est né dans l'étable ? Tu le crois ou bien tu te fiches du monde ?

— C'est difficile de te répondre, Zorba, dis-je. Je ne peux pas te dire que j'y crois, ni non plus que je n'y crois pas. Et toi ?

— Ma foi, moi non plus je ne sais plus où j'en suis. Quand j'étais môme, je n'y croyais pas du tout aux contes de fées de ma grand-mère et pourtant, je tremblais d'émotion, je riais, je pleurais, tout comme si j'y croyais. Quand il m'est poussé de la barbe au menton, toutes ces histoires je les ai laissées tomber et même j'en rigolais. Mais voilà que maintenant, sur mes vieux jours, je me ramollis, patron, et j'y crois de nouveau.: Drôle de machine que l'homme !

Nous avions pris la route conduisant chez Dame Hortense et nous allongions le pas comme des chevaux affamés qui sentent l'écurie.

— Ils sont rudement malins, les Pères de l'Église ! fit Zorba. Ils te prennent par le ventre ; alors, comment leur échapper ? Pendant quarante jours, qu'ils disent, tu ne mangeras pas de viande, tu ne boiras pas de vin : jeûne. Pourquoi ? Pour que tu te languisses de la viande et du vin. Ah ! les gros lards, ils connaissent tous les trucs !

Il pressa encore le pas :

— Dépêche-toi, patron, dit-il, la dinde doit être à point !

Quand nous entrâmes dans la petite chambre de notre bonne dame avec le grand lit tentateur, la table était couverte d'une nappe blanche, la dinde fumait, les pattes en l'air et écartées ; du brasero allumé montait une chaleur très douce.

Dame Hortense s'était fait des boucles et elle portait une longue robe de chambre d'un rose passé avec de vastes manches et des dentelles effilochées. Un ruban large de deux doigts, jaune canari ce soir, serrait son cou fripé. Elle s'était aspergé les aisselles d'eau de fleurs d'oranger.

« Comme tout est parfaitement assorti sur terre ! pensais-je. Comme la terre est bien assortie au cœur humain ! Voilà cette vieille chanteuse qui a mené une vie de bâton de chaise ; maintenant, échouée sur cette côte solitaire, elle concentre dans cette misérable chambre toute la sainte sollicitude et la chaleur de la femme. »

Le repas, abondant et soigné, le brasero allumé, le corps paré, pavoisé, le parfum de fleurs d'oranger, toutes ces petites jouissances corporelles si humaines, avec quelle simplicité et quelle rapidité elles se changent en une grande joie de l'âme.

Soudain, mes yeux se remplirent de larmes. Je sentis que je n'étais pas, en cette soirée solennelle, tout à fait seul, ici, au bord de la mer déserte. Une créature féminine s'avançait vers moi, pleine de dévouement, de tendresse et de patience : c'était la mère, la sœur, la femme. Et moi qui croyais n'avoir besoin de rien, je sentis soudain que j'avais besoin de tout.

Zorba devait, lui aussi, éprouver cette douce émotion, car à peine fûmes-nous entrés, il s'élança et serra dans ses bras la chanteuse pavoisée.

— Christ est né ! cria-t-il, salut à toi, femme !

Il se tourna vers moi en riant :

— Regarde-moi un peu la rusée créature qu'est la femme ! Le bon Dieu lui-même, elle a réussi à l'embobiner !

Nous nous mîmes à table; nous nous jetâmes sur les plats, nous bûmes du vin ; notre corps se sentit satisfait et notre âme tressaillit d'aise. De nouveau, Zorba s'enflamma.

— Mange et bois, me criait-il à chaque instant, mange et bois, patron, émoustille-toi. Chante, toi aussi, mon gars, chante comme les bergers : « Gloire au Très-Haut !... » Christ est né, ce n'est pas une petite affaire. Pousse ta chanson, que le bon Dieu t'entende et jubile !

Il avait retrouvé son entrain, il était lancé.

— Christ est né, mon gratte-papier, mon grand savant. Ne cherche pas la petite bête : il est né ou il n'est pas né ? Mon vieux, il est né, ne sois pas idiot ! Si tu prends une loupe pour regarder l'eau qu'on boit — c'est un ingénieur qui m'a dit ça — tu verras que l'eau est pleine de vers, tout petits, qui ne se voient pas à l'œil nu. Tu verras les vers et tu ne boiras pas. Tu ne boiras pas et tu crèveras de soif. Casse la loupe, patron, casse-la, que les petits vers disparaissent tout de suite et que tu puisses boire et te rafraîchir !

Il se tourna vers notre compagne bariolée, et, levant son verre plein :

— Moi, dit-il, ma très chère Bouboulina, ma vieille compagne de lutte, je vais boire ce verre à ta santé ! Dans ma vie, j'ai vu pas mal de figures de proue : elles sont clouées à l'avant du bateau, elles se tiennent les seins et elles ont les joues et les lèvres peintes en rouge feu. Elles ont parcouru toutes les mers, elles sont entrées dans tous les ports, et quand le bateau est pourri, elles débarquent sur la terre ferme et restent appuyées jusqu'à la fin de leurs jours au mur d'un bistrot de pêcheurs où les capitaines vont boire.

« Ma Bouboulina, ce soir où je te vois sur ce rivage, maintenant que j'ai bien mangé, bien bu, et que mes yeux sont ouverts, tu m'apparais comme la figure de proue d'un grand navire. Et moi je suis ton dernier port, ma poulette, moi je suis le bistrot où les capitaines viennent boire. Viens, appuie-toi sur moi, amène les voiles ! Je bois ce verre de vin, ma sirène, à ta santé ! »

Dame Hortense, émue, bouleversée, se mit à pleurer et s'appuya sur l'épaule de Zorba.

— Tu vas voir, me souffla Zorba à l'oreille, avec mon beau discours je vais avoir des embêtements. La garce, elle ne me laissera pas partir ce soir. Mais qu'est-ce que tu veux, j'ai pitié d'elles, les pauvrettes, oui, j'ai pitié d'elles !

« Christ est né ! cria-t-il très fort à sa sirène, à notre santé ! »

Il passa son bras sous celui de la bonne dame et ils vidèrent tous deux leur vin d'un trait, les bras enlacés, se regardant l'un l'autre avec extase.

L'aube ne devait pas être loin quand je quittai seul la chambrette chaude au grand lit et pris le chemin du retour. Tout le village avait festoyé et maintenant il dormait, portes et fenêtres closes, sous les grosses étoiles d'hiver.

Il faisait froid, la mer mugissait, l'étoile de Vénus se suspendit à l'orient, dansante et mutine. J'allais le long du rivage, jouant avec les vagues : elles se précipitaient pour me mouiller, je m'échappais ; j'étais heureux et je me disais :

« Voilà le vrai bonheur : n'avoir aucune ambition et travailler comme un nègre, comme si on avait toutes les ambitions. Vivre loin des hommes, ne pas avoir besoin d'eux et les aimer. Être à Noël et, après avoir bien bu et bien mangé, s'échapper tout seul loin de tous les pièges, avoir au-dessus de soi les étoiles, la terre à sa gauche, la mer à sa droite ; et, soudain, réaliser que dans votre cœur la vie a accompli son ultime miracle : qu'elle est devenue un conte de fées. »

Les jours passaient. Je crânais, je faisais le brave, mais dans les derniers replis de mon cœur je me sentais triste. Toute cette semaine de fêtes, les souvenirs étaient montés, emplissant ma poitrine de musique lointaine et d'êtres aimés. Une fois de plus, m'apparaissait la justesse de l'antique légende : le cœur de l'homme est une fosse remplie de sang ; sur les bords de cette fosse les morts bien-aimés se jettent à plat ventre pour boire le sang et se ranimer ; et plus ils vous sont chers, plus ils vous boivent de sang.

Veille du jour de l'an. Une bande de gamins du village, portant un grand bateau de papier, s'amenèrent jusqu'à notre baraque et se mirent, de leurs voix aiguës et joyeuses, à chanter les kalanda (1) : saint Basile arrivait de sa ville natale, Césarée. Il était là, devant cette petite plage crétoise bleu indigo. Il s'appuya sur son bâton, le bâton aussitôt se couvrit de feuilles et de fleurs, et le chant du jour de l'an retentit. « Que ta demeure, maître, soit remplie de blé, d'huile d'olive et de vin ; que ta femme soutienne, comme une colonne de marbre, le toit de ta maison ; que ta fille se marie et engendre neuf fils et une fille ; et que tes fils libèrent Constantinople, la ville de nos rois ! Bonne année, chrétiens ! »

Zorba écoutait, ravi ; il avait saisi le tambourin des enfants et le faisait résonner frénétiquement.

(1) Kalanda : chant populaire de nouvel an.

Je regardais, j'écoutais, sans rien dire. Je sentais se détacher de mon cœur une autre feuille, une autre année. Je faisais un pas de plus vers la fosse noire.

— Qu'est-ce qu'il t'arrive, patron ? demanda Zorba qui chantait à tue-tête avec les gamins et frappait le tambourin, qu'est-ce qu'il t'arrive, mon gars ? Tu as le teint terreux, tu as vieilli, patron. Moi, des jours comme celui-ci, je redeviens petit garçon, je renais, comme le Christ. Est-ce qu'il ne naît pas tous les ans, lui ? Moi, c'est pareil.

Je m'étendis sur mon lit et fermai les yeux. Ce soir, mon cœur était d'humeur farouche et je ne voulais pas parler.

Je ne pouvais dormir. Comme si j'avais, ce soir-là, à rendre compte de mes actes, toute ma vie remontait, rapide, incohérente, incertaine, comme un rêve, et je la regardais, désespéré. Tel un nuage duveteux, battu par les vents des hauteurs, ma vie changeait de forme, se défaisait, se recomposait. Elle se métamorphosait — cygne, chien, démon, scorpion, singe — et sans cesse le nuage s'effilochait et s'éparpillait, plein d'arc-en-ciel et de vent.

Le jour se leva. Je n'ouvrais pas les yeux ; je m'efforçais de concentrer mon ardent désir, de rompre la croûte du cerveau et d'entrer dans l'obscur et dangereux canal par où chaque goutte humaine va se mêler au grand océan. J'avais hâte de déchirer ce voile pour voir ce que m'apportait la nouvelle année...

— Bonjour, patron, bonne année !

La voix de Zorba me rejeta brutalement sur la terre ferme. J'ouvris les yeux et j'eus le temps de voir Zorba lancer sur le seuil de la baraque une grosse grenade. Les frais rubis jaillirent jusqu'à mon lit, j'en ramassai quelques-uns, les mangeai, et ma gorge en fut rafraîchie.

— Je nous souhaite de gagner gros et d'être enlevés par de belles filles ! criait Zorba, de belle humeur.

Il se lava, se rasa, mit ses plus beaux habits — pantalon de drap vert, veston de grosse bure brune et casaquin fait d'une peau de chèvre à moitié pelée. Il mit aussi son bonnet russe en astrakan, retroussa sa moustache et :

— Patron, dit-il, moi je vais faire une apparition à l'église, comme représentant de la Compagnie. Ce ne serait pas dans l'intérêt de la mine qu'ils nous prennent pour des francs-maçons. Je n'y perdrai rien, hein ! Et puis ça me fera passer le temps.

Il inclina la tête et cligna de l'œil.

— Peut-être aussi que je verrai la veuve, murmura-t-il.

Dieu, les intérêts de la Compagnie et la veuve formaient un mélange harmonieux dans l'esprit de Zorba. J'entendis son pas léger s'éloigner, je me dressai d'un bond. Le charme était rompu, mon âme se retrouva enfermée dans sa prison de chair.

Je m'habillai et pris le bord de l'eau. Je marchais vite et j'étais joyeux, comme si j'avais échappé à un danger ou à un péché. Mon désir indiscret du matin d'espionner et de saisir l'avenir avant qu'il soit né m'apparut brusquement comme un sacrilège.

Je me souvins d'un matin où j'avais découvert un cocon dans l'écorce d'un arbre, au moment où le papillon brisait l'enveloppe et se préparait à sortir. J'attendis un long moment, mais il tardait trop, et moi j'étais pressé. Énervé, je me penchai et me mis à le réchauffer de mon haleine. Je le réchauffais, impatient, et le miracle commença à se dérouler devant moi, à un rythme plus rapide que nature. L'enveloppe s'ouvrit, le papillon sortit en se traînant, et je n'oublierai jamais l'horreur que j'éprouvai alors : ses ailes n'étaient pas encore écloses et de tout son petit corps tremblant il s'efforçait de les déplier. Penché au-dessus de lui, je l'aidais de mon haleine. En vain. Une patiente maturation était nécessaire et le déroulement des ailes devait se faire lentement au soleil ; maintenant il était trop tard. Mon souffle avait contraint le papillon à se montrer, tout froissé, avant terme. Il s'agita, désespéré, et, quelques secondes après, mourut dans la paume de ma main.

Ce petit cadavre, je crois que c'est le plus grand poids que j'aie sur la conscience. Car, je le comprends bien aujourd'hui, c'est un péché mortel que de forcer les grandes lois. Nous devons ne pas nous presser, ne pas nous impatienter, suivre avec confiance le rythme éternel.

Je m'assis sur un rocher pour assimiler en toute tranquillité cette pensée de nouvel an. Ah ! si ce petit papillon pouvait voltiger toujours devant moi et me montrer le chemin !

11

JE me relevai joyeux comme si je tenais mes étrennes. Le vent était froid, le ciel pur et la mer brillait.

Je pris le chemin du village. La messe devait être terminée. Tout en avançant, je me demandais avec un trouble absurde quelle serait la première personne — faste ? néfaste ? — que je verrais en ce début d'année. Si ce pouvait être un petit enfant, me disais-je, les bras chargés de ses jouets de nouvel an ; ou un vieillard vigoureux avec sa chemise blanche aux larges manches brodées, content et fier d'avoir courageusement rempli son devoir sur la terre ! Plus j'avançais et me rapprochais du village, plus ce trouble absurde augmentait.

Soudain mes genoux fléchirent : sur la route du village, sous les oliviers, marchant d'un pas balancé, toute rouge, son fichu noir sur la tête, svelte et élancée, apparut la veuve.

Sa démarche onduleuse était vraiment celle d'une tigresse noire et il me sembla que se répandait dans l'air un âpre parfum de musc. Si je pouvais fuir ! pensai-je. Je sentais que ce fauve irrité était sans pitié et que la seule victoire possible avec elle était la fuite. Mais comment fuir ? La veuve se rapprochait. Il me sembla que les graviers grinçaient comme au passage d'une armée. Elle m'aperçut, secoua la tête, son fichu glissa et ses cheveux apparurent, brillants, d'un noir de jais. Elle me coula un regard langoureux et sourit. Ses yeux avaient une douceur sauvage. En toute hâte elle rajusta son fichu, comme honteuse d'avoir laissé voir le profond secret de la femme — ses cheveux.

Je voulus parler, lui souhaiter « bonne année », mais j'avais la gorge sèche, comme le jour où la galerie s'était effondrée et que ma vie s'était trouvée en danger. Les roseaux de la clôture de son jardin s'agitèrent, le soleil d'hiver tomba sur les citrons d'or et les oranges au feuillage sombre. Tout le jardin resplendit comme un Paradis.

La veuve s'arrêta, étendit le bras, poussa violemment la porte et l'ouvrit. A ce moment, je passais devant elle. Elle se retourna, glissa son regard sur moi en faisant jouer ses sourcils.

Elle laissa la porte ouverte et je la vis disparaître, roulant des hanches, derrière les orangers.

Franchir le seuil, verrouiller la porte, courir après elle, la prendre par la taille et sans dire un mot l'entraîner vers son grand lit, voilà ce qui s'appelle agir en homme ! C'est ce qu'aurait fait mon grand-père, et je souhaite que mon petit-fils en fasse autant. Moi, je restais planté là, à peser et à réfléchir...

« Dans une autre vie, murmurai-je, souriant amèrement, dans une autre vie je me conduirai mieux ! »

Je m'enfonçais dans le ravin boisé et je me sentais un poids sur le cœur, comme si j'avais commis un péché mortel. J'errais de-ci, de-là, il faisait froid, je grelottais. J'avais beau chasser de ma pensée le balancement, le sourire, les yeux, la poitrine de la veuve, ils revenaient sans cesse et j'étouffais.

Les arbres n'avaient pas encore de feuilles, mais les bourgeons se gonflaient déjà, éclataient, remplis de sève. Dans chaque bourgeon on sentait la présence de jeunes pousses, de fleurs, de fruits futurs, embusqués, concentrés et prêts à s'élancer vers la lumière. Sous les écorces sèches, sans bruit, en cachette, jour et nuit, se tramait au cœur de l'hiver le grand miracle du printemps.

Soudain je poussai un cri joyeux. Devant moi, dans un creux abrité, un amandier plein d'audace avait fleuri au cœur de l'hiver, ouvrant la marche à tous les arbres et annonçant le printemps.

J'éprouvai un grand soulagement. Je respirai profondément la légère odeur poivrée, je m'écartai de la route et allai me tapir sous les rameaux fleuris.

Je restai là un long moment, sans penser à rien, sans aucun souci, heureux. J'étais assis, dans l'éternité, sous un arbre du Paradis.

Soudain, une grosse voix sauvage me rejeta sur la terre.

— Qu'est-ce que tu fais dans ce trou, patron ? Ça fait un moment que je te cherche. Il n'est pas loin de midi, allons !

— Où ?

— Où ? Et tu le demandes ? Chez la mère Cochon de lait, pardi ! Tu n'as pas faim ? Le cochon de lait est sorti du four ! Une odeur, mon vieux... on en a l'eau à la bouche. Allons !

Je me levai, caressai le tronc dur de l'amandier rempli de mystère qui avait su produire ce miracle fleuri. Zorba allait devant, leste, plein d'entrain et d'appétit. Les besoins fondamentaux de l'homme — nourriture, boisson, femme, danse — demeuraient encore inépuisables et frais dans son corps avide et robuste.

Il tenait à la main un objet enveloppé de papier rose, attaché avec une ficelle dorée.

— Des étrennes ? demandai-je en souriant.

Zorba se mit à rire, s'efforçant de cacher son émotion.

— Eh ! pour la gâter un peu, la pauvre ! dit-il, sans se retourner. Ça lui rappellera le bon vieux temps... C'est une femme, on l'a déjà dit, donc, une créature qui se plaint toujours.

— C'est une photo ?

— Tu verras... tu verras, ne sois pas trop pressé. Je l'ai fabriqué moi-même. Dépêchons-nous.

Le soleil de midi réjouissait les os. La mer, elle aussi, se chauffait au soleil, heureuse. Au loin, la petite île déserte, entourée d'un léger brouillard, avait l'air de s'être soulevée hors de la mer et de flotter.

Nous approchions du village. Zorba vint près de moi, et, baissant la voix :

— Tu sais, patron, dit-il, la personne en question était à l'église. Je me tenais devant, près du chantre, quand tout d'un coup, je vois les saintes icônes qui s'illuminent. Le Christ, la Sainte Vierge, les douze apôtres, tout brillait... « Qu'est-ce que c'est que ça ? je me dis en faisant le signe de la croix. Le soleil ? » Je me retourne, c'était la veuve.

— Assez causé, Zorba, ça suffit ! dis-je en pressant le pas.

Mais Zorba courut après moi :

— Je l'ai vue de près, patron. Elle a un grain de beauté sur la joue ! C'est à en perdre la tête ! Encore un mystère, les grains de beauté sur les joues des femmes !

Il écarquilla les yeux, l'air stupéfait.

— Non, mais tu as vu ça, patron ? La peau est bien lisse et tout d'un coup, voilà une tache noire. Eh bien, ça suffit pour vous faire perdre la tête ! Tu y comprends quelque chose, patron ? Qu'est-ce qu'ils disent tes bouquins ?

— Au diable, mes bouquins !

Zorba se mit à rire, tout content.

— C'est ça, dit-il, voilà, tu commences à comprendre.

Nous passâmes rapidement devant le café, sans nous arrêter.

Notre bonne dame avait fait cuire au four un cochon de lait et nous attendait, debout sur le seuil.

Elle avait de nouveau passé à son cou le même ruban jaune serin et, ainsi, lourdement enfarinée de poudre, les lèvres enduites d'une épaisse couche cramoisie, elle était effarante. Dès qu'elle nous vit, toute sa chair se mit en mouvement, réjouie, ses petits yeux jouèrent d'un air polisson et se fixèrent sur les moustaches retroussées de Zorba.

Dès que la porte de la rue fut refermée, Zorba la prit par la taille.

— Bonne année ! ma Bouboulina, lui dit-il. Regarde ce que je t'apporte ! et il l'embrassa sur sa nuque grassouillette et fripée.

La vieille sirène eut un frisson chatouillé, mais ne perdit pas le nord. Son œil était rivé sur le cadeau. Elle le saisit, dénoua la ficelle d'or, regarda et poussa un cri.

Je me penchai pour voir : sur un gros carton, ce scélérat de Zorba avait peint en quatre couleurs — blond, châtain, gris et noir — quatre grands cuirassés pavoisés sur une mer indigo. Devant les cuirassés, allongée sur les vagues, toute blanche, toute nue, les cheveux dénoués, la poitrine dressée, avec une queue de poisson en spirale et un petit ruban jaune au cou, nageait une sirène, Dame Hortense. Elle tenait quatre ficelles et traînait les quatre cuirassés arborant les pavillons anglais, russe, français et italien. Dans chaque angle du tableau pendait une barbe, une blonde, une châtain, une grise et une noire.

La vieille chanteuse saisit tout de suite.

— Moi ! dit-elle, en désignant la sirène avec fierté. Elle soupira.

— Ah là là ! fit-elle, moi aussi j'ai été une grande puissance, autrefois.

Elle décrocha un petit miroir rond qu'elle avait au-dessus de son lit, près de la cage du perroquet, et suspendit l'œuvre de Zorba. Sous l'épais maquillage, ses joues avaient dû pâlir.

Zorba, pendant ce temps, s'était faufilé dans la cuisine. Il avait faim. Il apporta le plat avec le cochon de lait, posa devant lui une bouteille de vin et remplit les trois verres.

— Allons, à table ! cria-t-il, frappant dans ses mains. Commençons par le principal, le ventre. Après, ma bonne, on descendra plus bas !

Mais l'air était troublé par les soupirs de notre vieille sirène. Elle avait, elle aussi, à chaque début d'année, son petit Jugement dernier, elle devait peser sa vie et la trouver gâchée. Dans cette tête de femme déplumée, les grandes villes, les hommes, les robes de soie, les bouteilles de champagne, les barbes parfumées devaient, aux jours solennels, se lever hors des tombeaux de son cœur et crier.

— Je n'ai pas faim du tout, murmura-t-elle d'un ton câlin. Je n'ai pas faim... du tout... du tout.

Elle s'agenouilla devant le brasero et tisonna les charbons ardents ; ses joues affaissées reflétèrent la lueur du feu. Une mèche glissa de son front, frôla la flamme et dans la chambre se répandit la puanteur nauséabonde du poil roussi.

— Je ne veux pas manger... murmura-t-elle encore, voyant que nous ne nous occupions pas d'elle.

Zorba serra nerveusement le poing. Il demeura un instant indécis. Il pouvait la laisser grogner autant qu'elle voulait, pendant que nous nous jetterions, nous, sur le petit cochon rôti. Il pouvait aussi s'agenouiller devant elle, la prendre dans ses bras et, avec une bonne parole, la radoucir. Je le regardai et vis passer dans l'expression mouvante de sa figure tannée les vagues contradictoires.

Soudain, son visage se figea. Il avait pris une décision. Il s'agenouilla, et, saisissant les genoux de la sirène :

— Si toi, tu ne manges pas, ma cocotte, dit-il d'une voix déchirante, c'est la fin du monde. Aie pitié alors, ma bonne, et mange cette petite patte de cochon !

Et il lui enfonça dans la bouche la patte croquante et ruisselante de beurre.

Il la prit dans ses bras, la releva, l'installa doucement sur sa chaise, entre nous deux.

— Mange, dit-il, mange, mon trésor, pour que saint Basile entre dans notre village ! Sinon, tu sais, il n'y entrera pas. Il s'en retournera dans sa patrie, à Césarée. Il reprendra le papier et l'encrier, les galettes des rois, les étrennes, les jouets des enfants, même ce petit cochon et puis, en route ! Alors ma poulette, ouvre ta petite bouche et mange !

Il avança deux doigts et la chatouilla sous l'aisselle. La vieille sirène gloussa, essuya ses petits yeux rougis et se mit à mastiquer lentement la patte croustillante...

A ce moment, deux chats amoureux se mirent à hurler sur le toit, au-dessus de nos têtes. Ils hurlaient avec une haine indescriptible, leurs voix montaient, descendaient, pleines de menaces. Brusquement, nous les entendîmes rouler tous les deux pêle-mêle et s'entre-déchirer.

— Miaou, miaou... fit Zorba en clignant de l'œil à la vieille sirène.

Elle sourit et lui pressa la main en cachette sous la table.

Sa gorge se desserra et elle commença à manger, de bonne humeur.

Le soleil descendit, entra par la petite fenêtre et se posa sur les pieds de notre bonne dame. La bouteille était vide. Tout en caressant ses moustaches dressées de chat sauvage, Zorba s'était rapproché de Dame Hortense. Celle-ci, recroquevillée, la tête rentrée dans les épaules, sentait sur elle, en frissonnant, la chaude haleine avinée.

— Qu'est-ce que c'est encore que ce mystère, patron ? fit Zorba en se retournant. Tout marche à l'envers, chez moi. Quand j'étais môme, il paraît que j'avais l'air d'un petit vieux : j'étais lourdaud, je ne parlais pas beaucoup, j'avais une grosse voix de vieux bonhomme. On disait que je ressemblais à mon grand-père ! Mais plus je vieillissais, plus je devenais étourdi. A vingt ans, je me suis mis à faire des folies, mais pas beaucoup, celles que tout le monde fait à cet âge. A quarante ans, j'ai commencé à me sentir en pleine jeunesse et alors je me suis lancé dans les grandes folies. Et maintenant, à soixante ans — soixante-cinq ans, patron, mais ceci entre nous — et maintenant que je suis entré dans la soixantaine, ma parole, le monde est devenu trop petit pour moi ! Comment tu expliques ça, patron ?

Il leva son verre et, se tournant gravement vers sa dame :

— A ta santé, ma Bouboulina, dit-il d'un ton solennel. Je souhaite que, cette année, il te pousse des dents, de beaux sourcils effilés et que tu te refasses une peau fraîche comme celle d'une pêche ! Alors, tu ficheras en l'air ces saloperies de petits rubans ! Je te souhaite encore une autre révolution en Crète et que les quatre Grandes Puissances reviennent, chère Bouboulina, avec leur flotte, et que chaque flotte ait son amiral et chaque amiral sa barbe frisée et parfumée. Et toi, ma sirène, tu surgiras des flots encore une fois en chantant ta douce chanson.

Ce disant, il posa sa grosse patte sur les seins pendants et flasques de la bonne dame.

De nouveau, Zorba était allumé, sa voix se fit rauque de désir. Je me mis à rire. Une fois, au cinéma, j'avais vu un pacha turc batifolant dans un cabaret parisien. Il tenait sur ses genoux une midinette blonde et quand il s'échauffait, le gland de son fez se mettait à se soulever lentement, s'immobilisait à l'horizontale, et, prenant tout d'un coup de l'élan, se dressait tout droit en l'air.

— Pourquoi tu ris, patron ? me demanda Zorba.

Mais la bonne dame avait encore l'esprit aux paroles de Zorba.

— Ah ! fit-elle, est-ce possible, mon Zorba ? La jeunesse s'en va... sans retour.

Zorba se rapprocha encore, les deux chaises se touchèrent.

— Écoute-moi, ma cocotte, dit-il, en essayant de déboutonner le troisième bouton — décisif, celui-là — du corsage de Mme Hortense. Écoute le grand cadeau que je vais te faire : il y a maintenant un médecin qui fait des miracles. Il donne un médicament, des gouttes ou de la poudre, je n'en sais rien, et on a de nouveau vingt ans, tout au plus vingt-cinq. Ne pleure pas, ma bonne, je t'en ferai venir d'Europe...

Notre vieille sirène sursauta. La peau luisante et rougeâtre de son crâne brilla entre les cheveux clairsemés. Elle jeta ses gros bras dodus autour du cou de Zorba.

— Si c'est des gouttes, mon chou, ronronna-t-elle en se frottant contre Zorba comme une chatte, si c'est des gouttes, tu m'en commanderas une dame-jeanne. Et si c'est de la poudre...

— Un gros sac, fit Zorba qui déboutonna le troisième bouton.

Les chats, qui s'étaient tus un moment, recommencèrent à hurler. L'une des voix se lamentait et suppliait, l'autre s'irritait, menaçante...

Notre bonne dame bâilla et ses yeux se firent langoureux.

— Tu entends, ces sales bêtes ? ils n'ont pas honte... chuchota-t-elle, en s'asseyant sur les genoux de Zorba.

Elle se renversa contre lui et soupira. Elle avait bu un peu trop et ses yeux s'embrumèrent.

— A quoi tu penses, ma chatte ? fit Zorba, lui prenant les seins à pleines mains.

— Alexandrie... murmura en pleurnichant la sirène

voyageuse, Alexandrie... Beyrouth... Constantinople... des Turcs, des Arabes, des sorbets, des sandales dorées, des fez rouges...

Elle soupira de nouveau.

— Quand Ali bey restait avec moi la nuit — quelles moustaches, quels sourcils, quels bras ! — il appelait les joueurs de tambourin et de flûtes, il leur jetait de l'argent par la fenêtre et ils jouaient dans ma cour jusqu'à l'aube. Et les voisines en crevaient de jalousie ; elles disaient : « Ali bey est encore cette nuit avec la dame... »

« Après, à Constantinople, Souleïman pacha ne me laissait pas sortir me balader le vendredi. Il avait peur que le sultan me voie en allant à la mosquée et que, ébloui par ma beauté, il me fasse enlever. Le matin, quand il sortait de chez moi, il mettait trois nègres à ma porte pour qu'aucun mâle n'approche... Ah ! mon petit Souleïman ! »

Elle sortit de son corsage un grand mouchoir à carreaux et le mordit en soufflant comme une tortue d'eau.

Zorba se débarrassa d'elle en la déposant sur la chaise voisine et se leva, agacé. Il arpenta la pièce deux ou trois fois, en soufflant aussi ; la chambre lui parut soudain trop étroite, il attrapa son gourdin, s'élança dans la cour, appuya l'échelle contre le mur et je le vis monter deux à deux les échelons, l'air furieux.

— Qui vas-tu rosser, Zorba ? criai-je, Souleïman pacha ?

— Les sales chats, hurla-t-il, ils ne veulent pas me fiche la paix !

Et, d'un bond, il sauta sur le toit.

Dame Hortense, ivre, les cheveux en désordre, avait maintenant fermé ses yeux embrassés tant de fois. Le sommeil l'avait soulevée et emportée dans les grandes villes d'Orient — dans les jardins clos, les harems obscurs, chez les pachas amoureux. Il lui faisait traverser les mers et elle se voyait en train de pêcher. Elle avait lancé quatre lignes et attrapé quatre grands cuirassés.

Baignée, rafraîchie par la mer, la vieille sirène souriait dans son sommeil, heureuse.

Zorba entra, balançant son gourdin.

— Elle dort ? fit-il en la voyant, elle dort, la garce ?

— Oui, répondis-je, elle a été enlevée par le Voronoff qui rajeunit les vieillards, Zorba pacha, le sommeil. Maintenant, elle a vingt ans et se promène à Alexandrie, à Beyrouth...

— Qu'elle aille au diable, la vieille saleté ! grogna Zorba, et il cracha par terre. Regarde-moi un peu comment elle sourit ! Allons-nous-en, patron !

Il enfonça son bonnet et ouvrit la porte.

— Manger comme des cochons, dis-je, et puis après s'en aller en la laissant toute seule ! Ça ne se fait pas !

— Elle n'est pas toute seule, hurla Zorba, elle est avec Souleïman pacha, tu ne la vois pas ? Elle est au septième ciel, la sale femelle ! Allez, partons !

Nous sortîmes dans l'air froid. La lune voguait dans le ciel serein.

— Ah ! les femmes ! fit Zorba avec dégoût. Pouah ! Mais ce n'est pas leur faute, c'est la nôtre, à nous les écervelés, les hurluberlus, les Souleïman et les Zorba !

Et au bout d'un moment :

— Et ce n'est même pas notre faute, ajouta-t-il, furieux, c'est la faute d'un seul, du grand Écervelé, l'Hurluberlu, le Grand Souleïman pacha... tu sais qui !

— S'il existe, répondis-je ; mais, s'il n'existe pas ?

— Alors, on est fichu !

Longtemps nous avançâmes à grandes enjambées, sans rien dire. Zorba ruminait sûrement des pensées farouches, car, à chaque instant, il frappait les cailloux avec son bâton et crachait.

Soudain, il se tourna vers moi :

— Mon grand-père — qu'il repose en paix ! — dit-il, lui, il s'y connaissait en femmes. Il les aimait beaucoup, le malheureux, et elles lui en avaient fait voir des vertes et des pas mûres. Il me disait : « Mon petit Alexis, avec ma bénédiction, je vais te donner un conseil : méfie-toi des femmes. Quand le bon Dieu a voulu créer la femme avec une côte d'Adam, le diable s'est transformé en serpent et au bon moment, il saute et chipe la côte. Le bon Dieu se précipite, mais le diable lui glisse entre les doigts et ne lui laisse que ses cornes. « Faute de quenouille, se dit le bon

« Dieu, une bonne ménagère file avec une cuiller. Eh « bien moi, je ferai la femme avec les cornes du « diable ! » Et il l'a faite, pour notre malheur, mon petit Alexis ! Alors quand on touche une femme, n'importe où, c'est les cornes du diable qu'on tripote. Méfie-toi, mon garçon ! C'est encore la femme qui a volé les pommes du Paradis et qui les a fourrées dans son corsage. Et maintenant, elle se balade avec ça en crânant. La peste ! Si tu manges de ces pommes-là, malheureux, tu es fichu. Si tu n'en manges pas, tu es encore fichu. Quel conseil veux-tu que je te donne, mon enfant ? Fais ce qu'il te plaît ! » Voilà ce que m'a dit feu mon grand-père, mais je ne suis pas devenu plus sensé pour ça. J'ai pris le même chemin que lui et j'en suis là !

Nous traversâmes hâtivement le village. Le clair de lune était inquiétant. Imaginez-vous que, vous étant enivré et sortant prendre l'air, vous trouviez le monde brusquement changé. Les routes étaient devenues des fleuves de lait, les creux, les ornières débordaient de chaux, les montagnes se couvraient de neige. Vous aviez les mains, le visage, le cou phosphorescents comme un ventre de luciole. Telle une ronde médaille, exotique, la lune était suspendue sur votre poitrine.

Nous marchions d'un pas alerte, en silence. Grisés par le clair de lune, grisés par le vin, nous ne sentions pas nos pieds toucher terre. Derrière nous, dans le village endormi, les chiens étaient montés sur les toits et aboyaient plaintivement, les yeux rivés sur la lune. L'envie nous prenait, sans cause, de tendre le cou et de nous mettre à hurler aussi...

Nous passions maintenant devant le jardin de la veuve. Zorba s'arrêta. Le vin, la bonne chère, la lune lui avaient fait tourner la tête. Il tendit le cou et, de sa grosse voix d'âne se mit à braire un distique impudique, qu'à l'instant, dans son exaltation, il avait improvisé :

Que j'aime ton joli corps, depuis la taille et au-dessous !
Il reçoit l'anguille vivante et la rend inerte d'un seul coup !

— Encore une corne du diable, celle-ci ! dit-il. Allons-nous-en, patron !

Le jour allait se lever quand nous arrivâmes à la baraque. Je me jetai sur mon lit, épuisé. Zorba se lava, alluma le réchaud et fit du café. Il s'accroupit par terre devant la porte, alluma une cigarette et se mit à fumer paisiblement, le corps droit, immobile, et regardant la mer. Son visage était grave et concentré. Il ressemblait à une peinture japonaise que j'aimais : l'ascète est assis les jambes croisées, enveloppé d'une longue robe orange ; son visage reluit comme du bois dur finement sculpté, noirci par les pluies ; le cou bien droit, souriant, sans effroi, il regarde devant lui la nuit obscure...

Je regardais Zorba à la lueur de la lune et j'admirais avec quelle crânerie, quelle simplicité, il s'ajustait au monde, comment son corps et son âme formaient un tout harmonieux, et toutes choses, femmes, pain, eau, viande, sommeil, s'unissaient joyeusement avec sa chair et devenaient Zorba. Jamais je n'avais vu si amicale entente entre un homme et l'univers.

La lune déclinait maintenant vers son couchant, toute ronde, d'un vert pâle. Une inexprimable douceur se répandit sur la mer.

Zorba jeta sa cigarette, étendit le bras, farfouilla dans un panier, sortit des ficelles, des bobines, de petits morceaux de bois, alluma la lampe à huile et se mit, une fois de plus, à faire ses essais pour le téléférique. Penché sur son jouet primitif, il était abîmé dans des calculs, à coup sûr difficiles, car à chaque instant il se grattait furieusement la tête et jurait.

Brusquement, il en eut assez. Il donna un coup de pied et le téléférique s'écroula.

12

Le sommeil me prit. Quand je me réveillai, Zorba était parti. Il faisait froid, je n'avais pas la moindre envie de me lever. J'allongeai le bras vers une petite étagère au-dessus de moi, pris un livre que j'aimais et que j'avais emporté: les poèmes de Mallarmé. Je lus lentement, au hasard, fermai le livre, le rouvris, le rejetai. Tout cela m'apparut pour la première fois ce jour-là, exsangue, dénué d'odeur, de saveur et de substance humaine. Des mots d'un bleu décoloré, vides, suspendus en l'air. Une eau distillée parfaitement pure, sans microbes, mais aussi sans substances nutritives. Sans vie.

Ainsi que dans les religions qui ont perdu leur souffle créateur, les dieux en arrivent à n'être plus que des motifs poétiques ou des ornements bons à parer la solitude humaine et les murs, ainsi cette poésie. L'aspiration véhémente du cœur chargé de terre et de semences est devenue un jeu intellectuel impeccable, une architecture aérienne, savante et compliquée.

Je rouvris le livre et me remis à lire. Pourquoi, tant d'années durant, ces poèmes m'avaient-ils empoigné ? Poésie pure ! La vie devenue un jeu lucide, transparent, même pas alourdie du poids d'une goutte de sang. L'élément humain est lourd de désir, trouble, impur — l'amour, la chair, le cri — qu'il se sublime alors en idée abstraite et, dans le haut fourneau de l'esprit, d'alchimie en alchimie, qu'il s'immatérialise et se dissipe !

Comme toutes ces choses, qui m'avaient jadis tellement

fasciné, me parurent, ce matin-là, n'être que hautes acrobaties charlatanesques ! Toujours, au déclin de toute civilisation, c'est ainsi que s'achève, en jeux de prestidigitateur, pleins de maîtrise — poésie pure, musique pure, pensée pure — l'angoisse de l'homme. Le dernier homme — qui s'est délivré de toute croyance et de toute illusion, qui n'attend plus rien, ne craint plus rien — voit l'argile dont il est fait, réduite en esprit, et l'esprit n'a plus rien où jeter ses racines pour sucer et se nourrir. Le dernier homme s'est vidé ; plus de semence, plus d'excréments, ni de sang. Toutes choses sont devenues mots, tous les mots jongleries musicales. Le dernier homme va encore plus loin : il s'assied au bout de sa solitude et décompose la musique en muettes équations mathématiques.

Je sursautai. « C'est Bouddha qui est le dernier homme ! m'écriai-je. Là est son sens secret et terrible. Bouddha est l'âme « pure » qui s'est vidée ; en lui, c'est le néant, il est le Néant. Videz vos entrailles, videz votre esprit, videz votre cœur ! crie-t-il. Où qu'il pose le pied, il ne jaillit plus d'eau, pas une herbe ne pousse, pas un enfant ne naît. »

« Il faut, pensai-je, l'assiéger, en mobilisant les mots ensorceleurs, en faisant appel à la cadence magique et lui jeter un charme pour le faire sortir de mes entrailles ! Il faut que je lance sur lui le filet des images, pour l'attraper et me délivrer ! »

Écrire « Bouddha » cessait enfin d'être un jeu littéraire. C'était une lutte à mort contre une grande force de destruction embusquée en moi, un duel avec le grand Non qui me dévorait le cœur, et de l'issue de ce duel dépendait le salut de mon âme.

Allègre, décidé, je pris le manuscrit. J'avais trouvé la cible, je savais maintenant où frapper ! Bouddha est le dernier homme. Nous, nous ne sommes encore qu'au commencement ; nous n'avons ni mangé, ni bu, ni aimé suffisamment, nous n'avons pas encore vécu. Il nous est venu trop tôt, ce délicat vieillard essoufflé. Qu'il déguerpisse au plus vite !

Je me mis joyeusement à écrire. Non, je n'écrivais pas. Ce n'était plus écrire : c'était une véritable guerre, une chasse impitoyable, un siège et un envoûtement pour faire sortir la bête de son repaire. Incantation magique, en vérité, que l'art. D'obscures forces homicides sont tapies dans nos entrailles, funestes impulsions à tuer, à détruire, à haïr, à déshonorer. Alors, avec son doux pipeau, l'art apparaît et nous délivre.

J'écrivis, cherchai, et luttai toute la journée. Le soir, j'étais épuisé, mais, je le sentais, j'avais progressé et je m'étais rendu maître de plusieurs postes avancés de l'ennemi. J'avais maintenant hâte de voir venir Zorba pour manger, dormir, prendre de nouvelles forces et recommencer le combat dès l'aube.

Il faisait déjà nuit quand Zorba revint. Son visage était illuminé. « Il a trouvé, lui aussi, il a trouvé ! » me dis-je, et j'attendis.

Quelques jours plus tôt, commençant à en avoir assez, je lui avais dit en colère :

— Les fonds baissent, Zorba. Ce qui doit être fait, fais-le vite ! Mettons en train le téléférique ; si le charbon ne réussit pas, accrochons-nous au bois. Autrement nous sommes fichus.

Zorba s'était gratté la tête :

— Les fonds baissent, patron ? avait-il demandé. Ça, c'est moche !

— C'est fini, on a tout bouffé, Zorba. Débrouille-toi ! Comment marchent les essais du téléférique ? Rien encore ?

Zorba avait baissé la tête sans répondre. Il s'était senti honteux ce soir-là. « Sacré téléférique, avait-il grommelé, je t'aurai ! » Et, ce soir, il rentrait illuminé.

— J'ai trouvé, patron ! cria-t-il de loin. J'ai trouvé la bonne inclinaison. Elle me glissait dans les mains, elle ne voulait pas se laisser prendre, la saleté, mais je l'ai attrapée !

— Alors, dépêche-toi de mettre le feu aux poudres, Zorba ! De quoi as-tu besoin ?

— Demain, de bonne heure, il faut que je m'en aille à la ville acheter le matériel nécessaire : du gros câble d'acier, des poulies, des coussinets, des clous, des crochets... Je serai de retour avant que tu ne m'aies vu partir !

Il alluma le feu prestement, prépara le repas ; nous mangeâmes et nous bûmes d'excellent appétit. Nous avions tous deux bien travaillé, ce jour-là.

Le lendemain matin, j'accompagnai Zorba jusqu'au village. Nous devisions en gens sages et pratiques des travaux du lignite. Dans une descente, Zorba buta sur une pierre qui se mit à dégringoler. Il s'arrêta, saisi de stupeur, comme s'il voyait pour la première fois de sa vie un aussi surprenant spectacle. Il se tourna vers moi, me regarda et, dans son regard, je discernai une légère épouvante.

— Tu as remarqué ça, patron ? me dit-il enfin : dans les descentes les pierres deviennent vivantes.

Je ne dis rien, mais ma joie était grande. « C'est ainsi, pensai-je, que les grands visionnaires, et les grands poètes voient toutes choses pour la première fois. Chaque matin, ils voient devant eux un monde nouveau qu'ils créent eux-mêmes. »

L'univers était pour Zorba, comme pour les premiers hommes, une vision lourde et compacte ; les étoiles glissaient sur lui, la mer se brisait contre ses tempes, il vivait, sans l'intervention déformante de la raison, la terre, l'eau, les animaux et Dieu.

Dame Hortense avait été prévenue et nous attendait sur le pas de sa porte, peinte, calfatée de poudre, inquiète. Elle était ornée comme un bal-musette le samedi soir. La mule était devant la porte ; Zorba sauta sur son dos et saisit la bride.

Notre vieille sirène s'approcha timidement et appuya sa petite main grassouillette sur le poitrail de l'animal, comme si elle voulait empêcher son bien-aimé de partir.

— Zorba... roucoula-t-elle en se soulevant sur la pointe des pieds, Zorba...

Zorba tourna la tête de l'autre côté. Les radotages amoureux en pleine rue n'étaient pas de son goût. La pauvre dame vit le regard de Zorba et fut effrayée. Mais sa main s'appuyait encore, pleine de tendre prière, sur le poitrail de la mule.

— Qu'est-ce que tu veux ? fit Zorba agacé.

— Zorba, murmura-t-elle suppliante, sois sage... Ne m'oublie pas, Zorba, sois sage...

Zorba secoua la bride, sans répondre. La mule se mit en marche.

— Bon voyage, Zorba ! criai-je. Trois jours, tu entends ? Pas plus !

Il se retourna, agita sa grosse patte. La vieille sirène pleurait et ses larmes creusaient des sillons dans la poudre.

— Tu as ma parole, patron, ça suffit ! cria Zorba. Au revoir !

Et il disparut sous les oliviers. Dame Hortense pleurait et regardait étinceler et s'éteindre de loin en loin, à travers les feuilles argentées, la gaie couverture rouge qu'elle avait installée, la pauvre, pour que son bien-aimé soit assis confortablement. Au bout d'un moment, elle disparut aussi. Dame Hortense regarda autour d'elle : le monde s'était vidé.

Je ne revins pas vers la plage ; je me dirigeai vers la montagne. Au moment où j'atteignais le sentier montant, j'entendis une trompette. Le facteur rural annonçait sa venue au village.

— Patron ! me cria-t-il en agitant la main.

Il s'approcha et me donna un paquet de journaux, des revues littéraires et deux lettres. Je cachai l'une d'elles aussitôt dans ma poche pour la lire le soir, à l'heure où le jour s'achève et où l'esprit s'apaise. Je savais qui m'écrivait, et je voulais, pour qu'elle dure plus longtemps, différer ma joie.

L'autre lettre, je la reconnus à son écriture brusque et tranchante et à ses timbres exotiques. Elle venait d'Afrique, d'une montagne sauvage près du Tanganyika, envoyée par un de mes anciens camarades d'étude : Karayanis. Un garçon bizarre, violent, brun, avec des dents très blanches. Une de ses canines avançait comme celle d'un sanglier. Il ne parlait jamais : il criait. Il ne discutait pas : il se disputait. Tout jeune, il avait quitté sa patrie, la Crète, où il était professeur de théologie en soutane. Il flirtait avec une de ses élèves et on les avait surpris un jour dans les champs en train de s'embrasser ; on les avait hués. Le jour même, le jeune professeur avait jeté son froc aux orties et pris le bateau. Il s'était rendu en Afrique, chez un de ses oncles, s'était lancé à corps perdu dans le travail, avait ouvert une fabrique de cordages et gagné beaucoup d'argent. De temps en temps, il m'écrivait et m'invitait à aller m'installer chez lui pour six mois. En ouvrant chacune de ses lettres et avant même de les lire, je sentais déferler des pages toujours abondantes et cousues avec de la ficelle, un vent impétueux qui me soulevait les cheveux. Je prenais toujours la décision d'aller le voir en Afrique et je n'y allais pas.

Je m'écartai du sentier, m'assis sur une pierre, je décachetai la lettre et me mis à lire :

« Quand donc, espèce d'huître collée au rocher grec, te décideras-tu à venir ? Toi aussi, tu es devenu, comme tous les Grecs, un pilier d'estaminet. Tu te vautres dans les cafés comme dans tes livres, tes habitudes et tes fameuses idéologies. Aujourd'hui, c'est dimanche, je n'ai rien à faire ; je suis chez moi, dans ma propriété et je pense à toi. Le soleil brûle comme une fournaise. Pas une goutte de pluie. Ici, quand la pluie tombe, en avril, mai, juin, c'est un vrai déluge.

« Je suis tout seul et j'aime ça. Il y a pas mal de Grecs ici, mais je ne veux pas les voir. Ils me dégoûtent, car, chers métropolitains, que le diable vous emporte, même ici, vous nous avez envoyé votre lèpre, vos passions politiques. La politique, c'est ça qui perd le Grec. Il y a aussi les cartes, puis le manque d'instruction et la chair.

« Je hais les Européens ; c'est pour cela que j'erre ici, dans les montagnes de Vassamba. Je hais les Européens, mais, plus que tous les autres, je hais les Grecs et tout ce qui est grec. Je ne remettrai jamais le pied dans votre Grèce. C'est ici que je crèverai ; j'ai déjà fait faire mon tombeau, devant ma case, sur la montagne déserte. J'ai même posé la dalle et j'y ai gravé moi-même en grosses majuscules :

CI-GIT UN GREC QUI DÉTESTE LES GRECS

« J'éclate de rire, je crache, je jure, je pleure, quand je pense à la Grèce. Pour ne pas voir les Grecs et tout ce qui est grec, j'ai quitté pour toujours ma patrie. Je suis venu ici, j'ai amené ma destinée — ce n'est pas ma destinée qui m'a amené : l'homme fait ce qu'il veut! — j'ai amené ici ma destinée, j'ai travaillé et je travaille comme un nègre. J'ai versé et je continue de verser des torrents de sueur. Je combats avec la terre, avec le vent, avec la pluie, avec les ouvriers, noirs et rouges.

« Je n'ai aucune joie. Si, une : travailler. Avec mon corps et mon esprit, mais surtout avec mon corps. J'aime à me fatiguer, à transpirer, à entendre craquer mes os. La moitié de mon argent, je le jette, je le gaspille, où et comme bon me semble. Je ne suis pas esclave de l'argent : c'est l'argent qui est mon esclave. Moi, je suis, et je m'en vante, esclave du travail. Je coupe des arbres : j'ai un contrat avec les Anglais. Je fabrique de la corde ; maintenant, je plante aussi du coton. Hier soir, parmi mes noirs, deux tribus — les Vayaï et les Vanguoni — en sont venues aux mains pour une femme : pour une putain. L'amour-propre, vois-tu. Tout comme chez vous, ô Grecs ! Injures, bagarre, coups de massue, le sang a coulé. Les femmes sont accourues en pleine nuit et m'ont réveillé en glapissant pour que j'aille les juger. Je me suis fâché, je les ai tous envoyés au diable, puis à la police anglaise. Mais eux, ils sont restés toute la nuit devant ma porte à hurler. A l'aube, je suis sorti et je les ai jugés.

« Demain lundi, de bonne heure, je vais escalader les montagnes de Vassamba aux forêts épaisses, aux eaux fraîches, à la verdure éternelle. Eh bien, espèce de Grec, quand te détacheras-tu de cette moderne Babylone, de la « prostituée assise sur les grandes eaux, avec qui tous les rois de la terre ont forniqué » : l'Europe ? Quand viendras-tu pour que nous gravissions ensemble ces montagnes désertes et pures ?

« J'ai un enfant d'une noire : c'est une fille. Sa mère, je l'ai chassée : elle me cocufiait en public, en plein midi, sous chaque arbre vert. Alors, j'en ai eu assez et je l'ai flanquée à la porte. Mais la petite, je l'ai gardée ; elle a deux ans. Elle marche, elle commence à parler et je lui apprends le grec ; la première phrase que je lui ai apprise, c'est : « Je te crache dessus, sale Grèce ! »

« Elle me ressemble, la friponne. Seul, son nez large, aplati, est de sa mère. Je l'aime, mais comme on aime son chat ou son chien. Viens, toi aussi. Tu feras un garçon avec une Vassamba et un jour, nous les marierons. »

Je laissai la lettre ouverte sur mes genoux. De nouveau éclata en moi l'ardent désir de partir. Pas par besoin de partir. J'étais bien sur ce rivage crétois, je m'y sentais à mon aise, heureux et libre. Rien ne me manquait. Mais un désir ardent m'a toujours rongé : voir et toucher le plus possible de terre et de mer avant de mourir.

Je me levai, changeai d'avis et, au lieu d'escalader la montagne, je descendis à pas pressés vers ma plage. Je sentais dans la poche supérieure de mon veston l'autre lettre, et je n'y tenais plus. « Il a suffisamment duré, me disais-je, l'avant-goût de la joie, si doux et si angoissant. »

J'arrivai à la baraque, allumai le feu, fis du thé, mangeai du pain avec du beurre et du miel et des oranges. Je me déshabillai, m'allongeai sur mon lit et ouvris la lettre :

« Mon maître et mon disciple néophyte, salut !

« J'ai ici un gros travail et difficile, « Dieu » soit loué — je parque le mot dangereux entre guillemets (comme un fauve entre les grilles), pour que tu ne sois pas énervé aussitôt la lettre ouverte. Donc, un travail difficile, « Dieu » soit loué ! Un demi-million de Grecs sont en danger dans la Russie du sud et le Caucase. Beaucoup d'entre eux ne parlent que le turc ou le russe, mais leur cœur parle le grec avec fanatisme. Ils sont de notre sang. Il suffit de les voir — la façon dont leurs yeux brillent, fouineurs et rapaces la façon dont leurs lèvres sourient avec malice et sensualité, et dont ils ont réussi à devenir des patrons, ici, sur cette immense terre russe, et à avoir à leur service des moujiks — pour comprendre qu'ils sont de vrais descendants de ton bien-aimé Ulysse. Alors on les aime et on ne les laisse pas périr.

« Car ils sont en danger de périr. Ils ont perdu tout ce qu'ils avaient, ils ont faim, ils sont nus. D'un côté, ils sont poursuivis par les bolcheviks ; de l'autre, par les Kurdes. De partout, des réfugiés sont venus s'entasser dans quelques villes de Géorgie et d'Arménie. Il n'y a ni nourriture, ni vêtements, ni médicaments. Ils se rassemblent dans les ports et scrutent l'horizon avec angoisse pour voir si des bateaux grecs ne viennent pas les prendre pour les ramener vers leur mère, la Grèce. Une portion de notre race, c'est-à-dire une portion de notre âme, est en proie à la panique.

« Si nous les laissons livrés à leur sort, ils périront. Il faut beaucoup d'amour et de compréhension, de l'enthousiasme et de l'esprit pratique — ces deux qualités que tu aimes tant à voir réunies — pour arriver à les sauver et à les transplanter dans notre sol libre, là où ce sera le plus utile à notre race — là-haut aux frontières de Macédoine, plus loin, sur les frontières de Thrace. C'est seulement ainsi que seront sauvées des centaines de milliers de Grecs, et que nous nous sauverons avec eux. Car, dès la minute où je suis arrivé ici, j'ai tracé un cercle, suivant ton enseignement, et ce cercle je l'ai appelé : « mon devoir ». J'ai dit : « Si je sauve ce cercle entier, je suis sauvé ; si je ne le sauve pas, je suis perdu. » Or, dans ce cercle se trouvent ces cinq cent mille Grecs.

« Je parcours villes et villages, je rassemble les Grecs, je rédige des rapports et des télégrammes, je m'efforce de décider nos mandarins d'Athènes à envoyer des bateaux, des vivres, des vêtements, des médicaments et à faire transporter ces créatures en Grèce. Si lutter avec ferveur et opiniâtreté est un bonheur, je suis heureux. Je ne sais pas si, comme tu le dis, j'ai « coupé » mon bonheur à ma taille ; plût au Ciel, car alors je serais de haute taille. Je préfère quand même étirer ma taille jusqu'aux frontières les plus reculées de la Grèce qui sont aussi les limites de mon bonheur. Mais, trêve de théories ! Toi, tu es étendu sur ta plage crétoise, tu écoutes la mer et le santouri, tu as le temps, moi pas. L'activité me dévore et je m'en réjouis. L'action, il n'y a pas d'autre salut.

« Le sujet de mes méditations est maintenant très

simple, tout d'une pièce, je me dis : Ces habitants du Pont et du Caucase, ces paysans de Kars, ces gros et petits commerçants de Tiflis, de Batoum, de Novorossisk, de Rostov, d'Odessa, de Crimée, sont des nôtres, de notre sang : pour eux — comme pour nous — la capitale de la Grèce, c'est Constantinople. Nous avons tous le même chef. Toi tu le nommes Ulysse, d'autres Constantin Paléologue, pas celui qui a été tué sous les murs de Byzance, mais l'autre, celui de la légende, celui qui est changé en marbre et attend, debout, l'Ange de la liberté. Moi, avec ta permission, ce chef de notre race, je l'appelle Akritas (1). Ce mot me plaît davantage, il est plus austère et plus guerrier. Dès que je l'entends, se dresse en moi, tout armé, l'Hellène éternel, qui combat sans trêve ni répit aux marches, aux frontières. A toutes les frontières : nationales, intellectuelles, spirituelles. Et si on ajoute Digénis, on dépeint encore plus à fond notre race, cette merveilleuse synthèse de l'Orient et de l'Occident.

« Je me trouve maintenant à Kars, où je suis venu rassembler les Grecs de tous les villages d'alentour. Le jour même de mon arrivée, les Kurdes avaient pris aux environs de Kars un pope et un instituteur grecs et les avaient ferrés comme des mulets. Epouvantés, les notables se sont réfugiés dans la maison où je suis logé. Nous entendons, toujours plus près, les canons des Kurdes qui approchent. Tous ont les yeux fixés sur moi comme si moi seul avais la force de les sauver.

« Je comptais partir demain pour Tiflis, mais maintenant, devant le danger, j'ai honte de m'en aller. Je reste donc. Je ne dis pas que je n'ai pas peur ; j'ai peur, mais j'ai honte. Le *Guerrier* de Rembrandt, mon *Guerrier*, n'aurait-il pas fait la même chose ? Il serait resté ; je reste donc, moi aussi. Si les Kurdes entrent dans la ville, il est naturel et juste que ce soit moi qu'ils ferrent le premier. Tu ne

(1) Akritas : Digénis Akristas : héros légendaire d'une épopée grecque. Akritas correspond à notre mot marquis, gouverneur de marches. Digénis : de deux races, grecque et orientale.

t'attendais sûrement pas, mon maître, à ce que ton élève ait cette fin de mulet.

« Après une interminable discussion à la grecque, nous avons décidé que tous se rassembleront ce soir, avec leurs mulets, leurs chevaux, leurs bœufs, leurs moutons, leurs femmes et leurs enfants, et qu'à l'aube, ensemble, nous nous mettrons en route vers le nord. Je marcherai devant comme le bélier, guide du troupeau.

« Patriarcale émigration d'un peuple à travers des chaînes de montagnes et des plaines aux noms légendaires ! Et moi, je serai une sorte de Moïse — Pseudo-Moïse — conduisant le peuple élu vers la Terre Promise, comme ces naïfs appellent la Grèce. Il aurait certes fallu, pour être à la hauteur de ma mission mosaïque et pour ne pas te faire honte, que je supprime mes élégants leggins, objet de tes railleries, et que je m'enveloppe les jambes de bandes en peaux de mouton. Que j'aie aussi une longue barbe houleuse et graisseuse et, le plus important : deux cornes. Mais excuse-moi, je ne te ferai pas ce plaisir. Il est plus facile de me faire changer d'âme que de costume. Je porte des leggins, je suis rasé de près comme un trognon de chou et je ne suis pas marié.

« Cher maître, j'espère que tu recevras cette lettre qui est peut-être la dernière. Nul ne le sait. Je n'ai pas confiance dans les forces secrètes qui, prétend-on, protègent les hommes. Je crois aux forces aveugles qui frappent à droite et à gauche, sans méchanceté, sans but, et tuent quiconque se trouve à leur portée. Si je quitte la terre (je dis « quitte » pour ne pas t'effrayer et m'effrayer moi-même en usant du mot propre), donc, si je quitte la terre, alors porte-toi bien, sois heureux, cher maître ! J'ai honte de le dire, mais il le faut, excuse-moi : moi aussi, je t'ai beaucoup aimé. »

Et au-dessous, au crayon, écrit à la hâte, le post-scriptum :

« P.-S. L'accord que nous avons conclu sur le bateau, le jour de mon départ, je ne l'oublie pas. Si je dois « quitter » la terre, je te préviendrai, sache-le, où que tu te trouves ; ne sois pas effrayé. »

13

TROIS jours, quatre jours, cinq jours passèrent : Zorba ne revenait pas.

Le sixième jour, je reçus de Candie une lettre de plusieurs pages, une véritable tartine. Elle était écrite sur du papier rose parfumé, avec, dans le coin, un cœur percé d'une flèche.

Je l'ai gardée avec soin et je la transcris en gardant les expressions maniérées éparses çà et là. J'ai seulement rectifié ses charmantes fautes d'orthographe. Zorba tenait la plume comme une pioche, frappant avec force, et c'est pourquoi, en plusieurs endroits, le papier était crevé ou éclaboussé d'encre.

« Cher patron, Monsieur le capitaliste !

« Je prends la plume premièrement pour te demander si ta santé est favorable et deuxièmement pour te dire que nous aussi, nous nous portons bien, Dieu soit loué !

« Pour moi, j'ai remarqué depuis longtemps que je ne suis pas venu au monde cheval ou bœuf. Il n'y a que les animaux qui vivent pour manger. Pour échapper à l'accusation ci-dessus, je me crée jour et nuit des besognes, je risque mon pain pour une idée, je renverse les proverbes et je dis : « Mieux vaut poule d'eau qui nage que moineau en cage. »

« Beaucoup sont patriotes et ça ne leur coûte rien. Moi, je ne suis pas patriote, même si ça me cause du tort. Beaucoup croient au Paradis et sont certains de faire entrer leur âne dans ses riches pâturages. Moi, je n'ai pas d'âne, je suis libre ; je n'ai pas peur de l'Enfer, où mon âne crèverait ; je n'espère pas non plus le Paradis où il se gaverait de trèfle. Je n'ai pas d'instruction, je ne sais pas dire les choses, mais toi, patron, tu me comprends.

« Beaucoup ont eu peur de la vanité des choses ; moi je n'ai pas besoin de réfléchir. Je ne me réjouis pas pour le bien et je ne me chagrine pas pour le mal. Si j'apprends que les Grecs ont pris Constantinople, c'est la même chose pour moi que si les Turcs prenaient Athènes.

« Si d'après ce que je te débite, tu penses que je suis devenu gâteux, écris-le-moi. Je vais dans les magasins de Candie acheter du câble pour le téléférique et je rigole.

« Pourquoi tu rigoles, l'ami ? » on me demande. Mais comment leur expliquer ? Je ris, parce que brusquement, au moment où je tends la main pour voir si le fil de fer est bon, je pense à ce que c'est que l'homme, pourquoi il est venu sur la terre et à quoi il sert... A rien, d'après moi. Toutes les choses, c'est du pareil au même : si j'ai une femme ou si je n'en ai pas, si je suis honnête ou malhonnête, si je suis pacha ou portefaix. C'est seulement si je suis vivant ou mort qu'il y a une différence. Si le diable ou Dieu me rappelle — qu'est-ce que tu veux, pour moi c'est la même chose — je crèverai, je deviendrai une carcasse puante, j'empesterai les gens et ils seront obligés de m'enfouir à quatre pieds sous terre pour ne pas suffoquer.

« A propos, je vais te demander, patron, une chose qui me fait peur — la seule — et qui ne me laisse de repos ni le jour ni la nuit : j'ai peur, patron, de la vieillesse, le Ciel nous en préserve ! La mort, ce n'est rien, un simple pfff ! et la chandelle s'éteint. Mais la vieillesse, c'est une honte.

« Je regarde comme une très grande honte d'avouer que je suis vieux et je fais tout mon possible pour que personne ne comprenne que j'ai vieilli : je saute, je danse, les reins me font mal, mais je danse. Je bois, j'ai le vertige, tout tourne, mais je ne bronche pas, je fais comme si de rien n'était. Je suis en sueur, je plonge dans la mer, j'attrape froid, j'ai envie de tousser, gouh ! gouh ! pour me soulager, mais j'ai honte, patron, je fais rentrer la toux de force — tu m'as quelquefois entendu tousser ? Jamais ! Et pas seulement, comme on pourrait croire, quand il y a d'autres gens devant moi, mais même quand je suis tout seul. J'ai honte devant Zorba, patron. J'ai honte devant lui !

« Un jour, au mont Athos — car je suis allé là-bas aussi et j'aurais mieux fait de me casser une patte ! — j'ai connu un moine, le Père Lavrentio, natif de Chio. Celui-là, le pauvre type, il croyait qu'il y avait un diable en lui et il lui avait même donné un nom : il l'appelait Hodja. « Hodja veut manger de la viande le vendredi saint », rugissait le pauvre Lavrentio en se frappant la tête sur le seuil de l'église. « Hodja veut coucher avec une femme, Hodja veut tuer l'higoumène. C'est Hodja, c'est Hodja, pas moi ! » Et de se frapper le front sur la pierre.

« Moi aussi, patron, j'ai comme ça un diable en moi et je l'appelle Zorba. Le Zorba du dedans ne veut pas vieillir, non, il n'a pas vieilli, il ne vieillira jamais. C'est un ogre, il a les cheveux noirs comme le corbeau, trente-deux (nombre 32) dents et un œillet rouge derrière l'oreille. Mais le Zorba du dehors a pris de la bouteille, le pauvre diable, il lui est poussé des cheveux blancs, il s'est ridé, il s'est ratatiné, il a les dents qui tombent, et sa grande esgourde s'est remplie des poils blancs de la vieillesse, de longs crins d'âne.

« Que faire, patron ? Jusqu'à quand les deux Zorba vont-ils se battre ? Lequel vaincra en fin de compte ? Si je crève bientôt, ça va bien, je ne m'inquiète pas. Mais si je vis encore longtemps, je suis foutu. Je suis foutu, patron, un jour viendra où je serai avili. Je perdrai ma liberté ; ma bru et ma fille me commanderont de surveiller un marmot, un monstre affreux, leur rejeton, pour qu'il ne se brûle pas, ne tombe pas, ne se salisse pas. Et s'il se salit, elles me mettront à le nettoyer ! Pouah !

« Toi aussi, tu subiras les mêmes hontes, patron. Bien que tu sois jeune, prends-y garde ! Écoute ce que je te dis, suis la même route que moi. Il n'y a pas d'autre salut, pénétrons dans les montagnes, retirons-en du charbon, du cuivre, du fer, de la calamine, gagnons de la galette, pour que les parents nous respectent, que les amis nous lèchent les bottes, que les bourgeois nous tirent leur chapeau. Si nous ne réussissons pas, patron, mieux vaut mourir, être tués par les loups et les ours, par n'importe quelle bête féroce qui se trouvera devant nous. C'est pour ça que le bon Dieu a envoyé les bêtes féroces sur la terre : pour dévorer quelques gens de notre espèce, afin qu'ils ne s'avilissent pas. »

Ici Zorba avait dessiné avec des crayons de couleur un homme grand, efflanqué, courant sous des arbres verts avec, à ses trousses, sept loups rouges, et au-dessous, en grosses lettres : « Zorba et les sept péchés capitaux. »

Et il poursuivait :

« D'après ma lettre, tu comprendras quel homme malheureux je suis. C'est seulement quand je te parle que j'ai un espoir de me soulager un peu de mon hypocondrie. Car tu es comme moi, toi aussi, mais tu ne le sais pas. Tu as aussi un diable en toi, mais tu ne sais pas encore comment il s'appelle, et, ne le sachant pas, tu étouffes. Baptise-le, patron, et soulage-toi !

« Je disais donc combien j'étais malheureux. Toute mon intelligence, je vois clairement que c'est de la bêtise et rien d'autre. Pourtant, il m'arrive de traverser des jours avec des réflexions de grand homme, et si je pouvais alors réaliser tout ce qu'ordonne le Zorba du dedans, le monde n'en reviendrait pas !

« Vu que je n'ai pas de contrat à terme avec ma vie, je lâche le frein quand j'arrive à la pente la plus dangereuse. La vie de l'homme est une route avec montées et descentes. Tous les gens sensés avancent avec un frein. Mais moi, et c'est ici qu'est ma valeur, patron, il y a belle lurette que j'ai jeté mon frein, car les carambolages ne me font pas peur. Les déraillements, nous les ouvriers, on les appelle carambolages. Que je sois pendu si je prête attention aux carambolages que je fais. Nuit et jour je fonce à toute pompe, je fais ce qui me chante : tant pis si je casse ma pipe. Qu'est-ce que j'ai à perdre ? Rien. De toute façon, même si je prends mon temps, je me la casserai ! C'est sûr ! Alors, brûlons les étapes !

« A l'heure qu'il est, tu es sûrement en train de rigoler à cause de moi, patron, mais je t'écris mes inepties, ou, si tu préfères, mes réflexions ou mes faiblesses — quelle est la différence entre les trois, ma foi, je ne vois pas — je t'écris, et toi, ris donc si tu veux. Moi aussi je ris de savoir que tu ris — et comme ça sur la terre, le rire ne finit jamais. Tous les hommes ont leur folie, mais la plus grande folie, m'est avis que c'est de ne pas en avoir.

« Alors, comme ça, moi ici, à Candie, j'étudie ma folie et je t'écris tout par le menu, parce que, vois-tu, je veux te demander conseil. Tu es jeune encore, patron, c'est vrai. Mais tu as lu les vieux sages et tu es devenu, sauf ton respect, un tantinet vieillot ; alors j'ai besoin de ton conseil.

« Donc, moi, je pense que chaque homme a son odeur à lui : nous ne la distinguons pas parce que les odeurs se mélangent et nous ne savons pas laquelle est à toi, laquelle est à moi... On comprend seulement que ça pue et c'est ça qu'on appelle « l'humanité », je veux dire : la puanteur humaine. Il y en a qui la reniflent comme si c'était de la lavande. A moi ça me donne envie de vomir. Mais, passons, c'est une autre histoire.

« Je voulais plutôt dire, et j'allais encore lâcher le frein, que ces gredines de femmes ont le nez humide, comme les chiennes, et qu'elles flairent tout de suite l'homme qui les désire et celui qui ne les désire pas. C'est pour ça que dans n'importe quelle ville où j'ai mis le pied, et maintenant encore, tout vieux que je suis et vilain comme un singe et mal fringué, il s'est toujours trouvé deux ou trois femmes pour me courir après. Elles relèvent ma trace, vois-tu, les chiennes. Dieu les bénisse !

« Donc, le premier jour où je suis arrivé à bon port à Candie, c'était le soir, entre chien et loup. J'ai couru tout de suite aux magasins, mais tout était fermé. Je suis allé dans une auberge, j'ai donné à manger à ma mule, j'ai mangé moi aussi, j'ai fait ma toilette, j'ai allumé une cigarette et je suis sorti faire un tour. Je ne connaissais pas un chat dans la ville et personne ne me connaissait, j'étais libre. Je pouvais siffler dans la rue, rire, parler tout seul.

J'ai acheté du passatempo (1) ; je grignotais, je crachais, je me baladais. C'était l'heure où les réverbères s'allumaient. Les hommes prenaient leur apéritif, les femmes rentraient chez elles, l'air sentait la poudre, le savon de toilette, les souvlakia (2), l'anisette. Je me disais : « Dis donc, mon vieux Zorba, jusqu'à quand tu vas vivre et palpiter des narines ? Il ne te reste plus beaucoup de temps pour humer l'air, mon pauvre vieux, vas-y, aspire à fond ! »

« Voilà ce que je me disais tout en marchant de long en large sur la grande place que tu connais. Tout à coup, j'entends des cris, des danses, du tambourin et des chansons. Je dresse l'oreille et je me mets à courir du côté d'où venait le bruit. C'était un café-chantant. Je ne demandais que ça, j'entre. Je m'assois à une petite table, tout en avant. Pourquoi j'aurais été intimidé ? Comme je l'ai déjà dit, pas une âme ne me connaissait, liberté complète !

« Il y avait une grande bringue qui dansait sur l'estrade ; elle levait et baissait ses jupes, mais moi je n'y portais pas attention. Je commande une bouteille de bière et voilà qu'une petite poulette vient s'asseoir à côté de moi, gentillette, moricaude, peinturlurée à la truelle.

« Tu permets, grand-père ? qu'elle me fait en riant.

« Moi, le sang m'est monté à la tête. J'ai eu une envie folle de lui tordre le cou, la péronnelle ! Mais je me suis retenu, j'ai eu pitié d'elle et j'ai appelé le garçon.

« — Du champagne !

« (Il faut que tu m'excuses, patron ! j'ai dépensé ton argent, mais l'affront était de taille, il fallait sauver notre honneur, le tien comme le mien, il fallait que je la fasse mettre à genoux devant nous, cette morveuse ! Il le fallait. Je sais bien que tu ne m'aurais pas laissé comme ça, sans défense, à cette minute difficile. Alors, du champagne, garçon !)

« Le champagne arrive, je commande aussi des gâteaux, et puis encore du champagne. Passe un type avec du

(1) Passa-tempo : graines de citrouille grillées.
(2) Souvlakia : brochettes de viande grillée.

jasmin, j'achète tout le panier et je le vide sur les genoux de cette péteuse qui avait osé nous insulter.

« On buvait et rebuvait, mais je te jure, patron, je ne l'ai même pas touchée. Je connais mon affaire. Quand j'étais jeune, la première chose que je faisais, c'était de peloter. Maintenant que je suis vieux, la première chose que je fais, c'est de dépenser, de faire le galant, de jeter l'argent à pleines mains. Les femmes raffolent de ces manières-là, elles en raffolent, les garces, et tu peux bien être bossu, tu peux bien être un vieux débris, moche comme un pou, elles oublient tout. Elles ne voient plus rien, les salopes, rien que la main qui laisse fuir l'argent comme un panier percé. Je disais donc que je dépensais tant et plus, béni sois-tu et le bon Dieu te le rende au centuple, patron, et la gonzesse ne décollait plus. Elle se rapprochait tout doucement, elle pressait son petit genou contre mes grandes quilles. Mais moi, un glaçon, et pourtant en dedans j'étais tout retourné. C'est ça qui fait perdre la tête aux femmes, il faut que tu le saches au cas où l'occasion se présenterait pour toi : de sentir que tu brûles en dedans et que pourtant tu ne les touches même pas.

« Bref, minuit arriva et passa. Les lumières s'éteignaient peu à peu, le café-chantant fermait. Je sortis une liasse de billets de mille et je payai en laissant au garçon un pourboire généreux. La petite s'accrocha à moi.

« — Comment tu t'appelles ? qu'elle me demande d'une voix défaillante.

« — Grand-père ! que je réponds, piqué.

« La petite garce me pinça avec force :

« — Viens... qu'elle me dit à voix basse, viens...

« J'ai pris sa menotte, je l'ai serrée d'un air entendu et j'ai répondu :

« — Allons, mon petit... ma voix était enrouée.

« Le reste, tu t'en doutes. Et puis, le sommeil nous a pris. Quand je me suis réveillé, il devait bien être midi. Je regarde autour de moi et qu'est-ce que je vois ? Une gentille chambrette bien propre, des fauteuils, un lavabo, des savons, des grands et des petits flacons, des grands et des petits miroirs, des robes bariolées accrochées au mur et une foule de photographies : des marins, des officiers, des capitaines, des gendarmes, des danseuses, des femmes avec pour seul et unique vêtement, deux petites sandales. Et, à côté de moi, dans le lit, chaude, parfumée, ébouriffée, la fille.

« Ah ! Zorba, que je me dis tout bas en refermant les yeux, tu es entré vivant au Paradis. L'endroit est bon, ne bouge pas d'ici ! »

« Je te l'ai déjà dit une autre fois, patron, chacun a son Paradis à soi. Pour toi, le Paradis sera bourré de livres et de grandes dames-jeannes d'encre. Pour un autre, il sera plein de barriques de vin, de rhum, de cognac. Pour un autre, de piles de livres sterling. Le mien, à moi, de Paradis, c'est celui-ci : une petite chambre parfumée avec des robes bariolées, des savons de toilette, un lit bien large avec des ressorts et, à côté de moi, une femme.

« Péché avoué est à moitié pardonné. Je n'ai pas mis le nez dehors de toute la journée. Pour aller où ? pour quoi faire ? Penses-tu ! J'étais bien ici. J'ai fait porter une commande à la meilleure auberge et on nous a apporté un plateau de victuailles, rien que des choses fortifiantes : du caviar noir, des côtelettes, des poissons, des citrons pressés, du cadaïf (1). On a fait l'amour encore une fois et on a repioncé. On s'est réveillé vers le soir, on s'est habillé et on est parti bras dessus bras dessous au café-chantant où elle travaillait.

« Pour te dire les choses en peu de mots et ne pas t'étourdir de paroles, ce programme continue encore. Mais ne te fais pas de bile, je m'occupe aussi de nos affaires. De temps en temps, je vais jeter un coup d'œil dans les magasins. J'achèterai le câble et tout ce qu'il faut, sois tranquille. Un jour plus tôt, ou une semaine plus tard, même un mois, qu'est-ce que ça fait ? Comme on dit, la chatte, dans sa hâte, fait ses chatons de travers. Alors ne sois pas trop pressé. Dans ton intérêt, j'attends que mes oreilles se débouchent, que mon esprit dépose, pour pas me faire rouler. Il faut que le câble soit de première, sinon

(1) Cadaïf : pâtisserie orientale.

on est fichu. Donc, un peu de patience, patron, aie confiance en moi.

« Surtout, ne t'inquiète pas pour ma santé. Les aventures me profitent. En quelques jours, je suis devenu un jeune homme de vingt ans. J'ai une telle force, je t'assure, qu'il va me repousser de nouvelles dents. J'avais les reins qui me faisaient un peu mal, maintenant je me porte comme un charme. Tous les matins, je me regarde dans la glace et je m'étonne que mes cheveux ne soient pas encore devenus noirs comme du cirage.

« Mais tu vas te demander pourquoi je t'écris tout ça. Parce que tu es pour moi quelque chose comme un confesseur et je n'ai pas honte de t'avouer tous mes péchés. Et tu sais pourquoi ? A ce qu'il me semble, que je fasse bien ou mal, tu t'en soucies comme d'une guigne. Toi aussi tu tiens une éponge humide, comme le bon Dieu, et flap ! flop ! bien ou mal tu effaces tout. C'est ce qui m'encourage à tout te dire. Alors, écoute !

« Je suis sens dessus dessous et sur le point de perdre la boussole. Je t'en prie, dès que tu recevras cette lettre, prends ta plume et écris-moi. Jusqu'à ce que je reçoive une réponse, je serai sur des charbons. Moi je pense que depuis déjà pas mal d'années je ne suis plus inscrit sur le registre du bon Dieu. Sur celui du diable non plus d'ailleurs. Il n'y a que sur ton registre à toi que je suis inscrit, alors je n'ai personne d'autre à qui m'adresser que ta seigneurie ; donc prête l'oreille à ce que je vais te dire. Voilà ce qui se passe :

« Hier, c'était fête dans un village, près de Candie ; le diable m'emporte si je sais la fête de quel saint. Lola — c'est vrai, j'ai oublié de te la présenter : elle s'appelle Lola — me fait :

« — Grand-père (elle m'appelle de nouveau grand-père, mais maintenant par manière de caresse), grand-père, je voudrais aller à la fête.

« — Vas-y, grand-mère, je lui dis, vas-y.

« — Mais je veux y aller avec toi.

« — Moi je n'y vais pas, j'ai à faire. Vas-y toute seule.

« — Eh bien, alors, je n'y vais pas non plus.

« J'écarquille les yeux.

« — Tu n'y vas pas, pourquoi ?

« — Si tu viens avec moi, j'y vais. Si tu ne viens pas, je n'y vais pas.

« — Mais pourquoi ? Tu n'es donc pas un individu libre ?

« — Non, je ne le suis pas.

« — Tu ne veux pas être libre ?

« — Non !

« Ma foi, je me sentais devenir maboul.

« — Tu ne veux pas être libre ? que je crie.

« — Non, je ne veux pas ! je ne veux pas ! je ne veux pas !

« Patron, je t'écris de la chambre de Lola, sur le papier de Lola ; pour l'amour de Dieu fais attention, je t'en prie. Moi, je pense que seul celui qui veut être libre est un être humain. La femme ne veut pas être libre. Alors, est-ce que la femme est un être humain ?

« De grâce, réponds-moi tout de suite. Je t'embrasse de tout cœur, mon bon patron.

« Moi, Alexis ZORBA. »

Quand j'eus achevé de lire la lettre de Zorba, je restai indécis un bon moment. Je ne savais si je devais me fâcher, rire ou admirer cet homme primitif qui, faisant craquer l'écorce de la vie, — logique, morale, honnêteté — atteint la substance. Toutes les petites vertus, si utiles, lui manquent. Il ne lui est resté qu'une vertu incommode, difficile et dangereuse, qui le pousse irrésistiblement vers l'extrême limite, vers l'abîme.

Cet ouvrier ignorant, lorsqu'il écrit, casse les plumes dans sa fougue impatiente. Tout comme les hommes qui ont les premiers dépouillé leur peau de singe, ou comme les grands philosophes, les problèmes fondamentaux le dominent. Il les vit comme d'immédiates et urgentes nécessités. Semblable à l'enfant, il voit toutes choses pour la première fois. Sans cesse, il s'étonne et interroge. Tout lui paraît miraculeux et, chaque matin, quand il ouvre les yeux et voit les arbres, la mer, les pierres, un oiseau, il reste bouche bée.

« Quel est ce prodige ? crie-t-il. Quels sont ces mystères qui s'appellent : arbre, mer, pierre, oiseau ? »

Un jour, je m'en souviens, alors que nous cheminions vers le village, nous rencontrâmes un petit vieux à califourchon sur un mulet. Zorba écarquilla ses yeux ronds en regardant la bête. Si grandes devaient être la flamme et l'intensité de son regard, que le paysan s'écria épouvanté :

— Pour l'amour de Dieu, ne lui jette pas le mauvais œil !

Et il fit le signe de croix.

Je me tournai vers Zorba :

— Qu'est-ce que tu lui as fait au vieux pour qu'il crie comme ça ? demandai-je.

— Moi ? Je ne lui ai rien fait ! J'ai regardé le mulet, quoi ! Ça ne t'étonne pas, toi, patron ?

— Quoi donc ?

— Eh bien, qu'il existe des mulets sur terre.

Un autre jour, comme je lisais, allongé sur le rivage, Zorba vint s'asseoir en face de moi, posa le santouri sur ses genoux et se mit à jouer. Je levai les yeux et le regardai. Peu à peu son visage changea, une joie sauvage s'empara de lui, il secoua son long cou tout plissé et se mit à chanter.

Des airs macédoniens, des chansons kleftiques, des cris sauvages, le gosier humain revenait à des temps préhistoriques où le cri était une haute synthèse condensant tout ce que nous appelons aujourd'hui : musique, poésie et pensée. « Akh ! Akh ! » cria Zorba du fond de ses entrailles et toute la mince croûte que nous nommons civilisation se fendait, livrant passage au fauve immortel, au dieu poilu, au terrible gorille.

Lignite, pertes et profits, Dame Hortense et projets d'avenir, tout disparaissait. Le cri emportait tout, nous n'avions plus besoin de rien. Immobiles tous deux sur cette côte solitaire de Crète, nous tenions sur notre poitrine toute l'amertume et la douceur de la vie ; amertume et douceur n'existaient plus, le soleil se déplaçait, la nuit arriva, la Grande Ourse dansait autour de l'axe immobile du ciel, la lune montait et regardait épouvantée deux bestioles qui chantaient sur le sable et n'avaient peur de personne.

— Eh, mon vieux, l'homme, c'est une bête fauve, dit soudain Zorba, surexcité à force de chanter, laisse tes bouquins, tu n'as pas honte ? L'homme est une bête fauve et, les fauves, ça ne lit pas.

Il se tut un instant et se mit à rire :

— Tu sais, dit-il, comment le bon Dieu a fabriqué l'homme ? Tu sais quels sont les premiers mots que cet animal d'homme a adressés à Dieu ?

— Non. Comment veux-tu que je le sache ? Je n'étais pas là.

— Moi j'y étais ! cria Zorba, les yeux étincelants.

— Alors, dis-le !

A moitié emporté par l'extase, à moitié moqueur, il se mit à forger le récit fabuleux de la création de l'homme :

— Eh bien, écoute, patron ! Un matin, le bon Dieu se réveille tout cafardeux. « Quelle espèce de Dieu je suis ? Je n'ai même pas d'hommes pour m'encenser ou jurer par mon nom et me faire passer le temps ! J'en ai assez de vivre tout seul comme une vieille chouette ! » Il crache dans ses mains, retrousse ses manches, met ses lunettes, prend une motte de terre, crache dessus, en fait de la boue, la pétrit bien comme il faut, confectionne un petit homme et le met au soleil.

« Au bout de sept jours, il le retire. Il était cuit. Le bon Dieu le regarde et se met à rire :

« — Le diable m'emporte, qu'il dit, mais c'est un cochon dressé sur ses pattes de derrière ! Ce n'est pas du tout ce que je voulais faire. Je me suis fichu dedans !

« Il l'attrape par la peau du cou et lui flanque un coup de pied :

« — Allez, ouste ! fous le camp ! Tu n'as plus qu'à faire d'autres petits cochons maintenant, la terre est à toi. File ! Une, deusse, en avant, arche !

« Mais mon bon, c'était pas du tout un cochon. Il portait un chapeau mou, une veste jetée négligemment sur les épaules, un pantalon avec un pli, et des babouches à pompons rouges. Et puis, il avait dans sa ceinture — c'est sûrement le diable qui le lui avait donné — un poignard bien effilé avec écrit dessus : « J'aurai ta peau ! »

« C'était l'homme. Le bon Dieu tend la main pour que l'autre la lui baise, mais l'homme retrousse ses moustaches et il dit :

« — Allez, vieux, tire-toi de là que je passe ! »

Zorba s'arrêta en me voyant me tordre de rire. Il se renfrogna.

— Ne ris donc pas, me fait-il, c'est comme ça que ça s'est passé !

— Mais comment le sais-tu ?

— C'est comme ça que je le sens et c'est comme ça que j'aurais fait, moi aussi, à la place d'Adam. Je mets ma tête à couper qu'Adam n'a pas dû faire autrement. Et ne te fie pas à tout ce que racontent les bouquins, c'est moi que tu dois croire !

Il allongea sa grosse patte sans attendre de réponse et se remit à jouer du santouri.

Je tenais encore la lettre parfumée de Zorba avec le cœur percé d'une flèche et je revivais toutes ces journées, riches de substance humaine, que j'avais passées près de lui. A ses côtés le temps avait pris une nouvelle saveur. Ce n'était plus une succession mathématique d'événements, ni, en moi, un problème philosophique insoluble. C'était du sable chaud, finement tamisé, et je le sentais couler tendrement entre mes doigts.

— Béni soit Zorba ! murmurai-je, il a donné un corps bien-aimé et chaud aux notions abstraites qui grelottaient en moi. Quand il n'est pas là, je recommence à grelotter.

Je pris une feuille de papier, appelai un ouvrier et envoyai un télégramme urgent :

« Reviens tout de suite. »

14

SAMEDI après-midi, 1er mars. J'étais appuyé à un rocher face à la mer, en train d'écrire. Ce jour-là, j'avais vu la première hirondelle, j'étais joyeux, l'exorcisme contre Bouddha courait sans obstacle sur le papier, ma lutte contre lui s'était tempérée, je n'étais plus pressé et j'étais sûr de la délivrance.

Soudain, j'entendis des pas sur le gravier. Je levai la tête et aperçus, roulant le long du rivage, parée comme une frégate, échauffée, essoufflée, notre vieille sirène. Elle semblait inquiète.

— Est-ce qu'il y a une lettre ? cria-t-elle avec anxiété.

— Oui ! répondis-je en riant, et je me levai pour l'accueillir. Il te fait dire bien des choses, il pense à toi jour et nuit, il dit qu'il ne peut ni manger ni dormir et qu'il ne supporte pas la séparation.

— C'est tout ce qu'il dit ? demanda l'infortunée à bout de souffle.

J'eus pitié d'elle. Je sortis la lettre de ma poche et fis semblant de lire. La vieille sirène ouvrait sa bouche édentée, ses petits yeux clignotaient et elle écoutait, haletante.

Je feignis de lire, et comme je m'embrouillais, je faisais semblant de mal déchiffrer l'écriture : « Hier, patron, j'étais allé déjeuner dans une gargote. J'avais faim. Je vois entrer une jeune personne de toute beauté, une vraie déesse. Bon Dieu ! Comme elle ressemble à ma Bouboulina ! Et, aussitôt, mes yeux se sont mis à couler comme des fontaines, ma gorge s'est serrée, impossible d'avaler ! Je me suis levé, j'ai payé et je suis parti. Et moi, qui pense aux saints une fois tous les trente-six, la passion m'a frappé si fort, patron, que j'ai couru à l'église de Saint-Minas pour lui faire brûler un cierge. « Saint Minas, que j'ai dit dans ma prière, fais que je reçoive de bonnes nouvelles de l'ange que j'aime. Fais que très bientôt nos ailes soient réunies ! »

— Hi ! Hi ! Hi ! fit Dame Hortense, dont le visage s'illumina de joie.

— Pourquoi ris-tu, ma bonne ? demandai-je en m'arrêtant pour reprendre mon souffle et combiner de nouveaux mensonges. Pourquoi ris-tu ? A moi ça me donne envie de pleurer.

— Si tu savais... si tu savais... gloussa-t-elle en pouffant.

— Quoi donc ?

— Les ailes... c'est comme ça qu'il appelle les pieds, le scélérat. C'est comme ça qu'il les appelle quand on est seuls. Que nos ailes soient réunies, qu'il dit... hi ! hi ! hi !

— Mais écoute la suite, ma bonne, tu vas en rester ébahie...

Je tournai la page et fis de nouveau semblant de lire :

« Aujourd'hui, encore, je passais devant la boutique d'un coiffeur. A ce moment, le barbier vidait dehors sa cuvette pleine d'eau de savon. Toute la rue embaumait. J'ai de nouveau pensé à ma Bouboulina et je me suis mis à pleurer. Je ne peux plus rester loin d'elle, patron. Je vais devenir fou. Tiens, je fais même des vers. Avant-hier, je ne pouvais pas dormir et je lui ai fait un petit poème. Je te prie de le lui lire pour qu'elle voie comme je souffre :

« *Ah ! si nous pouvions dans un sentier toi et moi nous rencontrer*
« *Dans un sentier assez large pour contenir notre peine !*
« *Quand même je serais coupé en morceaux ou haché menu,*
« *Vers toi encore les débris de mes os chercheraient à courir !* »

Dame Hortense, les yeux languides et mi-clos, écoutait, heureuse, de toutes ses oreilles. Elle ôta même de son cou le petit ruban qui l'étranglait, et rendit aux rides leur liberté. Elle se taisait, souriante. On sentait que son esprit voguait, joyeux, heureux, très loin, à la dérive.

Mars, herbe fraîche, fleurettes rouges, jaunes, mauves, eaux limpides où des bandes de cygnes blancs et noirs s'accouplaient en chantant. Blanches les femelles, noirs les mâles aux becs pourpres entrouverts. Les murènes bleues sortaient, luisantes, de l'eau et s'unissaient aux grands serpents jaunes. Dame Hortense avait de nouveau quatorze ans, elle dansait sur des tapis d'Orient à Alexandrie, Beyrouth, Smyrne, Constantinople, et puis en Crète sur des parquets cirés de navires... Elle ne se rappelait plus très bien. Tout se mélangeait, sa poitrine se dressait, les rivages craquaient.

Et soudain, tandis qu'elle dansait, la mer se couvrit de navires aux proues d'or, aux poupes couvertes de tentes multicolores, aux oriflammes de soie. Il en sortait des pachas avec des glands d'or tout droits sur leurs fez rouges, de vieux beys fortunés venant en pèlerinage, les mains emplies de riches offrandes et des fils de beys imberbes et mélancoliques. Il en sortait des amiraux avec leurs tricornes reluisants et des matelots avec leurs cols éclatants de blancheur et leurs larges pantalons flottants. Il en sortait de jeunes Crétois aux braies bouffantes en drap bleu clair, aux bottes jaunes, un mouchoir noir autour de la tête. Il en sortait aussi Zorba, immense, amaigri par l'amour, une grosse bague de fiançailles au doigt, une couronne de fleurs d'oranger sur ses cheveux grisonnants...

De tous les hommes qu'elle avait connus dans sa vie aventureuse, pas un ne manquait, même pas le vieux batelier, brèche-dent et bossu, qui l'avait menée un soir se promener dans les eaux de Constantinople. La nuit était tombée, et personne ne les voyait. Tous, ils sortaient tous, tandis que derrière eux s'accouplaient les murènes, les serpents et les cygnes.

Ils sortaient et la rejoignaient, tous en grappe, comme les serpents amoureux au printemps qui se collent en faisceaux, tout droits, en sifflant. Et, au centre de la grappe, toute blanche, toute nue, trempée de sueur, les lèvres entrouvertes sur ses petites dents aiguës, immobile, insatiable, les seins dressés, sifflait une Dame Hortense de quatorze, de vingt, de trente, de quarante, de soixante ans.

Rien ne s'était perdu, aucun amant n'était mort. Dans sa poitrine flétrie ils ressuscitaient tous, au port d'armes. Comme si Dame Hortense était une haute frégate à trois mâts et que tous ses amants — elle travaillait depuis quarante-cinq ans — l'escaladaient, dans les cales, sur le plat-bord, dans les haubans, tandis qu'elle voguait, architrouée, archicalfatée, vers le dernier port longtemps, ardemment désiré : le mariage. Et Zorba prenait mille visages : turcs, occidentaux, arméniens, arabes, grecs, et en l'étreignant, Dame Hortense étreignait tout entière la sainte et interminable procession...

La vieille sirène réalisa soudain que je m'étais arrêté ; sa vision fut brusquement interrompue, elle souleva ses paupières appesanties :

— Il ne dit rien d'autre ? murmura-t-elle avec reproche, en se léchant les lèvres d'un air gourmand.

— Que veux-tu de plus, madame Hortense ? Mais tu ne vois pas ? Toute la lettre ne parle que de toi. Tiens, regarde, quatre feuilles. Et il y a aussi un cœur, tiens, ici, dans le coin. Zorba dit qu'il l'a dessiné lui-même. Regarde, l'amour le traverse de part en part. Et au-dessous, regarde, deux pigeons qui s'embrassent, et, sur leurs ailes, en toutes petites lettres invisibles, deux noms enlacés sont écrits à l'encre rouge : Hortense-Zorba.

Il n'y avait ni pigeons ni inscriptions, mais les petits yeux de la vieille sirène s'étaient gonflés de larmes et voyaient tout ce qu'ils désiraient.

— Rien d'autre ? Rien d'autre ? demanda-t-elle encore, insatisfaite.

Tout cela était bel et bon — les ailes, les eaux savonneuses du barbier, les petits pigeons — des mots que tout cela, et du vent. Mais son cerveau pratique de femme demandait quelque chose de plus tangible, de plus sûr. Combien de fois dans sa vie elle les avait entendues, ces belles paroles ! Quel profit en avait-elle tiré ? Après tant d'années de dur travail, elle restait toute seule, sur le pavé.

— Rien d'autre ? murmura-t-elle encore avec reproche, rien d'autre ?

Elle me regarda dans les yeux comme une biche aux abois. J'eus pitié d'elle.

— Il dit encore quelque chose de très, très important, madame Hortense, dis-je. C'est pourquoi je l'ai gardé pour la fin.

— Voyons... fit-elle, expirante.

— Il écrit que dès qu'il reviendra il se jettera à tes pieds pour te prier, les larmes aux yeux, de l'épouser. Il n'y tient plus. Il veut faire de toi sa petite femme, madame Hortense Zorba, pour que vous ne vous sépariez plus jamais.

Cette fois, les petits yeux acidulés se mirent à pleurer pour de bon. C'était cela, la grande joie, le port tant désiré, c'était cela, le regret de toute sa vie ! Trouver la tranquillité, s'étendre dans un lit honnête, rien de plus !

Elle se couvrit les yeux.

— C'est bon, dit-elle, avec une condescendance de grande dame, j'accepte. Mais écris-lui, s'il te plaît, qu'ici, au village, il n'y a pas de couronnes de fleurs d'oranger. Il faut qu'il les apporte de Candie. Qu'il apporte aussi deux cierges blancs avec des rubans roses et de bonnes dragées aux amandes. Puis, qu'il m'achète une robe de mariée, blanche, des bas de soie et des escarpins de satin. Des draps, on en a, écris-lui qu'il n'en apporte pas. On a aussi un lit.

Elle mit en ordre la liste de ses commandes, elle faisait déjà de son mari un commissionnaire. Elle se leva, prenant soudain un air digne de femme mariée.

— J'ai quelque chose à te proposer, quelque chose de sérieux, dit-elle, puis elle s'arrêta, émue.

— Dis, madame Hortense, je suis à tes ordres.

— Zorba et moi on a de l'affection pour toi. Tu es généreux et tu ne nous feras pas honte. Tu veux être notre témoin ?

Je frissonnai. Nous avions autrefois chez mes parents, une vieille servante, la Diamandoula, qui avait dépassé la soixantaine ; une vieille fille, rendue à moitié folle par la virginité, nerveuse, ratatinée, sans poitrine et moustachue.

Elle tomba amoureuse de Mitso, le garçon de l'épicier du quartier, un jeune paysan crasseux, bien nourri et imberbe.

— Quand est-ce que tu m'épouses ? lui demandait-elle tous les dimanches. Épouse-moi ! Comment tu peux résister, toi ! Moi, je ne peux plus !

— Moi non plus, lui répondait l'épicier malicieux qui l'amadouait pour s'assurer sa clientèle, moi non plus, ma bonne Diamandoula, mais patiente encore un peu. Patiente encore jusqu'à ce que j'aie de la moustache, moi aussi...

Les années passaient ainsi et la vieille Diamandoula patientait. Ses nerfs se calmèrent, ses maux de tête diminuèrent, sa lèvre amère qui ignorait les baisers se mit à sourire. Elle lavait plus soigneusement le linge, cassait moins d'assiettes et ne laissait plus brûler les plats.

— Tu veux être notre témoin, petit patron ? me demanda-t-elle un soir en cachette.

— Je veux bien, Diamandoula, répondis-je, tandis que ma gorge se serrait d'amertume.

Cette histoire-là m'avait fait beaucoup de peine, c'est pourquoi en entendant Dame Hortense redire la même phrase, je frissonnai.

— Je veux bien, répondis-je. C'est un honneur pour moi, madame Hortense.

Elle se leva, arrangea les boucles qui sortaient de son petit chapeau et se lécha les lèvres.

— Bonne nuit, mon ami, dit-elle. Bonne nuit et qu'il nous revienne vite !

Je la voyais s'éloigner, se dandinant, ployant sa vieille taille avec des minauderies de jeune fille. La joie lui donnait des ailes, et ses vieux escarpins tordus faisaient dans le sable de petits trous profonds.

Elle n'avait pas encore tourné la pointe que des cris stridents et des pleurs se firent entendre sur la plage.

Je me redressai et me mis à courir. Là-bas, sur la pointe opposée, des femmes poussaient des hurlements, comme si elles chantaient une complainte mortuaire. Je montai sur un rocher et me mis à observer. Du village, des hommes et des femmes arrivaient en courant et derrière eux les chiens aboyaient. Deux ou trois cavaliers allaient devant soulevant un épais nuage de poussière.

« Il y a un malheur », pensai-je, et je descendis à la hâte vers le cap.

La rumeur se faisait de plus en plus intense. Au soleil couchant, deux ou trois nuages roses de printemps s'immobilisaient dans le ciel. Le figuier de la Demoiselle s'était couvert de jeunes feuilles vertes.

Dame Hortense revenait sur ses pas, échevelée, essoufflée, ayant perdu un de ses escarpins. Elle le tenait à la main et courait en pleurant.

— Mon Dieu... mon Dieu... me cria-t-elle.

Elle trébucha et faillit tomber sur moi. Je la retins.

— Pourquoi pleures-tu donc ? Qu'y a-t-il ?

Et je l'aidai à remettre son soulier éculé.

— J'ai peur... j'ai peur...

— De quoi ?

— De la mort.

Elle avait senti dans l'air l'odeur de la mort, et la terreur s'était emparée d'elle.

Je pris son bras flasque, mais le vieux corps résistait et tremblait.

— Je ne veux pas... je ne veux pas... criait-elle.

Elle redoutait, la malheureuse, d'approcher d'une région où la mort était apparue. Il ne fallait pas que Charon la vît et se souvînt d'elle... Comme tous les vieillards, elle s'efforçait, notre pauvre sirène, de se dissimuler dans l'herbe de la terre en prenant sa couleur verte, de se cacher dans la terre en prenant sa couleur brun sombre, pour que Charon ne pût la distinguer. La tête rentrée dans ses épaules grasses et voûtées, elle tremblait.

Elle se traîna près d'un olivier, déploya son manteau rapiécé.

— Couvre-moi, mon ami, dit-elle, couvre-moi et va voir.

— Tu as froid ?

— J'ai froid, couvre-moi.

Je la couvris, le plus habilement possible, de façon qu'elle se confondît avec la terre, et je m'en allai.

Je me rapprochais du cap et distinguais maintenant les chants funèbres. Mimitho passa devant moi en courant.

— Qu'y a-t-il, Mimitho ? criai-je.

— Il s'est noyé ! Il s'est noyé ! me répondit-il sans s'arrêter.

— Qui ?

— Pavli, le fils à Mavrandoni.

— Pourquoi ?

— La veuve...

Le mot s'immobilisa dans l'air. Du soir, surgit le corps dangereux et souple de la veuve.

J'avais atteint les rochers où tout le village s'était rassemblé. Les hommes demeuraient silencieux, tête nue, les femmes, leurs fichus rejetés sur leurs épaules, s'arrachaient les cheveux en poussant des cris aigus. Livide et gonflé, un corps gisait sur les galets. Le vieux Mavrandoni se tenait au-dessus de lui, immobile, et le contemplait. De sa main droite, il s'appuyait sur son bâton. De sa main gauche, il empoignait sa barbe grise et bouclée.

— Tu seras maudite, criminelle ! dit soudain une voix perçante, le bon Dieu te fera payer ça !

Une femme se releva d'un bond et, se tournant vers les hommes :

— Alors, il n'existe donc pas un homme parmi vous pour l'égorger sur ses genoux comme un mouton ? Pouah ! tas de froussards !

Et elle cracha vers les hommes qui la regardaient sans mot dire.

Kondomanolio, le cafetier, riposta :

— Il ne faut pas nous humilier, Delikaterina, cria-t-il, il ne faut pas, il y a des braves dans notre village et tu vas voir !

Je ne pus me retenir :

— C'est honteux, les amis ! criai-je, en quoi cette femme est-elle responsable ? C'était écrit. Vous ne craignez donc pas Dieu ?

Mais personne ne répondit.

Manolakas, le cousin du noyé, courba son corps gigantesque, souleva dans ses bras le cadavre et prit le premier le chemin du village.

Les femmes glapissaient, s'égratignaient, s'arrachaient les cheveux. Quand elles virent qu'on emportait le corps, elles se précipitèrent pour s'agripper à lui. Mais le vieux Mavrandoni, brandissant sa canne, les écarta et prit la tête du cortège. Elles le suivirent alors en chantant des mirologues. Derrière, silencieux, venaient les hommes.

Ils disparurent dans le crépuscule. On entendit de nouveau la paisible respiration de la mer. Je regardai autour de moi. J'étais resté seul.

« Je vais rentrer, me dis-je. Encore une journée qui a eu sa bonne part d'amertume ! »

Je pris le sentier, songeur. J'admirais ces gens, si étroitement, si chaudement mêlés dans les souffrances humaines : Dame Hortense, Zorba, la veuve et le pâle Pavli qui s'était bravement jeté dans la mer pour éteindre sa peine. Et Delikaterina qui criait d'égorger la veuve comme un mouton et Mavrandoni qui refusait de pleurer ou même de parler devant les autres. Moi seul étais impuissant et raisonnable, mon sang ne bouillait pas, je n'aimais ni ne haïssais avec passion. Je désirais maintenant encore arranger les choses en mettant tout, lâchement, sur le dos du destin.

Dans le clair-obscur, je distinguai l'oncle Anagnosti qui était encore là, assis sur une pierre. Il avait le menton appuyé sur son long bâton et regardait la mer. Je l'appelai, il n'entendit pas. Je m'approchai, il me vit et hocha la tête :

— Pauvre humanité ! murmura-t-il. Une jeunesse de fichue ! Mais, l'infortuné, il ne pouvait pas supporter son chagrin, il s'est jeté à l'eau et s'est noyé. Le voilà sauvé.

— Sauvé ?

— Sauvé, mon fils, sauvé. Qu'est-ce qu'il aurait bien pu faire de sa vie ? S'il avait épousé la veuve, les disputes n'auraient pas tardé à venir et peut-être même aussi le déshonneur. Elle est tout comme une jument, la dévergondée. A la vue d'un homme, elle se met à hennir. Et s'il ne l'avait pas épousée, ç'aurait été le tourment de sa vie, il se serait mis dans la tête qu'il avait laissé perdre un grand bonheur ! Abîme devant, précipice derrière.

— Ne parle pas ainsi, oncle Anagnosti; tu couperais bras et jambes à qui t'entendrait.

— Allons donc ! n'aie pas peur. Personne ne m'entend. Et si on m'entendait, on ne me croirait pas. Tiens, est-ce qu'il y a jamais eu homme plus chanceux que moi ? J'avais des champs, des vignes, des olivettes et une maison à deux étages, j'étais riche. J'étais tombé sur une femme bonne et docile qui ne me donnait que des garçons. Je ne l'ai jamais vue lever les yeux pour me regarder en face, et mes enfants sont tous de bons pères de famille. Je ne me plains pas, j'ai eu aussi des petits-enfants. Je ne demandais rien d'autre. J'ai jeté des racines profondes. Et pourtant, si c'était à recommencer, je me mettrais une pierre au cou comme Pavli et je me jetterais dans la mer. La vie est dure ; même pour ceux qui ont de la chance, elle est dure, la garce !

— Mais que te manque-t-il, oncle Anagnosti ? De quoi te plains-tu ?

— Il ne me manque rien, je te dis ! Mais va donc essayer d'interroger le cœur de l'homme !

Il se tut un instant, regarda de nouveau la mer qui commençait à s'obscurcir :

— Eh bien, Pavli, tu as bien fait ! cria-t-il, en brandissant son bâton. Laisse les femmes crier, c'est des femmes, elles n'ont pas de cervelle. Te voilà sauvé, Pavli, et ton père le sait bien, et c'est pour ça qu'il ne dit pas ouf.

Son regard parcourut le ciel et les montagnes qui s'estompaient déjà.

— Voilà la nuit, dit-il, rentrons.

Il s'arrêta soudain, semblant regretter toutes les paroles qu'il avait laissé échapper, comme s'il avait trahi quelque grand secret qu'il essayait maintenant de rattraper.

Il posa sa main desséchée sur mon épaule :

— Tu es jeune, me dit-il en souriant, n'écoute pas les vieux. Si le monde écoutait les vieux, il courrait vite à la ruine. Si une veuve passe sur ton chemin, fonce dessus ! Marie-toi, fais des enfants, n'hésite pas. Les embêtements, c'est pour les jeunes gaillards !

J'arrivai à ma plage, allumai du feu et préparai le thé du soir. J'étais fatigué, j'avais faim, je me mis à manger goulûment, me livrant tout entier à ce bonheur animal.

Soudain, Mimitho passa par la lucarne sa petite tête plate, il me regarda en train de manger, accroupi près du feu et sourit malicieusement.

— Qu'est-ce que tu viens chercher, Mimitho ?

— Patron, je t'apporte quelque chose de la part de la veuve... Un panier d'oranges. Elle a dit que c'est les dernières de son jardin.

— De la part de la veuve ? fis-je, troublé. Et pourquoi m'envoie-t-elle ça ?

— Pour ta bonne parole de ce soir aux gens du village, qu'elle a dit.

— Quelle bonne parole ?

— Je ne sais pas, moi ! Je répète ce qu'elle m'a dit, c'est tout !

Il vida le panier d'oranges sur le lit. Toute la baraque embauma.

— Tu lui diras que je la remercie de son cadeau et qu'elle se tienne sur ses gardes ! Qu'elle se tienne sur ses gardes, qu'elle ne se montre pas dans le village, tu entends ? Qu'elle reste chez elle quelque temps, jusqu'à ce que le malheur soit oublié ! Tu as compris, Mimitho ?

— C'est tout, patron ?

— C'est tout, va.

Mimitho cligna de l'œil.

— C'est tout ?

— File !

Il s'en alla. Je pelai une orange, juteuse, douce comme du miel. Je m'étendis, m'endormis, et toute la nuit je me promenai sous des orangers ; un vent chaud soufflait, ma poitrine nue se gonflait largement et j'avais un brin de basilic derrière l'oreille. J'étais un jeune paysan de vingt ans, j'allais et venais dans le jardin aux orangers, et j'attendais en sifflotant. Qui attendais-je, je ne sais, mais mon cœur était près d'éclater de joie. Je retroussais mes moustaches et j'écoutais, toute la nuit, derrière les orangers, la mer soupirer comme une femme.

15

IL soufflait ce jour-là un rude vent du sud, brûlant, venu d'au-delà de la mer, des sables d'Afrique. Des nuages de sable fin tourbillonnaient dans l'air, pénétrant dans la gorge et les poumons. Les dents grinçaient, les yeux brûlaient, il fallait verrouiller portes et fenêtres pour pouvoir manger un morceau de pain qui ne fût pas saupoudré de sable.

Le temps était lourd. J'étais pris moi aussi, en ces oppressantes journées où montait la sève, par le malaise du printemps. Une lassitude, un émoi dans la poitrine, un fourmillement dans tout le corps, le désir — désir ou souvenir ? — d'un simple et grand bonheur.

Je pris le sentier caillouteux de la montagne. L'envie m'était soudain venue d'aller jusqu'à la petite cité minoenne qui avait surgi du sol après trois ou quatre mille ans, et se chauffait de nouveau sous son bien-aimé soleil de Crète. Peut-être, me disais-je, qu'après une marche de trois ou quatre heures, la fatigue calmera ce malaise printanier.

Des pierres grises et nues, une lumineuse nudité, la montagne âpre et déserte telle que je l'aime. Une chouette, aveuglée par la grande lumière, avec ses yeux jaunes tout ronds, s'était juchée sur une pierre, grave, charmante, pleine de mystère. Je marchais légèrement, mais elle prit peur, s'envola sans bruit parmi les pierres et disparut.

L'air sentait le thym. Les premières fleurs jaunes et tendres des ajoncs s'ouvraient déjà dans les épines.

Quand j'arrivai à la petite cité en ruine, je demeurai

saisi. Il devait être midi, la lumière tombait d'aplomb et inondait les décombres. Dans les vieilles villes en ruine, c'est une heure dangereuse. L'air est rempli de cris et d'esprits. Qu'une branche craque, qu'un lézard glisse, qu'un nuage passe en jetant son ombre — et la panique s'empare de vous. Chaque pouce de terre que vous foulez est un tombeau et les morts gémissent.

Peu à peu, l'œil s'habituait à la grande lumière. Parmi ces pierres, je distinguais maintenant la main de l'homme : deux larges rues pavées de dalles luisantes. A droite et à gauche, des ruelles étroites, tortueuses. Au milieu, une place circulaire, l'agora, et juste à côté, dans une condescendance toute démocratique, le palais du roi, avec ses doubles colonnes, ses larges escaliers de pierre et ses nombreuses dépendances.

Au cœur de la cité, où les pierres du sol sont le plus usées par les pieds des hommes, devait se dresser le sanctuaire ; la Grande Déesse était là, les seins débordants et écartés, les bras enroulés de serpents.

Partout de minuscules boutiques et échoppes — pressoirs à huile, forges, menuiseries, ateliers de potiers. Une fourmilière habilement faite, bien à l'abri, bien aménagée, dont les fourmis s'en sont allées depuis des milliers d'années. Dans une échoppe, un artisan sculptait une amphore dans une pierre veinée, mais il n'avait pas eu le temps de l'achever : le ciseau était tombé de ses mains et on le retrouvait, des milliers d'années plus tard, près de l'œuvre inachevée.

Les questions éternelles, inutiles, stupides : Pourquoi ? A quoi bon ? reviennent encore une fois vous empoisonner le cœur. Cette amphore inachevée sur laquelle s'était brisée, alors qu'elle s'élançait joyeuse et sûre, la fougue de l'artiste, m'abreuvait d'amertume.

Soudain, un petit pâtre, bronzé par le soleil, les genoux noirs, un mouchoir frangé enroulé autour de ses cheveux frisés, se dressa sur une pierre à côté du palais écroulé.

— Eh ! l'ami ! me cria-t-il.

Je voudrais rester seul. Je fis celui qui n'entend pas. Mais le petit pâtre se mit à rire d'un air moqueur.

— Eh ! tu fais la sourde oreille ! Eh ! l'ami ! tu as des cigarettes ? Donne-m'en une ; ici, dans ce désert, j'ai le cafard.

Il traîna sur le dernier mot avec tant de pathétique que j'eus pitié de lui.

Je n'avais pas de cigarettes, je voulus lui donner de l'argent. Mais le petit pâtre se fâcha :

— Au diable l'argent ! cria-t-il. Qu'est-ce que j'en ferais ? Moi, j'ai le cafard, je te dis, donne-moi une cigarette !

— Je n'en ai pas, fis-je, désespéré, je n'en ai pas !

— Tu n'en as pas ! cria, hors de lui, le petit pâtre en frappant violemment le sol de sa houlette. Tu n'en as pas ! Et alors, qu'est-ce qu'il y a dans tes poches ? Elles sont toutes gonflées.

— Un livre, un mouchoir, du papier, un crayon et un canif, répondis-je en retirant un à un tous les objets que j'avais dans ma poche. Tu veux le canif ?

— J'en ai un. J'ai de tout : du pain, du fromage, des olives, un couteau, une alène, du cuir pour mes bottes et une gourde d'eau, de tout, de tout ! Mais je n'ai pas de cigarettes : c'est comme si je n'avais rien ! Et qu'est-ce que tu cherches, toi, dans les ruines ?

— Je contemple les antiquités.

— Et qu'est-ce que tu y comprends ?

— Rien !

— Rien, moi non plus. Ceux-là ils sont morts, nous, on vit. Allez, va !

On eût dit l'esprit des lieux qui me chassait.

— Je m'en vais, dis-je, obéissant.

Je repris rapidement le sentier, en proie à une légère anxiété.

Un instant je me retournai et vis le petit pâtre qui avait le cafard, encore debout sur la pierre. Ses cheveux frisés s'échappaient du mouchoir noir et flottaient au vent du sud. De son front à ses pieds ruisselait la lumière. Il me semblait avoir devant moi une statue d'éphèbe en bronze. Il avait maintenant passé sa houlette en travers de ses épaules et sifflait.

Je pris un autre chemin et me mis à descendre vers la côte.

De temps en temps passaient au-dessus de moi des souffles chauds et des parfums venus de jardins proches. La terre embaumait, la mer riait, le ciel était bleu, brillant comme de l'acier.

L'hiver nous ratatine le corps et l'âme, mais voici venir la chaleur qui nous dilate la poitrine. Comme j'avançais, j'entendis soudain de rauques croassements dans les airs. Je levai la tête et vis le merveilleux spectacle qui toujours depuis mon enfance m'a bouleversé : les grues, rangées comme une armée en ordre de bataille, revenant des pays chauds et, comme le veut la légende, portant les hirondelles sur leurs ailes et dans les creux profonds de leurs corps osseux.

Le rythme infaillible de l'armée, la roue tournante du monde, les quatre faces de la terre, qui l'une après l'autre, sont éclairées par le soleil, la vie qui s'en va, tout cela me remplit de nouveau d'un trouble oppressant. De nouveau retentissait en moi, avec le cri des grues, le terrible avertissement que cette vie est unique pour l'homme, qu'il n'y en a pas d'autre et que tout ce dont on peut jouir, c'est ici qu'on en jouira. Il ne nous sera donné, dans l'éternité, aucune autre chance.

Un esprit qui entend cet avis impitoyable — et en même temps si plein de pitié — prend la décision de vaincre ses mesquineries et ses faiblesses, de vaincre la paresse, les grandes espérances vaines et de s'accrocher, tout entier, à chacune des secondes qui fuient à jamais.

De grands exemples remontent dans la mémoire et on voit clairement qu'on n'est qu'un homme perdu, que la vie s'épuise en petites joies, en petites peines et en propos futiles. On a envie de s'écrier : « Quelle honte » en se mordant les lèvres.

Les grues ont passé dans le ciel, elles ont disparu vers le nord, mais elles continuent de crier de leur voix rauque et de voler sans relâche d'une de mes tempes à l'autre.

J'arrivai à la mer. Je marchais tout au bord de l'eau à pas pressés. Que c'est angoissant de marcher tout seul au bord de la mer ! Chaque vague, chaque oiseau dans le ciel vous appelle et vous rappelle votre devoir. Quand on marche en compagnie, on rit, on devise, et ce bruit empêche d'entendre ce que disent les vagues et les oiseaux. Peut-être, d'ailleurs, qu'ils ne disent rien. Ils vous regardent passer, tout enveloppé de bavardages, et se taisent.

Je m'étendis sur les galets et fermai les yeux. « Qu'est-ce donc que l'âme, pensai-je, et quelle correspondance cachée y a-t-il entre elle et la mer, les nuages, les parfums ? Comme si l'âme était, elle aussi, mer, nuage et parfum... »

Je me levai, me remis en marche, comme si j'avais pris une décision. Laquelle ? Je l'ignorais.

Soudain, j'entendis une voix derrière moi :

— Où vas-tu, patron ? Au monastère ?

Je me retournai. Un vieillard robuste, courtaud, sans bâton, un mouchoir noir tordu autour de ses cheveux blancs, agitait la main vers moi en souriant. Sur ses traces marchait une vieille femme et derrière elle leur fille, une noiraude aux yeux farouches, un fichu blanc sur la tête.

— Au monastère ? demanda de nouveau le vieux.

Et tout à coup je me rendis compte que j'avais pris la décision d'aller de ce côté. Depuis des mois, je voulais me rendre à ce petit couvent de nonnes bâti près de la mer, sans jamais pouvoir m'y décider. Cette décision, mon corps l'avait prise brusquement ce soir.

— Oui, répondis-je, je vais au monastère entendre les cantiques à la Vierge.

— Sa Grâce te vienne en aide !

Il accéléra le pas et me rejoignit.

— C'est toi qui es la Société, comme on dit, pour le charbon ?

— C'est moi.

— Eh bien, que la Sainte Vierge te donne beaucoup de profit ! Tu fais du bien au village, tu donnes un gagne-pain à des pères de famille pauvres. Sois béni !

Et, au bout d'un moment, le malin vieillard, qui devait savoir que les affaires marchaient mal, ajouta ces paroles de consolation :

— Et même si ça ne te rapporte rien, mon fils, ne t'en

fais pas, va ! Tu sortiras quand même gagnant. Ton âme ira tout droit au Paradis...

— C'est bien ce que je souhaite aussi, grand-père.

— Moi, je n'ai pas beaucoup d'instruction, mais une fois j'ai entendu à l'église quelque chose que le Christ a dit. C'est resté gravé dans ma tête et je ne l'oublie pas : « Vends, qu'il a dit, vends tout ce que tu possèdes pour acheter la Grande Perle. » Cette Grande Perle, c'est le salut de l'âme, mon fils. Toi, patron, tu es en bonne voie pour la Grande Perle.

La Grande Perle ! Combien de fois n'a-t-elle pas brillé dans mon esprit, au milieu des ténèbres, pareille à une grosse larme ?

Nous nous mîmes en marche, les deux hommes devant, les femmes, mains croisées, en arrière. De temps en temps nous lancions une phrase : « Les fleurs des oliviers allaient-elles tenir ? Allait-il pleuvoir pour que l'orge gonfle ? » Apparemment nous avions faim tous les deux, car nous amenâmes la conversation sur la nourriture et ne voulûmes pas changer de sujet.

— Et quel est ton plat préféré, grand-père ?

— Tous, tous, mon fils. C'est un grand péché de dire ça c'est bon, ça c'est mauvais !

— Pourquoi ? On ne peut pas choisir ?

— Non, pour sûr, on ne peut pas.

— Pourquoi ?

— Parce qu'il y a des gens qui ont faim.

Je me tus, honteux. Jamais mon cœur n'avait pu atteindre à tant de noblesse et de compassion.

La petite cloche du monastère sonna, joyeuse, badine, comme un rire de femme.

Le vieux fit le signe de la croix.

— Que la très sainte Égorgée nous vienne en aide ! murmura-t-il. Elle a un coup de couteau à la gorge et le sang coule. Au temps des corsaires...

Et le vieux se mit à broder sur les souffrances de la Vierge, comme s'il s'agissait d'une vraie femme, d'une jeune réfugiée persécutée, que les infidèles auraient poignardée et qui, en pleurant, serait venue d'Orient avec son enfant.

— Une fois l'an, il coule du vrai sang chaud de sa plaie, poursuivit le vieux. Je me rappelle qu'une fois, le jour de sa fête, en ce temps-là je n'avais pas encore de moustache, on était descendu de tous les villages pour se prosterner devant Sa Grâce. C'était le 15 août. Nous, les hommes, on s'était couchés dans la cour pour dormir. Les femmes, à l'intérieur. Alors, dans mon sommeil j'entends la Vierge crier. Je me lève en vitesse, je cours jusqu'à son icône, je mets la main sur sa gorge et, qu'est-ce que je vois ? Mes doigts étaient pleins de sang...

Le vieux se signa, se retourna, et regarda les femmes.

— Allons, femmes ! cria-t-il, courage, on arrive !

Il baissa la voix :

— Je n'étais pas encore marié. Je me jette à plat ventre, je me prosterne devant Sa Grâce et je décide de quitter ce monde de mensonge et de me faire moine...

Il se mit à rire.

— Pourquoi ris-tu, grand-père ?

— C'est qu'il y a de quoi rire, mon fils ! Ce jour même, à la fête, le diable s'habille en femme et s'arrête devant moi. C'était elle !

Et, sans se retourner, en renversant son pouce en arrière, il désigna la vieille qui nous suivait en silence.

— Ne la regarde pas maintenant qu'elle est dégoûtante à voir, dit-il. En ce temps-là, c'était une jeune fille frétillante comme un poisson. « La Belle aux longs sourcils » qu'on l'appelait, et elle portait bien son nom, la mâtine ! Maintenant, eh ! pauvres de nous ! Où sont ses sourcils ? Ils sont tout déplumés !

A ce moment, derrière nous, la vieille poussa un grognement sourd comme un chien hargneux retenu par sa chaîne. Mais elle ne dit pas un mot.

— Là, voilà le monastère ! fit le vieux en étendant le bras.

Au bord de la mer, coincé entre deux gros rochers, le petit monastère étincelait, tout blanc. Au centre, le dôme de l'église fraîchement reblanchi, petit et tout rond, comme un sein de femme. Autour de l'église, cinq ou six cellules aux portes bleues ; dans la cour, trois grands cyprès et, le long de la clôture, de gros figuiers de barbarie en fleur.

Nous pressâmes le pas. De mélodieuses psalmodies nous parvinrent par la fenêtre ouverte du sanctuaire, l'air salin se parfuma de benjoin. La porte extérieure, en plein cintre, était grande ouverte sur la cour bien propre, odorante, jonchée de galets noirs et blancs. A droite et à gauche, le long des murs, des rangées de pots de romarin, de marjolaine et de basilic.

Quelle sérénité ! Quelle douceur ! Le soleil, maintenant, se couchait et les murs blanchis à la chaux prirent une couleur rose.

La petite église, chaude, peu éclairée, sentait la cire. Des hommes et des femmes se mouvaient dans la fumée d'encens, et cinq ou six nonnes, étroitement enveloppées dans leurs robes noires, chantaient avec de douces voix grêles le « Seigneur de toutes Puissances ». A tout instant elles s'agenouillaient et on entendait le froissement de leurs jupes pareil à un bruissement d'ailes.

Depuis bien des années, je n'avais pas entendu les cantiques à la Vierge. Pendant la révolte de la première jeunesse, je passais devant les églises plein de mépris et de colère. Avec le temps je m'étais adouci. J'allais même, de temps à autre, aux fêtes solennelles : Noël, les Vigiles, la Résurrection, et je me réjouissais de voir ressusciter l'enfant qui subsistait en moi. Le frémissement mystique d'antan était déchu en jouissance esthétique. Les sauvages croient que lorsque un instrument musical ne sert plus à des rites religieux, il perd sa force divine et émet alors des sons harmonieux. De même, la religion s'était dégradée en moi : elle était devenue art.

Je me mis dans un coin, m'appuyai à la stalle luisante que les mains des fidèles avaient faite lisse comme l'ivoire. J'écoutais, charmé, venir des profondeurs du temps les mélopées byzantines : « Salut ! hauteur inaccessible aux pensées humaines. Salut ! profondeur invisible pour les yeux même des anges... Salut ! Épouse non épousée, ô Rose jamais fanée... »

Et les nonnes de tomber à terre, la tête en avant, et leurs robes de froufrouter à nouveau comme des ailes.

Les minutes passaient, semblables à des anges aux ailes parfumées de benjoin, tenant des lis fermés et chantant les beautés de Marie. Le soleil se coucha, le crépuscule tombait, duveteux et bleu. Je ne me rappelle pas comment nous nous trouvâmes dans la cour, où je demeurai seul avec la vieille Mère Supérieure et deux jeunes nonnes, sous le plus grand des cyprès. Une jeune novice vint me présenter la cuillerée de confiture, l'eau fraîche et le café, et la paisible conversation commença.

Nous parlâmes des miracles de la Vierge, du lignite, des poules qui, maintenant, au printemps, commençaient à pondre, de sœur Eudoxie qui était atteinte du haut mal. Elle tombait sur les dalles de l'église et frétillait comme un poisson, écumait, blasphémait et déchirait ses vêtements.

— Elle a trente-cinq ans, ajouta la Supérieure en soupirant, âge maudit, heures difficiles ! Que Sa Grâce Notre-Dame l'Égorgée lui vienne en aide et elle guérira. Dans dix ou quinze ans, elle guérira.

— Dix ou quinze ans..., murmurai-je avec effroi.

— Qu'est-ce que dix ou quinze ans, dit la Supérieure sévèrement. Pense à l'éternité !

Je ne répondais pas. Je savais que l'éternité est chacune des minutes qui passent. Je baisai la main de la Supérieure, une main blanche et grasse, fleurant l'encens, et je m'en allai.

La nuit était tombée. Deux ou trois corbeaux revenaient, pressés, à leurs nids ; les chouettes sortaient des arbres creux pour manger ; les escargots, les chenilles, les vers, les mulots sortaient de terre pour se faire manger par les chouettes.

Le serpent mystérieux qui se mord la queue m'enferma dans son cercle : la terre accouche et dévore ainsi ses enfants, puis elle en met d'autres au monde et les dévore de même.

Je regardai autour de moi. L'obscurité s'était faite. Les derniers villageois étaient partis, solitude complète, personne ne me voyait. Je me déchaussai, plongeai mes pieds dans la mer, me roulai sur le sable. J'éprouvais le besoin de toucher, avec mon corps nu, les pierres, l'eau, l'air. Le mot de la Supérieure, « éternité », m'avait exaspéré, je le sentais tomber sur moi comme le lasso qui capture les chevaux sauvages. Je fis un bond pour m'échapper. J'éprouvais le besoin de toucher, sans vêtements, poitrine contre poitrine, la terre et la mer, et de sentir avec certitude que ces choses éphémères et bien-aimées existaient.

« Toi seule tu existes, ô Terre ! criai-je en mon for intérieur. Et moi je suis ton dernier-né, je tète ta mamelle et je ne la lâche pas. Tu ne me laisses vivre qu'une seule minute, mais la minute devient mamelle et je tète. »

J'eus un frisson. Comme si j'avais couru le risque d'être précipité dans ce mot anthropophage « éternité ». Je me rappelai combien, autrefois — quand ? l'année précédente encore ! — je me penchais ardemment au-dessus de lui, yeux clos et bras ouverts, avec le désir de m'y précipiter.

Quand j'étais dans la première classe, à l'école communale, il y avait comme lecture dans la seconde partie de l'alphabet, un conte de fées :

Un petit enfant était tombé dans un puits. Là il avait trouvé une cité merveilleuse avec des jardins fleuris, un lac de miel, une montagne de riz au lait et des jouets multicolores. A mesure que j'épelais, chaque syllabe me faisait pénétrer plus profondément dans le conte. Or, un midi, en revenant de l'école, je rentrai en courant à la maison, me précipitai vers la margelle du puits de la cour, sous la treille, et me mis à regarder, fasciné, la surface lisse et noire de l'eau. Il me sembla bientôt voir la ville merveilleuse, des maisons et des rues, des enfants et une treille chargée de raisins. Je n'y tins plus. Je laissai pendre ma tête, étendis les bras tout en donnant des coups de pied contre le sol pour prendre de l'élan et tomber. Mais, à ce moment, ma mère m'aperçut. Elle poussa un cri, accourut et arriva tout juste à temps pour m'attraper par la ceinture...

Enfant, j'ai failli tomber dans le puits. Une fois grand, j'ai failli tomber dans le mot « éternité », et aussi dans pas mal d'autres mots : « amour », « espérance », « patrie », « Dieu ». A chaque mot franchi, j'avais l'impression d'échapper à un danger et d'avancer d'un pas. Mais non. Je changeais seulement de mot et c'est cela que j'appelais délivrance. Et me voilà depuis deux années entières suspendu au-dessus du mot « Bouddha ».

Mais, je le sens bien, grâce à Zorba, Bouddha sera le dernier puits, le dernier mot-précipice et je serai enfin délivré pour toujours. Pour toujours ? C'est ce qu'on dit à chaque fois.

Je me levai d'un bond. Des pieds à la tête, j'étais heureux. Je me déshabillai et m'élançai dans la mer. Les vagues joyeuses folâtraient, je folâtrais avec elles. Quand, enfin, fatigué, je sortis de l'eau, je me laissai sécher au vent de la nuit, puis me remis en route à longues foulées légères avec la sensation d'avoir échappé à un grand danger et de m'être plus étroitement que jamais agrippé à la mamelle de la Terre.

16

DÈS que j'aperçus la plage au lignite, je m'arrêtai brusquement : il y avait de la lumière dans la baraque.

« Zorba doit être revenu ! » pensai-je tout joyeux.

Je fus sur le point de courir, mais me retins. « Il faut que je cache ma joie, me dis-je. Il faut que j'aie l'air fâché et que je commence par l'attraper. Je l'ai envoyé là-bas pour affaires urgentes et lui, il a jeté l'argent par les fenêtres, il s'est collé avec des chanteuses et il est en retard de douze jours. Il faut que je me donne un air furieux, il le faut… »

Je me remis en route à pas lents, pour me donner le temps de me mettre en colère. Je m'escrimais à m'irriter, je fronçais les sourcils, serrais les poings, faisais tous les gestes d'un homme en colère pour me fâcher, mais je n'y arrivais pas. Au contraire, plus la distance diminuait, plus ma joie augmentait.

Je m'approchai sur la pointe des pieds et regardai par la petite fenêtre éclairée. Zorba était à genoux par terre, il avait allumé le réchaud et faisait du café.

Mon cœur fondit et je criai :

— Zorba !

D'un seul coup, la porte s'ouvrit. Zorba, pieds nus, sans chemise, s'élança dehors. Il allongea le cou dans l'obscurité, m'aperçut, ouvrit les bras, mais aussitôt il se retint et les laissa retomber.

— Content de te retrouver, patron ! dit-il d'un ton hésitant, immobile devant moi et la mine allongée.

Je m'efforçai de faire la grosse voix :

— Content que tu te sois donné la peine de revenir, dis-je, moqueur. N'approche pas, tu sens le savon de toilette.

— Ah ! si tu savais comme je me suis lavé, pourtant, patron, murmura-t-il. Je me suis astiqué, j'ai raclé ma sacrée foutue peau avant de me présenter devant toi ! Tiens, ça fait une heure que je me brique. Mais cette satanée odeur... Pourtant qu'est-ce qu'elle peut faire ? C'est pas la première fois, il faudra qu'elle disparaisse bon gré mal gré.

— Entrons, dis-je, sur le point d'éclater de rire.

Nous entrâmes. La baraque sentait le parfum, la poudre, le savon, la femme.

— Dis donc, ces machins-là, qu'est-ce que c'est, hein ? m'écriai-je en voyant, alignés sur une caisse, des sacs à main, des savonnettes, des bas, une petite ombrelle rouge et un minuscule flacon de parfum.

— Des cadeaux... murmura Zorba la tête basse.

— Des cadeaux ? fis-je en m'efforçant de prendre un ton furieux, des cadeaux ?

— Des cadeaux, patron, ne te fâche pas, pour la pauvre Bouboulina. Pâques approche, la pauvre...

Je parvins encore une fois à retenir mon envie de rire.

— Le plus important, tu ne le lui as pas apporté... dis-je.

— Quoi ?

— Mais, voyons ! les couronnes de mariage !

Je lui racontai alors le bateau que j'avais monté à la sirène énamourée.

Zorba se gratta la tête et réfléchit un instant.

— Tu n'as pas bien fait, patron, dit-il enfin, tu n'as pas bien fait, sauf ton respect. Des blagues comme celle-là, patron... La femme c'est une créature faible, délicate, combien de fois faut-il te le dire ? Un vase en porcelaine, ça se manie avec précaution.

Je me sentis honteux. Moi aussi j'avais regretté, mais il était trop tard. Je changeai de conversation.

— Et le câble ? demandai-je. Les outils ?

— J'ai tout apporté tout, ne te bile pas ! « Le pâté est

entier et le chien rassasié. » Téléférique, Lola, Bouboulina, patron — tout est en règle !

Il enleva le briki (1) du feu, remplit ma tasse, me donna des gimblettes au sésame qu'il avait apportées et du halva au miel qu'il savait être mon régal.

— Je t'ai apporté une grande boîte de halva comme cadeau ! me dit-il avec tendresse. Je ne t'ai pas oublié. Tiens, j'ai pris aussi un petit sac de cacahuètes pour le perroquet. Je n'ai oublié personne. Tu vois que j'ai la tête bien en place, patron !

Je mangeai des gimblettes et du halva, bus le café, assis par terre. Zorba dégustait lui aussi son café, fumait, me regardait et ses yeux me fascinaient comme ceux d'un serpent.

— Tu as résolu le problème qui te tourmentait, vieux sacripant ? lui demandai-je en adoucissant ma voix.

— Quel problème, patron ?

— Si la femme est ou n'est pas un être humain.

— Oh ! là ! là ! c'est fini ça ! répondit Zorba en agitant sa grosse patte. C'est un être humain elle aussi, un être humain comme nous autres — et pire ! Quand elle voit ton porte-monnaie, elle a le vertige, elle se colle à toi, elle perd sa liberté et elle est ravie de la perdre, parce que, tu vois, derrière, il y a le porte-monnaie qui brille. Mais bien vite... Laisse tomber tout ça, patron !

Il se leva et jeta sa cigarette par la fenêtre.

— Maintenant, parlons en homme, dit-il. Voilà la Semaine Sainte qui arrive, on a le câble, il est temps de monter au monastère trouver les gros lards et signer les papiers pour la forêt... Avant qu'ils voient le téléférique et qu'ils se montent la tête, tu comprends ? Le temps passe, patron, ce n'est pas des choses à faire de rester là à flemmarder, il faut récolter quelque chose maintenant, il faut que les bateaux viennent charger, pour compenser les dépenses... Ce voyage à Candie a coûté gros. Le diable, tu vois...

Il se tut. J'eus pitié de lui. Il était comme un enfant qui,

(1) Briki : petit récipient en tronc de cône où l'on prépare le café.

ayant fait des sottises et ne sachant plus comment les réparer, tremble de tout son petit cœur.

« Honte à toi, me criai-je à moi-même, est-ce qu'on laisse trembler de crainte une âme comme celle-là ? Lève-toi, où trouveras-tu jamais un autre Zorba ? Lève-toi, prends l'éponge et efface tout ! »

— Zorba, éclatai-je, laisse le diable, nous n'avons pas besoin de lui ! Choses passées, choses oubliées. Prends le santouri !

Il ouvrit les bras, comme s'il voulait de nouveau m'étreindre. Mais il les referma, hésitant encore.

En une enjambée, il fut au mur. Il se haussa sur la pointe des pieds et décrocha le santouri. Au moment où il s'approcha de la lumière de la lampe à huile, je vis ses cheveux : ils étaient noirs comme du cirage.

— Dis donc, salopard, criai-je, qu'est-ce que c'est que ces cheveux-là ? D'où les sors-tu ?

Zorba se mit à rire.

— Je les ai teints, patron, ne te frappe pas, je les ai teints, les traîtres...

— Pourquoi ?

— Par amour-propre, pardi ! Un jour, je me baladais avec Lola en la tenant par le bras. C'est-à-dire pas... tiens, comme ça, juste du bout des doigts ! Voilà qu'un sacré galopin, un morveux haut comme trois pommes, se met à nous houspiller. « Eh ! le vieux, qu'il se met à crier, l'enfant de putain, eh ! le vieux où est-ce que tu la conduis, ta petite-fille ? »

« Lola, tu comprends, elle a eu honte, et moi aussi. Et pour ne pas qu'elle ait honte à cause de moi, je suis allé le soir même chez le coiffeur pour me faire noircir la perruque.

Je me mis à rire. Zorba me regarda gravement.

— Ça te paraît rigolo, patron ? Pourtant, tiens, écoute voir la drôle de chose que nous sommes. Depuis ce jour-là, je suis devenu un autre homme. On dirait, et je l'ai cru moi-même, que j'ai les cheveux noirs pour de vrai — tu vois, on oublie facilement ce qui ne nous convient pas — et je te jure, mes forces ont augmenté. Lola aussi s'en est aperçue. Et un élancement que j'avais ici dans les reins, tu te rappelles ? Ça y est, c'est fini ! Tu ne me crois pas. Ces choses-là, tu vois, tes bouquins ne l'écrivent pas...

Il eut un rire ironique, mais se repentit aussitôt :

— Excuse-moi, patron, dit-il. Moi, le seul livre que j'aie lu de ma vie, c'est *Sindbad le Marin,* et pour le profit que j'en ai tiré...

Il décrocha le santouri, le dévêtit tendrement, lentement.

— Allons dehors, dit-il. Ici, entre ces quatre murs, le santouri n'est pas à son aise. C'est une bête sauvage, il lui faut de l'espace.

Nous sortîmes. Les étoiles battaient le briquet. La voie lactée coulait d'un bout à l'autre du ciel. La mer bouillonnait.

Nous nous assîmes sur les galets. Les vagues nous léchaient la plante des pieds.

— Quand on est dans la mouise, il faut se donner du bon temps, dit Zorba. Alors, quoi ! Elle se figure qu'elle va nous faire baisser pavillon ? Viens ici, santouri !

— Un air macédonien, de ton pays, Zorba, dis-je.

— Un air crétois, de ton pays à toi ! fit Zorba. Je vais te chanter un couplet qu'on m'a appris à Candie, et, depuis que je le connais, ma vie a changé.

Il réfléchit un instant :

— Non, elle n'a pas changé, dit-il, mais maintenant je comprends que j'avais raison.

Il posa ses gros doigts sur le santouri et tendit le cou. Sa voix sauvage, rauque, douloureuse, s'éleva :

Quand tu prends une décision, n'aie pas peur, en avant !
Lâche la bride à ta jeunesse, ne la ménage pas !

Les soucis s'éparpillèrent, les humbles ennuis s'enfuirent, l'âme atteignit sa propre cime. Lola, le lignite, le téléférique, « l'éternité », les petits tracas et les grands, tout cela devint une fumée bleue qui se dissipa dans les airs et il ne resta plus qu'un oiseau d'acier, l'âme humaine qui chantait.

— Je te fais cadeau de tout, Zorba ! criai-je quand s'acheva la fière chanson ; tout ce que tu as fait, je t'en fais cadeau — la chanteuse, tes cheveux teints, l'argent que tu as dépensé, tout, tout ! Chante encore !

Il dressa de nouveau son cou décharné :

Hardi, nom de nom, vas-y, advienne que pourra !
Ou tu manqueras ton coup ou bien tu gagneras !

Une dizaine d'ouvriers qui dormaient près de la mine entendirent les chansons. Ils se levèrent, descendirent furtivement et se tapirent autour de nous. Ils écoutaient leur air préféré et se sentaient des fourmis dans les jambes.

Et brusquement, incapables de se retenir plus longtemps, ils surgirent de l'obscurité, à moitié nus, ébouriffés, avec leurs braies bouffantes, firent cercle autour de Zorba et du santouri et se mirent à danser sur les gros galets.

Empoigné, je les regardais en silence :

« Le voilà, pensai-je, le vrai filon que je cherchais. Je n'en veux pas d'autre. »

Le lendemain, avant le jour, les galeries résonnaient des coups de pics et des cris de Zorba. Les ouvriers travaillaient avec frénésie. Seul Zorba pouvait les entraîner ainsi. Avec lui, le travail devenait vin, chant, amour et ils s'enivraient. La terre prenait vie dans ses mains. Les pierres, le charbon, le bois, les ouvriers adoptaient son rythme, une guerre éclatait dans les galeries, sous la lumière blanche de l'acétylène et Zorba allait de l'avant et luttait corps à corps. Il donnait un nom à chacune des galeries et à chacun des filons, il donnait un visage aux forces sans visage et, dès lors, il leur devenait difficile de lui échapper.

« Quand je sais, disait-il, que, celle-là, c'est la galerie Canavaro (il avait ainsi baptisé la première galerie) je suis tranquille. Je la connais par son nom, elle n'oserait pas me jouer un sale tour. Pas plus que la « Mère Supérieure », ni la « Cagneuse », ni la « Pissouse ». Je les connais toutes, je te dis, et chacune par son nom. »

Je m'étais, ce jour-là, glissé dans la galerie sans qu'il m'aperçût.

— Hardi ! Hardi ! criait-il aux ouvriers, selon son habitude quand il était en pleine fougue. En avant ! les gars, on aura la montagne ! On est des hommes, hein ! des bêtes féroces, le bon Dieu nous voit et il a la frousse. Vous, les Crétois, moi, le Macédonien, on aura la montagne, ce n'est pas elle qui nous aura ! La Turquie, on l'a eue, hein, alors, est-ce que cette montagne de rien du tout va nous faire peur ? En avant !

Quelqu'un arrivait en courant vers Zorba. A la lumière de l'acétylène, je distinguai le museau étroit de Mimitho.

— Zorba, fit-il de sa voix bredouillante, Zorba...

Mais celui-ci, se retournant, vit Mimitho et comprit. Il leva sa grosse main :

— Fous-moi le camp ! cria-t-il, déguerpis !

— Je viens de la part de madame... commença l'idiot.

— Fous-moi le camp, je te dis ! On a du travail !

Mimitho prit ses jambes à son cou. Zorba cracha, exaspéré.

— Le jour, c'est pour le travail, dit-il. Le jour, c'est un homme. La nuit, c'est pour faire la fête. La nuit, c'est une femme. Il ne faut pas tout mélanger !

A ce moment, je m'avançai.

— Les amis, dis-je, il est midi, il est temps de cesser le travail pour casser la croûte.

Zorba se retourna ; me vit, et se renfrogna :

— Avec ta permission, patron, dit-il, laisse-nous. Va déjeuner, toi. On a perdu douze jours, il faut qu'on récupère. Bon appétit !

Je sortis de la galerie et descendis vers la mer. J'ouvris le livre que je tenais. J'avais faim, j'oubliai ma faim. « C'est aussi une mine, que la méditation, pensai-je... Allons ! » et je me plongeai dans les grandes galeries du cerveau.

Un livre inquiétant sur les montagnes couvertes de neige du Thibet, les mystérieux monastères, les moines silencieux avec leurs robes jaunes, qui, concentrant leur volonté, obligent l'éther à prendre la forme de leurs désirs.

De hauts sommets, un air peuplé d'esprits. Le vain bourdonnement du monde ne parvient pas là-haut. Le grand ascète emmène ses élèves, des garçons de seize à dix-huit ans, et les conduit à minuit jusqu'à un lac glacé de la montagne. Ils se déshabillent, brisent la glace, plongent leurs vêtements dans l'eau glacée, les réendossent et les laissent sécher sur leur peau. Ils les replongent, les font sécher de nouveau, cela sept fois. Après quoi ils reviennent au monastère pour l'office du matin.

Ils montent sur un sommet, à cinq, six mille mètres d'altitude. Ils s'assoient tranquillement, respirent profondément, régulièrement, le torse nu et ils n'ont pas froid. Ils tiennent un gobelet d'eau glacée entre leurs paumes, le regardent, se concentrent, projettent leur force sur l'eau glacée et l'eau bout. Puis ils préparent leur thé.

Le grand ascète rassemble autour de lui ses élèves et leur dit :

« Malheur à celui qui n'a pas en lui la source du bonheur !

« Malheur à celui qui veut plaire aux autres !

« Malheur à celui qui ne sent pas que cette vie et l'autre ne font qu'un ! »

La nuit était tombée, je n'y voyais plus assez pour lire. Je fermai le livre et regardai la mer. « Il faut, pensai-je, il faut que je me délivre de tous mes fantômes... Malheur, m'écriai-je, à celui qui ne peut se délivrer des Bouddhas, des dieux, des patries, des idées ! »

La mer était soudain devenue noire. La jeune lune dégringolait vers son couchant. Au loin, dans les jardins, des chiens hurlaient tristement et toute la ravine aboyait.

Zorba apparut, barbouillé, tout crotté ; sa chemise pendait, en loques.

Il s'accroupit près de moi.

— Ça a bien marché, aujourd'hui, dit-il satisfait, on a fait du bon boulot.

J'entendais les paroles de Zorba sans pouvoir en saisir le sens. Mon esprit était encore sur de lointains et mystérieux rochers abrupts.

— A quoi tu penses, patron ? Tu es ailleurs.

Je ramenai mon esprit et me retournai. Je regardai mon compagnon, hochai la tête.

— Zorba, répondis-je, tu te figures être un formidable Sindbad le Marin, et tu fais le faraud parce que tu as bourlingué de par le monde. Et tu n'as rien vu, rien, rien, rien, malheureux ! Moi non plus d'ailleurs. Le monde est beaucoup plus vaste que nous ne le croyons. Nous voyageons, parcourons les terres et les mers, et nous n'avons pas encore mis le nez au-delà du seuil de notre maison.

Zorba plissa les lèvres, mais ne dit rien. Il grogna seulement, comme un chien fidèle quand on le frappe.

— Il existe des montagnes, poursuivis-je, très hautes, immenses, couvertes de monastères. Et dans ces monastères vivent des moines en robes jaunes. Ils restent assis, jambes croisées, un mois, deux mois, six mois, et ils ne pensent qu'à une seule et unique chose. Une seule, tu entends ? Pas deux, une ! Ils ne pensent pas, comme nous, à la femme et au lignite ou aux livres et au lignite : ils concentrent leur esprit sur une seule et même chose, et ils font des miracles. C'est comme ça qu'arrivent les miracles. Tu as vu, Zorba, quand tu mets une loupe au soleil et que tu rassembles tous les rayons sur un seul point ? Ce point-là prend bientôt feu. Pourquoi ? Parce que la force du soleil ne s'est pas éparpillée, elle s'est rassemblée tout entière sur ce seul point. De même l'esprit de l'homme. On fait des miracles en concentrant son esprit sur une seule et même chose. Tu comprends, Zorba ?

Zorba avait le souffle court. Un moment, il se secoua comme s'il voulait s'enfuir. Mais il se contint.

— Continue, grogna-t-il d'une voix étranglée.

Mais aussitôt il se dressa d'un bond, tout droit.

— Tais-toi ! Tais-toi ! cria-t-il, pourquoi est-ce que tu me dis ça, patron ? Pourquoi est-ce que tu m'empoisonnes le cœur ? J'étais bien, ici, pourquoi tu me bouscules ? J'avais faim, et le bon Dieu ou le diable (que je sois pendu si je fais la différence) m'ont jeté un os et je le léchais. Et j'agitais la queue en criant : « Merci ! Merci ! » Maintenant...

Il frappa du pied, me tourna le dos, fit un mouvement

comme pour aller vers la baraque, mais il bouillait encore. Il s'arrêta.

— Pff ! le bel os... rugit-il. Une sale vieille chanteuse ! Une sale vieille barcasse !

Il prit une poignée de galets qu'il jeta dans la mer.

— Mais qui est-ce, cria-t-il, qui est-ce, celui qui nous jette les os ?

Il attendit un peu et, n'entendant venir aucune réponse, il s'énerva.

— Tu ne dis rien, patron ? cria-t-il. Si tu le sais, dis-le-moi, que je connaisse son nom, moi aussi, et ne t'en fais pas, je te l'arrangerai proprement ! Mais comme ça, au hasard, de quel côté aller ? Je me casserai la figure.

— J'ai faim, dis-je. Occupe-toi de faire la cuisine. Mangeons d'abord !

— On ne peut même pas tenir un soir sans manger, patron ? Moi j'avais un oncle qui était moine et les jours de semaine il ne mangeait rien que de l'eau et du sel. Le dimanche et aux grandes fêtes, il ajoutait un peu de son. Eh bien, il a vécu cent vingt ans.

— Il a vécu cent vingt ans, Zorba, parce qu'il croyait. Il avait trouvé son Dieu, il n'avait aucun souci. Mais nous, Zorba, nous n'avons pas de Dieu pour nous nourrir, alors, allume le feu, nous avons quelques daurades. Fais une soupe chaude, épaisse, avec beaucoup d'oignons et de poivre, comme nous l'aimons. Après on verra.

— Qu'est-ce qu'on verra ? fit Zorba enragé. Quand on aura le ventre plein, on oubliera tout ça.

— C'est bien ce que je veux ! C'est ça la valeur de la nourriture, Zorba. Allez, vas-y, fais-nous une soupe de poissons, mon vieux, sinon notre tête va éclater !

Mais Zorba ne bougeait pas. Il restait là, immobile, à me regarder.

— Écoute, patron, fit-il, je connais tes projets. Tiens, tout à l'heure, pendant que tu me parlais, j'ai eu comme qui dirait un éclair, j'ai vu !

— Et quels sont mes projets, Zorba ? demandai-je intrigué.

— Tu veux bâtir un monastère, voilà ! un monastère où

tu mettras, au lieu de moines, quelques gratte-papier dans le genre de ta seigneurie, qui passeront leur temps à gribouiller jour et nuit. Et puis, comme aux saints qu'on voit sur les images, il vous sortira de la bouche des rubans imprimés. Hein, j'ai deviné ?

Je baissai la tête, attristé. Anciens rêves de jeunesse, larges ailes qui ont perdu leurs plumes, naïfs, généreux, nobles désirs... Construire une communauté spirituelle, nous y enfermer à une dizaine de camarades — musiciens, peintres, poètes... — travailler tout le jour, ne nous rencontrer que le soir, manger, chanter ensemble, lire, poser les grandes questions, démolir les vieilles réponses. J'avais déjà rédigé le règlement de la communauté. J'avais même trouvé l'édifice, à saint-Jean-le-Chasseur, dans un col de l'Hymette...

— J'ai deviné ! fit Zorba, tout content, en me voyant silencieux.

— Eh bien, alors, je vais te demander une faveur, saint Higoumène : dans ce monastère-là, tu me prendras comme portier, pour que je fasse de la contrebande et que je laisse passer de temps en temps certaines choses bizarres : femmes, mandolines, dames-jeannes de raki, petits cochons rôtis... Tout ça pour ne pas que tu gaspilles ta vie rien que dans les fariboles !

Il rit et se dirigea vivement vers la baraque. Je courus derrière lui. Il nettoya les poissons sans desserrer les dents. Moi, j'apportai du bois, j'allumai le feu. La soupe prête, nous prîmes nos cuillers et nous nous mîmes à manger à même la marmite.

Nous ne parlions ni l'un ni l'autre. Nous n'avions rien mangé de toute la journée et nous avalions voracement. Nous bûmes du vin et retrouvâmes la gaieté. Zorba ouvrit la bouche :

— Ça serait rigolo, patron, de voir s'amener maintenant dame Bouboulina ! Il ne manquerait plus qu'elle. Et pourtant, tu veux que je te dise, entre nous, patron, je me suis langui d'elle, nom d'un chien !

— Tu ne demandes pas maintenant qui te jette cet os-là ?

— Qu'est-ce que ça peut bien te fiche, patron ? C'est une puce dans un tas de foin. Prends l'os et ne t'occupe pas de la main qui le jette. Est-ce qu'il a du goût ? Est-ce qu'il y a un peu de viande dessus ? Voilà la question. Tout le reste...

— La nourriture a accompli son miracle ! dis-je en frappant sur l'épaule de Zorba. Le corps affamé s'est calmé ? Alors, l'âme qui interrogeait s'est calmée aussi. Apporte le santouri !

Mais au moment où Zorba se levait, on entendit des petits pas pressés et pesants sur les galets. Les narines poilues de Zorba palpitèrent.

— Quand on parle du loup on voit sa queue ! dit-il à voix basse en se tapant sur les cuisses. La voilà ! La chienne a flairé dans l'air une odeur de Zorba et elle s'amène.

— Moi, je m'en vais, dis-je en me levant. Ça m'ennuie. Je vais aller faire un tour. Débrouillez-vous !

— Bonne nuit, patron !

— Et n'oublie pas, Zorba ! Tu lui as promis le mariage, ne me fais pas mentir.

Zorba soupira.

— Encore me marier, patron ? J'en ai marre !

L'odeur de savon de toilette se rapprochait.

— Courage, Zorba !

Je sortis précipitamment. J'entendais déjà au-dehors le halètement de la vieille sirène.

17

LE lendemain, dès l'aube, la voix de Zorba me tira de mon sommeil.

— Qu'est-ce qui te prend de si bonne heure, pourquoi cries-tu ?

— Ce n'est pas sérieux, ça, patron, dit-il en remplissant sa musette de victuailles. J'ai amené deux mulets, lève-toi, on va aller au monastère signer les papiers pour mettre en train le téléférique. Il n'y a qu'une chose qui fait peur au lion : c'est le pou. Les poux vont nous bouffer, patron !

— Pourquoi traites-tu de pou la pauvre Bouboulina ? dis-je en riant.

Mais Zorba fit la sourde oreille.

— Allons, dit-il, avant que le soleil soit trop haut.

J'avais le plus vif désir de me promener dans la montagne, de sentir l'odeur des pins. Nous enfourchâmes nos bêtes et commençâmes l'ascension. Nous nous arrêtâmes un peu à la mine où Zorba fit ses recommandations aux ouvriers : piocher la « Mère Supérieure », creuser la rigole dans la « Pissouse » pour évacuer l'eau, nettoyer « Canavaro ».

Le jour resplendissait, tel un diamant de belle eau. A mesure que nous nous élevions, l'âme s'élevait aussi, se purifiait. J'éprouvais, une fois de plus, l'influence sur l'âme de l'air pur, de la respiration légère, du vaste horizon. On dirait que l'âme est, elle aussi, un animal avec des poumons et des narines, qu'elle a besoin de beaucoup d'oxygène et qu'elle étouffe dans la poussière et parmi les trop nombreuses haleines.

Le soleil était déjà haut quand nous entrâmes dans la forêt de pins. L' air y sentait le miel. Le vent soufflait au-dessus de nous, bruissant comme une mer.

Zorba, durant le trajet, observait l'inclinaison de la montagne. Par la pensée, il enfonçait des poteaux tous les quelques mètres, levait les yeux et voyait déjà le câble briller au soleil et descendre tout droit jusqu'au rivage. Accrochés au câble, les troncs abattus glissaient, en sifflant, comme des flèches.

Il se frottait les mains :

— Bonne affaire ! disait-il, une affaire d'or. On va ramasser le fric à la pelle et on fera ce qu'on a dit.

Je le regardai, étonné.

— Hé, tu fais comme si tu avais oublié ! Avant de construire notre monastère, on partira pour la grande montagne. Comment tu l'appelles ? Thèbes ?

— Thibet, Zorba, Thibet... Mais rien que nous deux. Cet endroit-là ne supporte pas de femmes.

— Et qui te parle de femmes ? Et, après tout, elles sont bien utiles, les pauvrettes, ne dis pas de mal d'elles ; bien utiles quand l'homme n'a pas un travail d'homme à faire : extraire du charbon, prendre des villes d'assaut, parler au bon Dieu. Qu'est-ce qu'il lui reste à faire dans ce cas-là pour ne pas crever ? Il boit du vin, il joue aux dés, il caresse les femmes. Et il attend... Il attend que son heure vienne — si elle vient.

Il se tut un moment.

— Si elle vient ! répéta-t-il irrité, car peut-être bien qu'elle ne viendra jamais.

Et un instant après :

— Ça ne peut plus durer comme ça, patron, dit-il ; ou bien il faut que la terre rapetisse, ou bien que moi je grandisse. Autrement, je suis foutu !

Un moine apparut entre les pins, rouquin, le teint jaunâtre, les manches retroussées, un bonnet de bure rond sur la tête. Il tenait une baguette de fer, frappait la terre et marchait à grands pas. Quand il nous vit, il s'arrêta, et, levant sa canne :

— Où allez-vous, mes braves ? demanda-t-il.

— Au monastère, répondit Zorba, on va faire nos dévotions.

— Retournez sur vos pas, chrétiens ! cria le moine, tandis que ses yeux d'un bleu lavé rougissaient. Retournez sur vos pas, par le bien que je vous veux ! Ce n'est pas le verger de la Vierge, le monastère : c'est le jardin de Satan. Pauvreté, humilité, chasteté, la couronne du moine à ce qu'on dit ! Hi ! Hi ! Hi ! Allez-vous-en, je vous dis. Argent, orgueil, puceaux ! la voilà, leur sainte Trinité.

— C'est un marrant, celui-là, patron, me souffla Zorba enchanté.

Il se pencha vers lui :

— Comment tu t'appelles, frère moine ? demanda-t-il. Et quel vent te pousse ?

— Je m'appelle Zaharia. J'ai fait mon paquet et je m'en vais. Je m'en vais, je m'en vais, ce n'est plus tenable ! Fais-moi la faveur de me dire ton nom, pays.

— Canavaro.

— Ce n'est plus tenable, frère Canavaro. Toute la nuit le Christ gémit et m'empêche de dormir. Et moi je gémis avec lui et alors l'Higoumène — qu'il aille rôtir dans les flammes de l'Enfer ! — m'a fait appeler ce matin de bonne heure :

« — Eh bien, Zaharia, qu'il me dit, tu ne laisses pas les frères dormir ? Je vais te chasser.

« — C'est moi qui ne les laisse pas dormir, je lui fais, c'est moi ou bien le Christ ? C'est lui qui gémit !

« Alors il a levé sa crosse, l'antéchrist, et, tenez, regardez ! »

Il enleva son bonnet de moine et découvrit une plaque de sang caillé dans ses cheveux.

— Alors j'ai secoué la poussière de mes souliers et je suis parti.

— Reviens avec nous au monastère, dit Zorba, et moi je te réconcilierai avec l'Higoumène. Viens, tu nous tiendras aussi compagnie et tu nous montreras le chemin. C'est le Ciel qui t'envoie.

Le moine réfléchit un instant. Son regard brilla.

— Qu'est-ce que vous me donnerez ? dit-il enfin.

— Qu'est-ce que tu veux ?

— Un kilo de morue salée et une bouteille de cognac.

Zorba se pencha et le regarda :

— Est-ce que par hasard tu n'aurais pas quelque diable en toi, Zaharia ? dit-il.

Le moine sursauta :

— Comment as-tu deviné ? demanda-t-il, ahuri.

— Je viens du mont Athos, répondit Zorba, et j'en connais un bout là-dessus !

Le moine baissa la tête. Sa voix s'entendait à peine :

— Oui, répondit-il, j'en ai un.

— Et il voudrait de la morue et du cognac, hein ?

— Oui, le trois-fois-maudit !

— Eh bien, d'accord ! Il fume aussi ?

Zorba lui lança une cigarette dont il s'empara avec rapacité.

— Il fume, il fume, la peste l'étouffe ! dit-il.

Et il sortit de sa poche une pierre à briquet avec une mèche, alluma la cigarette et aspira de tous ses poumons.

— Au nom du Christ ! dit-il.

Il leva sa canne de fer, fit volte-face et ouvrit la marche.

— Et comment il s'appelle, ton diable ? interrogea Zorba en me clignant de l'œil.

— Joseph ! répondit le moine sans se retourner.

La compagnie de ce moine demi-fou ne me plaisait pas. Un cerveau infirme, comme un corps infirme, provoque chez moi, tout à la fois, compassion et dégoût. Mais je ne disais rien. Je laissais Zorba faire ce que bon lui semblait.

L'air pur nous ouvrit l'appétit. Nous nous installâmes sous un pin gigantesque et ouvrîmes la musette. Le moine se pencha avec avidité, fouillant des yeux ce qu'elle contenait.

— Hé, hé ! cria Zorba, ne te pourlèche pas d'avance, Zaharia ! C'est Lundi Saint aujourd'hui. Nous, on est des francs-maçons, on mangera un peu de viande, un poulet, Dieu me pardonne ! Mais on a aussi du halva et des olives pour ta sainteté, tiens !

Le moine caressa sa barbe crasseuse :

— Moi, dit-il avec contrition, moi Zaharia, je jeûne ; je mangerai des olives et du pain et je boirai de l'eau fraîche... Mais Joseph, comme un diable qu'il est, il mangera un peu de viande, mes frères ; il aime beaucoup le poulet et il boira du vin à votre gourde, le damné !

Il fit un signe de croix, engloutit voracement du pain, des olives, du halva, s'essuya du revers de la main, but de l'eau, puis fit un autre signe de croix comme s'il avait terminé son repas.

— Maintenant, dit-il, c'est le tour du trois-fois-maudit Joseph...

Et il se jeta sur le poulet.

— Mange, damné ! murmurait-il furieusement, en attrapant de grosses bouchées, mange !

— Bravo, moine ! fit Zorba enthousiasmé, tu as deux cordes à ton arc, à ce que je vois.

Il se tourna vers moi :

— Comment tu le trouves, patron ?

— Il te ressemble, répondis-je en riant.

Zorba donna au moine la gourde de vin :

— Joseph, bois un coup !

— Bois, damné ! fit le moine qui se saisit de la gourde et y colla sa bouche.

Le soleil chauffait dur, nous nous enfonçâmes un peu plus à l'ombre. Le moine sentait la sueur aigre et l'encens. Il se liquéfiait en plein soleil et Zorba l'entraîna à l'ombre pour qu'il n'empestât pas trop.

— Comment es-tu devenu moine ? lui demanda Zorba qui avait bien mangé et éprouvait le besoin de bavarder.

Le moine ricana :

— Tu crois peut-être que c'est par sainteté ? Tu parles ! C'est par misère, mon frère, par misère. Comme je n'avais rien à manger, je me suis dit comme ça : tu n'as qu'à entrer au monastère pour ne pas crever de faim !

— Et tu es content ?

— Dieu soit loué ! Je soupire souvent, mais ne fais pas attention. Je ne soupire pas après la terre ; celle-là je l'emm..., faites excuse, et tous les jours je l'emm... Mais je soupire après le ciel. Je raconte des blagues, je fais des cabrioles, les moines rigolent en me voyant. Ils disent que je suis possédé et ils m'injurient. Mais moi je me dis : « Ce n'est pas possible, c'est sûr que le bon Dieu aime la rigolade. Entre, mon polichinelle, entre, mon petit ! qu'il me dira un jour. Viens me faire rire ! » Comme ça, tu vois, j'entrerai aussi au Paradis comme bouffon.

— Mon vieux, je crois que tu as bien la tête sur les épaules ! dit Zorba en se levant. Allons, il ne faut pas se laisser surprendre par la nuit !

De nouveau, le moine ouvrit la marche. Tout en escaladant la montagne, il me semblait gravir en moi des paysages psychiques, passer de vils soucis à d'autres plus élevés, de commodes vérités de plaine à des théories abruptes.

Soudain, le moine s'arrêta :

— Notre-Dame de la Vengeance ! dit-il en nous montrant une petite chapelle surmontée d'une gracieuse coupole ronde.

Il se prosterna et fit le signe de la croix.

Je mis pied à terre et entrai dans le frais oratoire. Dans une encoignure, une vieille icône noircie par la fumée, chargée d'ex-voto : minces plaques d'argent sur lesquelles étaient grossièrement gravés des pieds, des mains, des yeux, des cœurs... Une veilleuse d'argent brûlait devant l'icône, inextinguible.

Je m'approchai en silence : une farouche madone guerrière au cou ferme, au regard austère et inquiet de vierge, tenant, non l'enfant divin, mais une longue lance toute droite.

— Malheur à celui qui touche au monastère ! dit le moine avec terreur. Elle se jette sur lui et le transperce de sa lance. Dans les temps anciens, les Algériens sont venus et ont brûlé le monastère. Mais attends, tu vas voir ce que ça leur a coûté, les mécréants : au moment où ils passaient devant cette chapelle, la Sainte Vierge s'élance de l'icône et se précipite dehors. Et allez, la voilà qui se met à frapper avec sa lance, frappe par-ici, frappe par-là ; elle les a tous tués. Mon grand-père se rappelait encore leurs ossements qui prenaient toute la forêt. Depuis ce temps-là, on l'a appelée Notre-Dame de la Vengeance. Avant on l'appelait de la Miséricorde.

— Et pourquoi elle n'a pas fait son miracle avant qu'ils brûlent le monastère, pater Zaharia ? demanda Zorba.

— Ce sont les volontés du Très-Haut ! répondit le moine qui se signa trois fois.

— Bougre de Très-Haut ! murmura Zorba en remontant en selle. En route !

Au bout d'un moment, sur un plateau, apparut, entouré de rochers et de pins, le monastère de la Vierge. Serein, souriant, isolé du monde, au creux de cette haute gorge verte, harmonisant profondément la noblesse du sommet et la douceur de la plaine, ce monastère m'apparut comme un refuge merveilleusement choisi pour le recueillement humain.

« Ici, pensai-je, une âme sobre et douce pourrait donner à l'exaltation religieuse la taille de l'homme. Ni un sommet escarpé et surhumain, ni une voluptueuse et paresseuse plaine, mais tout juste ce qu'il faut pour que l'âme s'élève sans perdre sa douceur humaine. Un tel site, me disai-je, ne façonne ni des héros ni des pourceaux. Il façonne des hommes. »

Ici cadrerait parfaitement un gracieux temple de la Grèce antique ou une joyeuse mosquée musulmane. Dieu doit descendre ici dans sa simple mise humaine. Il doit marcher pieds nus sur l'herbe printanière et deviser tranquillement avec les hommes.

Quelle merveille, quelle solitude, quelle félicité ! murmurai-je.

Nous mîmes pied à terre, passâmes la porte en plein cintre, montâmes au parloir où l'on nous apporta le plateau traditionnel avec du raki, de la confiture et du café. Le père hospitalier arriva, les moines nous entourèrent, on commença à parler. Des yeux malins, des lèvres insatiables, des barbes, des moustaches, des aisselles sentant le bouc.

— Vous n'avez pas apporté un journal ? demanda un moine anxieux.

— Un journal ? fis-je étonné. Qu'en feriez-vous ici ?

— Un journal, frère, pour voir ce que devient le monde ! crièrent deux ou trois moines indignés.

Agrippés aux barreaux du balcon, ils croassaient comme des corbeaux. Ils parlaient de l'Angleterre, de la Russie, de Venizelos, du roi, avec passion. Le monde les avait bannis, ils n'avaient pas, eux, banni le monde. Ils avaient les yeux pleins de grandes villes, de boutiques, de femmes, de journaux...

Un moine replet et poilu se leva en reniflant.

— J'ai quelque chose à te montrer, me dit-il, tu me diras ce que tu en penses, toi aussi. Je vais le chercher.

Il s'en alla, ses courtes mains poilues sur son ventre, en traînant ses pantoufles de drap et disparut derrière la porte.

Les moines ricanèrent méchamment.

— Pater Dométios, dit le père hospitalier, va encore apporter sa nonne d'argile. Le diable l'avait fourrée dans la terre à son intention et un jour que Dométios bêchait le jardin, il l'a trouvée. Il l'a apportée dans sa cellule et depuis, le pauvre homme a perdu le sommeil. Il n'est pas loin de perdre aussi la tête.

Zorba se leva. Il étouffait.

— On est venus pour voir le saint Higoumène, dit-il, et pour signer des papiers.

— Le saint Higoumène n'est pas là, répondit le père hospitalier, il est allé ce matin au village. Prends patience.

Pater Dométios reparut, ses deux mains tendues et jointes comme s'il portait le saint calice.

— Voilà ! dit-il en entrouvrant les mains avec précaution.

Je m'approchai. Une toute petite statuette de Tanagra souriait, coquette, à moitié nue, dans les paumes grasses du moine. De la main qui lui restait, elle se tenait la tête.

— Pour qu'elle montre sa tête, dit Dométios, ça veut dire qu'elle a dedans une pierre précieuse, peut-être un diamant, ou une perle. Qu'est-ce que tu en penses ?

— Moi, je pense, interrompit un moine fielleux, qu'elle a mal à la tête.

Mais le gros Dométios, les lèvres pendantes comme celles d'un bouc, me regardait et attendait impatient.

— Je suis d'avis de la casser pour voir, dit-il. Je ne peux plus fermer l'œil... S'il y avait dedans un diamant ?

Je regardais la gracieuse jeune fille avec ses tout petits seins fermes, exilée ici parmi les odeurs d'encens et les dieux crucifiés qui maudissaient la chair, le rire et le baiser.

Ah ! si je pouvais la sauver !

Zorba prit la statuette d'argile, palpa le mince corps de femme, ses doigts s'arrêtèrent frémissants sur les seins pointus et fermes.

— Mais tu ne vois donc pas, bon moine, dit-il, que c'est le diable ? C'est lui en personne, il n'y a pas à se tromper. Ne t'en fais pas, je le connais bien moi, le maudit. Regarde sa poitrine, pater Dométios, ronde, ferme, fraîche. C'est comme ça qu'elle est la poitrine du diable, j'en sais quelque chose !

Un jeune moine apparut sur le seuil. Le soleil éclaira ses cheveux dorés et son visage rond et duveteux.

Le moine à la langue de vipère cligna de l'œil au père hospitalier. Ils eurent tous deux un sourire malicieux.

— Pater Dométios, dirent-ils, ton novice, Gabriel.

Le moine saisit aussitôt la petite femme d'argile et se dirigea vers la porte, roulant comme un tonneau. Le beau novice allait devant, en silence, d'un pas balancé. Tous deux disparurent dans le long corridor délabré.

Je fis un signe à Zorba et nous sortîmes. Il faisait une douce chaleur. Au milieu de la cour, un oranger en fleur embaumait. Près de lui, d'une antique tête de bélier en marbre, l'eau coulait en murmurant. Je mis ma tête dessous et me sentis rafraîchi.

— Dis donc, qu'est-ce que c'est que ces types-là ? fit Zorba avec dégoût. Ni hommes, ni femmes, des mulets. Pouah ! qu'ils aillent se faire pendre !

Il plongea aussi sa tête dans l'eau fraîche et se mit à rire :

— Pouah ! qu'ils aillent se faire pendre ! répéta-t-il. Ils ont tous un diable en eux. Il y en a un qui veut une femme, l'autre de la morue, l'autre des sous, l'autre des journaux... tas de cornichons ! Pourquoi est-ce qu'ils ne descendent pas dans le monde, pour se rassasier de tout ça et se purger la cervelle !

Il alluma une cigarette et s'assit sur le banc sous l'oranger en fleur.

— Moi, dit-il, quand j'ai envie de quelque chose, tu sais ce que je fais ? Je m'en gave jusqu'à l'écœurement pour en être débarrassé et ne plus y penser. Ou bien y penser avec des nausées. Quand j'étais môme, j'avais la folie des cerises. Je n'avais pas beaucoup de sous, je n'en achetais pas beaucoup à la fois, si bien qu'après les avoir mangées, j'en avais encore envie. Nuit et jour, je ne pensais qu'aux cerises, j'en bavais, un vrai supplice ! Mais un jour, je me suis mis en rogne, ou bien j'ai eu honte, je ne sais pas au juste ! J'ai senti que les cerises faisaient de moi ce qu'elles voulaient et que ça me rendait ridicule. Alors, qu'est-ce que je fais ? Je me lève la nuit à pas de loup, je fouille les poches de mon père, je trouve un medjidié (1) en argent, je le chipe et de bonne heure le matin je m'en vais chez un maraîcher. J'achète un panier de cerises, je m'installe dans un fossé et je commence à manger. J'en ai bouffé, bouffé, que j'en étais tout ballonné. Au bout d'un moment, mon estomac se met à me faire mal et je vomis. J'ai vomi, j'ai vomi, patron et depuis ce jour-là c'était fini avec les cerises. Je ne pouvais même plus les voir en peinture. J'étais délivré. Je les regardais et je disais : je n'ai pas besoin de vous ! J'ai fait la même chose plus tard avec le vin et le tabac. Je bois encore, je fume encore. Mais quand je veux, hap ! je coupe. Je ne suis pas dominé par la passion. Pour la patrie, c'est la même chose. J'en ai eu envie, je m'en suis fourré jusque-là, j'ai vomi et je m'en suis débarrassé.

— Et avec les femmes ? demandai-je.

— Leur tour viendra aussi, les garces, il viendra ! Mais quand j'aurai soixante-dix ans.

Il réfléchit un instant, cela lui parut peu.

— Quatre-vingts, corrigea-t-il. Ça te fait rire, patron, mais va, tu peux bien rire ! C'est comme ça que l'homme se libère, écoute bien ce que je te dis, c'est comme ça qu'il se libère : en se gavant de tout à en avoir par-dessus la tête, pas en se faisant ascète. Mon vieux, comment veux-tu te

(1) Medjidié : monnaie turque.

débarrasser du diable si tu ne deviens pas toi-même un diable et demi ?

Dométios, soufflant, apparut dans la cour, suivi du jeune moine blond.

— On dirait un ange en colère, murmura Zorba, admirant sa sauvagerie et sa grâce d'éphèbe.

Ils approchaient de l'escalier de pierre conduisant aux cellules supérieures. Dométios se retourna, regarda le moinillon et lui dit quelque chose. Le moinillon secoua la tête, comme s'il refusait. Mais aussitôt, il s'inclina avec soumission. Il passa son bras autour de la taille du vieux et ils montèrent lentement l'escalier.

— Tu piges ? me demanda Zorba. Tu piges ? Sodome et Gomorrhe !

Deux moines montrèrent leur nez. Ils se clignèrent de l'œil, chuchotèrent quelque chose, et se mirent à rire.

— Quelle méchanceté ! grogna Zorba. Les loups ne se mangent pas entre eux, mais les moines, si ! Regarde-les donc se mordre l'une l'autre.

— L'un l'autre, dis-je en riant.

— Mon vieux, ici, c'est du pareil au même, ne te casse pas la tête ! Des mulets, je te dis, patron ! Tu peux dire, selon ton humeur, Gabriel ou Gabriella, Dométios ou Dométia. Allons-nous-en, patron, signons les papiers en vitesse et allons-nous-en. Ici, ma parole, on finirait par se dégoûter à la fois des hommes et des femmes.

Il baissa la voix :

— J'ai aussi un projet..., dit-il.

— Encore quelque folie, Zorba. Tu trouves que tu n'en as pas fait assez ? Allez, dis-le, ton projet.

Zorba haussa les épaules :

— Comment te dire ça, patron ! Toi, sauf ton respect, tu es un brave type, un gars aux petits soins avec n'importe qui. Tu trouverais une puce à côté de ton édredon, l'hiver, que tu la mettrais dessous pour ne pas qu'elle attrape froid. Comment peux-tu comprendre un vieux brigand comme moi ? Moi, si je trouve une puce, tsak ! je l'écrase. Si je trouve un mouton, hap ! je lui coupe le cou, je le mets à la broche, et je m'en régale avec les copains. Tu me diras : il n'est pas à toi, ce mouton ! Je le reconnais. Mais laisse donc, vieux frère, qu'on le mange d'abord, et puis après, on causera et on discutera en toute tranquillité sur le « tien » et le « mien ». Toi, tu pourras parler tout ton soûl pendant que moi je me raclerai les dents avec une allumette.

La cour retentit de ses éclats de rire. Zaharia apparut, terrifié. Il posa un doigt sur ses lèvres et s'approcha sur la pointe des pieds :

— Chut ! fit-il, ne riez pas ! Tenez, là-haut, derrière la petite fenêtre ouverte, l'évêque travaille. C'est la bibliothèque. Il écrit. Il écrit toute la journée, le saint homme, ne criez pas !

— Tiens, justement je voulais te voir, pater Joseph ! fit Zorba, en prenant le moine par le bras. Allons dans ta cellule, on va causer un peu.

Et, se tournant vers moi :

— Toi, pendant ce temps-là, dit-il, va-t'en visiter l'église et regarder les vieilles icônes. Moi, j'attendrai l'Higoumène, il ne va pas tarder. Surtout, ne te mêle de rien, tu ferais du gâchis ! Laisse-moi faire, j'ai mon plan.

Il se pencha à mon oreille :

— On aura la forêt pour moitié prix... Ne dis rien !

Et il s'en alla précipitamment, donnant le bras au moine fou.

18

JE franchis le seuil de l'église et me plongeai dans le clair-obscur frais et parfumé.

L'église était déserte. Les candélabres de bronze luisaient faiblement, l'iconostase finement ouvragée occupait tout le fond, figurant une treille d'or chargée de grappes. Les murs, du haut en bas, étaient recouverts de fresques à demi effacées : d'effrayants ascètes squelettiques, les Pères de l'Église, la longue passion du Christ, des anges robustes et farouches, les cheveux serrés par de larges rubans déteints.

Tout en haut, sur la voûte, la Vierge, les bras étendus, implorante. La lumière tremblotante d'une lourde veilleuse d'argent qui brûlait devant elle léchait mollement et caressait son long visage tourmenté. Je n'oublierai jamais ses yeux douloureux, sa bouche plissée et arrondie, son menton fort et volontaire. Voici, me disais-je, la Mère parfaitement satisfaite, parfaitement heureuse, même dans sa plus torturante douleur, car elle sent que de ses entrailles périssables est sorti quelque chose d'immortel.

Quand je repassais le seuil de l'église, le soleil se couchait. Je m'assis sous l'oranger, heureux. Le dôme rosissait, comme si l'aube se levait. Les moines, retirés dans leurs cellules, se reposaient. La nuit, ils ne dormiraient pas, il leur fallait prendre des forces. Le Christ commencerait, ce soir, à gravir le Golgotha, et ils devraient y monter avec lui. Deux truies noires aux mamelles roses sommeillaient, étendues sous un caroubier. Les pigeons, sur les toits, s'accouplaient.

Jusqu'à quand, pensais-je, pourrai-je vivre et sentir cette douceur de la terre, de l'air, du silence et le parfum de l'oranger en fleur ? Une icône de saint Bacchus, que j'avais contemplée dans l'église, avait fait déborder mon cœur de bonheur. Tout ce qui m'émeut le plus profondément : l'unité dans le désir, la suite dans l'effort, se découvrit à nouveau devant moi. Bénie soit cette gracieuse petite icône de l'éphèbe chrétien avec ses cheveux bouclés tombant autour de son front comme des grappes noires. Dionysos, le beau dieu du vin et de l'extase, et saint Bacchus se mêlaient en moi, prenaient le même visage. Sous les feuilles de vigne et sous la robe de moine, palpitait le même corps frémissant, brûlé de soleil — la Grèce.

Zorba revint.

— L'Higoumène est arrivé, me jeta-t-il à la hâte, on a parlé un peu, il se fait tirer l'oreille : il ne veut pas céder la forêt pour un morceau de pain qu'il dit ; il demande plus, la fripouille, mais j'en viendrai à bout.

— Pourquoi tirer l'oreille ? Nous n'étions pas d'accord ?

— Ne te mêle de rien, patron, de grâce ! supplia Zorba. Tu vas tout gâcher. Te voilà en train de parler du vieil accord, ça c'est enterré ! Ne fronce pas les sourcils, c'est enterré, je te dis ! On aura la forêt pour moitié prix.

— Mais qu'est-ce que tu mijotes encore, Zorba ?

— Ne t'occupe pas, c'est mon affaire. Je vais mettre de l'huile sur la poulie et elle tournera, tu saisis ?

— Mais pourquoi ? Je ne comprends pas.

— Parce que j'ai dépensé plus qu'il ne fallait à Candie, voilà ! Parce que Lola m'a bouffé, c'est-à-dire t'a bouffé pas mal de galette. Tu te figures que j'ai oublié ? On a son amour-propre, qu'est-ce que tu crois ? Pas de taches sur ma réputation ! J'ai dépensé, je paye. J'ai fait le compte : Lola a coûté sept mille drachmes, je les rabattrai sur la forêt. C'est l'Higoumène, le monastère, la Sainte Vierge, qui vont payer pour Lola. C'est ça mon plan, il te plaît ?

— Pas du tout. En quoi la Sainte Vierge est-elle responsable de tes prodigalités ?

— Elle est responsable et plus que responsable, même. Elle, elle a fait son fils : le bon Dieu. Le bon Dieu m'a fait, moi, Zorba, et il m'a donné les instruments que tu sais. Et ces damnés instruments-là, ils me font perdre la boule et ouvrir ma bourse dès que je rencontre la gent femelle. Tu saisis ? Donc, Sa Grâce est responsable et plus que responsable. Qu'elle paye !

— Je n'aime pas ça, Zorba.

— Ça, c'est une autre question, patron. Sauvons d'abord les sept petits billets, on discutera après. « Baise-moi, mon petit, après je serai de nouveau ta tante... » Tu connais la chanson ?

Le gros père hospitalier apparut :

— Veuillez entrer, dit-il d'une voix mielleuse d'ecclésiastique, le dîner est servi.

Nous descendîmes au réfectoire, une grande salle avec des bancs et de longues tables étroites. Une odeur d'huile rance et d'aigre flottait dans l'air. Dans le fond, une fresque ancienne représentait la Cène. Les onze fidèles disciples, entassés comme des moutons autour du Christ, et, en face, le dos tourné au spectateur, tout seul, le rousseau au front bossué, au nez aquilin, Judas, la brebis galeuse. Et le Christ n'avait d'yeux que pour lui.

Le père hospitalier s'assit, moi à sa droite, Zorba à sa gauche.

— Nous sommes en carême, dit-il, et vous nous excuserez : ni huile ni vin, bien que vous soyez des voyageurs. Soyez les bienvenus !

Nous fîmes le signe de la croix ; nous nous servîmes en silence, d'olives, d'oignons verts, de fèves fraîches et de halva. Nous mastiquions tous tıois lentement, comme des lapins.

— Telle est la vie ici-bas, dit le père hospitalier, une crucifixion, un carême. Mais patience, mes frères, patience, voici venir la Résurrection avec l'agneau, voici venir le royaume des Cieux.

Je toussai. Zorba me marcha sur le pied comme pour me dire : « Tais-toi ! »

— J'ai vu pater Zaharia... dit Zorba, pour changer de conversation.

Le père hospitalier sursauta :

— Est-ce que par hasard il t'a dit quelque chose, ce possédé ? demanda-t-il avec inquiétude. Il a en lui les sept démons, ne l'écoutez pas ! Son âme est impure et il voit l'impureté partout.

La cloche, lugubrement, sonna vigile. Le père hospitalier se signa et se leva.

— Moi, je m'en vais, dit-il. La Passion du Christ commence, allons porter la croix avec lui. Pour ce soir vous pouvez vous reposer, vous êtes fatigués de la route. Mais demain aux matines...

— Salopards ! grommela Zorba entre ses dents à peine le moine sorti. Salopards ! menteurs ! mules ! mulets !

— Qu'est-ce qui t'arrive, Zorba ? Zaharia t'aurait-il dit quelque chose ?

— Laisse donc, patron, mais ne t'en fais pas, s'ils ne veulent pas signer, je leur ferai voir de quel bois je me chauffe !

Nous gagnâmes la cellule qu'on avait préparée pour nous. Dans le coin, une icône représentant la Vierge serrant sa joue contre celle de son fils, ses grands yeux pleins de larmes.

Zorba hocha la tête :

— Tu sais pourquoi elle pleure, patron ?

— Non.

— Parce qu'elle voit. Moi, si j'étais peintre d'icônes, je dessinerais la Vierge sans yeux, sans oreilles, sans nez. Parce que j'ai pitié d'elle.

Nous nous étendîmes sur nos dures couches. Les poutres sentaient le cyprès ; par la fenêtre ouverte entrait la douce haleine du printemps chargée de parfums de fleurs. De temps en temps, les funèbres mélodies venaient de la cour, comme des rafales de vent. Un rossignol se mit à chanter près de la fenêtre et, aussitôt, un peu plus loin, un autre et un autre encore. La nuit débordait d'amour.

Je ne pouvais dormir. Le chant du rossignol se mêla aux lamentations du Christ et je m'efforçais, parmi les orangers fleuris, de gravir, moi aussi, le Golgotha, en me guidant sur de grosses gouttes de sang. Dans la nuit printanière et bleue, je voyais la sueur froide du Christ perler sur tout son corps pâle et défaillant. Je voyais ses mains se tendre, tremblantes, comme s'il suppliait, comme s'il mendiait. Les pauvres gens de Galilée se hâtaient à sa suite et criaient : « Hosannah ! Hosannah ! » Ils avaient des palmes à la main et étendaient leurs manteaux sous ses pas. Il regardait ceux qu'il aimait, mais aucun d'eux ne devinait son désespoir. Lui seul savait qu'il allait à la mort. Sous les étoiles, pleurant, silencieux, il consolait son pauvre cœur humain rempli d'effroi :

« Comme le grain de blé, mon cœur, tu dois, toi aussi, descendre sous la terre et mourir. N'aie pas de crainte. Sinon, comment pourras-tu devenir épi ? Comment pourras-tu nourrir les hommes qui meurent de faim ? »

Mais, au-dedans de lui, son cœur d'homme tremblait, frémissait et ne voulait pas mourir...

Bientôt, autour du monastère, la forêt déborda de chants de rossignols qui montaient des feuillages humides, faits d'amour et de passion. Et, avec eux, tremblait, pleurait, se gonflait le pauvre cœur humain.

Peu à peu, sans m'en apercevoir, avec la Passion du Christ, avec le chant du rossignol, j'entrai dans le sommeil comme l'âme doit entrer au Paradis.

Je n'avais pas dormi une heure que je m'éveillai en sursaut, épouvanté :

— Zorba, criai-je, tu as entendu ? Un coup de pistolet !

Mais Zorba était déjà assis sur son lit et fumait.

— Ne te fais pas de bile, patron, dit-il, en s'efforçant de contenir sa fureur ; laisse-les régler leurs comptes.

On entendit des cris dans le corridor, des bruits de pantoufles qu'on traînait, des portes qu'on ouvrait et fermait et, au loin, le gémissement d'un homme blessé.

Je sautai de mon lit et ouvris la porte. Un vieillard desséché surgit devant moi. Il étendit le bras comme pour me barrer la route. Il portait un bonnet blanc pointu et une chemise blanche qui lui arrivait aux genoux.

— Qui es-tu ?

— L'évêque... répondit-il, et sa voix tremblait.

Je faillis pouffer de rire. Un évêque ? Où étaient ses ornements : chasuble d'or, mitre, crosse, fausses pierreries multicolores ?... C'était la première fois que je voyais un évêque en chemise de nuit.

— Qu'était-ce donc que ce coup de pistolet, Monseigneur ?

— Je ne sais pas, je ne sais pas... balbutia-t-il en me poussant doucement dans la chambre.

De son lit, Zorba éclata de rire :

— Tu as peur, petit père ? fit-il. Entre, va, pauvre vieux. Nous, on n'est pas des moines, n'aie pas peur.

— Zorba, dis-je à mi-voix, parle avec plus de respect, c'est l'évêque.

— Mon vieux, en chemise de nuit, personne n'est évêque ! Entre, je te dis !

Il se leva, le prit par le bras, l'entraîna à l'intérieur et ferma la porte. Il sortit de sa musette une bouteille de rhum et remplit un petit verre.

— Bois, vieux, lui fit-il, ça te donnera du cœur au ventre.

Le petit vieillard vida le verre, il revint à lui. Il s'assit sur mon lit et s'appuya au mur.

— Très Révérend Père, dis-je, qu'est-ce que c'était que le coup de pistolet ?

— Je ne sais pas, mon fils... J'avais travaillé jusqu'à minuit et j'étais allé me coucher, quand j'ai entendu, à côté, dans la cellule de pater Dométios...

— Ah ! ah ! fit Zorba en s'esclaffant. Tu avais bien raison, Zaharia !

L'évêque baissa la tête.

— Ce devait être quelque voleur, murmura-t-il.

Dans le couloir, le remue-ménage avait cessé, le monastère sombra de nouveau dans le silence. De ses bons yeux effrayés, l'évêque me regarda d'un air suppliant :

— Tu as sommeil, mon fils ? me demanda-t-il.

Je le sentais, il ne voulait pas partir et se retrouver seul dans sa cellule. Il avait peur.

— Non, répondis-je, je n'ai pas sommeil, restez.

Nous nous mîmes à causer. Zorba, appuyé sur son oreiller, roulait une cigarette.

— Tu parais être un jeune homme cultivé, me fit le petit vieillard. Ici, je ne trouve personne avec qui parler. J'ai trois théories qui adoucissent ma vie. J'aurais voulu t'en faire part, mon enfant.

Il n'attendit pas ma réponse et commença :

— Ma première théorie, dit-il, est celle-ci : les formes des fleurs influent sur leurs couleurs ; leurs couleurs influent sur leurs propriétés. C'est ainsi que chaque fleur a une action différente sur le corps de l'homme et, partant, sur l'âme. C'est pourquoi il nous faut bien prendre garde quand nous traversons un champ en fleurs.

Il se tut comme s'il attendait mon avis. Je voyais le petit vieux flâner dans le champ en fleurs, regardant à terre, avec un frisson secret, les fleurs, leur forme, leur couleur. Le pauvre vieux devait trembler d'une crainte mystique : au printemps, le champ devait se peupler d'anges et de démons multicolores.

— Voici maintenant ma deuxième théorie : toute idée qui possède une véritable influence possède aussi une véritable existence. Elle est là. Elle ne circule pas invisible dans l'air. Elle possède un vrai corps — des yeux, une bouche, des pieds, un ventre. Elle est homme ou femme, elle poursuit les hommes ou les femmes. Voilà pourquoi l'Évangile dit : « Le Verbe s'est fait chair... »

Il me regarda de nouveau anxieusement.

— Ma troisième théorie, dit-il hâtivement, ne pouvant supporter mon silence, est celle-ci : il y a de l'Éternité, même dans notre vie éphémère, mais il nous est très difficile de la découvrir tout seuls. Les soucis quotidiens nous égarent. Quelques-uns seulement, les êtres d'élite, parviennent à vivre l'éternité, même dans leur vie éphémère. Comme les autres se seraient perdus, Dieu a eu pitié d'eux et leur a envoyé la religion — et ainsi la foule peut aussi vivre l'éternité.

Il avait terminé et il était visiblement soulagé d'avoir parlé. Il leva ses petits yeux sans cils et me regarda en souriant. Comme s'il disait : « Voilà, je te donne tout ce que je possède, prends-le ! » Je me sentis ému en voyant ce petit vieillard m'offrir ainsi, de bon cœur, à peine il m'avait connu, les fruits de toute sa vie.

Il avait les larmes aux yeux.

— Que penses-tu de mes théories ? demanda-t-il en prenant ma main entre les deux siennes et en me regardant. On eût dit que ma réponse devait lui révéler si sa vie avait ou non servi à quelque chose.

Je savais qu'au-dessus de la vérité existe un autre devoir beaucoup plus important, beaucoup plus humain.

— Ces théories peuvent sauver bien des âmes, répondis-je.

Le visage de l'évêque s'illumina. C'était la justification de toute sa vie.

— Merci, mon fils, chuchota-t-il en me serrant tendrement la main.

Zorba bondit alors de son coin :

— Moi, j'ai une quatrième théorie ! cria-t-il.

Je le regardai inquiet. L'évêque se tourna vers lui :

— Parle, mon fils, que ton idée soit bénie ! Quelle théorie ?

— Que deux et deux font quatre ! fit Zorba gravement.

L'évêque le regarda, ébahi.

— Et encore une cinquième théorie, mon bon vieux, poursuivit Zorba : que deux et deux ne font pas quatre. Choisis celle qui te convient !

— Je ne comprends pas, balbutia l'évêque en m'interrogeant du regard.

— Moi non plus ! fit Zorba en éclatant de rire.

Je me tournai vers le petit vieillard décontenancé et changeai de conversation :

— A quelles études vous consacrez-vous ici, au monastère ? lui demandai-je.

— Je recopie les vieux manuscrits du couvent, mon fils, et, ces jours-ci, je recueille toutes les épithètes dont notre Église a paré la Vierge.

Il soupira.

— Je suis vieux, dit-il, je ne peux rien faire d'autre. Je

me soulage en inventoriant toutes ces parures de la Vierge et j'oublie les misères du monde.

Il s'accouda sur l'oreiller, ferma les yeux et se mit à murmurer, comme s'il délirait :

« Rose inflétrissable, Terre féconde, Vigne, Fontaine, Source qui répand les miracles, Échelle qui monte au ciel, Frégate, clef du Paradis, Aube, Veilleuse éternelle, Colonne ardente, Tour immuable, Forteresse inexpugnable, Consolation, Joie, Lumière pour les aveugles, Mère pour les orphelins, Table, Nourriture, Paix, Sérénité, Miel et Lait... »

— Il délire, le bonhomme... fit Zorba à mi-voix, je vais le couvrir pour qu'il ne prenne pas froid...

Il se leva, jeta sur lui une couverture et redressa l'oreiller.

— Il y a soixante-dix-sept espèces de folie, à ce que j'ai entendu dire, fit-il, celle-ci c'est la soixante-dix-huitième.

Le jour se levait. On entendit la simandre. Je me penchai à la petite fenêtre. Aux premières lueurs de l'aube, je vis un moine maigre, un long voile noir sur la tête, faire lentement le tour de la cour en frappant avec un petit marteau sur une longue planche de bois merveilleusement mélodieuse. Pleine de douceur, d'harmonie et d'appel, la voix de la simandre se répandit dans l'air matinal. Le rossignol s'était tu et, dans les arbres, les premiers oiseaux commençaient à pépier.

J'écoutais, charmé, la douce et suggestive mélodie de la simandre. Comme, même dans sa déchéance, pensai-je, un rythme de vie élevé peut conserver toute sa forme extérieure, imposante et pleine de noblesse ! L'âme s'enfuit, mais elle laisse intacte sa demeure que, depuis tant de siècles, pareille au coquillage, elle façonnait, vaste, compliquée, pour s'y loger à son aise.

Ce sont de telles coquilles vidées, pensais-je, les merveilleuses cathédrales que l'on rencontre dans les grandes villes bruyantes et athées. Des monstres préhistoriques dont il ne reste que le squelette, rongé par les pluies et le soleil.

On frappa à la porte de notre cellule. La voix grasseyante du père hospitalier se fit entendre :

— Allons, levez-vous pour les matines, frères !

Zorba bondit :

— Qu'est-ce que c'était ce coup de pistolet ? cria-t-il, hors de lui.

Il attendit un peu. Silence. Le moine devait pourtant être encore derrière la porte, car on percevait son souffle poussif. Zorba frappa du pied :

— Qu'est-ce que c'était ce coup de pistolet ? redemanda-t-il furieux.

On entendit des pas s'éloigner rapidement. D'un bond, Zorba fut à la porte, il l'ouvrit :

— Tas d'imbéciles ! fit-il en crachant vers le moine qui se sauvait. Popes, moines, nonnes, marguilliers, sacristains, je vous crache dessus !

— Allons-nous-en, dis-je, il y a ici une odeur de sang.

— Si ce n'était que du sang ! grogna Zorba. Toi, va aux matines, patron, si tu en as envie. Moi, je vais fouiller par là pour tâcher de découvrir quelque chose.

— Allons-nous-en ! dis-je de nouveau, écœuré, et toi, fais-moi le plaisir de ne pas aller fourrer ton nez où tu n'as rien à faire.

— Mais c'est justement là que je veux le fourrer, mon nez ! cria Zorba.

Il réfléchit une seconde et sourit malicieusement :

— Le diable nous rend un fier service ! dit-il. Je crois qu'il fait venir les choses à point. Tu sais, patron, combien il peut coûter au monastère, ce coup de pistolet ? Sept mille billets !

Nous descendîmes dans la cour. Parfum d'arbres en fleur, douceur du matin, félicité paradisiaque. Zaharia nous guettait. Il accourut et saisit Zorba par le bras.

— Frère Canavaro, chuchota-t-il tremblant, viens, allons-nous-en !

— Qu'est-ce que c'était ce coup de pistolet ? On a tué quelqu'un ? Allons, moine, parle ou je t'étrangle !

Le menton du moine tremblait. Il regarda autour de lui. La cour était déserte, les cellules closes ; de l'église ouverte s'écoulait, par vagues, la mélodie.

— Suivez-moi tous les deux, murmura-t-il. Sodome et Gomorrhe !

Nous glissant le long des murs, nous traversâmes la cour et sortîmes du jardin. A une centaine de mètres du monastère se trouvait le cimetière. Nous y entrâmes.

Nous enjambâmes les tombes, Zaharia poussa la petite porte de la chapelle où nous pénétrâmes à sa suite. Au milieu, sur une natte, un corps était étendu, enveloppé d'une robe de moine. Un cierge brûlait près de sa tête, un autre à ses pieds.

Je me penchai sur le mort.

— Le petit moine ! murmurai-je en frissonnant. Le petit moine blond du père Dométios !

Sur la porte du sanctuaire étincelait l'archange Michel, les ailes déployées, le glaive dégainé et chaussé de sandales rouges.

— Archange Michel ! cria le moine, lance feu et flammes, brûle-les tous ! Archange Michel, donne un coup de pied, élance-toi hors de ton icône ! lève ton glaive, frappe ! Tu n'as pas entendu le coup de pistolet ?

— Qui l'a tué ? Qui ? Dométios ? Parle, espèce de barbu !

Le moine s'échappa des mains de Zorba et tomba à plat ventre aux pieds de l'archange. Il demeura un long moment immobile, la tête redressée, les yeux exorbités, la bouche ouverte, comme s'il épiait.

Soudain il se releva tout joyeux :

— Je vais les brûler ! déclara-t-il d'un air résolu. L'archange a remué, je l'ai vu, il m'a fait un signe !

Il s'approcha de l'icône et colla ses grosses lèvres sur le glaive de l'archange.

— Dieu soit loué ! dit-il, je suis soulagé.

Zorba saisit de nouveau le moine sous les bras.

— Viens ici, Zaharia, dit-il, allons, tu vas faire ce que je te dirai.

Et se tournant vers moi :

— Donne-moi l'argent, patron, je vais signer moi-même les papiers. Là-dedans, c'est tous des loups, toi, tu es un agneau, ils te mangeront. Laisse-moi faire. Ne t'en fais pas, je les tiens, les gros lards. A midi, on s'en va avec la forêt en poche. Allons, mon vieux Zaharia !

Ils se glissèrent furtivement vers le monastère. Moi je m'en allai me promener sous les pins.

Le soleil était déjà haut, la rosée scintillait sur les feuilles. Un merle s'envola devant moi, se percha sur une branche de poirier sauvage, agita la queue, ouvrit le bec, me regarda et siffla deux ou trois fois d'un air moqueur.

A travers les pins j'apercevais dans la cour les moines sortant en rangs, courbés, des voiles noirs sur les épaules. L'office était terminé, ils allaient maintenant au réfectoire.

« Quel dommage, pensais-je, qu'une telle austérité et une telle noblesse soient désormais sans âme ! »

J'étais fatigué, je n'avais pas bien dormi, je m'étendis sur l'herbe. Les violettes sauvages, les genêts, les romarins, les sauges embaumaient. Les insectes bourdonnaient, affamés, ils se fourraient dans les fleurs comme des pirates et suçaient le miel. Au loin, les montagnes étincelaient, transparentes, sereines, comme une buée mouvante dans la lumière brûlante du soleil.

Je fermai les yeux, apaisé. Une joie discrète, mystérieuse, s'empara de moi — comme si tout ce miracle vert qui m'entourait était le Paradis, comme si toute cette fraîcheur, cette légèreté, cette sobre ivresse étaient Dieu. Dieu à chaque instant change de visage. Heureux celui qui peut le reconnaître sous chacun de ses masques ! Tantôt il est un verre d'eau fraîche, tantôt un fils qui saute sur vos genoux, ou bien une femme ensorceleuse, ou tout simplement une petite promenade matinale.

Peu à peu, autour de moi, sans changer de forme, tout devint rêve. J'étais heureux. Terre et Paradis ne formaient plus qu'un. Une fleur des champs avec une grosse goutte de miel dans le cœur, telle m'apparut la vie. Et mon âme, une abeille sauvage butinant.

Soudain je fus brutalement tiré de cette béatitude. J'entendis derrière moi des pas et des chuchotements. Au même instant une voix joyeuse :

— Patron, on s'en va !

Zorba se tenait devant moi et ses petits yeux brillaient d'un éclat diabolique.

— On part ? fis-je avec soulagement. Tout est terminé ?

— Tout ! fit Zorba, en tapant sur la poche supérieure de son veston, je l'ai ici, la forêt. Qu'elle nous porte chance ! Et voilà les sept mille balles que nous a bouffées Lola !

Il sortit de sa poche intérieure une liasse de billets.

— Prends-les, dit-il, je paye mes dettes, je n'ai plus honte devant toi. Là-dedans il y a aussi les bas, les sacs, les parfums et l'ombrelle de Dame Bouboulina. Et même les cacahuètes du perroquet ! Et le halva que je t'ai apporté, par-dessus le marché !

— Je t'en fais cadeau, Zorba, dis-je, va faire brûler un cierge grand comme toi à la Vierge que tu as offensée.

Zorba se retourna. Pater Zaharia s'avançait avec son froc verdi et crasseux et ses bottes éculées. Il tirait par la bride les deux mulets.

Zorba lui montra la liasse de billets.

— On partage, pater Joseph, dit-il. Tu achèteras cent kilos de morue et tu en mangeras, mon pauvre vieux, tu en mangeras à t'en défoncer le ventre. Jusqu'à ce que tu vomisses et que tu sois délivré ! Viens, ouvre ta main.

Le moine attrapa les billets graisseux et les cacha dans sa poitrine.

— J'achèterai du pétrole, dit-il.

Zorba baissa la voix et se pencha à l'oreille du moine :

— Il faut qu'il fasse nuit, que tout le monde dorme et que le vent souffle fort, lui recommanda-t-il. Tu aspergeras les murs aux quatre coins. Tu n'as qu'à tremper des chiffons, des torchons, de l'étoupe, ce que tu trouveras, dans le pétrole et à y mettre le feu. Tu as compris ?

Le moine tremblait.

— Ne tremble donc pas comme ça, mon vieux ! L'archange t'a bien donné l'ordre ? Alors du pétrole, beaucoup de pétrole !... Et porte-toi bien !

Nous nous mîmes en selle. Je jetai un dernier regard sur le monastère.

— Tu as appris quelque chose, Zorba ? demandai-je.

— Pour le coup de pistolet ? Ne te fais donc pas de bile,

je te dis, patron. Il a raison Zaharia : Sodome et Gomorrhe ! Dométios a tué le beau petit moine. Voilà !

— Dométios ? Pourquoi ?

— Ne va pas fouiller là-dedans, je te dis, patron, ce n'est qu'ordures et puanteur.

Il se retourna vers le monastère. Les moines sortaient du réfectoire, têtes penchées, mains croisées, et allaient s'enfermer dans leurs cellules.

— Votre malédiction sur moi, saints Pères ! cria-t-il.

19

La première personne que nous rencontrâmes en mettant pied à terre sur notre plage, à la nuit tombée, ce fut notre Bouboulina, pelotonnée devant la baraque. Quand la lampe fut allumée et que je vis son visage, je fus effrayé.

— Qu'est-ce que tu as, madame Hortense ? Tu es malade ?

Dès l'instant où avait lui en son esprit la grande espérance, le mariage, notre vieille sirène avait perdu toute son indéfinissable et suspecte séduction. Elle s'efforçait d'effacer tout le passé et de rejeter les plumes voyantes dont elle s'était parée en dépouillant des pachas, des beys, des amiraux. Elle n'aspirait plus qu'à devenir une corneille sérieuse et correcte. Une femme honnête. Elle ne se fardait plus, ne se parait plus, elle se laissait aller.

Zorba n'ouvrait pas la bouche. Il tordait nerveusement sa moustache fraîchement teinte. Il se pencha, alluma le réchaud et mit de l'eau à bouillir pour faire du café.

— Cruel ! dit soudain la voix rauque de la vieille chanteuse.

Zorba leva la tête, la regarda. Ses yeux s'adoucirent. Il lui était impossible d'entendre une femme s'adresser à lui d'un ton déchirant sans être complètement retourné. Une larme de femme aurait pu le noyer.

Il ne dit rien, mit le café et le sucre et remua.

— Pourquoi me fais-tu languir si longtemps avant de m'épouser ? roucoula la vieille sirène. Je n'ose plus me montrer au village. Je suis déshonorée ! déshonorée ! Je me tuerai !

Je m'étais étendu, fatigué, sur mon lit. Accoudé sur l'oreiller, je savourais cette scène comique et navrante.

— Pourquoi n'as-tu pas apporté les couronnes de mariage ?

Zorba sentit la main grassouillette de Bouboulina trembler sur son genou. Il était, ce genou, le dernier endroit de la terre ferme auquel s'accrochait cette créature mille et une fois naufragée.

On eût dit que Zorba le comprenait et que son cœur s'adoucissait. Mais, cette fois encore, il ne dit rien. Il versa le café dans trois tasses.

— Pourquoi n'as-tu pas apporté les couronnes, mon chéri ? répéta-t-elle d'une voix frémissante.

— Ils n'en ont pas de belles à Candie, répondit Zorba d'un ton sec.

Il offrit à chacun sa tasse et se tapit dans un coin.

— J'ai écrit à Athènes qu'on nous en envoie de belles, poursuivit-il. J'ai commandé aussi des cierges blancs et des dragées fourrées au chocolat et aux amandes grillées.

A mesure qu'il parlait, son imagination prenait feu. Ses yeux étincelaient, et, semblable au poète à l'heure ardente de la création, Zorba se mouvait à des hauteurs où la fiction et la vérité se mêlent et se reconnaissent comme des sœurs. Ainsi accroupi, il se reposait. Il aspirait bruyamment son café et il alluma une seconde cigarette — la journée avait été bonne, il avait la forêt en poche, il avait payé ses dettes et il était content. Il se lança :

— Il faut que notre mariage fasse du bruit, ma petite Bouboulina. Tu verras quelle toilette de mariée je t'ai commandée ! C'est pour ça que je suis resté si longtemps à Candie, mon amour. J'ai fait venir deux grandes couturières d'Athènes et je leur ai dit : « La femme que j'épouse n'a sa pareille ni en Orient ni en Occident ! Elle était la reine de quatre Puissances, mais aujourd'hui elle est veuve, les Puissances sont mortes et elle consent à m'accepter pour mari. Je veux donc que sa robe de mariée n'ait pas sa pareille, elle non plus : toute en soie, en perles et en étoiles d'or ! » Les deux couturières ont poussé les hauts cris : « Mais ce sera trop beau ! Tous les invités de la noce seront aveuglés ! — Tant pis pour eux ! que j'ai dit, qu'est-ce que ça fait ? Pourvu que ma bien-aimée soit contente ! »

Appuyée au mur, Dame Hortense écoutait. Un sourire épais, charnu, s'était figé sur sa petite figure flasque et fripée, et le ruban rose de son cou était sur le point de craquer.

— Je veux te dire quelque chose à l'oreille, chuchota-t-elle en lançant à Zorba une œillade pâmée.

Zorba me cligna de l'œil et se pencha.

— Je t'ai apporté quelque chose, ce soir, lui susurra la future épousée en fourrant sa petite langue dans la grosse oreille poilue.

Elle sortit de son corsage un mouchoir avec un coin noué et le tendit à Zorba.

Il prit avec deux doigts le petit mouchoir qu'il posa sur son genou droit, puis, se tournant vers la porte, il regarda la mer.

— Tu ne défais pas le nœud, Zorba ? dit-elle. Je vois que tu n'es pas du tout pressé !

— Laisse-moi d'abord boire mon café et fumer ma cigarette, répondit-il. Je l'ai déjà dénoué, je sais ce qu'il y a dedans.

— Défais le nœud, défais le nœud ! supplia la sirène.

— Je vais d'abord fumer ma cigarette, j'ai dit !

Et il me lança un regard lourd de réprimande comme pour me dire : « Tout ça, c'est ta faute ! »

Il fumait lentement et soufflait la fumée par les narines en regardant la mer.

— Demain on aura du sirocco, dit-il. Le temps a tourné. Les arbres vont se gonfler, les seins des jeunes filles aussi, ils ne tiendront plus dans leurs corsages. Coquin de printemps, va, invention du diable !

Il se tut. Puis, au bout d'un moment :

— Tout ce qu'il y a de bon dans ce monde est une invention du diable : les jolies femmes, le printemps, le cochon rôti, le vin, tout ça, c'est le diable qui l'a fait. Et le bon Dieu, lui, a fait les moines, les jeûnes, l'infusion de camomille et les femmes laides, pouah !

En disant cela, il jeta un regard farouche sur la pauvre Dame Hortense qui l'écoutait, recroquevillée dans un coin.

— Zorba ! Zorba ! implorait-elle à chaque instant.

Mais il alluma une nouvelle cigarette et se remit à contempler la mer.

— Au printemps, dit-il, c'est Satan qui règne. Les ceintures se relâchent, les corsages se déboutonnent, les vieilles soupirent... Hé, Dame Bouboulina, bas les pattes !

— Zorba ! Zorba !... implora de nouveau la pauvre femme.

Elle se pencha, prit le petit mouchoir et l'enfonça dans la main de Zorba.

Il jeta alors sa cigarette, attrapa le nœud et le défit. Il tenait maintenant sa main ouverte et regardait.

— Qu'est-ce que c'est que ça, Dame Bouboulina ? fit-il avec dégoût.

— Des bagues, des petites bagues, mon trésor. Des alliances, murmura la vieille sirène en tremblant. Le témoin est là, la nuit est belle, le bon Dieu nous regarde... Fiançons-nous, mon Zorba !

Zorba regardait tantôt moi, tantôt Dame Hortense, tantôt les bagues. Une foule de démons se battaient en lui et, pour le moment, aucun ne l'emportait. La malheureuse le regardait avec effroi.

— Mon Zorba ! mon Zorba !... roucoulait-elle.

Je m'étais redressé sur mon lit et attendais. De toutes les routes ouvertes devant lui, laquelle allait donc choisir Zorba ?

Soudain il secoua la tête. Sa décision était prise. Son visage s'éclaira. Il frappa dans ses mains et se releva d'un bond.

— Sortons ! cria-t-il, allons sous les étoiles, que le bon Dieu nous voie ! Patron, prends les bagues ; tu sais psalmodier ?

— Non, répondis-je amusé. Mais ça ira !

J'avais déjà sauté de mon lit et j'aidais la bonne dame à se lever.

— Moi, je sais. J'ai oublié de te dire que j'ai été aussi enfant de chœur ; je suivais le pope dans les mariages, les baptêmes, les enterrements et j'ai appris les chants d'église par cœur. Viens, ma Bouboulina, viens, ma cocotte, amène-toi, ma frégate de France, tiens-toi à ma droite

De tous les démons de Zorba, c'était encore le démon farceur au bon cœur qui avait pris le dessus. Zorba avait eu pitié de la vieille chanteuse, son cœur s'était déchiré quand il avait vu son œil flétri se fixer sur lui avec tant d'anxiété.

« Au diable, murmura-t-il en se décidant, je peux encore donner une joie à la gent femelle, allons-y ! »

Il s'élança sur la plage, prit le bras de Dame Hortense, me donna les bagues, se tourna vers la mer et se mit à psalmodier : « Béni soit notre Seigneur dans les siècles des siècles, amen ! »

Il se tourna vers moi :

— Fais gaffe, patron. Quand je crierai : Hohé ! Hohé ! tu nous passeras les bagues.

Il se remit à psalmodier de sa grosse voix d'âne :

« Pour le serviteur de Dieu, Alexis, et la servante de Dieu, Hortense, fiancés l'un à l'autre et pour leur salut, nous implorons le Seigneur ! »

— *Kyrie eleison ! Kyrie eleison !* chantonnai-je en retenant difficilement mon rire et mes larmes.

— Il y a encore d'autres versets, dit Zorba, que je sois pendu si je m'en souviens ! Mais entrons dans le vif.

Il exécuta un saut de carpe et cria :

— Hohé ! Hohé ! en me tendant sa grosse patte.

— Tends ta menotte, toi aussi, dame de mon cœur, dit-il à sa fiancée.

La main dodue, rongée par les lessives, se tendit, tremblante.

Je leur passai la bague au doigt, tandis que Zorba, hors de lui, criait comme un derviche :

« Le serviteur de Dieu, Alexis, est fiancé à la servante de Dieu, Hortense, au nom du Père et du Fils et du Saint-Esprit, amen ! La servante de Dieu, Hortense, est fiancée au serviteur de Dieu, Alexis... »

— Ça y est, c'est fini ! Viens ici, ma cocotte, que je te donne le premier baiser honnête de ta vie !

Mais Dame Hortense s'était écroulée à terre. Elle étreignait les jambes de Zorba et pleurait. Zorba hocha la tête avec compassion :

— Pauvres femmes ! murmura-t-il.

Dame Hortense se releva, secoua ses jupes et ouvrit les bras.

— Hé ! hé ! s'écria Zorba. C'est Mardi Saint aujourd'hui, sois sage ! C'est carême !

— Mon Zorba... murmura-t-elle, pâmée.

— Patience, ma bonne, attends jusqu'à Pâques, on mangera de la viande. Et on choquera les œufs rouges. Maintenant, il est temps que tu rentres chez toi. Qu'est-ce que les gens diront s'ils te voient traîner dehors à des heures pareilles !

Bouboulina l'implora du regard.

— Non ! non ! fit Zorba, à Pâques ! Viens avec nous, patron.

Il se pencha à mon oreille :

— Ne nous laisse pas seuls, pour l'amour de Dieu ! souffla-t-il. Je ne suis pas du tout en train.

Nous prîmes le chemin du village. Le ciel étincelait, l'odeur de la mer nous enveloppait, les oiseaux de nuit ululaient. La vieille sirène, suspendue au bras de Zorba, se laissait traîner, heureuse et mélancolique.

Elle était enfin entrée dans le port qu'elle avait tant désiré. Toute sa vie, elle avait chanté, fait la noce, raillé les femmes honnêtes, mais elle n'avait jamais été heureuse. Quand elle passait, parfumée, copieusement plâtrée, vêtue de toilettes voyantes, dans les rues d'Alexandrie, de Beyrouth, de Constantinople, et qu'elle voyait des femmes allaiter leur bébé, sa poitrine fourmillait, se gonflait, ses tétons se dressaient, quémandant, eux aussi, une petite bouche enfantine. « Me marier, me marier, avoir un enfant... » songeait-elle tout au long de sa vie en soupirant. Mais elle ne révéla jamais ses souffrances à âme qui vive. Et maintenant, Dieu soit loué ! un peu tard, mais c'était mieux que jamais : elle entrait désemparée, battue par les flots, dans le port tant désiré.

Elle levait de temps en temps les yeux et regardait à la dérobée l'immense escogriffe qui marchait près d'elle. « Ce n'est pas, songeait-elle, un riche pacha avec un fez au gland d'or, ce n'est pas un joli fils de bey, mais c'est mieux que rien, Dieu soit loué ! Il sera mon mari, mon mari pour de vrai. »

Zorba la sentait peser sur lui et il l'entraînait, pressé d'arriver au village et d'en être débarrassé. Et la malheureuse trébuchait sur les pierres, les ongles de ses orteils étaient près de s'arracher, ses cors lui faisaient mal, mais elle ne disait rien. Pourquoi parler ? Pourquoi se plaindre ? Tout était bien, après tout !

Nous avions passé le figuier de la Demoiselle et le jardin de la veuve. Les premières maisons du village apparurent. Nous nous arrêtâmes.

— Bonne nuit, mon trésor, fit la vieille sirène, câline, en se dressant sur la pointe des pieds pour atteindre la bouche de son fiancé.

Mais Zorba ne se penchait pas.

— Est-ce que je me jette à tes pieds pour les embrasser, mon amour ? fit la femme, prête à se laisser choir à terre.

— Non ! non ! protesta Zorba, ému, en la prenant dans ses bras. C'est moi qui devrais te baiser les pieds, mon cœur, c'est moi, mais j'ai la flemme. Bonne nuit !

Nous la quittâmes et prîmes en silence le chemin du retour, aspirant à fond l'air parfumé. Zorba, soudain, se tourna vers moi :

— Qu'est-ce qu'on doit faire, patron ? rire ? pleurer ? Donne-moi un conseil.

Je ne répondis pas. J'avais, moi aussi, la gorge serrée et ne savais par quoi : sanglot ? ricanement ?

— Patron, dit tout à coup Zorba, comment est-ce qu'on l'appelait, ce gredin d'ancien dieu qui ne laissait pas une seule femme se plaindre ? J'ai entendu dire quelque chose là-dessus. Lui aussi, à ce qu'il paraît, il se teignait la barbe, il se tatouait les bras de cœurs, de flèches et de sirènes ; il se déguisait, et il devenait taureau, cygne, bélier, âne. Dis-moi donc son nom !

— Je crois que tu parles de Zeus. Comment t'es-tu souvenu de lui ?

— Que la terre lui soit légère ! dit Zorba, levant les bras au ciel. Il en a vu de dures, celui-là ! Qu'est-ce qu'il a pu souffrir ! Un grand martyr, vraiment, tu peux me croire, patron, j'en sais quelque chose ! Toi, tu avales tout ce que disent tes bouquins. Mais les gens qui les écrivent sont des cuistres ! Et qu'est-ce qu'ils savent en fait de femmes et de coureurs de femmes ? Des clous !

— Pourquoi n'écris-tu pas toi-même, Zorba, pour nous expliquer tous les mystères du monde ? ricanai-je.

— Pourquoi ? Pour la bonne raison que, moi, je les vis, tous les mystères que tu dis et que je n'ai pas le temps de les écrire. Des fois c'est la guerre, des fois c'est les femmes, des fois le vin, des fois le santouri : où trouver le temps de prendre cette radoteuse de plume ? Et comme ça, l'affaire est tombée entre les mains des gratte-papier. Tous ceux qui vivent les mystères, tu vois, ils n'ont pas le temps d'écrire, et tous ceux qui ont le temps, ils ne vivent pas les mystères. Tu saisis ?

— Revenons à nos moutons ! et Zeus ?

— Ah ! le pauvre type ! soupira Zorba. Moi seul, je sais ce qu'il a souffert. Les femmes, il les aimait, pour sûr, mais pas comme vous pensez, vous, les gratte-papier ! Pas du tout ! Lui, il les plaignait. Il comprenait la souffrance de toutes, il se sacrifiait pour elles. Quand il voyait dans quelque trou de province une vieille fille en train de s'étioler de désir et de regret, ou une jolie petite femme — ma foi, même si elle n'était pas jolie, même si c'était un monstre — qui ne pouvait trouver le sommeil parce que son mari était absent, il faisait un signe de croix, ce bon cœur, il changeait d'habits, prenait la figure que la femme avait dans la tête et entrait dans sa chambre.

« Souvent, il n'était pas du tout d'humeur à s'occuper d'amourettes. Souvent même, il était claqué et ça se comprend : comment suffire à tant de chèvres, le pauvre bouc ! Plus d'une fois il avait la flemme, il n'était pas dans son assiette ; tu as déjà vu un bouc après qu'il a couvert plusieurs biques ? Il bave, il a les yeux troubles et tout chassieux, il toussote, il peut à peine se tenir sur ses pattes. Eh bien, souvent il était dans ce piteux état, le pauvre Zeus. Au petit jour, il rentrait chez lui en disant : « Ah ! bon Dieu ! Quand est-ce que je pourrai enfin me coucher et dormir tout mon soûl. Je ne tiens plus debout ! » Et il n'arrêtait pas d'essuyer sa salive.

« Mais voilà que tout à coup, il entendait une plainte : en bas, sur la terre, une femme avait fichu ses draps en l'air, elle était sortie sur sa terrasse, presque à poil et avait poussé un soupir. Aussitôt, mon Zeus était pris de pitié. « Misère, il faut que je redescende sur la terre ! qu'il gémissait. Il y a une femme qui se lamente, je vais aller la consoler ! »

« Tant et si bien que les femmes l'ont complètement vidé. Il a eu les reins cassés, il s'est mis à vomir, il est devenu paralytique, et il est mort. C'est alors que son héritier, le Christ, est venu. Il a vu le piteux état du vieux. « Gare aux femmes ! » qu'il a crié. »

J'admirais la fraîcheur d'esprit de Zorba et je me tordais de rire.

— Tu peux rire, patron ! Mais si le dieu-diable fait que nos affaires marchent bien — ça me paraît impossible, mais enfin ! — tu sais ce que je vais ouvrir comme boutique ? Une agence de mariages ! Alors, les pauvres femmes qui n'auront pas pu dégoter de maris rappliqueront : les vieilles filles, les moches, les cagneuses, les louches, les boiteuses, les bossues, et moi je les recevrai dans un petit salon avec, sur les murs, un tas de photos de beaux garçons et je leur dirai : « Choisissez, belles dames, celui qui vous plaît, choisissez, et moi je ferai les démarches pour qu'il devienne votre mari. » Alors, je trouverai n'importe quel gaillard un tant soit peu ressemblant, je l'habillerai comme sur la photo, je lui donnerai de l'argent et je lui dirai : « Telle rue, numéro tant, cours trouver une Telle et fais-lui du plat. Ne sois pas dégoûté, c'est moi qui paye. Couche avec elle. Débite-lui toutes ces douceurs que les hommes disent aux femmes et qu'elle n'a jamais entendues, la pauvre créature. Jure-lui que tu te marieras avec elle. Donne-lui un peu de plaisir, à l'infortunée, de ce plaisir que les chèvres connaissent et même les tortues et les mille-pattes. »

« Et s'il arrivait quelquefois une vieille bique dans le genre de notre Bouboulina, que personne, même pour tout l'or du monde, n'accepterait de consoler, eh bien, je ferais le signe de la croix et je m'en chargerais en personne, moi, le directeur de l'Agence. Alors tu entendrais tous les cornichons qui diraient : « Voyez-vous ça ! Quel vieux paillard ! Mais il n'a donc pas d'yeux pour voir ni de nez pour sentir ? — Si, bande de bourriques, j'ai des yeux ! Si, tas de sans-cœur, j'ai un nez ! mais j'ai aussi un cœur et j'ai pitié d'elle ! Et quand on a un cœur, on peut bien avoir tous les nez et les yeux qu'on veut, tout ça fout le camp ! »

« Et quand je serai tout à fait impotent, moi aussi, à force de fredaines, et que je passerai l'arme à gauche, Pierre-le-porte-clefs m'ouvrira la porte du Paradis : « Entre, pauvre Zorba, qu'il me dira, entre, grand martyr Zorba, va te coucher à côté de ton confrère Zeus ! Repose-toi, mon brave, tu as bien trimé sur terre, reçois ma bénédiction ! »

Zorba parlait. Son imagination tendait des pièges où il tombait lui-même. Il croyait peu à peu à ses contes, amusé et ému. Au moment où nous passions devant le figuier de la Demoiselle, il soupira et, le bras tendu comme s'il prêtait serment :

— Ne t'en fais pas, ma Bouboulina, ma vieille barcasse pourrie et malmenée ! Ne t'en fais pas, je te consolerai ! Les quatre grandes Puissances t'ont abandonnée, la jeunesse t'a abandonnée, le bon Dieu t'a abandonnée, moi, Zorba, je ne t'abandonnerai pas !

Il était minuit passé quand nous arrivâmes à notre plage. Le vent se leva. De là-bas, d'Afrique, arrivait le vent chaud du sud qui gonflait les arbres, les vignes, les seins de Crète. L'île entière, allongée sur la mer, recevait en frissonnant les souffles tièdes du vent qui fait monter la sève. Zeus, Zorba et le vent du sud se mêlaient et je distinguais, très précis, dans la nuit, un lourd visage d'homme à barbe noire, aux cheveux noirs huileux, qui se penchait avec des lèvres rouges et chaudes sur Dame Hortense, la Terre.

20

AUSSITÔT arrivés, nous nous couchâmes. Zorba se frotta les mains de satisfaction.

— Elle a été bonne cette journée, patron ! Bien remplie, quoi. Pense un peu : ce matin on était au diable vauvert, au monastère et on a mis l'Higoumène dans le sac — sa malédiction sur nous ! Après, on est redescendus, on a trouvé Dame Bouboulina, on s'est fiancés. Tiens, voilà la bague. De l'or de première. Il lui restait encore deux livres anglaises, qu'elle dit, de celles que lui avait données l'amiral anglais à la fin de l'autre siècle. Elle les gardait pour son enterrement, mais elle a préféré les donner à l'orfèvre pour faire des bagues. Fichu mystère que l'homme !

— Dors, Zorba, dis-je. Calme-toi ! Ça suffit pour aujourd'hui. Demain nous avons une cérémonie solennelle : nous planterons le premier pilier du téléphérique. J'ai fait dire au pope Stéphane de venir.

— Tu as bien fait, patron, ce n'est pas bête ! Qu'il vienne, le pope barbe-de-bouc, qu'ils viennent aussi les notables du village ; on distribuera même des petits cierges et ils les allumeront. Ces machins-là, ça fait impression : ça consolide nos affaires. Il ne faut pas regarder ce que je fais, moi, j'ai un Dieu personnel et un diable personnel. Mais les gens...

Il se mit à rire. Il ne pouvait dormir, son cerveau était en ébullition.

— Va, mon vieux grand-père, dit-il au bout d'un moment, la terre lui soit légère ! C'était un paillard, lui aussi, tout comme moi ; et pourtant, le vieux sacripant, il était allé au Saint-Sépulcre et il était devenu Hadji, Dieu sait dans quel but ! Quand il revint au village, un de ses compères, un voleur de chèvres, qui n'avait jamais rien fait de propre, lui dit : « Alors, compère, tu ne m'as pas rapporté un morceau de la Sainte Croix du Sépulcre ? — Et comment que je t'en ai rapporté ! dit mon rusé compère, tu ne voudrais pas que je t'oublie, toi ? Viens ce soir à la maison, amène le pope pour qu'il donne sa bénédiction et je te le remettrai. Apporte aussi un petit cochon rôti et du vin, on va fêter ça. »

« Le soir, mon grand-père rentre chez lui. Il taille dans sa porte qui était toute vermoulue, un petit morceau de bois pas plus gros qu'un grain de riz, il l'enveloppe dans un bout de coton, verse dessus une goutte d'huile et attend. Au bout d'un moment, voilà le compère qui s'amène avec le pope, le petit cochon et le vin. Le pope sort son étole et donne la bénédiction. La remise du précieux morceau de bois a lieu, après quoi ils se jettent tous sur le cochon. Eh bien, tu me croiras si tu veux, patron ! Le compère s'est prosterné devant le bout de porte, ensuite il l'a suspendu à son cou et, depuis ce jour-là, il est devenu un autre homme. Il a changé du tout au tout. Il a gagné la montagne, il a été rejoindre les Armatoles et les Kleftes, il a brûlé des villages turcs. Il courait, intrépide, au milieu des balles. Pourquoi est-ce qu'il aurait eu peur ? Il avait un morceau de la Sainte Croix sur lui, le plomb ne pouvait pas l'atteindre. »

Zorba éclata de rire.

— L'idée c'est tout, dit-il. Tu as la foi ? Alors une écharde de vieille porte devient une sainte relique. Tu n'as pas la foi ? La Sainte Croix tout entière devient une vieille porte.

J'admirais cet homme dont le cerveau fonctionnait avec tant de sûreté et d'audace et dont l'âme, à quelque endroit qu'on la touchât, lançait des étincelles.

— Tu es allé quelquefois à la guerre, Zorba ?

— Est-ce que je sais ? répondit-il en se renfrognant. Je ne me rappelle pas. Quelle guerre ?

— Eh bien, je veux dire, es-tu allé te battre pour la patrie ?

— Si tu parlais d'autre chose, hein ? Bêtises passées, bêtises oubliées.

— Tu appelles ça des bêtises, Zorba ? Tu n'as pas honte ? C'est ainsi que tu parles de la patrie ?

Zorba redressa la tête et me regarda. J'étais étendu sur mon lit et, au-dessus de moi, brûlait la lampe à huile. Il me regarda un long moment avec sévérité, puis, attrapant ses moustaches à pleines mains :

— Tu es naïf et pédant... patron, sauf ton respect, dit-il finalement. Tout ce que je te dis, c'est comme si je chantais.

— Comment ? protestai-je, je comprends très bien, Zorba !

— Oui, tu comprends avec ta tête. Tu dis : « Ça, c'est juste, ça, ce n'est pas juste ; c'est comme ça, ou ce n'est pas comme ça ; tu as raison ou tu as tort. » Mais à quoi ça nous mène-t-il ? Moi, pendant que tu parles, j'observe tes bras, ta poitrine. Eh bien, qu'est-ce qu'ils font ? Ils restent muets. Ils ne disent rien. Comme s'ils n'avaient pas une goutte de sang. Alors, avec quoi veux-tu comprendre ? Avec ta tête ? Pff !

— Allons, parle clairement, Zorba, n'essaye pas de te défiler ! criai-je pour l'exciter. Je crois que tu ne te tracasses pas beaucoup pour la patrie, hein, chenapan !

Il se fâcha et donna sur le mur un coup de poing qui fit résonner les bidons de fer-blanc.

— Moi, tel que tu me vois, vociféra-t-il, j'avais brodé avec mes cheveux l'église Sainte-Sophie sur un bout d'étoffe et je la portais sur moi, suspendue à mon cou, contre ma poitrine, en guise d'amulette. Parfaitement, mon vieux, c'est avec ces grosses pattes que je l'avais brodée, et avec ces tifs-là qui étaient à l'époque noirs comme jais. Moi qui te parle, je rôdais avec Pavlo Mélas (1) dans les rochers de Macédoine — un gaillard, un colosse plus haut que la baraque, que j'étais — avec ma fustanelle, mon fez rouge, mes breloques d'argent, mes amulettes, mon yatagan, mes cartouchières et mes pistolets. J'étais bardé de

(1) Pavlo Mélas : officier grec qui s'illustra dans la guerre contre les comitadjis bulgares.

fer, d'argent et de clous, et quand je marchais, ça ferraillait comme si toute une armée passait ! Tiens, regarde... regarde !

Il ouvrit sa chemise et rabattit son pantalon.

— Apporte la lumière, ordonna-t-il.

J'approchai la lampe du corps maigre et basané : balafres profondes, cicatrices de balles, coups de sabre, son corps était une véritable passoire.

— Regarde maintenant de l'autre côté !

Il se retourna et me montra son dos.

— Tu vois, par-derrière, même pas une égratignure. Tu saisis ? Maintenant, remporte la lampe.

« Des bêtises ! hurla-t-il furieux. Une honte ! Mon vieux, quand est-ce que l'homme deviendra vraiment un homme ? On se met des pantalons, des faux cols, des chapeaux mais on est encore des mulets, des loups, des renards, des cochons. On est, paraît-il, à l'image de Dieu ! Qui ? Nous ? Quelle blague ! »

On eût dit que des souvenirs terrifiants lui revenaient à l'esprit et il s'exaspérait de plus en plus, murmurant entre ses dents branlantes et creuses des mots incompréhensibles.

Il se leva, attrapa la carafe d'eau, but à longs traits ; après quoi, rafraîchi, il se calma un peu.

— Où que tu me touches, dit-il, je crie. Je ne suis que plaies et bosses, et toi tu me parles de femmes ! Moi, quand j'ai senti que j'étais un homme pour de vrai, j'ai cessé de me retourner pour les regarder. Je les touchais une minute, comme ça, en passant, comme un coq, et puis je m'en allais. « Les sales fouines, que je me disais, elles veulent me sucer toute ma force, pouah ! Qu'elles aillent se faire pendre ! »

« Alors, j'ai décroché mon fusil et en route ! J'ai pris le maquis comme comitadji. Un jour, entre chien et loup, je débouche dans un village bulgare et je me cache dans une étable, dans la maison même du pope bulgare qui était lui-même un féroce comitadji, une bête sanguinaire. La nuit, il enlevait sa soutane, mettait des habits de berger, prenait ses armes et pénétrait dans les villages grecs. Le matin, il s'en revenait avant le jour, dégoulinant de boue et de sang et il allait dire la messe. Quelques jours avant mon arrivée, il avait tué un maître d'école grec dans son lit, pendant son sommeil. Donc, moi, j'entre dans l'étable du pope, je me couche le dos sur le fumier, derrière les deux bœufs et j'attends. Vers le soir, voilà mon pope qui entre pour donner à manger à ses bêtes. Alors, je me jette sur lui, je te l'égorge comme un mouton, je lui coupe les oreilles et je les mets dans ma poche. Je faisais collection d'oreilles bulgares, tu comprends ; alors, je prends les oreilles du pope et je me tire.

« Quelques jours après, je regagne le même village, en plein midi, en me faisant passer pour un colporteur. J'avais laissé mes armes dans la montagne et j'étais descendu acheter du pain, du sel et des souliers pour les camarades. Devant une maison, je vois cinq petits gosses tout en noir, pieds nus, qui se tenaient par la main et qui mendiaient. Trois filles et deux garçons. Le plus grand ne devait pas avoir plus de dix ans, le plus petit était encore un bébé. L'aînée des filles le portait dans ses bras et elle l'embrassait et le caressait pour l'empêcher de pleurer. Je ne sais pas comment, sans doute une inspiration divine, l'idée m'est venue de m'approcher d'eux :

« — Vous êtes les enfants de qui, petits ? je leur demande en bulgare.

« Le plus grand des garçons lève sa petite tête :

« — Du pope qu'on a égorgé l'autre jour dans l'étable, qu'il me répond.

« Les larmes m'en sont venues aux yeux. La terre s'est mise à tourner comme une meule de moulin. Je me suis appuyé au mur et elle s'est arrêtée.

« — Approchez, les enfants, que je dis, venez près de moi.

« Je sors ma bourse de ma ceinture ; elle était pleine de livres turques et de medjidiés. Je me mets à genoux et je la vide par terre.

« — Là, prenez, que je crie, prenez ! prenez !

« Les enfants se jettent par terre et se mettent à ramasser livres et medjidiés.

« — C'est pour vous, c'est pour vous ! que je criais, prenez tout !

« Et puis je leur laisse mon panier avec mes bricoles :

« — Tout ça aussi, c'est pour vous, prenez !

« Et aussitôt je prends mes cliques et mes claques. Je sors du village, j'ouvre ma chemise, j'arrache la sainte Sophie que j'avais brodée, je la déchire, je la fiche en l'air et prends mes jambes à mon cou.

« Et je cours encore... »

Zorba s'appuya au mur et se retourna vers moi :

— Comme ça j'ai été délivré, dit-il.

— Délivré de la patrie ?

— Oui, de la patrie, répondit-il d'une voix ferme et calme.

Puis au bout d'un moment :

— Délivré de la patrie, délivré des popes, délivré de l'argent. Je passe au crible. Plus ça va, plus je passe au crible. Je me déleste. Comment te dire ? Je me libère, je deviens un homme.

Les yeux de Zorba brillaient, sa large bouche riait de satisfaction.

Après être resté un moment silencieux il recommença. Son cœur débordait, il ne pouvait le commander :

— Il fut un temps où je disais : celui-là c'est un Turc, un Bulgare, celui-ci un Grec. J'ai fait, moi, pour la patrie, des choses qui te feraient dresser les cheveux sur la tête, patron. J'ai égorgé, volé, brûlé des villages, violé des femmes, exterminé des familles. Pourquoi ? Sous prétexte que c'étaient des Bulgares, des Turcs. Pouah ! va-t'en au diable, salaud, que je me dis souvent en moi-même en m'engueulant. Va-t'en au diable, imbécile ! Maintenant voilà ce que je me dis : celui-ci, c'est un brave homme, celui-là un sale type. Il peut bien être Bulgare ou Grec, je ne fais pas de différence. Il est bon ? Il est mauvais ? C'est tout ce que je demande aujourd'hui. Et même ça, maintenant que je vieillis, je te le jure sur le pain que je mange, il me semble que je vais commencer à ne plus le demander. Mon vieux, qu'ils soient bons ou mauvais, je les plains tous. Quand je vois un homme, même si je fais celui qui s'en fout, ça me prend aux tripes. Voilà, que je me dis, ce malheureux aussi mange, boit, aime, a peur ; lui aussi il a son Dieu et son diable, lui aussi passera l'arme à gauche et se couchera tout raide sous la terre et sera bouffé par les vers. Eh, le pauvre ! On est tous frères. Tous de la viande pour les vers !

« Et si c'est une femme, ah ! alors, je t'assure, ça me donne envie de chialer. Ta seigneurie me turlupine à chaque instant en me disant que j'aime les femmes. Comment veux-tu que je ne les aime pas, mon vieux ? Ce sont des créatures faibles, qui ne savent pas ce qu'elles font et qui se donnent sans résistance pour peu que tu leur attrapes un sein.

« Une autre fois, j'étais encore entré dans un village bulgare. Un Grec, notable du village, qui m'avait vu, un salaud, me dénonce et on vient cerner la maison où je logeais. Je m'élance sur la terrasse, je me glisse d'un toit à l'autre ; il y avait clair de lune, je saute de terrasse en terrasse comme un chat. Mais ils repèrent mon ombre, grimpent sur les toits et ouvrent la fusillade. Alors, qu'est-ce que je fais ? Je me laisse tomber dans une cour. Là, une Bulgare était couchée, en chemise. Elle me voit, elle ouvre la bouche pour crier, mais moi j'étends le bras en lui soufflant : « De grâce ! De grâce ! Tais-toi ! » et je lui saisis la poitrine. La femme pâlit, défaille :

« — Entre, qu'elle me fait tout bas, entre, qu'on ne nous voie pas...

« J'entre, elle me serre la main : « Tu es un Grec ? qu'elle me dit. — Oui, Grec, ne me trahis pas. » Je la prends par la taille, elle ne disait rien. J'ai couché avec elle et j'avais le cœur tremblant de douceur : « Voilà, que je me disais, voilà, sacré Zorba, ça c'est une femme, ça c'est un être humain ! Qu'est-ce qu'elle est, celle-ci ? Bulgare, Grecque, Papoue ? C'est la même chose, vieux ! C'est un être humain, un être humain qui a une bouche, des seins, qui aime. Tu n'as pas honte de tuer ? Salaud ! »

« Voilà ce que je me disais tant que j'étais avec elle, dans sa chaleur. Mais la patrie, elle ne me fichait pas la paix. Je suis parti le matin avec des habits que la Bulgare, qui était veuve, m'avait donnés. Elle a sorti du coffre les habits de feu son mari et me les a donnés et elle m'embrassait les genoux en me suppliant de revenir.

« Oui, oui, la nuit suivante, je suis revenu. J'étais patriote, tu comprends, un animal sauvage, je suis revenu avec un bidon de pétrole et j'ai mis le feu au village. Elle a dû brûler, elle aussi, la malheureuse. Elle s'appelait Ludmilla. »

Zorba soupira. Il alluma une cigarette, en aspira deux ou trois bouffées et la jeta.

— La patrie, tu dis... Tu crois les balivernes que racontent tes bouquins ! C'est moi que tu dois croire. Tant qu'il y aura des patries, l'homme restera une bête, une bête féroce... Mais oui, Dieu soit loué ! je suis délivré, c'est fini ! Et toi ?

Je ne répondis pas. J'enviais cet homme qui était là, devant moi, et qui avait vécu avec de la chair et du sang — en combattant, tuant, embrassant, — tout ce que moi, je m'efforçais de connaître avec du papier et de l'encre. Tous les problèmes que je tâchais de dénouer, nœud après nœud, dans ma solitude et cloué sur ma chaise, cet homme les avait résolus au milieu des montagnes, à l'air pur, avec son sabre.

Je fermai les yeux, inconsolable.

— Tu dors, patron ? fit Zorba ennuyé. Et moi, l'imbécile, je suis là à te parler !

Il s'allongea en grommelant et, peu après, je l'entendis ronfler.

De toute la nuit je ne pus fermer l'œil. Un rossignol que l'on entendait pour la première fois ce soir-là emplit notre solitude d'une tristesse insupportable et soudain je sentis couler mes larmes.

J'étouffais. A l'aube, je me levai et, de la porte, je contemplai la mer et la terre. Il me sembla que le monde avait changé en une nuit. En face de moi, sur le sable, une petite touffe épineuse, hier encore misérable et morne, s'était couverte de minuscules fleurettes blanches. Dans l'air s'était répandu un lointain et doux parfum de citronniers et d'orangers en fleur. Je m'avançai, fis quelques pas. Je ne pouvais me rassasier du miracle éternellement renouvelé.

Soudain, j'entendis derrière moi un cri joyeux. Je me retournai. A demi nu, Zorba s'était levé, avait bondi lui aussi à la porte et regardait, bouleversé, le nouveau printemps.

— Qu'est-ce que c'est que ça ? s'exclama-t-il, stupéfait. Ce miracle, patron, ce bleu qui bouge là-bas, comment est-ce qu'on l'appelle ? Mer ? Mer ? Et celui-ci qui porte un tablier vert à fleurs ? Terre ? Quel est l'artiste qui les a faits ? Je te jure, patron, c'est la première fois que je vois ça.

Ses yeux s'étaient embués.

— Eh ! Zorba, lui criai-je, tu es devenu fou ?

— Pourquoi tu ris ? Tu ne vois donc pas ? Il y a de la magie là-dessous, patron !

Il s'élança dehors, se mit à danser, se roula dans l'herbe, comme un poulain de printemps.

Le soleil apparut. Je tendis mes paumes pour qu'elles se réchauffent. Les branches bourgeonnaient, les poitrines se gonflaient, l'âme aussi s'épanouissait comme un arbre ; on sentait que l'âme et le corps sont pétris de la même substance.

Zorba s'était relevé, les cheveux pleins de rosée et de terre.

— Vite, patron ! me cria-t-il, on s'habille, on se fait beaux. Aujourd'hui, c'est la bénédiction. Le pope et les notables ne vont pas tarder à s'amener. S'ils nous voyaient nous vautrer dans l'herbe, quelle honte pour la société ! Alors, sortons les faux cols et les cravates ! Sortons les masques sérieux ! Ça ne fait rien si on n'a pas de tête, il suffit d'avoir un chapeau. Patron, le monde mérite qu'on lui crache dessus.

Nous nous habillâmes, les ouvriers arrivèrent, les notables apparurent.

— Sois raisonnable, patron, retiens-toi de rire, il ne faut pas qu'on se rende ridicules.

En avant marchait le pope Stéphane avec sa soutane crasseuse aux poches profondes. Aux bénédictions, enterrements, mariages, baptêmes, il jetait dans ces gouffres, pêle-mêle, tout ce qu'on lui offrait : raisins secs, gimblettes, pâtés au fromage, concombres, boulettes de viande, dragées, et le soir, la vieille Papadia, sa femme, chaussait ses lunettes et démêlait le tout en grignotant.

Derrière le pope Stéphane, les notables : Kondomanolio, le cafetier, qui connaissait le monde, car il était allé jusqu'à La Canée et avait vu le prince Georges ; oncle Anagnosti, avec sa chemise à larges manches d'un blanc éclatant, calme et souriant. Grave, solennel, l'instituteur avec son gourdin ; et, le dernier, de sa démarche lente et lourde, s'avançait Mavrandoni. Il portait un mouchoir noir sur la tête, une chemise noire, des bottes noires. Il salua du bout des lèvres, amer et farouche, et se tint à l'écart, le dos à la mer.

— Au nom de Notre Seigneur Jésus-Christ ! prononça Zorba d'un ton solennel.

Il prit la tête du cortège et tous le suivirent dans un recueillement religieux.

Des souvenirs séculaires de célébrations magiques se réveillaient dans ces poitrines paysannes. Ils avaient tous les yeux rivés sur le pope comme s'ils s'attendaient à le voir affronter et exorciser des puissances invisibles. Il y avait de cela des milliers d'années, le sorcier levait les bras, aspergeait l'air de son goupillon, murmurait des paroles mystérieuses et toutes-puissantes, et les mauvais démons s'enfuyaient tandis que, sortis des eaux, de la terre, de l'air, les esprits bienfaisants accouraient au secours de l'homme.

Nous arrivâmes au trou creusé près de la mer pour recevoir le premier pilier du téléphérique. Les ouvriers soulevèrent un grand tronc de pin et le plantèrent tout droit dans le trou. Le pope Stéphane passa son étole, prit le goupillon et se mit, en regardant le poteau, à vocaliser l'exorcisme : « Qu'il soit fixé sur un roc solide, que ni le vent ni l'eau ne puissent ébranler... Amen ! »

— Amen ! tonitrua Zorba en se signant.

— Amen ! murmurèrent les notables.

— Amen ! firent les ouvriers, les derniers.

— Dieu bénisse vos travaux et vous donne les biens

d'Abraham et d'Isaac ! souhaita le pope Stéphane, et Zorba lui fourra dans la main un billet de banque.

— Ma bénédiction sur toi ! fit le pope satisfait.

Nous revînmes à la baraque où Zorba offrit du vin et des hors-d'œuvre de carême — poulpe grillé, calmars frits, fèves trempées, olives. Après quoi, les officiels s'en retournèrent chez eux lentement, le long du rivage. La cérémonie magique avait pris fin.

— On s'en est bien tiré ! dit Zorba en se frottant les mains.

Il se déshabilla, mit ses vêtements de travail et prit une pioche.

— Allons, les gars ! cria-t-il aux ouvriers, un signe de croix, et en avant !

De toute la journée, Zorba ne leva pas la tête. Il travailla frénétiquement. Tous les cinquante mètres, les ouvriers creusaient des trous et plantaient des poteaux, se dirigeant en ligne droite vers le sommet de la montagne. Zorba mesurait, calculait, donnait des ordres. Il ne mangea, ne fuma, ni ne souffla de la journée. Il était tout entier à la besogne.

— C'est parce qu'on fait son travail à moitié, me disait-il parfois, qu'on exprime ses idées à moitié, qu'on est pécheur ou vertueux à moitié, que le monde se trouve maintenant dans ce fichu état. Va donc jusqu'au bout, tape dur, n'aie pas peur et tu vaincras. Le bon Dieu déteste cent fois plus le demi-diable que l'archi-diable !

Le soir, quand il revint du travail, il se coucha sur le sable, écrasé de fatigue.

— C'est ici que je vais dormir, dit-il, en attendant que le jour se lève et qu'on aille reprendre le boulot. Je vais mettre des équipes à travailler de nuit.

— Mais pourquoi tant de hâte, Zorba ?

Il hésita un peu.

— Pourquoi ? Eh bien ! je veux voir si j'ai trouvé la bonne inclinaison. Si c'est raté, on est foutus, patron. Plus vite je le saurai, mieux ça vaudra.

Il mangea rapidement, gloutonnement, et, peu après, le rivage retentissait de ses ronflements. Pour moi, je restai éveillé assez longtemps, à suivre les étoiles dans le ciel. Je le voyais tout entier se déplacer lentement avec toutes ses constellations — et la coque de mon crâne, telle une coupole d'observatoire, se déplaçait, elle aussi, en même temps que les étoiles. « Regarde la marche des astres comme si tu tournais avec eux... » Cette phrase de Marc Aurèle emplit mon cœur d'harmonie.

21

C'ÉTAIT le jour de Pâques. Zorba s'était fait beau. Il avait mis de grosses chaussettes de laine couleur aubergine que lui avait tricotées, disait-il, une de ses commères de Macédoine. Il allait et venait, inquiet, sur un tertre près de notre plage. Il mettait sa main en visière au-dessus de ses épais sourcils et guettait, là-bas, vers le village.

— Elle est en retard, la vieille otarie, elle est en retard, la salope, elle est en retard, la bannière en loques...

Un papillon nouveau-né s'envola et voulut se poser sur les moustaches de Zorba. Mais, chatouillé, il souffla avec ses narines et le papillon, tranquillement, s'en alla et se perdit dans la lumière.

Nous attendions Dame Hortense ce jour-là pour fêter Pâques avec elle. Nous avions fait rôtir un agneau à la broche, étendu un drap blanc sur le sable, teint des œufs. Nous avions décidé, moitié blagueurs, moitié émus, de lui faire, ce jour-là, une grande réception. Sur cette plage solitaire, notre sirène replète, parfumée, légèrement pourrie, excerçait sur nous une étrange attirance. Quand elle n'était pas avec nous, il manquait quelque chose — une odeur d'eau de Cologne, une tache rouge, un balancement cahotant, dandinant, comme celui d'un canard, une voix enrouée et deux yeux aigrelets et délavés.

Nous avions donc coupé des branches de myrte et de laurier et dressé un arc de triomphe sous lequel elle devait passer. Sur l'arc, nous avions planté les quatre drapeaux — anglais, français, italien, russe — et au milieu, plus haut, un long drap blanc à bandes bleues. Nous n'avions évidemment pas de canon, mais nous avions décidé de nous tenir sur l'éminence et de tirer une salve avec des fusils qu'on nous avait prêtés, dès que notre otarie ferait son apparition dandinante sur la côte. Pour ressusciter sur cette plage solitaire ses grandeurs passées, pour qu'elle aussi, la malheureuse, s'illusionne un instant et se figure être redevenue une jeune femme vermeille à la poitrine ferme, en escarpins vernis et bas de soie. Quelle serait donc la valeur de la Résurrection du Christ si elle ne donnait le signal pour que ressuscitent en nous la jeunesse et la joie ? Pour qu'une vieille cocotte retrouve ses vingt ans ?

— Elle est en retard, la vieille otarie, elle est en retard, la salope, elle est en retard, la bannière en loques... grommelait à chaque instant Zorba en remontant ses chaussettes aubergine qui tombaient.

— Viens t'asseoir, Zorba ! Viens fumer une cigarette à l'ombre du caroubier. Elle ne tardera pas à se montrer.

Il jeta un dernier regard plein d'attente vers la route du village et vint s'installer sous le caroubier. Midi approchait, il faisait chaud. Au loin, on entendait, joyeuses, alertes, les cloches de Pâques. De temps en temps, le vent nous apportait les sons de la lyre crétoise, le village tout entier bruissait comme une ruche au printemps.

Zorba hocha la tête.

— C'est fini, le temps où mon âme ressuscitait à chaque fête de Pâques en même temps que le Christ, c'est fini ! dit-il. Maintenant, il n'y a plus que ma chair qui ressuscite... Naturellement il y en a un qui paye une tournée, et puis un autre ; on me dit : prends cette petite bouchée, cette autre encore, alors je m'emplis d'une nourriture plus abondante, plus savoureuse, qui ne devient pas entièrement des ordures. Il y a quelque chose qui reste, quelque chose qui est sauvé et qui devient de la bonne humeur, des danses, des chansons, des chamailleries, — et c'est ce quelque chose-là que j'appelle résurrection.

Il se releva, observa l'horizon, se renfrogna :

— Il y a un gosse qui s'amène en courant, dit-il, et il s'élança à la rencontre du messager.

Le garçon, dressé sur la pointe des pieds, chuchota quelque chose à l'oreille de Zorba qui bondit, furieux :

— Malade ? hurla-t-il, malade ? Fous-moi le camp ou je te casse la gueule !

Et, se tournant vers moi :

— Patron, je fais un saut jusqu'au village pour voir ce qui lui arrive à cette vieille otarie... Patiente un peu. Donne-moi deux œufs rouges, on va les choquer tous les deux. Je reviens !

Il empocha les œufs rouges, remonta ses chaussettes aubergine et s'en alla.

Je descendis de l'éminence et m'étendis sur les galets frais. Une légère brise soufflait, la mer frisottait, deux mouettes se posèrent sur les petites vagues et se mirent à se balancer, la gorge bombée, suivant voluptueusement le rythme de la mer.

Je devinais, en l'enviant, la jubilation et la fraîcheur de leur ventre. Tout en regardant les mouettes, je songeais : « Voilà la route à suivre, trouver le grand rythme et le suivre, confiant. »

Au bout d'une heure, Zorba apparut, caressant ses moustaches d'un air satisfait.

— Elle a pris froid, la pauvre. Ce n'est rien. Ces jours derniers, pendant toute la Semaine Sainte, toute franque qu'elle est, elle allait aux vigiles, en mon honneur qu'elle dit. Et elle a attrapé froid. Alors je lui ai mis des ventouses, je l'ai frictionnée avec de l'huile de la veilleuse, je lui ai donné un petit verre de rhum et demain elle sera bon pied bon œil. Hé, la rosse, elle est amusante dans son genre : il fallait l'entendre roucouler comme une pigeonne pendant que je la frictionnais, soi-disant que ça la chatouillait !

Nous nous mîmes à table et Zorba remplit les verres :

— A sa santé ! et que le diable l'emporte le plus tard possible ! dit-il avec tendresse.

Nous mangions et buvions depuis quelque temps en silence. Le vent nous apportait, tel un bourdonnement d'abeille, les sons lointains et passionnés de la lyre. Le

Christ ressuscitait encore sur les terrasses, l'agneau pascal et les galettes de Pâques se transformaient en chansons d'amour.

Quand Zorba eut bien mangé et bien bu, il tendit sa grande oreille poilue :

— La lyre... murmura-t-il, on danse au village !

Il se leva brusquement. Le vin lui était monté à la tête :

— Dis donc, qu'est-ce qu'on fait ici tout seuls comme des coucous ? cria-t-il. Allons danser ! Tu n'as pas pitié de l'agneau, toi ? Alors, tu vas le laisser comme ça tourner en eau de boudin ? Allons, viens ! qu'il devienne danses et chansons ! Zorba est ressuscité !

— Attends donc, sacré Zorba, tu es devenu fou ?

— Parole d'honneur, moi ça m'est égal, patron, mais ça me fait peine pour l'agneau, ça me fait peine pour les œufs rouges, les galettes de Pâques et la crème de fromage ! Je te jure, si je n'avais bouffé que du pain et des olives, je dirais : « Hé ! allons dormir, est-ce que j'ai besoin de faire la fête ? » Ce n'est que des olives et du pain, pas vrai ? alors qu'est-ce que tu peux en attendre de bon ? Mais maintenant c'est dommage, je t'assure, qu'un gueuleton comme celui-là soit fichu ! Allons fêter la Résurrection, patron !

— Je ne suis pas en train aujourd'hui. Vas-y toi, et danse pour moi aussi !

Zorba m'attrapa par le bras et me releva :

— Christ est ressuscité, mon garçon ! Ah ! si j'avais ta jeunesse ! Se jeter partout la tête la première ! Dans le travail, le vin, l'amour, et ne craindre ni Dieu ni diable. Voilà ce que c'est que la jeunesse !

— C'est l'agneau qui parle en toi, Zorba ! Il est devenu sauvage, il s'est changé en loup !

— Mon vieux, l'agneau s'est changé en Zorba, c'est Zorba qui parle je te dis ! Écoute-moi ! Tu jureras contre moi après. Moi, je suis un Sindbad le Marin. Ce n'est pas que j'aie parcouru le monde, non, pas du tout ! Mais j'ai volé, tué, menti, couché avec un tas de femmes, violé tous les commandements. Il y en a combien ? Dix ? Ah ! je voudrais qu'il y en ait vingt, cinquante, cent pour les violer tous ! Et pourtant, s'il y a un Dieu, je n'aurai pas peur du tout de me présenter devant lui, le jour venu. Je ne sais pas comment t'expliquer pour que tu comprennes. Tout ça, je crois que ça n'a aucune importance. Est-ce que le bon Dieu daignerait s'intéresser à des vers de terre et tenir des comptes pour eux ? Et se fâcher, tempêter, se faire de la bile parce qu'on aurait fait un faux pas et passé sur la femelle du ver d'à côté ? Ou bien qu'on aurait mangé une bouchée de viande, le Vendredi Saint ? Pouah ! Allez vous faire fiche, curés pleins de soupe !

— Bien, Zorba, lui dis-je pour le faire enrager, bien, Dieu ne te demande pas ce que tu as mangé, mais ce que tu as fait !

— Eh bien, moi, je te dis qu'il ne demande pas ça non plus ! Et comment le sais-tu, espèce d'ignare de Zorba ? que tu me diras. Je le sais, j'en suis sûr, car, moi, si j'avais deux fils, l'un sage, rangé, économe, pieux, et l'autre coquin, goinfre, coureur, hors la loi, je les accepterais tous les deux à ma table, pour sûr, mais je ne sais pas pourquoi, c'est le deuxième que je préférerais. Peut-être parce qu'il me ressemblerait ? Mais qui te dit que je ne ressemble pas au bon Dieu plus que le pope Stéphane qui passe ses jours et ses nuits à faire des génuflexions et à ramasser des sous ?

« Le bon Dieu, il fait la fête, puis, commet des injustices, fait l'amour, travaille, aime les choses impossibles, tout comme moi. Il mange ce qui lui plaît, il prend la femme qu'il veut. Tu vois passer une femme belle comme l'eau fraîche, ton cœur s'épanouit et brusquement, la terre s'ouvre et elle disparaît. Où est-ce qu'elle va ? Qui la prend ? Si elle était sage, on dit : le bon Dieu l'a prise. Si c'était une gourgandine, on dit : le diable l'a emportée. Mais moi, patron, je te dis et je te répète : Dieu et diable c'est tout un ! »

Je me tus, mordant mes lèvres comme si je voulais empêcher les mots d'en sortir. Les mots et un grand cri. Et qu'aurait exprimé ce cri ? Malédiction, joie, désespoir ou délivrance ? Je l'ignorais.

Zorba prit son gourdin, mit son bonnet un peu de travers, crânement, me regarda avec compassion et ses lèvres remuèrent un instant comme s'il voulait ajouter quelque chose. Mais il ne dit rien et se dirigea d'un pas rapide, la tête haute, vers le village.

Je voyais, dans la lumière de l'après-midi déclinant, se mouvoir sur les galets son ombre gigantesque qui balançait le gourdin. Toute la plage, au passage de Zorba, s'animait. Assez longtemps, je tendis l'oreille, épiant ses pas qui se perdaient peu à peu. Soudain, dès que je me sentis seul, je me relevai d'un bond. Pourquoi ? Pour aller où ? Je ne savais. Mon esprit n'avait rien décidé. C'est mon corps qui avait bondi. C'était lui, lui seul, qui prenait une décision sans me demander mon avis.

— En avant ! dit-il avec force, comme s'il lançait un commandement.

Je partis vers le village d'un pas résolu et pressé. De temps en temps, je m'arrêtais et respirais le printemps. La terre sentait la camomille, et à mesure que j'approchais des jardins, je recevais par bouffées le parfum des citronniers, des orangers et des lauriers en fleur. A l'occident, l'étoile du soir se mit à danser joyeusement.

« Mer, femme, vin, travail acharné ! » Je murmurais malgré moi les paroles de Zorba tout en marchant. « Mer, femme, vin, travail acharné ! Se jeter la tête la première dans le travail, le vin, l'amour, ne craindre ni Dieu ni diable... voilà ce que c'est que la jeunesse ! » Je me le disais et me le répétais comme si je voulais me donner du courage, et je continuais d'avancer.

Soudain, je m'arrêtai brusquement comme si j'étais arrivé là où je voulais. Où ? Je regardai : j'étais devant le jardin de la veuve. Derrière la clôture de roseaux et les figuiers de Barbarie, une douce voix féminine fredonnait. Je m'approchai, écartai les feuillages. Sous un oranger, se tenait une femme vêtue de noir, à la gorge débordante. Elle coupait des branches fleuries en chantant. Dans le crépuscule, je voyais luire sa poitrine à moitié découverte.

J'eus le souffle coupé. « C'est une bête fauve, pensai-je, une bête fauve et elle le sait. Quelles pauvres créatures, folles, extravagantes, sans résistance, sont les hommes devant elle ! Pareille à certains insectes — la mante religieuse, la sauterelle, l'araignée — celle-ci aussi, repue et insatiable, doit dévorer les mâles à l'aube.

La veuve avait-elle donc senti ma présence ? Elle interrompit brusquement sa chanson et se retourna. Le temps d'un éclair, nos regards se croisèrent. Je sentis fléchir mes genoux — comme si, derrière les roseaux, j'avais aperçu une tigresse.

— Qui est-là ? fit-elle d'une voix étranglée.

Elle ramena son fichu et se couvrit la poitrine. Son visage s'assombrit.

Je fus sur le point de m'en aller. Mais les paroles de Zorba emplirent tout à coup mon cœur. Je repris des forces. « Mer, femme, vin... »

— C'est moi, répondis-je. C'est moi, ouvre-moi !

A peine ces mots prononcés, la terreur m'envahit. Je fus de nouveau sur le point de m'enfuir, mais je me contins, honteux.

— Qui ça, toi ?

Elle fit un pas, lent, prudent, silencieux, allongea le cou, ferma à demi les yeux pour mieux distinguer et fit encore un pas, penchée en avant, à l'affût.

Tout à coup son visage s'éclaira. Elle sortit le bout de la langue et se lécha les lèvres.

— Le patron ? dit-elle d'une voix plus douce.

Elle avança encore d'un pas, ramassée sur elle-même, prête à bondir.

— Le patron ? redemanda-t-elle sourdement.

— Oui.

— Viens !

Le jour était déjà levé. Zorba était rentré et il fumait, assis devant la baraque, en regardant la mer. On eût dit qu'il m'attendait.

Dès que j'apparus, il leva la tête et me fixa. Ses narines palpitèrent comme celles d'un lévrier. Il tendit le cou, aspira profondément, il me flairait. Et d'un seul coup son visage resplendit comme s'il avait pu renifler sur moi l'odeur de la veuve.

Il se leva lentement, sourit de tout son être et tendit les bras :

— Ma bénédiction ! fit-il.

Je me couchai, fermai les yeux. J'entendis la mer respirer tranquillement, sur un rythme berceur, et je me sentais monter et descendre sur elle comme une mouette. Ainsi, doucement bercé, je plongeai dans le sommeil et fis un rêve : je vis une sorte de négresse géante assise par terre à croupetons, et il me sembla que c'était un antique temple cyclopéen de granit noir. Je tournais avec angoisse autour d'elle pour trouver l'entrée. J'étais à peine aussi grand que son petit orteil. Soudain, comme je contournais son talon, je vis une porte noire, semblable à une grotte. Une grosse voix se fit entendre qui ordonnait : « Entre ! »

Et j'entrai.

Vers midi, je m'éveillai. Le soleil, entré par la fenêtre, inondait les draps et frappait avec une telle force sur un petit miroir suspendu au mur qu'on eût dit qu'il allait le briser en mille morceaux.

Le rêve de la négresse géante me revint à l'esprit, la mer murmurait, je refermai les yeux et il me sembla que j'étais heureux. Mon corps était léger et satisfait, comme un animal qui se pourlèche, étendu au soleil, après avoir dévoré sa proie. Mon esprit, tel un corps lui aussi, se reposait, rassasié. On eût dit qu'aux questions déchirantes qui le tourmentaient, il avait trouvé une réponse merveilleusement simple.

Toute la joie de la nuit passée refluait du fond de moi, se ramifiait et arrosait abondamment la terre dont je suis fait. Ainsi étendu, les yeux clos, j'entendais, me semblait-il, craquer et s'élargir mon être. Cette nuit-là, pour la première fois, j'avais éprouvé avec netteté que l'âme est chair, elle aussi, plus mobile, peut-être, plus diaphane, plus libre, mais chair. Et que la chair est âme, un peu somnolente, harassée par de longues routes, surchargée de lourds héritages.

Je sentis qu'une ombre tombait sur moi. J'ouvris les yeux : Zorba se tenait sur le seuil et me regardait, content.

— Ne te réveille pas, mon garçon ! ne te réveille pas...

me dit-il doucement avec une tendresse toute maternelle. C'est encore fête aujourd'hui, dors !

— J'ai assez dormi, dis-je en me redressant.

— Je vais te faire un œuf battu, fit Zorba en souriant, c'est reconstituant.

Sans répondre, je courus à la plage, me plongeai dans la mer et me fis sécher au soleil. Mais je sentais encore une odeur douce et insistante dans mes narines, sur mes lèvres, au bout de mes doigts. Une odeur d'eau de fleurs d'oranger, ou d'huile de laurier dont les femmes de Crète enduisent leurs cheveux.

Elle avait coupé hier une brassée de fleurs d'oranger pour les porter ce soir au Christ, à l'heure où les villageois dansent sous les peupliers blancs de la place et que l'église est déserte. L'iconostase, au-dessus de son lit, était chargée de fleurs de citronnier et, entre les fleurs, apparaissait la Vierge affligée, aux grands yeux en amande.

Zorba vint poser près de moi la tasse contenant l'œuf battu, deux grosses oranges et une petite brioche de Pâques. Il me servait sans bruit, heureux, comme une mère soigne son fils revenu de la guerre. Il me regarda d'un air caressant et s'en alla.

— Je vais poser quelques poteaux, dit-il.

Je mastiquais tranquillement au soleil et j'éprouvais un profond bonheur physique comme si je flottais sur une mer fraîche et verte. Je ne laissais pas mon esprit accaparer cette allégresse charnelle pour la malaxer dans ses moules à lui et en faire de la pensée. Je laissais tout mon corps jubiler des pieds à la tête, comme un animal. Parfois, seulement, extasié, je regardais autour de moi, au-dedans de moi, le miracle du monde : Que se passe-t-il ? me disais-je. Comment a-t-il pu se faire que le monde soit si parfaitement adapté à nos pieds, à nos mains, à notre ventre ? » De nouveau, je fermais les yeux et me taisais.

Soudain, je me relevai, entrai dans la baraque, pris le manuscrit de « Bouddha » et l'ouvris. J'en étais arrivé à la fin. Bouddha, couché sous l'arbre en fleur, avait levé la main et ordonné aux cinq éléments qui le composaient — terre, eau, feu, air, esprit — de se dissoudre.

Je n'avais plus besoin de ce visage de mon angoisse, je l'avais dépassé, j'avais achevé mon service auprès de Bouddha — je levai la main moi aussi et ordonnai à Bouddha de se dissoudre en moi.

En toute hâte, à l'aide des exorcismes tout-puissants, les mots, je dévastai son corps, son âme, son esprit. Sans pitié, j'égratignai les derniers mots, poussai le dernier cri et traçai mon nom avec un gros crayon rouge. C'était fini.

Je pris une grosse ficelle et attachai solidement le manuscrit. J'éprouvais une joie étrange, comme si je liais pieds et poings à un ennemi redoutable, ou comme les sauvages quand ils ligotent leurs morts chéris pour qu'ils ne puissent sortir des tombes et se transformer en revenants.

Une petite fille, pieds nus, arriva en courant. Elle portait une robe jaune et tenait, serré dans sa main, un œuf rouge. Elle s'arrêta et me regarda, épouvantée.

— Alors ? lui demandai-je en souriant, pour l'encourager, tu veux quelque-chose ?

Elle renifla et me répondit d'une petite voix essoufflée :

— La dame m'envoie te dire que tu viennes. Elle est dans son lit. C'est toi Zorba ?

— C'est bien, je viens.

Je glissai un œuf rouge dans l'autre menotte ; elle referma la main et se sauva.

Je me levai et me mis en route. La rumeur du village se rapprochait peu à peu ; doux son de lyre, cris, coups de fusil, chansons allègres. Quand je débouchai sur la place, garcons et filles s'étaient assemblés sous les peupliers au feuillage tout neuf et se préparaient à danser. Les vieux étaient assis tout autour, sur les bancs, le menton appuyé sur leur bâton, et regardaient. Les vieilles se tenaient debout plus en arrière. Au milieu des danseurs, trônait le fameux joueur de lyre, Fanourio, une rose d'avril passée derrière l'oreille. De la main gauche, il tenait sa lyre dressée sur son genou, de la main droite il essayait l'archet aux bruyants grelots.

— Christ est ressuscité ! criai-je en passant.

— En vérité, il est ressuscité ! répondit une rumeur joyeuse.

Je jetai un rapide coup d'œil. Des garçons bien bâtis, à la taille fine, portaient les braies bouffantes et le mouchoir de tête dont les franges retombaient sur le front et les tempes comme des mèches frisées. Les jeunes filles avec les sequins autour du cou, leurs fichus blancs brodés, les yeux baissés, palpitaient d'attente.

— Tu ne daignes pas rester avec nous, patron ? interrogèrent quelques voix.

Mais j'étais déjà passé.

Dame Hortense était couchée dans son grand lit, le seul meuble qui lui fût demeuré fidèle. Ses joues brûlaient de fièvre et elle toussait.

Dès qu'elle me vit, elle soupira plaintivement :

— Et Zorba, compère, et Zorba ?...

— Ça ne va pas. Depuis le jour où tu es tombée malade, il est malade aussi. Il tient ta photo et la regarde en soupirant.

— Parle encore, parle encore... murmura la pauvre sirène en fermant les yeux, heureuse.

— Il m'envoie te demander si tu désires quelque chose. Il viendra lui-même ce soir, m'a-t-il dit, bien qu'il se traîne à peine. Il ne peut plus supporter d'être séparé de toi.

— Parle, parle, parle encore...

— Il a reçu un télégramme d'Athènes. Les toilettes de mariage sont prêtes, les couronnes aussi, elles ont pris le bateau, elles arrivent... avec les cierges blancs enrubannés de rose...

— Continue, continue...

Le sommeil l'avait gagnée, sa respiration changea ; elle se mit à délirer. La chambre sentait l'eau de Cologne, l'ammoniaque et la sueur. Par la fenêtre ouverte, entrait l'âcre odeur des fientes des poules et des lapins de la cour.

Je me levai et me glissai hors de la chambre. A la porte je tombai sur Mimitho. Il portait, ce jour-là, des bottes et des braies toutes neuves. Il avait passé derrière son oreille une branche de basilic.

— Mimitho, lui dis-je, cours au village de Kalo et ramène le médecin !

Mimitho avait déjà tiré ses bottes pour ne pas les abîmer en chemin et les serrait sous son bras.

— Va trouver le médecin, porte-lui bien des salutations de ma part, dis-lui qu'il enfourche sa jument et qu'il vienne sans faute. La dame est gravement malade, tu lui diras. Elle a pris froid, la pauvre, elle a la fièvre, elle se meurt. Tu lui diras ça. Trotte !

— Hop ! Hop ! Je m'en vais.

Il cracha dans ses mains, les frappa joyeusement l'une contre l'autre, mais ne bougea pas. Il me regardait gaiement.

— File, je te dis !

Il ne bougeait toujours pas. Il me cligna de l'œil et eut un sourire satanique.

— Patron, dit-il, je t'ai porté chez toi une bouteille d'eau de fleurs d'oranger comme cadeau.

Il s'arrêta un instant. Il attendait que je lui demande qui me l'envoyait, mais je me taisais.

— Eh bien, tu ne demandes pas qui te l'envoie, patron ? glousssa-t-il. C'est pour que tu en mettes dans tes cheveux, qu'elle dit, pour qu'ils sentent bon !

— File, en vitesse ! Tais-toi !

Il rit, cracha de nouveau dans ses mains :

— Hop ! Hop ! cria-t-il encore une fois, Christ est ressuscité !

Et il disparut.

22

SOUS les peupliers, la danse pascale battait son plein. Elle était menée par un robuste éphèbe brun d'environ vingt ans, dont les joues couvertes d'un épais duvet ignoraient encore le rasoir. Dans l'échancrure de sa chemise sa poitrine faisait tache noire, toute velue de poils frisés. Il avait la tête renversée en arrière, ses pieds s'agitaient au sol, pareils à des ailes ; de temps à autre, il lançait un regard sur quelque fille, et le blanc de ses yeux luisait, immobile, inquiétant dans la noirceur de son visage.

Je fus ravi et effrayé. Je revenais de chez Dame Hortense. J'avais appelé une femme pour s'occuper d'elle et maintenant je m'en allais, tranquille, voir danser les Crétois. Je m'approchai d'oncle Anagnosti et m'assis près de lui sur le banc.

— Quel est ce jeune gaillard qui mène la danse ? lui demandai-je à l'oreille.

Oncle Anagnosti se mit à rire :

— Il est comme l'archange qui prend les âmes, le coquin, dit-il, admiratif. Eh bien ! c'est Sifakas, le berger. Toute l'année, il garde ses troupeaux dans les montagnes et seulement à Pâques il descend pour voir des hommes et danser.

Il soupira.

— Ah ! si j'avais sa jeunesse ! murmura-t-il, si j'avais sa jeunesse, parole d'honneur, je prendrais d'assaut Constantinople.

Le jeune homme secoua la tête, poussa un cri, bêlant, inhumain, tel un bélier en rut :

— Joue, Fanourio ! cria-t-il, joue, que la Mort meure !

La Mort mourait à chaque instant, renaissant à chaque instant, comme la vie. Depuis des milliers d'années, jeunes gens et jeunes filles dansent sous les arbres au feuillage tendre — peupliers, sapins, chênes, platanes et sveltes palmiers — et ils danseront encore des milliers d'années, le visage dévoré de désir. Les visages changent, s'effritent, retournent à la terre ; mais d'autres en sortent qui les remplacent. Il n'y a qu'un seul danseur aux masques innombrables, immortel et qui a toujours vingt ans.

Le jeune homme leva la main pour retrousser ses moustaches, mais il n'en avait pas.

— Joue ! cria-t-il de nouveau, joue, Fanourio, mon gars, sinon j'éclate !

Le joueur de lyre secoua son bras, la lyre résonna, les grelots s'échauffèrent et le jeune homme fit un saut, frappa trois fois ses pieds en l'air, à hauteur d'homme et attrapa du bout de ses bottes le mouchoir blanc sur la tête de son voisin, le garde champêtre Manolakas.

— Bravo, Sifakas ! cria-t-on, et les jeunes filles frissonnèrent et baissèrent les yeux.

Mais le jeune homme, silencieux, sans regarder personne, sauvage et discipliné, appuyait maintenant sa main gauche renversée sur ses reins minces et robustes et dansait, les yeux timidement rivés au sol.

Brusquement, la danse s'interrompit ; le vieux bedeau, Androulio, accourait, les bras au ciel.

— La veuve ! La veuve ! La veuve ! cria-t-il la langue pendante.

Le garde champêtre Manolakas s'élança le premier, coupant la farandole. De la place on voyait, en bas, l'église, encore parée de myrte et de laurier. Les danseurs s'arrêtèrent, le sang à la tête, les vieux se levèrent des bancs. Fanourio coucha la lyre sur ses genoux, retira de son oreille la rose d'avril et la respira.

— Où, mon vieux Androulio ? crièrent-ils tout bouillants de rage, où est-elle ?

— Dans l'église, là, elle vient d'entrer, la maudite ; elle portait une brassée de fleurs de citronnier.

— Allons-y, les gars ! cria le garde champêtre en se ruant le premier.

A ce moment, la veuve apparut sur le seuil de l'église, un fichu noir sur la tête. Elle se signa.

— Misérable ! Salope ! Criminelle ! crièrent des voix sur la place. Elle a le culot de se montrer ! Elle qui a déshonoré le village !

Les uns se précipitèrent vers l'église à la suite du garde champêtre, d'autres, en haut, commencèrent à lui lancer des pierres. Un des projectiles la frappa à l'épaule. Elle poussa un cri, mit ses mains sur son visage et s'élança, courbée en avant pour essayer de fuir. Mais les jeunes gens étaient déjà arrivés à la porte de l'église et Manolakas avait tiré son couteau.

La veuve recula en jetant des petits cris aigus, se plia en deux et courut en titubant s'engouffrer dans l'église. Mais là, sur le seuil, se trouvait le vieux Mavrandoni, les bras en croix et tenant les montants de la porte.

La veuve fit un saut à gauche et étreignit le grand cyprès de la cour. Une pierre siffla dans l'air, l'atteignit à la tête, lui enleva son fichu. Ses cheveux se défirent et roulèrent sur ses épaules.

— Pour l'amour de Dieu ! Pour l'amour de Dieu ! criait-elle en serrant étroitement le cyprès.

Rangées à la file, là-haut, sur la place, les jeunes filles mordaient leurs fichus blancs et regardaient avidement. Les vieilles, accrochées aux clôtures, glapissaient.

— Tuez-la, voyons ! Tuez-la !

Deux jeunes gens se jetèrent sur elle, la saisirent, sa blouse noire se déchira, son sein brilla, blanc comme neige. Le sang coulait maintenant du sommet de son crâne sur son front, ses joues et son cou.

— Pour l'amour de Dieu ! Pour l'amour de Dieu ! criait-elle haletante.

Le sang qui coulait, la poitrine qui brillait, avaient excité les jeunes gens. Les couteaux sortirent des ceintures.

— Arrêtez ! cria Manolakas, elle est à moi !

Mavrandoni, toujours dressé au seuil de l'église, leva la main. Ils s'arrêtèrent tous.

— Manolakas, dit-il d'une voix grave, le sang de ton cousin crie. Donne-lui le repos !

Je m'élançai de la clôture où j'étais grimpé, me précipitai vers l'église ; mon pied buta contre une pierre et je tombai de tout mon long.

A ce moment, Sifakas passait. Il se pencha, m'attrapa par la peau du dos comme on attrape les chats et me remit sur mes pieds.

— Qu'est-ce que tu cherches, toi, par ici, espèce de gommeux ? fit-il. Fous le camp.

— Tu n'as pas pitié d'elle, Sifakas ? lui dis-je. Aie pitié d'elle !

Le montagnard, farouche, se mit à rire :

— Je ne suis pas une femme, pour avoir pitié ! dit-il. Je suis un homme !

Et, d'un bond, il se trouva dans la cour de l'église où je le suivis.

Tous maintenant entouraient la veuve. Silence pesant. On n'entendait que le halètement étranglé de la victime.

Manolakas fit le signe de la croix, avança d'un pas et leva son couteau ; les vieilles, là-haut, sur les clôtures, glapissaient joyeusement. Les jeunes filles rabattirent leurs fichus et se couvrirent le visage.

La veuve leva les yeux, vit le couteau au-dessus d'elle, beugla comme une génisse. Elle s'écroula au pied du cyprès et rentra la tête dans les épaules. Ses cheveux couvrirent la terre, sa nuque éclatante étincela.

— J'invoque la justice de Dieu ! cria le vieux Mavrandoni, se signant lui aussi.

Mais juste à cet instant, une grosse voix retentit derrière nous :

— Abaisse ton couteau, assassin !

Tous se retournèrent, stupéfaits. Manolakas leva la tête ; Zorba se tenait devant lui, balançant les bras, furieux. Il cria :

— Dites donc, vous n'avez pas honte ? Quelle bravoure !

Un village entier pour tuer une femme ! Vous allez déshonorer toute la Crète, prenez garde !

— Occupe-toi de tes affaires, Zorba ! Ne te mêle pas des nôtres ! rugit Mavrandoni.

Et se tournant vers son neveu :

— Manolakas, dit-il, au nom du Christ et de la Vierge, frappe !

Manolakas bondit. Il empoigna la veuve, la jeta à terre, appuya son genou sur son ventre et leva son couteau. Mais en un éclair Zorba avait attrapé le bras de Manolakas et, son grand mouchoir entortillé autour de la main, il s'efforçait d'arracher le couteau.

La veuve se mit à genoux, chercha autour d'elle par où s'enfuir, mais les villageois avaient barré la porte et se tenaient en cercle autour de la cour et sur les bancs ; quand ils la virent chercher à s'échapper, ils firent un pas en avant et le cercle se rétrécit.

Cependant Zorba luttait sans cris, agile, résolu, de sang-froid. Debout, près de la porte, je suivais la lutte, angoissé. La figure de Manolakas avait bleui de fureur. Sifakas et un autre colosse se rapprochèrent pour lui prêter main-forte. Mais Manolakas, furieux, roula des yeux :

— Arrière ! Arrière ! cria-t-il, que personne n'approche !

Il se jeta de nouveau avec rage sur Zorba et lui donna un coup de tête comme un taureau.

Zorba se mordit les lèvres sans rien dire. Il maintenait comme dans un étau le bras droit du garde champêtre et se pliait à droite et à gauche pour parer les coups de tête. Fou furieux, Manolakas s'élança, attrapa entre ses dents l'oreille de Zorba et tira dessus de toutes ses forces. Le sang coulait.

— Zorba, criai-je épouvanté, en m'élançant pour le sauver.

— Va-t'en, patron ! me cria-t-il, ne t'en mêle pas !

Il serra le poing et décocha un coup terrible dans le bas-ventre de Manolakas. D'un seul coup, la bête sauvage lâcha prise. Ses dents se desserrèrent, libérèrent l'oreille à moitié décollée, et son visage bleui devint livide. D'une bourrade, Zorba le fit s'écrouler à terre ; il lui arracha le couteau et le cassa en deux.

Avec son mouchoir, il étancha le sang qui coulait de son oreille ; il épongea son visage ruisselant de sueur et toute sa figure fut barbouillée de sang. Il se redressa, jeta un regard autour de lui ; ses yeux étaient enflés et tout rouges. Il cria à la veuve :

— Lève-toi, viens avec moi !

Et il se dirigea vers la porte de la cour.

La veuve se redressa ; elle rassembla toute son énergie, prit son élan pour se ruer en avant. Mais elle n'en eut pas le temps. Tel un faucon, le vieux Mavrandoni s'était jeté sur elle. Il la renversa, enroula trois fois ses longs cheveux noirs autour de son bras et, d'un seul coup de couteau, il lui trancha la tête.

— Je prends le péché à mon compte ! cria-t-il et il lança la tête de la victime sur le seuil de l'église. Puis il se signa.

Zorba se retourna. Enragé, il arracha une touffe de poils de sa moustache. Je m'approchai et lui empoignai le bras. Il se pencha, me fixa. Deux grosses larmes étaient suspendues au bord de ses paupières.

— Allons-nous-en, patron ! dit-il d'une voix étranglée.

Ce soir-là, Zorba ne voulut rien prendre. « J'ai la gorge serrée, disait-il, rien ne passe. » Il lava son oreille à l'eau froide, trempa un morceau de coton dans du raki et mit un pansement. Assis sur son matelas, la tête dans les mains, il demeurait songeur.

Étendu à terre, je m'étais accoudé contre le mur, et je sentais les larmes couler, lentes et chaudes sur mes joues. Mon cerveau ne fonctionnait pas, je ne pensais à rien. J'étais comme dominé par un profond chagrin d'enfant, je pleurais.

Tout à coup, Zorba releva la tête, éclata. Il se mit à crier, poursuivant à haute voix son farouche monologue intérieur :

— Je te le dis, patron, tout ce qui se passe dans ce monde, c'est injuste, injuste, injuste ! Moi, le ver de terre, la limace Zorba, je n'y souscris pas ! Pourquoi faut-il que les jeunes meurent et que ce soient les vieux débris qui restent ? Pourquoi les petits enfants meurent ? Moi, j'avais un garçon, mon petit Dimitri et je l'ai perdu à trois ans, et jamais, jamais, tu m'entends, je ne pardonnerai ça au bon Dieu ! Le jour de ma mort, s'il a le culot de se présenter devant moi, et si c'est un dieu pour de vrai, il aura honte ! Oui, oui, il aura honte devant moi, la limace Zorba !

Il fit une grimace comme s'il avait mal. Le sang se remit à couler de sa blessure. Il se mordit les lèvres pour ne pas crier.

— Attends, Zorba ! dis-je, je vais changer ton pansement.

Je lui lavai de nouveau l'oreille au raki, pris l'eau de fleurs d'oranger que m'avait envoyée la veuve et que j'avais trouvée sur mon lit, et imbibai le morceau de coton.

— De l'eau de fleurs d'oranger ? fit Zorba, humant avidement, de l'eau de fleurs d'oranger ? Mets-en sur mes cheveux, comme ça, très bien ! Et dans mes mains, verse-la toute, vas-y !

Il était revenu à la vie. Je le regardai, ébahi.

— Il me semble que j'entre dans le jardin de la veuve, dit-il.

Et il recommença à se lamenter.

— Combien d'années il a fallu, murmura-t-il, combien d'années, pour que la terre réussisse à faire un corps comme celui-là ! On la regardait et on se disait : « Avoir vingt ans, rester seul avec elle sur la terre et faire ensemble des enfants, pour repeupler le monde ! Non, pas des enfants, des dieux véritables ! » Tandis que maintenant...

Il bondit sur ses pieds. Ses yeux se gonflèrent de larmes.

— Je ne peux pas, patron, dit-il. Il faut que je marche, il faut que je monte et descende la montagne deux ou trois fois pour me fatiguer, me calmer un peu... Sacrée veuve ! l'envie me prend de chanter un mirologue pour toi !

Il s'élança dehors, prit la direction de la montagne et se perdit dans l'obscurité.

Je m'allongeai sur mon lit, éteignis la lampe et me mis encore une fois, selon ma misérable et inhumaine habitude, à transposer la réalité, à lui retirer son sang, sa chair, ses os, à la réduire en idée abstraite, à la lier à des lois générales jusqu'à ce que j'arrive à l'affreuse conclusion que ce qui était arrivé était nécessaire. Bien plus, que c'était utile à l'harmonie universelle. J'en venais enfin à cette ultime et abominable consolation : qu'il était juste que ce qui était arrivé arrivât.

Le massacre de la veuve entra dans mon cerveau, cette ruche où depuis quelques années tout poison se muait en miel, et le bouleversa. Mais aussitôt ma philosophie s'empara de cet affreux avertissement, l'enveloppa d'images, d'artifices et le rendit inoffensif. Ainsi les abeilles enveloppent de cire le bourdon affamé qui vient piller leur miel.

Au bout de quelques heures, la veuve reposait dans ma mémoire, calme, souriante, changée en symbole. Elle était déjà dans mon cœur enveloppée de cire, elle ne pouvait plus répandre en moi la panique et piller mon cerveau. L'affreux événement d'un jour s'élargissait, s'étendait dans le temps et dans l'espace, s'identifiait aux grandes civilisations disparues, les civilisations s'identifiaient au destin de la terre, la terre au destin de l'univers, — et ainsi, revenant à la veuve, je la trouvai soumise aux grandes lois, réconciliée avec ses meurtriers, immobile et sereine.

Le temps avait retrouvé en moi son sens véritable : la veuve était morte des milliers d'années auparavant, à l'époque de la civilisation égéenne, et les jeunes filles de Cnossos aux cheveux frisés étaient mortes, ce matin, au bord de cette mer riante.

Le sommeil s'empara de moi comme un jour, sûrement — il n'est rien de plus sûr — le fera la mort, et je glissai mollement dans les ténèbres. Je ne sus ni quand Zorba revint ni même s'il rentra. Le matin, je le trouvai sur la montagne, criant et tempêtant contre les ouvriers.

Rien de ce qu'ils avaient fait ne lui convenait. Il renvoya trois ouvriers qui lui tinrent tête, prit lui-même la pioche et se mit à ouvrir le chemin qu'il avait tracé pour les poteaux au milieu des broussailles et des rochers. Il escalada la montagne, trouva les bûcherons qui abattaient les pins et se mit à fulminer. L'un d'eux rit et marmotta quelque chose Zorba se jeta sur lui.

Le soir, il descendit épuisé, en loques, et s'assit près de moi sur la plage. Il avait peine à ouvrir la bouche ; quand il parlait enfin, c'était de bois de construction, de câbles et de lignite, comme un entrepreneur cupide, pressé de dévaster l'endroit, d'en tirer le plus de profit possible et de s'en aller.

A un moment, dans l'état de consolation où j'étais parvenu, je fus sur le point de parler de la veuve ; Zorba allongea sa grosse patte et me ferma la bouche.

— Tais-toi ! dit-il d'une voix assourdie.

Je me tus, honteux. Voilà ce que c'est qu'un homme véritable, me dis-je, enviant la douleur de Zorba. Un homme au sang chaud et aux os solides, qui, lorsqu'il souffre, laisse couler de vraies grosses larmes ; lorsqu'il est heureux, il n'évente pas sa joie en la faisant passer au fin tamis de la métaphysique.

Trois, quatre jours passèrent ainsi. Zorba travaillait d'arrache-pied, sans souffler, sans manger, sans boire. Il fondait. Un soir, je lui dis que Dame Bouboulina était encore malade, que le médecin n'était pas venu, qu'elle délirait en prononçant son nom.

Il serra les poings.

— C'est bon, fit-il.

Le lendemain, à l'aube, il se rendit au village et revint aussitôt.

— Tu l'as vue ? lui demandai-je. Comment va-t-elle ?

— Elle n'a rien, dit-il, elle va mourir.

Et il se dirigea à grands pas vers la montagne.

Ce même soir, sans avoir dîné, il prit son gourdin et sortit.

— Où vas-tu, Zorba ? demandai-je. Au village ?

— Non. Je vais faire un petit tour et je reviens.

Il prit la direction du village à grandes enjambées résolues.

J'étais fatigué, je me couchai. Mon esprit de nouveau se mit à passer en revue toute la terre, des souvenirs montèrent, des chagrins revinrent, ma pensée voltigea sur les plus lointaines idées et revint se poser enfin sur Zorba.

« Si jamais il tombe, en chemin, sur Manolakas, pensai-je, ce colosse crétois fou furieux se jettera sur lui. Il paraît que tous ces jours-ci il reste enfermé chez lui à geindre. Il a honte de se montrer au village et ne cesse d'assurer que s'il attrape Zorba « il le déchirera comme une sardine ». Hier encore, à minuit, un ouvrier l'a vu rôder, armé, autour de la baraque. S'ils se rencontrent ce soir, il y aura un massacre. »

Je me levai d'un bond, m'habillai et pris en vitesse la route du village. La nuit douce, humide, sentait la giroflée sauvage. Au bout d'un moment, dans l'obscurité, je distinguai Zorba qui s'avançait lentement, comme fatigué. De temps en temps, il s'arrêtait, fixait les étoiles, écoutait ; puis il repartait plus vite et j'entendais son bâton sonner sur les pierres.

Il approchait du jardin de la veuve. L'air embaumait la fleur de citronnier et le chèvrefeuille. A cet instant, parmi les orangers du jardin, jaillit, comme un clair murmure d'eau, le chant déchirant du rossignol. Il chantait, chantait dans les ténèbres, et on en avait le souffle coupé. Zorba s'arrêta brusquement, suffoqué, lui aussi, par tant de douceur.

Tout à coup les roseaux de la clôture remuèrent ; leurs feuilles tranchantes firent un bruit de lames d'acier.

— Ho, compère ! dit une grosse voix sauvage, ho ! vieux gâteux, enfin je te trouve !

Je fus glacé. J'avais reconnu la voix.

Zorba fit un pas, leva son bâton et s'arrêta de nouveau. A la lueur des étoiles, je distinguais chacun de ses mouvements.

D'un saut, un grand gaillard s'élança hors des roseaux.

— Qui va là ? cria Zorba en tendant le cou.

— C'est moi, Manolakas.

— Passe ton chemin, va-t'en !

— Tu m'as déshonoré, Zorba !

— Ce n'est pas moi qui t'ai déshonoré, Manolakas, va-t'en, je te dis. Tu es un type costaud, mais la chance l'a voulu ainsi, elle est aveugle, tu ne le sais pas ?

— Chance ou pas chance, aveugle ou pas, fit Manolakas

(et j'entendais grincer ses dents) moi, je tiens à laver ma honte. Ce soir même. Tu as un couteau ?

— Non, répondit Zorba, je n'ai qu'une trique.

— Va chercher ton couteau. Je t'attends ici. Vas-y !

Zorba ne bougea pas.

— Tu as peur ? siffla la voix railleuse de Manolakas. Vas-y, je te dis !

— Qu'est-ce que je ferais du couteau, mon vieux ? dit Zorba qui avait commencé à s'échauffer, qu'est-ce que j'en ferais, dis ? Tu te rappelles, à l'église, toi tu avais un couteau et moi je n'en avais pas, non ? Et pourtant, il me semble que je m'en suis bien tiré.

Manolakas rugit :

— Et tu te paies ma tête, par-dessus le marché, hein ? Tu as bien choisi ton moment, parce que je suis armé et que tu ne l'es pas. Apporte ton couteau, sale Macédonien, on va se mesurer.

— Jette ton couteau, moi je jette ma trique, et on va se mesurer ! répliqua Zorba, la voix tremblante de colère. Allez, vas-y, sale Crétois !

Zorba leva le bras, jeta son bâton, je l'entendis tomber dans les roseaux.

— Jette ton couteau ! cria de nouveau Zorba.

Sur la pointe des pieds, tout doucement, je m'étais approché. A la clarté des étoiles, j'eus le temps d'apercevoir la lueur du couteau quand il retomba lui aussi dans les roseaux.

Zorba cracha dans ses mains.

— Hardi ! cria-t-il en bondissant pour prendre son élan.

Mais avant que les deux gaillards aient eu le temps de s'empoigner, je m'élançai entre eux.

— Arrêtez ! criai-je. Viens ici, Manolakas, viens, toi aussi, Zorba. Vous n'avez pas honte ?

Les deux adversaires approchèrent à pas lents. Je leur saisis la main droite à tous les deux.

— Donnez-vous la main ! dis-je. Vous êtes tous les deux de bons et braves garçons, réconciliez-vous.

— Il m'a déshonoré... dit Manolakas en essayant de retirer sa main.

— On ne peut pas te déshonorer aussi facilement, capetan Manolakas ! dis-je. Tout le village connaît ta bravoure. Ne pense pas à ce qui est arrivé l'autre jour à l'église. C'était une heure néfaste. Maintenant, c'est du passé, c'est fini ! Et puis, ne l'oublie pas, Zorba est un étranger, un Macédonien, et c'est une grande honte pour nous, Crétois, de lever la main sur un hôte venu dans notre pays... Allez, donne ta main, ça, c'est de la vraie bravoure, et allons à la baraque, on boira un verre de vin et on fera rôtir un mètre de saucisson pour consolider l'amitié, capetan Manolakas !

Je pris Manolakas par la taille et l'entraînai un peu à l'écart.

— Il est vieux, le pauvre homme, lui chuchotai-je à l'oreille ; qu'un jeune et fort gaillard comme toi s'en prenne à lui, ça ne se fait pas !

Manolakas s'adoucit.

— Soit, dit-il, pour te faire plaisir !

Il fit un pas vers Zorba, tendit sa grosse patte pesante :

— Allons, compère Zorba, dit-il, choses passées, choses oubliées, ta main !

— Tu m'as bouffé l'oreille, dit Zorba, grand bien te fasse, tiens, voilà ma main !

Ils se serrèrent la main, longuement, avec force. Ils se la serraient de plus en plus fort et se regardaient. J'eus peur de les voir s'empoigner de nouveau.

— Tu serres fort, dit Zorba, tu es un type solide, Manolakas !

— Et toi aussi tu serres fort, serre voir encore plus, si tu peux !

— Ça suffit ! criai-je. Allons arroser notre amitié.

Je me mis au milieu, Zorba à ma droite, Manolakas à ma gauche, et nous retournâmes à notre plage.

— Les récoltes seront bonnes cette année... dis-je pour changer de sujet, il a beaucoup plu.

Mais aucun d'eux ne releva ma réflexion. Ils avaient encore la poitrine oppressée. Tous mes espoirs étaient désormais dans le vin. Nous arrivâmes à la baraque.

— Sois le bienvenu sous notre toit, capetan Manolakas !

dis-je. Zorba, fais-nous rôtir le saucisson et prépare de quoi boire.

Manolakas s'assit devant la baraque sur une pierre. Zorba prit une poignée de brindilles, fit rôtir le saucisson et remplit trois verres.

— A votre santé ! dis-je en levant mon verre. A ta santé, capetan Manolakas ! A ta santé, Zorba ! Trinquez !

Ils trinquèrent, Manolakas versa quelques gouttes de vin par terre :

— Que mon sang coule comme ce vin, dit-il d'un ton solennel, que mon sang coule comme ce vin, si je lève la main sur toi, Zorba.

— Que mon sang, à moi, coule aussi comme ce vin, prononça Zorba, en versant également quelques gouttes par terre, si je n'ai pas déjà oublié l'oreille que tu m'as bouffée, Manolakas !

23

AU point du jour, Zorba s'assit sur son lit et m'éveilla :

— Tu dors, patron ?

— Que se passe-t-il, Zorba ?

— J'ai fait un rêve. Un drôle de rêve. Je crois qu'on ne va pas tarder à faire un voyage. Écoute, tu vas rire. Il y avait, ici dans le port, un bateau grand comme une ville. Il sifflait, prêt à partir. Et moi, je venais en courant du village pour l'attraper, et je tenais un perroquet dans la main. J'arrive, je grimpe sur le bateau, mais le capitaine accourt. « Billet ! qu'il me crie. — Ça fait combien ? que je demande en tirant une poignée de billets de ma poche. — Mille drachmes. — Dis donc, de grâce, ça ne peut pas faire avec huit cents ? que je lui dis. — Non, mille. — J'ai huit cents, prends-les. — Mille, pas un sou de moins ! Sinon, décampe en vitesse ! » Alors je me suis fâché : « Écoute, capitaine, je lui dis, dans ton intérêt, prends les huit cents que je te donne, sinon je vais me réveiller, mon pauvre vieux et tu perdras tout ! »

Zorba éclata de rire :

— Quelle drôle de machine que l'homme ! dit-il, stupéfait. Tu la remplis avec du pain, du vin, des poissons, des radis, et il en sort des soupirs, du rire et des rêves. Une usine ! Dans notre tête, je crois bien qu'il y a un cinéma sonore comme ceux qui parlent.

Soudain Zorba bondit hors de son lit :

— Mais pourquoi le perroquet ? cria-t-il inquiet. Qu'est-ce que ça veut dire, ce perroquet qui s'en allait avec moi ? Haï ! J'ai peur que...

Il n'eut pas le temps d'achever. Un messager, courtaud et rouquin, un vrai diable, entrait tout essoufflé.

— Pour l'amour de Dieu ! la pauvre dame crie qu'on prévienne le médecin ! Elle est en train de mourir, qu'elle dit, oui de mourir, et vous l'aurez sur la conscience.

Je me sentis honteux. Dans ce bouleversement où nous avait jetés la veuve, nous avions complètement oublié notre vieille amie.

— Elle a mal, la pauvre, poursuivit le rouquin en veine de parole, elle tousse tellement que toute son auberge en tremble ! Oui, oui, mon vieux, une vraie toux d'âne ! gouh ! gouh ! tout le village est secoué !

— Ne ris pas, lui criai-je, tais-toi !

Je pris un bout de papier et écrivis.

— File, porte cette lettre au médecin et ne reviens pas tant que tu ne l'auras pas vu de tes propres yeux monter sa jument ? Tu entends, file !

Il saisit la lettre, la fourra dans sa ceinture et disparut.

Zorba s'était déjà levé. Il s'habilla en toute hâte, sans rien dire.

— Attends, je viens avec toi, lui dis-je.

— Je suis pressé, dit-il, et il se mit en route.

Un peu plus tard, je prenais aussi le chemin du village. Le jardin de la veuve embaumait, désert. Mimitho était assis devant, pelotonné, farouche, comme un chien battu. Il avait maigri, ses yeux étaient enfoncés dans leurs orbites et brûlaient. Il se retourna, m'aperçut et ramassa une pierre.

— Que fais-tu ici, Mimitho ? demandai-je en glissant un regard triste sur le jardin.

Le souvenir de deux bras chauds et tout-puissants m'envahit... Un parfum de fleur de citronnier et d'huile de laurier flotta dans l'air. Je voyais dans le crépuscule les beaux yeux noirs de la veuve, brûlants de désir et ses dents frottées à la feuille de noyer, luisantes, aiguës et toutes blanches.

— Pourquoi tu me demandes ça ? grogna Mimitho. Allez, va-t'en à tes affaires.

— Tu veux une cigarette ?

— Je ne fume plus. Vous êtes tous des salauds. Tous ! Tous ! Tous !

Il se tut, haletant, semblant chercher des mots qu'il ne trouvait pas.

— Salauds... misérables... menteurs... assassins...

Comme s'il avait trouvé le mot qu'il cherchait, il sembla soulagé, frappa dans ses mains.

— Assassins ! assassins ! assassins ! cria-t-il d'une voix aiguë, et il se mit à rire.

Mon cœur se serra.

— Tu as raison, Mimitho, tu as raison, murmurai-je en m'éloignant d'un pas rapide.

A l'entrée du village, je vis le vieux Anagnosti, courbé sur son bâton, regardant avec attention, tout souriant, deux papillons jaunes qui se poursuivaient dans l'herbe printanière. Maintenant qu'il était vieux et qu'il ne se tourmentait plus au sujet de son champ, de sa femme, ou de ses enfants, il avait le temps de promener sur le monde un regard désintéressé. Il vit mon ombre sur le sol et leva la tête.

— Quel vent t'amène donc de si bon matin ? me fit-il.

Mais il dut voir mon visage inquiet, et sans attendre de réponse :

— Fais vite, mon fils, dit-il. Je ne sais pas si tu la trouveras encore vivante... Hé, la malheureuse !

Le large lit qui avait tant servi, le compagnon le plus fidèle de Dame Hortense, avait été transporté en plein milieu de la petite chambre et la remplissait tout entière. Au-dessus d'elle, se penchait, songeur et inquiet, le dévoué conseiller privé, avec son bras vert, son bonnet jaune, son œil rond et méchant, le perroquet. Il regardait au-dessous de lui sa maîtresse étendue et gémissante et il inclinait sa tête presque humaine un peu de côté pour écouter.

Non, non, ce n'étaient pas les soupirs de joie amoureuse qu'il connaissait si bien, ni les tendres gloussements de colombe, ni les rires chatouillés. La sueur qui coulait en gouttelettes glacées sur le visage de sa maîtresse, les cheveux comme de l'étoupe, pas lavés, pas coiffés, collés aux tempes, ces torsions convulsives dans le lit, c'était la première fois qu'il les voyait, le perroquet, et il était inquiet. Il voulut crier : Canavaro ! Canavaro ! mais la voix ne sortait pas de sa gorge.

Sa malheureuse maîtresse gémissait, ses bras flétris et flasques soulevaient et laissaient retomber les draps ; elle étouffait. Sans fard, bouffie, elle sentait la sueur aigre et la viande qui commence à se décomposer. Ses escarpins éculés, déformés, dépassaient de dessous le lit, et on avait le cœur étreint à les voir. Ces escarpins vous affligeaient plus encore que leur propriétaire même.

Zorba, assis au chevet de la malade, regardait les deux souliers, et ne pouvait en détacher ses yeux. Il serrait les lèvres pour retenir ses larmes. J'entrai, me mis derrière lui, mais il ne m'entendit pas.

La malheureuse avait de la peine à respirer, elle suffoquait. Zorba décrocha un chapeau orné de roses en tissu pour l'éventer. Il agitait sa grosse patte très vite et maladroitement, comme s'il soufflait sur des charbons humides pour les faire prendre.

Elle ouvrit les yeux, épouvantée, regarda autour d'elle. Tout était obscurci, elle ne distinguait personne, même pas Zorba, qui tenait le chapeau à fleurs.

Tout était inquiétant et sombre autour d'elle ; des vapeurs bleues montaient du sol et changeaient de forme, devenaient des bouches ricanantes, des pieds crochus, des ailes noires.

Elle enfonça ses ongles dans l'oreiller taché par les larmes, la salive et la sueur, et poussa un grand cri :

— Je ne veux pas mourir ! Je ne veux pas !

Mais les deux diseuses de mirologues du village avaient déjà eu vent de son état et venaient d'arriver. Elles se glissèrent dans la chambre et s'assirent par terre, adossées au mur.

Le perroquet, de son œil rond, les aperçut : il se mit en colère, tendit le cou et cria : « Canav... », mais Zorba, irrité, allongea sa main sur la cage et l'oiseau se tint coi.

De nouveau retentit le cri désespéré.

— Je ne veux pas mourir ! Je ne veux pas !

Deux jeunes gens imberbes et bronzés passèrent le nez à la porte, regardèrent attentivement la malade, échangèrent, satisfaits, un signe d'intelligence et disparurent.

Aussitôt après, on entendit dans la cour des gloussements épouvantés et des battements d'ailes ; quelqu'un donnait la chasse aux poules.

La première diseuse de mirologues, la vieille Malamaténia, se tourna vers sa compagne :

— Tu les as vus, tante Lénio, tu les as vus ? Ils sont pressés, les meurt-de-faim, ils vont tordre le cou aux poules et les croquer. Tous les vauriens du village se sont rassemblés dans la cour et ils ne vont pas tarder à faire une razzia !

Puis, se tournant vers le lit de la moribonde :

— Meurs, ma vieille, dépêche-toi, murmura-t-elle impatiente, dépêche-toi pour qu'on ait le temps d'attraper quelque chose, nous aussi.

— Pour te dire la vraie vérité, dit la tante Lénio en plissant sa petite bouche édentée, pour te dire la vraie vérité, mère Malamaténia, ils n'ont pas tort... « Si tu veux manger, chipe ; si tu veux posséder, vole ! » c'était le conseil que donnait feu ma mère. On n'a qu'à expédier les mirologues pour attraper une poignée de riz, un peu de sucre, une casserole et on bénira sa mémoire. Elle n'avait ni enfants ni parents, alors, qui mangera les poules et les lapins ? Qui boira son vin ? Qui va hériter de toutes ses bobines, des peignes et des bonbons ? Hé ! je t'avoue, mère Malamaténia, Dieu me pardonne, que j'ai bien envie d'attraper ce que je pourrai !

— Attends, ma bonne, ne te presse pas trop ! fit la mère Malamaténia en saisissant sa compagne par le bras. Moi aussi, je te jure, j'ai la même idée en tête, mais laisse-la rendre l'âme d'abord.

Pendant ce temps, la moribonde farfouillait nerveusement sous son oreiller. Ayant senti le danger, elle avait sorti de son coffre un crucifix en os blanc, luisant et l'avait pris avec elle dans son lit. Depuis des années, elle l'avait complètement oublié parmi ses chemises en loques et ses guenilles de velours, tout au fond du coffre, comme si le Christ était un médicament qu'on ne prend qu'en cas de maladie grave. Aussi longtemps qu'on mène la bonne vie, qu'on mange, qu'on boit et qu'on aime, il ne sert à rien.

Elle trouva enfin le crucifix, à tâtons, et le pressa sur sa poitrine trempée de sueur.

— Mon petit Jésus, mon cher petit Jésus... murmurait-elle passionnément en étreignant son dernier amant.

Le perroquet l'entendit. Il sentit que le ton de la voix avait changé, se souvint des nuits blanches d'autrefois et se dressa tout joyeux :

— Canavaro ! Canavaro ! cria-t-il d'une voix enrouée, tel un coq qui appelle le soleil.

Zorba, cette fois, ne bougea pas pour lui faire rentrer la voix dans la gorge. Il regarda la femme qui pleurait et embrassait le dieu crucifié, tandis qu'une douceur inattendue se répandait sur son visage consumé.

La porte s'ouvrit, le vieil Anagnosti entra tout doucement, son bonnet à la main. Il s'approcha de la malade, s'inclina, se mit à genoux.

— Pardonne-moi, ma bonne dame, lui dit-il, et Dieu te pardonnera. Pardonne-moi si quelquefois je t'ai dit une parole dure. On n'est pas des saints.

Mais la bonne dame était maintenant étendue, bien tranquille, plongée dans une indicible félicité et elle n'entendit pas le vieil Anagnosti. Tous ses tourments étaient effacés, la misérable vieillesse, les moqueries, les paroles dures, les tristes soirées où elle s'asseyait sur le seuil désert de sa porte et tricotait des chaussettes paysannes, comme une insignifiante et honnête bonne femme, cette Parisienne élégante, cette aguicheuse irrésistible, qui avait fait sauter les quatre Grandes Puissances sur ses genoux et qu'avaient saluée quatre grandes escadres !

La mer est d'un bleu d'azur, les vagues écument, les forteresses flottantes dansent, des drapeaux de toutes les couleurs claquent sur les hampes. On sent le fumet des perdrix qui rôtissent et des rougets sur le gril, on apporte les fruits glacés dans des cristaux taillés et le bouchon de champagne saute jusqu'au plafond de fer du cuirassé.

Barbes noire, châtain, grise, blonde, parfums de quatre sortes, eau de Cologne, violette, musc, ambre, les portes de la cabine métallique se ferment, les lourdes tentures retombent, les lumières s'allument. Dame Hortense ferme les yeux. Toute sa vie d'amour, toute sa vie de tourment, ah ! Seigneur, elle avait à peine duré une seconde...

Elle passe de genoux en genoux, serre dans ses bras des tuniques brodées d'or, fourre ses doigts dans d'épaisses barbes parfumées. Leurs noms, elle ne s'en souvient pas. Comme son perroquet, elle ne se souvient que de Canavaro, parce qu'il était le plus jeune et parce que son nom était le seul que l'oiseau pût prononcer. Les autres étaient compliqués, difficiles, et ils se sont perdus.

Dame Hortense soupira profondément et étreignit le crucifix avec passion.

— Mon Canavaro, mon petit Canavaro... murmurait-elle délirante, en le serrant sur ses seins flasques.

— Elle commence à ne plus savoir ce qu'elle dit, murmura tante Lénio. Elle a dû voir son ange gardien et elle a été épouvantée... Dénouons nos fichus, approchons-nous.

— Tu ne crains donc pas Dieu ? fit la mère Malamaténia. Tu voudrais qu'on lui dise les mirologues alors qu'elle est encore en vie ?

— Hé ! mère Malamaténia, gronda sourdement tante Lénio, au lieu de penser à ses coffres et à ses habits, à la marchandise de la boutique, aux poules et aux lapins, tu es en train de me raconter qu'il faut qu'elle rende l'âme d'abord. Vole qui peut !

Ce disant, elle se releva et l'autre la suivit en colère. Elles dénouèrent leurs fichus noirs, détressèrent leurs rares cheveux blancs et s'agrippèrent aux bords du lit. Tante Lénio la première donna le signal en poussant un long cri aigu, à donner le frisson.

— Iiiii !

Zorba se précipita, attrapa les deux vieilles par les cheveux et les rejeta en arrière :

— Vos gueules, vieilles pies ! cria-t-il. Vous ne voyez pas qu'elle vit encore ?

— Vieux gâteux ! grogna la mère Malamaténia, en rattachant son fichu. D'où est-ce qu'il nous est tombé, celui-là aussi, cette espèce d'enquiquineur !

Dame Hortense, la vieille sirène si éprouvée, entendit le cri strident ; la douce vision s'évanouit, le vaisseau-amiral sombra ; rôtis, champagne, barbes parfumées disparurent et elle retomba sur son lit de mort puant, au bout du monde. Elle fit un mouvement pour se lever, comme si elle voulait s'échapper, mais elle retomba et, de nouveau, elle s'écria, doucement, d'un ton plaintif :

— Je ne veux pas mourir ! Je ne veux pas.

Zorba se pencha sur elle, toucha de sa grosse patte calleuse son front brûlant et décolla ses cheveux de son visage ; ses yeux d'oiseau se remplirent de larmes :

— Tais-toi, tais-toi, ma bonne, murmura-t-il ; je suis là, moi, Zorba, n'aie pas peur !

Et voilà que d'un seul coup la vision revint comme un énorme papillon couleur de mer, et recouvrit le lit tout entier. La moribonde saisit la grosse main de Zorba, allongea lentement son bras et le passa autour de son cou penché. Ses lèvres remuèrent :

— Mon Canavaro, mon petit Canavaro...

Le crucifix dégringola de l'oreiller, tomba par terre et se brisa. Une voix d'homme retentit dans la cour :

— Eh ! copain, vas-y, mets la poule, l'eau bout !

Je m'étais assis dans un coin de la chambre et, de temps en temps, mes yeux se gonflaient de larmes. C'est cela, la vie, me disais-je, bigarrée, incohérente, indifférente, perverse. Sans pitié. Ces primitifs paysans crétois entourent cette vieille chanteuse venue du bout du monde et la regardent mourir avec une joie sauvage, comme si elle n'était pas, elle aussi, un être humain. Comme si un grand oiseau exotique aux couleurs bariolées était tombé, les ailes brisées, sur leur rivage et qu'ils se fussent rassemblés autour pour le contempler. Un vieux paon, une vieille chatte angora, une otarie malade...

Zorba détacha doucement de son cou le bras de Dame

Hortense. Il se leva, livide. Du revers de sa main il s'essuya les yeux. Il regarda la malade, mais il ne distinguait rien. Il ne voyait pas. Il essuya de nouveau ses yeux et la vit alors agiter ses pieds mous et enflés et tordre la bouche avec effroi. Elle se secoua une fois, deux fois, les draps glissèrent à terre, elle apparut, à demi nue, trempée de sueur, enflée, d'un jaune verdâtre. Elle poussa un petit cri aigu, strident, comme une volaille qu'on égorge, puis elle demeura immobile, les yeux grands ouverts, horrifiés et vitreux.

Le perroquet sauta à l'étage inférieur de la cage, s'agrippa aux barreaux, regarda et vit Zorba étendre sa grosse patte sur sa maîtresse et avec une tendresse infinie, lui fermer les paupières.

— Vite un coup de main ! allons, vous autres ; elle a claqué, glapirent les diseuses de mirologues en se ruant vers le lit.

Elles poussèrent un long cri, balançant leur buste d'avant en arrière, serrant les poings et se frappant la poitrine. Peu à peu, cette lugubre et monotone oscillation causait en elles un léger état d'hypnose, des chagrins très anciens les envahissaient comme un poison, l'écorce du cœur éclatait et le mirologue jaillissait.

« Il ne te seyait pas, à toi, d'être étendue sous la terre... »

Zorba sortit dans la cour. Il avait envie de pleurer, mais il avait honte devant les femmes. Je me rappelle qu'un jour il m'avait dit : « Je n'ai pas honte de pleurer, non, mais seulement devant les hommes. Entre hommes on forme une coterie, pas vrai ? Ce n'est pas une honte. Mais devant les femmes, il faut se montrer toujours brave. Parce que, si on commence à chialer, nous aussi, qu'est-ce que deviendront ces malheureuses ? Ce sera la fin du monde. »

On la lava avec du vin, la vieille ensevelisseuse ouvrit le coffre, en sortit du linge propre, la changea et vida sur elle une petite bouteille d'eau de Cologne. Des jardins avoisinants arrivèrent les mouches-de-mort qui déposèrent leurs œufs dans ses narines, autour des yeux et aux commissures des lèvres.

Le crépuscule tombait. Le ciel, vers l'occident, était d'une grande douceur. De petits nuages rouges et floconneux, lisérés d'or, voguaient lentement dans le violet sombre du soir, se transformant sans cesse — navires, cygnes, monstres fantastiques faits d'ouate et de soie effilochée. Entre les roseaux de la cour, on voyait au loin étinceler la mer agitée.

Deux corbeaux bien nourris s'envolèrent d'un figuier et vinrent arpenter les dalles de la cour. Zorba se mit en colère, ramassa une pierre et les chassa.

Dans l'autre coin de la cour, les maraudeurs du village faisaient une bombe à tout casser. Ils avaient sorti la grande table de la cuisine, fouillé partout et trouvé du pain, des assiettes, des couverts, apporté du cellier une dame-jeanne de vin, fait bouillir des poules, et maintenant, joyeux, affamés, ils mangeaient et buvaient, en choquant leurs verres.

— Dieu ait son âme ! Et que tout ce qu'elle a fait compte pour du beurre !

— Et que tous ses amoureux, les gars, deviennent des anges pour emporter son âme !

— Dites donc, visez un peu le vieux Zorba, dit Manolakas, il jette des pierres aux corbeaux ! Le voilà veuf, invitons-le à venir boire un verre à la mémoire de sa poule ! Hé, capetan Zorba, hé, pays !

Zorba se retourna. Il vit la table servie, les poules fumer dans les plats, le vin briller dans les verres, de solides gaillards bronzés par le soleil avec leurs foulards en serre-tête, pleins d'insouciance et de jeunesse.

— Zorba ! Zorba ! murmura-t-il, tiens bon. C'est ici que je t'attends !

Il s'approcha, but un verre de vin, puis un deuxième, un troisième, d'un trait, et mangea une cuisse de poulet. On lui parlait, il ne répondait pas. Il mangeait et buvait précipitamment, gloutonnement, à grosses bouchées, à grands traits, silencieux. Il regardait vers la chambre où gisait, immobile, sa vieille amie, et écoutait le mirologue qui lui parvenait par la fenêtre ouverte. De temps en temps, l'air funèbre s'interrompait et on entendait des cris, comme des disputes, et des portes d'armoires qu'on ouvrait et refermait, et des trépignements de pas lourds et rapides, comme si des gens luttaient. Et, de nouveau, le mirologue reprenait, monotone, désespéré, doux, comme un bourdonnement d'abeille.

Les diseuses couraient de-ci, de-là dans la chambre mortuaire, disaient leur mirologue tout en fouillant avec frénésie. Elles ouvrirent un petit placard, y trouvèrent cinq ou six petites cuillers, un peu de sucre, une boîte de café, une autre de loukoums. La tante Lénio se précipita, s'empara du café et des loukoums, la vieille Malamatéria, du sucre et des cuillers. Elle bondit, attrapa aussi deux loukoums, se les fourra dans la bouche et le mirologue sortit cette fois étouffé, étranglé, à travers la pâte sucrée.

« Que les fleurs pleuvent sur toi et les pommes dans ton tablier... »

Deux vieilles se faufilèrent dans la chambre, se ruèrent sur le coffre, y plongèrent les bras, attrapèrent quelques petits mouchoirs, deux ou trois serviettes, trois paires de bas, une jarretière, les fourrèrent dans leur corsage, se retournèrent vers la morte et se signèrent.

La mère Malamaténia vit les vieilles piller le coffre et se mit en colère.

— Continue, ma vieille, continue, j'arrive ! cria-t-elle à tante Lénio et elle plongea elle aussi, la tête la première, dans le coffre.

Des guenilles en satin, une robe aubergine passée, d'antiques sandalettes rouges, un éventail cassé, une ombrelle écarlate toute neuve et, tout au fond, un vieux tricorne d'amiral. Un cadeau qu'on lui avait fait jadis. Quand elle était seule, elle le mettait, devant la glace, et, grave, mélancolique, elle s'admirait.

Quelqu'un s'approcha de la porte. Les vieilles se retirèrent, tante Lénio s'agrippa de nouveau au lit mortuaire et se mit à se frapper la poitrine en criant : « et les œillets cramoisis autour de ton cou... »

Zorba entra, regarda la morte, tranquille, apaisée, toute jaune, couverte de mouches, gisant les mains croisées, avec, autour du cou, le petit ruban de velours.

« Un bout de terre, pensa-t-il, un bout de terre qui avait faim, riait, embrassait. Une motte de boue qui pleurait. Et maintenant ? Qui diable nous apporte sur la terre et qui diable nous emporte ! »

Il cracha et s'assit.

Dehors, dans la cour, les jeunes gens s'étaient déjà groupés pour la danse. L'habile joueur de lyre, Fanourio, arriva ; ils écartèrent la table, les bidons de pétrole, le baquet, le panier à lessive, firent de la place et commencèrent à danser.

Les notables apparurent, oncle Anagnosti avec son long bâton crochu et sa large chemise blanche ; Kondomanolio, rondelet et crasseux ; l'instituteur, avec un gros écritoire de cuivre passé dans sa ceinture et un porte-plume vert derrière l'oreille. Le vieux Mavrandoni n'était pas là. Il avait pris le maquis, en hors la loi.

— Enchanté de vous rencontrer, les enfants ! fit le père Anagnosti en levant la main. Enchanté que vous vous amusiez ! Mangez et buvez, Dieu vous bénisse ! mais ne criez pas. Il ne faut pas. Le mort entend, il entend, vous savez !

Kondomanolio expliqua :

— On est venu faire l'inventaire des biens de la défunte, pour les partager entre les pauvres du village. Vous avez mangé et bu tout votre soûl, ça suffit ! N'allez pas tout mettre à sac, malheureux, autrement... regardez ça !

Ce disant, il agita son gourdin d'un air menaçant.

Derrière les trois notables, apparurent une dizaine de femmes échevelées, pieds nus, en haillons. Chacune d'elles avait un sac vide sous le bras et un couffin sur le dos. Elles s'approchaient furtivement, pas à pas, sans parler.

Le père Anagnosti se retourna, les vit et éclata :

— Hé ! moricaudes, arrière ! Quoi ? Vous êtes venues donner l'assaut ? Ici on va inscrire toutes les choses une à une sur du papier, puis on partagera avec ordre et justice, entre les pauvres. Arrière ! je vous dis.

L'instituteur sortit de sa ceinture le long écritoire de cuivre, déplia une grande feuille de papier et se dirigea vers la petite boutique pour commencer l'inventaire.

Mais à ce moment, on entendit un bruit assourdissant — comme si on tapait sur des boîtes de fer, que des bobines dégringolaient, que des tasses s'entrechoquaient et se brisaient. Et dans la cuisine, un grand tintamarre de casseroles, d'assiettes, de fourchettes.

Le vieux Kondomanolio se précipita en agitant sa trique. Mais par où commencer ? Vieilles femmes, hommes, enfants passaient les portes en coup de vent, sautaient par les fenêtres, par-dessus les clôtures, se laissaient tomber de la terrasse, chacun emportant ce qu'il avait pu chaparder : poêles, casseroles, matelas, lapins... Quelques-uns avaient enlevé de leurs gonds portes et fenêtres et les avaient chargées sur leur dos. Mimitho, lui-même, avait emporté les deux escarpins de la défunte, les avait attachés à un cordon qu'il avait passé à son cou — on aurait dit que Dame Hortense s'en allait à califourchon sur ses épaules et que seuls ses souliers étaient visibles...

L'instituteur fronça les sourcils, remit l'écritoire dans sa ceinture, replia la feuille de papier vierge et sans dire mot, avec un grand air de dignité offensée, passa le seuil et s'en fut.

Le pauvre père Anagnosti criait, suppliait, brandissait son bâton :

— C'est honteux, voyons, c'est honteux, le mort vous entend !

— Faut-il que j'aille appeler le pope ? dit Mimitho.

— Quel pope ? espèce d'idiot ! fit Kondomanolio furieux. C'est une Franque ; tu n'as pas vu comment elle faisait le signe de la croix ? Avec quatre doigts, l'excommuniée ! Allons, enfouissons-la dans la terre, avant qu'elle ne se mette à puer et à infecter le village !

— Elle commence à se remplir de vers, tenez, je vous jure ! fit Mimitho en se signant.

Le père Anagnosti hocha sa fine tête de grand seigneur villageois.

— Ça te semble étrange ? espèce de toqué ! En vérité, l'homme est plein de vers dès sa naissance, mais on ne les voit pas. Quand ils s'aperçoivent qu'on commence à puer, ils sortent de leurs trous — tout blancs, tout blancs comme ceux du fromage !

Les premières étoiles apparurent et restèrent suspendues en l'air, tremblantes, comme des clochettes d'argent. Toute la nuit tinta.

Zorba décrocha la cage du perroquet au-dessus du lit de la morte. L'oiseau orphelin s'était blotti dans un coin, terrifié. Il regardait de tous ses yeux et ne pouvait comprendre. Il mit sa tête sous ses ailes et se recroquevilla.

Quand Zorba décrocha sa cage, le perroquet se redressa. Il voulut parler, mais Zorba tendit la main vers lui.

— Tais-toi, lui murmura-t-il d'une voix caressante, tais-toi, viens avec moi.

Zorba se pencha et regarda la morte. Il la regarda longtemps, la gorge serrée. Il fit un mouvement pour se pencher et l'embrasser, mais se retint.

— Allez, à la grâce de Dieu ! murmura-t-il.

Il prit la cage et sortit dans la cour. Il m'aperçut et s'approcha de moi.

— Allons-nous-en... me dit-il à voix basse en me prenant le bras.

Il paraissait calme, mais ses lèvres tremblaient.

— Nous prendrons tous le même chemin... dis-je pour le consoler.

— La belle consolation ! siffla-t-il, sarcastique. Allons-nous-en.

— Attends, dis-je, ils vont l'enlever. Attends qu'on voie... Tu ne tiendras pas jusque-là ?

— Je tiendrai, répondit-il d'une voix étranglée.

Il posa la cage à terre et croisa les bras.

De la chambre mortuaire sortirent, nu-tête, le père Anagnosti et Kondomanolio qui se signèrent. Derrière eux, quatre des danseurs, la rose d'avril encore derrière l'oreille, gais, à moitié ivres, tenaient chacun par un coin la porte sur laquelle était étendue la morte. Derrière, suivaient le joueur de lyre avec son instrument, une douzaine d'hommes quelque peu éméchés qui mâchonnaient encore, et cinq ou six femmes portant chacune une casserole ou une chaise. Mimitho venait le dernier avec les escarpins éculés passés à son cou.

— Assassins ! Assassins ! Assassins ! criait-il en rigolant.

Un vent chaud et humide soufflait et la mer s'irrita. Le joueur de lyre leva son archet — fraîche, joyeuse, sarcastique, sa voix jaillit dans la nuit chaude :

« Pourquoi, ô mon soleil, as-tu mis tant de hâte à disparaître ?... »

— Allons ! dit Zorba, c'est fini...

24

NOUS allions, silencieux, à travers les étroites ruelles du village. Les maisons sans lumière faisaient une tache noire, quelque part un chien aboyait, un bœuf soupirait. De loin en loin nous parvenaient, dans le souffle du vent, les sons joyeux des grelots de la lyre, jaillissant comme des eaux folâtres.

— Zorba, dis-je pour rompre le silence pesant, quel est ce vent ? Le vent du sud ?

Mais Zorba marchait devant, tenant comme un fanal la cage du perroquet, et il ne répondit pas. Lorsque nous arrivâmes à la plage, il se retourna.

— Tu as faim, patron ? demanda-t-il.

— Non, je n'ai pas faim, Zorba.

— Tu as sommeil ?

— Non.

— Moi non plus. Asseyons-nous un peu sur les galets. J'ai quelque chose à te demander.

Nous étions tous deux fatigués, mais nous ne voulions pas dormir. Nous ne voulions pas perdre le poison de cette journée. Le sommeil nous apparaissait comme une fuite à l'heure du danger, et nous avions honte d'aller nous coucher.

Nous nous assîmes au bord de la mer. Zorba mit la cage entre ses genoux et resta un long moment silencieux. Une inquiétante constellation surgit derrière la montagne, monstre aux multiples yeux, à la queue en spirale. De temps en temps, une étoile se détachait et tombait.

Zorba regarda le ciel d'un air extasié, la bouche ouverte, comme s'il le voyait pour la première fois.

— Qu'est-ce qui peut bien se passer là-haut ! murmura-t-il.

Un moment après, il se décida à parler :

— Est-ce que tu peux me dire, patron, fit-il, et sa voix retentit solennelle, émue, dans la nuit chaude, est-ce que tu peux me dire ce que toutes ces choses signifient ? Qui les a faites ? Pourquoi il les a faites ? Et surtout (la voix de Zorba vibra de colère et de crainte) : pourquoi est-ce qu'on meurt ?

— Je ne sais pas, Zorba ! répondis-je, honteux comme si on me demandait la chose la plus simple, la plus indispensable et qu'il me fût impossible de l'expliquer.

— Tu ne sais pas ! fit Zorba, et ses yeux s'arrondirent, tout comme ils s'étaient arrondis cette autre nuit où je lui avais avoué ne pas savoir danser.

Il garda le silence un instant et, brusquement, éclata :

— Alors, tous ces sales bouquins que tu lis, à quoi ça sert, hein ? Pourquoi tu les lis ? Et s'ils ne disent pas ça, qu'est-ce qu'ils disent ?

— Ils disent la perplexité de l'homme qui ne peut répondre à ce que tu demandes, Zorba.

— Je m'en fous de leur perplexité ! cria-t-il exaspéré en tapant du pied.

Le perroquet, à ces cris soudains, sursauta :

— Canavaro ! Canavaro ! lança-t-il comme on appelle au secours.

— Ta gueule, toi ! fit Zorba en donnant un coup de poing sur la cage.

Il se tourna vers moi :

— Moi, je veux que tu me dises d'où on vient et où on va. Depuis tant d'années que tu te consumes sur les grimoires, tu as dû pressurer deux ou trois mille kilos de papier et quel jus tu en as tiré ?

Il y avait tant d'angoisse dans sa voix que j'en eus le souffle coupé. Ah ! comme j'aurais voulu pouvoir lui répondre !

J'avais le sentiment profond que le sommet le plus élevé

auquel l'homme peut atteindre, ce n'est ni la Connaissance, ni la Vertu, ni la Bonté, ni la Victoire. Mais bien quelque chose de plus grand, de plus héroïque et désespéré : la Terreur sacrée.

— Tu ne réponds pas ? fit Zorba anxieusement.

J'essayai de faire comprendre à mon compagnon ce qu'est la Terreur sacrée :

— Nous sommes de petits vers, Zorba, de tout, tout petits vers sur la petite feuille d'un arbre gigantesque. Cette petite feuille est notre Terre. Les autres feuilles sont les étoiles que tu vois se mouvoir dans la nuit. Nous cheminons sur notre petite feuille en l'examinant anxieusement. Nous la humons, elle sent bon ou mauvais. Nous la goûtons, elle est comestible. Nous tapons dessus, elle résonne et crie comme un être vivant.

« Quelques hommes, les plus intrépides, arrivent jusqu'au bout de la feuille. De là, nous nous penchons, les yeux grands ouverts, les oreilles tendues, vers le vide. Nous frémissons. Nous devinons au-dessous de nous l'effrayant précipice, nous entendons de loin en loin le bruissement des autres feuilles de l'arbre gigantesque, nous sentons la sève monter des racines de l'arbre et notre cœur se gonfler. Ainsi penchés sur l'abîme, de tout notre corps, de toute notre âme, nous frissonnons de terreur. A partir de ce moment commence... »

Je m'arrêtai. Je voulais dire : à partir de ce moment commence la poésie, mais Zorba n'aurait pas compris. Je me tus.

— Qu'est-ce qui commence ? demanda la voix anxieuse de Zorba. Pourquoi tu t'es arrêté ?

— ... Commence le grand danger, Zorba. Les uns ont le vertige et délirent, d'autres ont peur, ils s'efforcent de trouver une réponse qui leur raffermisse le cœur, et ils disent : « Dieu. » D'autres encore, du bout de la feuille, considèrent le précipice, calmement, bravement, et ils disent : « Il me plaît. »

Zorba réfléchit longtemps. Il peinait pour arriver à comprendre.

— Moi, dit-il enfin, je regarde à chaque instant la mort.

Je la regarde et je n'ai pas peur. Pourtant jamais, jamais je ne dis : « Elle me plaît. » Non, elle ne me plaît pas du tout ! Je ne suis pas d'accord !

Il se tut, mais bientôt éclata de nouveau :

— Non, ce n'est pas moi qui tendrais mon cou à la Mort comme un mouton, en lui disant : « Coupe-moi la tête, pour que j'aille tout de suite au Paradis ! »

J'écoutais Zorba, perplexe. Quel était donc le sage qui s'efforçait d'apprendre à ses disciples à faire volontairement ce que la loi ordonne ? A dire « oui » à la nécessité, à transformer l'inévitable en libre volonté ? — c'est là, peut-être, la seule voie humaine vers la délivrance. Elle est pitoyable, mais il n'y en a pas d'autre.

Mais la révolte, alors ? Le fier sursaut donquichottesque de l'homme pour vaincre la Nécessité, pour soumettre la loi extérieure à la loi intérieure de son âme, pour nier tout ce qui est et créer, selon les lois de son cœur, qui sont le contraire des lois inhumaines de la nature, un monde nouveau — plus pur, plus moral, meilleur ?

Zorba me regarda, vit que je n'avais plus rien à lui dire prit doucement la cage pour ne pas réveiller le perroquet, la posa près de sa tête, et s'allongea.

— Bonne nuit, patron ! dit-il, ça suffit.

Un fort vent du sud soufflait, venu de là-bas, d'Afrique. Il faisait mûrir les légumes, les fruits et les poitrines de Crète. Je le sentais passer sur mon front, mes lèvres, mon cou, et, tel un fruit, mon cerveau craquait et se gonflait.

Je ne pouvais pas, je ne voulais pas dormir. Je ne pensais à rien. Je sentais seulement, dans cette chaude nuit, quelque chose, quelqu'un, mûrir en moi. Je vivais clairement ce surprenant spectacle : je me voyais changer. Ce qui toujours se passe dans les plus obscurs souterrains de nos entrailles, se passait cette fois au grand jour, à découvert, devant mes yeux. Accroupi au bord de la mer, j'observais le miracle.

Les étoiles ternirent, le ciel s'éclaira, et sur ce fond de lumière, comme finement dessinés à la plume, apparurent les montagnes, les arbres, les mouettes.

Le jour se levait.

Plusieurs jours passèrent. Les épis avaient mûri et penchaient leurs têtes lourdes de grain. Sur les oliviers, les cigales sciaient l'air, des insectes lumineux bourdonnaient dans la lumière ardente. Une vapeur s'élevait de la mer.

Zorba, silencieux, s'en allait dès l'aube à la montagne. L'installation du téléférique touchait à sa fin. Les poteaux furent mis en place, le câble fut tendu et les poulies accrochées. Zorba revenait du travail à la nuit tombée, à bout de forces. Il allumait le feu, préparait à manger et nous dînions. Nous évitions de réveiller nos terribles démons intérieurs, l'amour, la mort, la crainte. Nous n'amenions la conversation ni sur la veuve, ni sur Dame Hortense, ni sur Dieu. Silencieux, nous regardions au loin la mer.

Devant le silence de Zorba, les voix éternelles et vaines s'élevaient en moi. De nouveau ma poitrine se remplissait d'angoisse. Qu'est-ce que ce monde ? me demandais-je, quel est son but et en quoi nos vies éphémères peuvent-elles concourir à l'atteindre ? Le but de l'homme est de faire de la joie avec la matière, prétend Zorba ; de l'esprit, disent d'autres ; ce qui revient au même sur un autre plan. Mais pourquoi ? En vue de quoi ? Et quand le corps se dissout, reste-t-il quelque chose de ce que nous avons appelé âme ? Ou bien, n'en demeure-t-il rien et notre inextinguible soif d'immortalité, vient-elle non de ce que nous sommes immortels, mais de ce que, pendant le court instant où nous respirons, nous sommes au service de quelque chose d'immortel ?

Un jour, je me levai et fis ma toilette. On aurait dit que la terre aussi venait de se lever et de faire sa toilette. Elle resplendissait, toute neuve. Je pris le chemin du village. A ma gauche, la mer bleu indigo était immobile. A ma droite, au loin, dressés comme des armées aux lances d'or, les champs de blé. Je dépassai le figuier de la Demoiselle, couvert de feuilles vertes et de toutes petites figues, traversai en toute hâte, sans me retourner, le jardin de la veuve et entrai dans le village. Maintenant, le petit hôtel était abandonné, désert. Portes et fenêtres manquaient ;

dans la cour, des chiens entraient et sortaient, les pièces étaient vides. Dans la chambre mortuaire, il n'y avait plus ni lit, ni coffre, ni chaises. Il ne restait dans un coin qu'une pantoufle loqueteuse, éculée, avec un pompon rouge. Fidèle, elle conservait encore la forme du pied de sa maîtresse. Cette misérable pantoufle, plus compatissante que l'âme humaine, n'avait pas encore oublié le pied aimé et si malmené.

Je tardai à rentrer. Zorba avait déjà allumé le feu et se préparait à faire la cuisine. Dès qu'il leva la tête, il comprit d'où je venais. Il fronça les sourcils. Après tant de jours de silence, il déverrouilla son coeur, ce soir-là, et parla :

— Tous les chagrins, patron, dit-il comme s'il voulait se justifier, me brisent le cœur en deux. Mais lui, ce balafré, criblé de blessures, il se recolle aussitôt et la plaie ne se voit pas. Je suis couvert de plaies cicatrisées, c'est pour ça que je tiens le coup.

— Tu l'as oubliée bien vite, Zorba, la pauvre Bouboulina, dis-je d'une voix qui, malgré moi, s'était faite brutale.

Zorba prit la mouche, il éleva le ton :

— Nouvelle route, cria-t-il, nouveaux projets ! J'ai cessé de me rappeler ce qui s'est passé hier, cessé de me demander ce qui se passera demain. Ce qui se passe aujourd'hui, en cette minute, c'est de ça que je me soucie. Je dis : « Qu'est-ce que tu fais en ce moment, Zorba ? — Je dors. — Alors, dors bien ! — Qu'est-ce que tu fais en ce moment, Zorba ? — Je travaille. — Alors, travaille bien ! — Qu'est-ce que tu fais en ce moment, Zorba ? — J'embrasse une femme. — Alors, embrasse-la bien, Zorba, oublie tout le reste, il n'y a rien d'autre au monde, rien qu'elle et toi, vas-y ! »

Et un moment après :

— Aucun Canavaro ne lui avait donné autant de plaisir à notre Bouboulina que moi qui te parle, moi le loqueteux, le vieux Zorba. Pourquoi, tu me diras ? Parce que tous les Canavaros du monde, à la minute même où ils l'embrassaient, pensaient à leur flotte, à la Crète, à leur roi, à leurs galons ou à leur femme. Mais moi, j'oubliais tout, tout, et elle, la garce, elle le comprenait bien — et apprends ça, savantissime, pour la femme, il n'y a pas de plus grand plaisir. La vraie femme, écoute ça pour ta gouverne, jouit plus du plaisir qu'elle donne que de celui qu'elle prend de l'homme.

Il se baissa pour ajouter du bois dans le feu, et se tut.

Je le regardais, et ma joie était grande. Je sentais que ces minutes, sur ce rivage désert, étaient riches, simples, d'une profonde valeur humaine. Et notre repas de chaque soir était comme ces potées que font les marins en débarquant sur un rivage désert — avec des poissons, des huîtres et des pierres villeuses — elles sont plus savoureuses que n'importe quel autre mets et n'ont pas leur pareille pour nourrir l'âme de l'homme. Ici, au bout du monde, nous étions nous aussi comme deux naufragés.

— Après-demain, c'est l'inauguration du téléférique, dit Zorba poursuivant son idée. Je ne marche plus sur la terre, je suis aérien, je sens les poulies sur mes épaules !

— Tu te rappelles, Zorba, dis-je, quel appât tu m'as lancé dans le café du Pirée pour me prendre à l'hameçon ? Que soi-disant tu savais faire des soupes fameuses — et il se trouve justement que c'est le mets que j'aime le plus. Comment l'as-tu compris ?

Zorba hocha la tête avec quelque dédain :

— Je ne sais pas, patron ! Ça m'est venu comme ça. De la manière que je te voyais assis dans le coin du café, bien tranquille, réservé et penché sur un petit livre doré sur tranches — je ne sais pas, je me suis dit que tu aimais les soupes. Ça m'est venu comme ça, je te dis, il ne faut pas chercher à comprendre !

Il se tut, tendant l'oreille :

— Tais-toi, dit-il, il y a quelqu'un qui vient !

Des pas pressés se firent entendre, et le halètement de quelqu'un qui courait. Tout à coup, dans le reflet de la flamme, surgit devant nous un moine au froc déchiré, tête nue, avec une barbe roussie et une demi-moustache. Il dégageait une forte odeur de pétrole.

— Hé ! sois le bienvenu, pater Zaharia ! cria Zorba. Qu'est-ce qui t'a mis dans cet état ?

Le moine s'écroula par terre, près du feu. Son menton tremblait.

Zorba se pencha et lui cligna de l'œil.

— Oui, répondit le moine.

— Bravo, moine ! cria-t-il. Maintenant, sûr que tu iras au Paradis, tu n'y coupes pas, et tu auras un bidon de pétrole à la main.

— Amen ! murmura le moine en se signant.

— Comment ça s'est passé ? Quand ? Raconte !

— J'ai vu l'archange saint Michel, frère Canavaro. Il m'a donné un ordre. Écoute voir. J'étais tout seul dans la cuisine, avec la porte fermée, en train d'écosser des haricots verts. Les pères étaient aux vêpres, tout était calme. J'entendais les oiseaux chanter et il me semblait que c'étaient des anges. J'étais bien tranquille, j'avais tout préparé et j'attendais. J'avais acheté un bidon de pétrole, et je l'avais caché dans la chapelle du cimetière, sous la Sainte-Table, pour que l'archange Michel le bénisse.

« Donc, hier après-midi, j'écossais des haricots verts, j'avais le Paradis en tête et je me disais : « Seigneur Jésus, fais que je mérite, moi aussi, le royaume des cieux, et je consentirai à écosser les légumes pour l'éternité dans les cuisines du Paradis ! » Voilà à quoi je pensais et mes larmes coulaient. Quand, tout à coup, j'ai entendu des battements d'ailes au-dessus de moi. J'ai tout de suite compris. J'ai courbé la tête en tremblant. Alors j'ai entendu une voix : « Zaharia lève les yeux, n'aie pas peur ! » Mais moi, je tremblais et je suis tombé par terre. « Lève les yeux, Zaharia ! » dit de nouveau la voix. J'ai levé les yeux et j'ai vu : la porte s'était ouverte et sur le seuil se tenait l'archange Michel, comme il est peint sur la porte du sanctuaire, tout pareil : avec des ailes noires, des sandales rouges, et un casque d'or. Seulement au lieu de glaive il tenait une torche allumée : « Salut, Zaharia ! qu'il me fait. — Je suis le serviteur de Dieu, que je réponds, ordonne ! — Prends la torche enflammée et le Seigneur soit avec toi ! » J'ai tendu la main et j'ai senti ma paume brûler. Mais l'archange avait disparu. J'ai seulement vu par la porte une ligne de feu dans le ciel, comme une étoile filante. »

Le moine épongea la sueur sur son visage. Il était devenu blême. Il claquait des dents comme s'il avait la fièvre.

— Alors ? fit Zorba. Courage, moine !

— A ce moment-là, les pères sortaient de vêpres et entraient dans le réfectoire. En passant, l'Higoumène me donne un coup de pied comme si j'étais un chien. Les pères se mettent à rire. Moi, motus. Depuis le passage de l'archange, l'air sentait comme une odeur de soufre, mais personne ne s'en apercevait. Ils se mettent à table. « Zaharia, me fait le Tabulaire, tu ne viens pas manger ? » Moi, bouche cousue.

« Le pain des anges lui suffit ! » dit Dométios le sodomite. Les pères se mettent encore à rire. Alors, moi, je me lève et je me dirige vers le cimetière. Je me jette à plat ventre aux pieds de l'archange. Pendant des heures, j'ai senti son pied peser lourdement sur ma nuque. Le temps a passé comme l'éclair. C'est comme ça que passeront les heures et les siècles au Paradis. Minuit est arrivé. Tout était calme. Les moines étaient allés se coucher. Je me suis levé. J'ai fait un signe de croix et j'ai baisé le pied de l'archange. « Que ta volonté soit faite ! » j'ai dit. J'ai attrapé le bidon de pétrole et je l'ai débouché. J'avais bourré mon froc de chiffons. Je suis sorti.

« Il faisait une nuit d'encre. La lune n'était pas encore levée. Le monastère était tout noir, comme l'enfer. Je suis entré dans la cour, j'ai monté l'escalier, je suis arrivé chez l'Higoumène, j'ai versé du pétrole sur la porte, les fenêtres, les murs. J'ai couru à la cellule de Dométios. C'est de là que j'ai commencé à inonder les cellules et la longue galerie en bois — tout comme tu m'avais expliqué. Et puis je suis entré dans l'église, j'ai allumé un cierge à la veilleuse du Christ et j'ai mis le feu. »

Le moine, essoufflé, se tut. Ses yeux se remplirent de flammes.

— Dieu soit loué, rugit-il en se signant. Dieu soit loué ! D'un seul coup le monastère a été enveloppé dans les flammes. « Au feu de l'Enfer ! » que j'ai crié et j'ai pris mes jambes à mon cou. Je courais de toutes mes forces et j'entendais les cloches sonner et les moines crier...

« Le jour est venu. Je me suis caché dans le bois. Je grelottais. Le soleil s'est levé et j'entendais les moines fouiller les broussailles à ma recherche. Mais le bon Dieu avait jeté un brouillard sur moi et ils ne me voyaient pas. Vers le crépuscule, j'ai entendu une voix : « Descends jusqu'à la mer, sauve-toi ! — Archange conduis-moi ! » que j'ai crié et me voilà de nouveau en route. Je ne savais pas où j'allais, c'est l'archange qui me guidait, des fois sous la forme d'un éclair, des fois sous la forme d'un oiseau noir dans les arbres, ou encore d'un sentier descendant. Et moi, je courais tant que je pouvais à sa suite, en toute confiance. Et voilà, grande est sa bonté ! je t'ai trouvé, cher Canavaro. Je suis sauvé. »

Zorba ne disait rien, mais sur tout son visage s'était répandu un rire large, charnel, silencieux, allant des coins de sa bouche à ses oreilles d'âne toutes poilues.

Le dîner était prêt, il le retira du feu.

— Zaharia, demanda-t-il, qu'est-ce que c'est que ça, « le pain des anges » ?

— L'esprit, répondit le moine en se signant.

— L'esprit ? autrement dit du vent ? Ça ne nourrit pas, mon vieux, viens manger du pain, de la soupe de poisson et un bout de viande pour te remettre. Tu as bien travaillé ; alors, mange !

— Je n'ai pas faim, dit le moine.

— Zaharia n'a pas faim, mais Joseph ? Il n'a pas faim non plus, Joseph ?

— Joseph, dit le moine à voix basse, comme s'il révélait quelque grand mystère, Joseph, le maudit, a brûlé, Dieu soit loué !

— Brûlé ! cria Zorba en riant. Comment ? Quand ? Tu l'as vu ?

— Frère Canavaro, il a brûlé au moment où j'allumais le cierge à la veilleuse du Christ. Je l'ai vu de mes yeux sortir de ma bouche, comme un ruban noir à lettres de feu. La flamme du cierge est tombée sur lui, il s'est tortillé comme un serpent et a été réduit en cendres. Quel soulagement ! Il me semble que je suis déjà entré au Paradis !

Il se leva du coin du feu où il était blotti.

— Je vais aller me coucher au bord de la mer, c'est l'ordre que j'ai reçu.

Il fit quelques pas au bord de l'eau et disparut dans la nuit.

— Tu es responsable de lui, Zorba, dis-je ; si les moines le trouvent, il est perdu.

— Ils ne le trouveront pas, ne t'en fais pas, patron. Je m'y connais en contrebande de ce genre. Demain de bonne heure, je le raserai, je lui donnerai des vêtements humains et je l'embarquerai. Ne te fais pas de mauvais sang, ça n'en vaut pas la chandelle. La soupe est bonne ? Mange de bon appétit le pain des hommes et ne te tourmente pas.

Zorba dîna avec appétit, but et s'essuya la moustache. Il avait maintenant envie de parler.

— Tu as vu, dit-il, son diable est mort. Et le voilà vide, complètement vide, le malheureux, il est foutu ! Maintenant, il est devenu comme les autres.

Il réfléchit un instant et soudain :

— Tu penses, patron, que ce diable c'était...

— Sûrement, répondis-je. L'idée de brûler le monastère s'était emparée de lui, il l'a brûlé et il s'est calmé. Cette idée-là voulait manger de la viande, boire du vin, mûrir, devenir action. L'autre Zaharia n'avait besoin ni de viande ni de vin. Lui, il a mûri en jeûnant.

Zorba tourna et retourna cela dans sa tête.

— Pardi ! je crois que tu as raison, patron, il me semble que j'ai cinq ou six démons en moi !

— Nous en avons tous, Zorba, ne t'effraie pas. Et plus nous en avons, mieux cela vaut. Il suffit qu'ils tendent tous au même but par différents chemins.

Ces paroles mirent Zorba en émoi. Il cala sa grosse tête entre ses genoux et réfléchit.

— Quel but ? demanda-t-il enfin en levant les yeux.

— Je ne sais pas, Zorba ! Tu me demandes des choses bien difficiles, comment t'expliquer ?

— Dis ça simplement, que je comprenne. Moi, jusqu'à présent, j'ai toujours laissé mes démons libres de faire ce qu'ils voulaient, et de prendre le chemin qui leur plaisait — c'est pour ça que certains me traitent de malhonnête, d'autres d'honnête, d'autres de cinglé, d'autres de sage Salomon. Je suis tout ça et bien d'autres choses encore, une vraie salade russe. Alors éclaire-moi si tu peux, quel but ?

— Je crois, Zorba, mais je peux me tromper, qu'il y a trois espèces d'hommes : ceux qui se fixent pour but de vivre leur vie, comme ils disent, de manger, de boire, d'aimer, de s'enrichir, de devenir célèbres. Puis, ceux qui se fixent pour but, non pas leur propre existence, mais celle de tous les hommes. Ils sentent que tous les hommes ne font qu'un et ils s'efforcent de les éclairer, de les aimer autant qu'ils peuvent et de leur faire du bien. Enfin, il y a ceux dont le but est de vivre la vie de l'univers entier : tous, hommes, animaux, plantes, astres, nous ne faisons qu'un, nous ne sommes qu'une même substance qui mène le même terrible combat. Quel combat ? transformer la matière en esprit.

Zorba se gratta la tête :

— J'ai le crâne dur, je ne comprends pas très facilement... Ah ! patron, si tu pouvais danser tout ce que tu dis, pour que je comprenne !

Je me mordis les lèvres, consterné. Toutes ces pensées désespérées, si j'avais pu les danser ! Mais j'en étais incapable, ma vie était gâchée.

— Ou si tu pouvais, patron, me dire tout ça comme un conte. Comme faisait Hussein Aga. C'était un vieux Turc, notre voisin. Très vieux, très pauvre, sans femme ni enfants, complètement seul. Ses habits étaient râpés, mais étincelants de propreté. C'était lui qui les lavait, qui faisait la cuisine et briquait le plancher. Le soir, il venait chez nous. Il s'asseyait dans la cour avec ma grand-mère et d'autres vieilles et tricotait des chaussettes.

« Ce Hussein Aga était un saint homme. Un jour il me prend sur ses genoux et pose sa main sur ma tête comme s'il me donnait sa bénédiction : « Alexis, qu'il me dit, je vais te confier quelque chose. Tu es trop petit pour comprendre, mais tu comprendras quand tu seras plus grand. Écoute-moi, mon enfant : le bon Dieu, tu vois, ni les sept étages du ciel ni les sept étages de la terre ne peuvent le contenir.

Mais le cœur de l'homme le contient. Alors, prends garde, Alexis, de ne jamais blesser le cœur de l'homme ! »

J'écoutais Zorba en silence. Si je pouvais, pensais-je, n'ouvrir la bouche que lorsque l'idée abstraite aurait atteint son plus haut sommet — lorsqu'elle serait devenue un conte ! Mais cela, seul un grand poète peut y parvenir, ou bien un peuple, après maints siècles de mûrissement silencieux.

Zorba se leva.

— Je vais aller voir ce que fabrique notre boutefeu et lui jeter une couverture pour qu'il n'attrape pas froid. Je prendrai aussi des ciseaux, ça peut servir.

Muni de ces objets, il partit en riant, le long de la mer. La lune venait de se montrer. Elle répandait sur la terre une couleur livide, maladive.

Tout seul près du feu éteint, je pesais les paroles de Zorba — riches de sens et dégageant une chaude odeur de terre. On sentait qu'elles montaient du fond de ses entrailles et conservaient encore la chaleur humaine. Mes paroles à moi étaient de papier. Elles descendaient de ma tête, à peine éclaboussées d'une goutte de sang. Et si elles avaient quelque valeur, c'est à cette goutte de sang qu'elles la devaient.

Allongé sur le ventre, je furetais dans les cendres chaudes, quand soudain Zorba revint, les bras ballants, ébahi.

— Patron, ne te frappe pas...

Je me relevai d'un bond.

— Le moine est mort, dit-il.

— Mort ?

— Je l'ai trouvé étendu sur le rocher. Il était éclairé par la lune. Je me suis mis à genoux et j'ai commencé à lui couper la barbe et son restant de moustache. Je coupais, je taillais, mais il ne bougeait pas. Emporté par l'élan, je lui coupe aussi les cheveux à ras. J'ai dû enlever une livre de poils. Alors quand je le vois comme ça, tondu comme un mouton, j'éclate de rire. « Dis donc, signor Zaharia, que je lui crie en le secouant, réveille-toi pour voir le miracle de la Vierge ! » Je t'en fous ! Il ne bougeait pas... Je le secoue encore, rien ! Il n'aurait pas plié bagages, des fois, le pauvre vieux, que je me dis. J'ouvre son froc, je découvre sa poitrine, je mets ma main sur son cœur : mais pas de tac tac ! Rien du tout ! La machine ne tournait plus.

A mesure qu'il parlait, la gaieté gagnait Zorba. La mort l'avait un instant interloqué, mais bien vite il l'avait remise à sa place.

— Et maintenant qu'est-ce qu'on va faire, patron ? Moi, je suis d'avis qu'on y mette le feu. Qui tue par le pétrole, périra par le pétrole, c'est bien ce que dit l'Évangile ? Et tu sais, avec ses habits raides de crasse et trempés de pétrole par-dessus le marché, il prendra feu comme Judas le Jeudi Saint.

— Fais ce que tu voudras, dis-je, mal à l'aise.

Zorba s'absorba dans une profonde méditation.

— C'est embêtant, fit-il enfin, rudement embêtant... Si j'y mets le feu, ses habits vont brûler comme une torche, mais lui, le pauvre type, il n'a que la peau et les os ! Maigre comme il est, il mettra un temps fou à se réduire en cendres. Il n'a même pas une once de graisse pour aider le feu.

Hochant la tête, il ajouta :

— Si le bon Dieu existait, tu ne crois pas qu'il aurait prévu tout ça et qu'il l'aurait fait bien dodu, avec beaucoup de graisse, pour nous tirer d'affaire ? Qu'est-ce que tu en penses ?

— Ne me mêle pas à cette histoire, je te dis. Fais ce que tu veux, mais en vitesse.

— Le mieux ce serait qu'un miracle sorte de tout ça ! Il faudrait que les moines croient que le bon Dieu lui-même s'est fait barbier et qu'après l'avoir rasé il l'a tué pour le punir d'avoir endommagé le monastère.

Il se gratta le crâne.

— Mais quel miracle ? Quel miracle ? C'est ici que je t'attends, Zorba !

Le croissant de lune, sur le point de se coucher, était maintenant au bord de l'horizon, or et vermeil, comme un morceau de métal rougi au feu.

Fatigué, j'allai me coucher. Quand je me réveillai à

l'aube, je vis près de moi Zorba en train de faire du café. Il était blême et avait les yeux rouges et gonflés d'avoir veillé toute la nuit. Mais ses grosses lèvres de bouc souriaient malicieusement.

— Je n'ai pas dormi de la nuit, patron, j'avais du boulot.

— Quel boulot, scélérat ?

— Je faisais le miracle.

Il rit et posa un doigt sur ses lèvres.

— Je ne te dirai pas ! Demain c'est l'inauguration du téléférique. Les gros lards viendront donner la bénédiction et alors on apprendra le nouveau miracle de Notre-Dame de la Vengeance.

Il servit le café.

— Mon vieux, je serais bon pour faire l'Higoumène, poursuivit-il. Si j'ouvrais un monastère, je te parie que je ferais fermer tous les autres et que je leur prendrais tous leurs clients. C'est des larmes que vous voulez ? une petite éponge mouillée derrière les icônes et tous mes saints se mettraient à pleurer. Des coups de tonnerre ? Je fourrerais sous la Sainte Table une mécanique qui ferait du pétard. Des fantômes ? deux de mes moines de confiance erreraient la nuit sur les toits du monastère, enveloppés dans des draps. Et tous les ans je préparerais pour la fête de Sa Grâce une flopée de boiteux, d'aveugles et de paralytiques qui recouvreraient la lumière et se dresseraient sur leurs pieds pour danser.

« Pourquoi tu rigoles, patron ? Un oncle à moi avait trouvé un vieux mulet à l'article de la mort. On l'avait abandonné dans la montagne pour qu'il crève. Alors il l'a pris. Tous les matins il le menait paître et, le soir, il le ramenait chez lui. « Hé, père Haralambos, lui criaient les gens du village, qu'est-ce que tu veux donc en faire de cette vieille rosse de mulet ? — Il me sert de fabrique à crottin ! » répondait mon oncle. Eh bien ! moi, patron, le monastère, il me servirait de fabrique à miracles. »

25

CETTE veille de 1er mai, je ne l'oublierai de ma vie. Le téléférique était prêt, les piliers, le câble et les poulies brillaient au soleil du matin. De grands troncs de pins s'entassaient au sommet de la montagne et des ouvriers attendaient là-haut le moment de les accrocher au câble et de les lâcher vers la mer.

Un grand drapeau grec flottait au faîte du poteau de départ, sur la montagne, un autre au faîte du poteau d'arrivée, sur la côte. Devant la baraque, Zorba avait dressé un tonnelet de vin. A côté, un ouvrier faisait rôtir à la broche un mouton bien gras. Après la bénédiction et l'inauguration, les invités devaient prendre un verre de vin pour nous souhaiter prospérité.

Zorba avait aussi décroché la cage du perroquet et l'avait posée sur une roche élevée à côté du premier pilier.

— C'est comme si je voyais sa maîtresse, murmura-t-il en le regardant tendrement.

Il sortit de sa poche une poignée de cacahuètes et les lui donna.

Il portait ses habits de fête, chemise blanche déboutonnée, veston vert, pantalon gris et ses beaux souliers à élastiques. Il avait, de plus, enduit de cosmétique sa moustache qui commençait à déteindre.

Il courut accueillir, comme un grand seigneur d'autres grands seigneurs, les notables qui arrivaient, leur expliquant ce qu'était le téléférique, quel profit en tirerait le pays et que la Sainte Vierge lui avait apporté ses lumières pour cette parfaite réalisation.

— C'est un ouvrage important, disait-il. Il faut trouver la bonne inclinaison — toute une science ! Je me suis creusé la cervelle pendant des mois, mais rien à faire. Pour les grands travaux, l'esprit de l'homme n'est pas suffisant, il faut croire qu'une aide divine est nécessaire. Alors, la Très Sainte Vierge m'a vu en train de peiner et elle a eu pitié de moi : ce pauvre Zorba, qu'elle a dit, c'est un brave type, il fait ça pour le bien du village, je vais l'aider un peu. Et ô miracle !

Zorba s'arrêta et se signa trois fois...

— O miracle ! une nuit, dans mon sommeil, une femme en noir se présente à moi — c'était la Sainte Vierge. Elle tenait dans sa main un petit chemin de fer aérien, pas plus grand que ça. « Zorba, qu'elle me dit, je t'apporte la maquette. Tiens, suis cette inclinaison et reçois ma bénédiction ! » Cela dit, elle disparaît. Alors moi je me réveille en sursaut. Je cours là où je faisais mes essais, et qu'est-ce que je vois ? La ficelle avait pris d'elle-même la bonne inclinaison ! et elle sentait le benjoin, preuve que la main de la Vierge l'avait touchée !

Kondomanolio ouvrait la bouche pour poser une question, quand, du sentier pierreux, débouchèrent cinq moines montés sur des mules. Un sixième, portant une grande croix de bois sur l'épaule, courait devant eux en criant. Que criait-il ? Nous ne pouvions encore le distinguer.

On entendait des psalmodies, les moines agitaient leurs bras, se signaient, les pierres lançaient des étincelles.

Le moine qui était à pied arriva près de nous, ruisselant de sueur. Il éleva la croix bien haut :

— Chrétiens, le miracle ! cria-t-il. Chrétiens, le miracle ! Les pères apportent la Très Sainte Vierge Marie. Tombez à genoux et adorez-la !

Les villageois accoururent tout émus — notables et ouvriers —, ils entourèrent le moine en se signant. Moi, je me tenais à l'écart Zorba me lança un regard rapide et étincelant.

— Approche, toi aussi, patron, me dit-il ; va écouter le miracle de la Très Sainte Vierge !

Le moine, pressé, essouflé, se mit à raconter :

— Tombez à genoux, chrétiens, écoutez le miracle divin ! Écoutez-le, chrétiens ! Le diable s'était emparé de l'âme du maudit Zaharia et, avant-hier, il l'avait poussé à arroser le saint monastère avec du pétrole. A minuit, nous avons vu des flammes. Nous nous sommes levés en toute hâte. Le prieuré, la galerie, les cellules étaient en feu. Nous avons sonné les cloches en criant : « Au secours, Notre-Dame de la Vengeance ! » et nous nous sommes précipités avec des cruches et des seaux. Au petit jour, le feu était éteint.

« Nous sommes allés à la chapelle où trône son icône miraculeuse et nous nous sommes mis à genoux en criant : « Vierge de la Vengeance, brandis ta lance et frappe le coupable ! » Puis nous nous sommes rassemblés dans la cour et nous avons constaté l'absence de Zaharia, le Judas. On criait : « C'est lui qui nous a brûlés, lui ! » et on est parti à sa recherche. On a fouillé toute la journée, rien ; fouillé toute la nuit, rien. Et voilà qu'aujourd'hui, au lever du jour, on va, encore une fois à la chapelle, et qu'est-ce qu'on voit, mes frères ? Un terrible miracle ! Zaharia était étendu, mort, aux pieds de la sainte icône et la lance de la Vierge avait encore à la pointe une grosse goutte de sang ! »

— Mon Dieu, ayez pitié de nous ! murmuraient les villageois terrorisés.

— Et il y a encore ceci de terrible ! poursuivit le moine en avalant sa salive. Quand on s'est penché pour soulever Zaharia le maudit, on est resté bouche bée : la Vierge lui avait rasé cheveux, moustache et barbe — comme à un curé catholique !

Me retenant de rire à grand-peine, je me retournai vers Zorba.

— Bandit ! lui dis-je à voix basse.

Mais il regardait le moine, les yeux écarquillés et, plein de componction, faisait des signes de croix à n'en plus finir, indice de la plus complète stupéfaction.

— Tu es grand, Seigneur ; tu es grand, Seigneur, et admirables sont tes œuvres ! murmurait-il.

Sur ces entrefaites, les autres moines arrivèrent et mirent pied à terre. Le père hospitalier tenait l'icône entre ses bras. Il grimpa sur un rocher et tous, en se bousculant, coururent se prosterner devant la Vierge miraculeuse. Derrière, le gros Dométios, muni d'un plateau, faisait la quête et aspergeait d'eau de rose les rudes fronts paysans. Trois moines se tenaient autour de lui, leurs mains velues jointes sur leurs bedaines, suant à grosses gouttes et chantant des cantiques.

— Nous allons faire une tournée dans les villages de Crète, dit le gros Dométios, pour que les croyants se prosternent devant Sa Grâce et apportent leur offrande. Il nous faut de l'argent, beaucoup d'argent pour restaurer le saint monastère...

— Les gros lards ! grommela Zorba, ils vont encore s'en tirer gagnants.

Il s'approcha de l'Higoumène :

— Saint Higoumène, tout est prêt pour la cérémonie. Que la Sainte Vierge bénisse notre œuvre !

Le soleil était déjà haut, pas le moindre souffle de vent, il faisait très chaud. Les moines se placèrent autour du pilier surmonté du drapeau. Ils s'épongèrent le front de leurs larges manches et se mirent à chanter la prière pour les « fondations de maison » :

« Seigneur, Seigneur, édifie cet engin sur un roc solide, que ni le vent ni la pluie ne puisse endommager... »

Ils trempèrent le goupillon dans le bol de cuivre et aspergèrent choses et gens, le pilier, le câble, les poulies, Zorba et moi, et puis les paysans, les ouvriers et la mer.

Ensuite, avec précaution, comme s'il s'agissait d'une femme malade, ils soulevèrent l'icône, l'installèrent près du perroquet et firent cercle autour d'elle. De l'autre côté se placèrent les notabilités et, au milieu, Zorba. Moi, je m'étais retiré près de la mer, et j'attendais.

L'essai devait se faire avec trois arbres : une sainte trinité. On en ajouta pourtant un quatrième en signe de reconnaissance envers Notre-Dame de la Vengeance.

Moines, villageois, ouvriers se signèrent.

— Au nom de la Sainte Trinité et de la Vierge ! murmurèrent-ils.

En une enjambée, Zorba se trouva près du premier pilier. Il tira sur la corde et fit descendre le drapeau. C'était le signal qu'attendaient les ouvriers là-haut sur la montagne. Tous les assistants se reculèrent et fixèrent des yeux le sommet du mont.

— Au nom du Père ! cria l'Higoumène.

Impossible de décrire ce qui se passa alors. La catastrophe éclata comme la foudre. Les assistants eurent à peine le temps de se sauver. Le téléférique tout entier vacilla. Le pin que les ouvriers avaient accroché au câble s'élança avec une impétuosité démoniaque. Des étincelles jaillissaient, de grands éclats de bois étaient projetés dans les airs, et lorsqu'il arriva en bas, quelques secondes plus tard, il ne restait plus qu'une bûche à moitié calcinée.

Zorba me coula un regard de chien fouetté. Les moines et les villageois se replièrent prudemment. Les mulets qui étaient attachés se mirent à ruer. Le gros Dométios s'affaissa haletant :

— Seigneur, ayez pitié de moi ! murmurait-il épouvanté.

Zorba leva le bras :

— Ce n'est rien, assura-t-il. C'est toujours comme ça pour le premier tronc. Maintenant la machine va se roder, regardez !

Il fit monter le drapeau, donna de nouveau le signal et se sauva en courant.

— Et du Fils ! cria l'Higoumène d'une voix quelque peu tremblante.

Le deuxième tronc fut lâché. Les piliers tremblèrent, le bois prit de l'élan. Il bondissait comme un dauphin, se ruait droit vers nous. Mais il n'alla pas bien loin et fut pulvérisé à mi-hauteur de la montagne.

— Le diable l'emporte ! marmotta Zorba en se mordillant les moustaches. Elle n'est pas encore au point cette foutue inclinaison !

Il bondit vers le pilier et, d'un geste rageur, fit descendre le drapeau pour le troisième départ. Les moines, retranchés derrière leurs mules, se signèrent. Les notables attendaient, un pied en l'air, prêts à prendre la fuite.

— Et du Saint-Esprit ! balbutia l'Higoumène en retroussant son froc.

Le troisième tronc était énorme. A peine fut-il lâché qu'un bruit terrible se fit entendre.

— Jetez-vous à terre, malheureux! hurla Zorba en détalant.

Les moines tombèrent à plat ventre, les villageois prirent leurs jambes à leur cou.

Le tronc fit un saut, retomba sur le câble, lança des gerbes d'étincelles et, avant que nous ayons eu le temps de rien voir, il avait dépassé montagne et rivage et s'engloutissait dans un jaillissement d'écume, loin dans la mer.

Les piliers vibraient de façon inquiétante. Plusieurs s'étaient penchés. Les mulets cassèrent leurs cordes et décampèrent.

— Ce n'est rien ! Ce n'est rien ! cria Zorba hors de lui. Maintenant la machine est rodée, en avant !

Il fit monter le drapeau une fois de plus. On le sentait désespéré et pressé de voir tout cela finir.

— Et de Notre-Dame de la Vengeance ! bredouilla l'Higoumène en prenant la fuite.

Le quatrième tronc s'élança. Un « crac ! » terrifiant retentit, un deuxième « crac ! » et tous les piliers, l'un derrière l'autre, s'écroulèrent comme un château de cartes.

— Seigneur, ayez pitié de nous ! glapirent ouvriers, villageois et moines fuyant à la débandade.

Un éclat blessa Dométios à la cuisse. Il s'en fallut d'un cheveu qu'un autre n'arrachât l'œil de l'Higoumène. Les villageois avaient disparu. Seule la Vierge se tenait toute droite sur sa pierre, sa lance à la main, et regardait les hommes de son œil austère. A côté d'elle, ses plumes vertes toutes hérissées, le pauvre perroquet tremblait, plus mort que vif.

Les moines se saisirent de la Vierge qu'ils serrèrent dans leurs bras, relevèrent Dométios gémissant de douleur, rassemblèrent les mulets, montèrent en selle et battirent en retraite. L'ouvrier tourne-broche avait, dans sa frayeur, abandonné le mouton qui était en train de brûler.

— Le mouton va être carbonisé ! cria Zorba plein d'inquiétude en se précipitant pour le retourner.

Je m'assis près de lui. Il n'y avait plus personne sur le rivage, nous étions demeurés seuls. Il se tourna vers moi et me glissa un regard incertain, hésitant. Il ne savait comment j'allais prendre la catastrophe ni comment allait finir cette aventure.

Il prit un couteau, se pencha de nouveau sur le mouton, en coupa un morceau, le goûta, retira aussitôt la bête du feu et la posa debout sur sa broche contre un arbre.

— A point, dit-il ; à point, patron ! Tu en veux un petit morceau ?

— Apporte aussi le vin et le pain, répondis-je ; j'ai faim.

Zorba s'élança lestement, roula le tonnelet près du mouton, apporta une miche de pain blanc et deux verres.

Chacun prit un couteau, coupa deux grandes lanières de viande, de grosses tranches de pain et se mit à manger avidement.

— Tu vois comme il est bon, patron ? Il fond dans la bouche ! Ici, tu vois, il n'y a pas de gras pâturages, les bêtes paissent l'herbe sèche, c'est pour ça que leur viande a tant de goût. De la viande aussi succulente que celle-ci, je n'en ai mangé qu'une seule fois. Je me rappelle, c'était au temps où j'avais brodé avec mes cheveux une sainte Sophie que je portais comme amulette. Je t'ai déjà raconté, c'est une vieille histoire !

— Raconte, raconte !

— Vieilles histoires, je te dis, patron ! Lubies de Grec, lubies de fou !

— Allez, raconte, Zorba, ça me plaît !

— Donc ce soir-là, les Bulgares nous avaient encerclés. On les voyait tout autour de nous sur les pentes de la montagne allumer des feux. Pour nous faire peur, ils s'étaient mis à frapper des cymbales et à hurler comme des loups. Ils devaient être dans les trois cents. Nous, on était vingt-huit, et le capetan Rouvas en plus — Dieu ait son âme, s'il est mort, c'était un chic garçon ! — notre chef.

« Eh ! Zorba, qu'il me fait, mets le mouton à la broche ! — Il a beaucoup plus de goût cuit dans un trou, capetan, que je dis. — Fais-le comme tu veux, mais vite, on a faim ! » On creuse un trou, je le rembourre avec la peau du mouton, on tasse une bonne couche de charbon allumé par-dessus, on tire le pain de nos musettes et on s'assoit autour du feu. « C'est peut-être bien le dernier qu'on mange ! fait le capetan Rouvas, est-ce que quelqu'un a peur ici ? » On se met tous à rire et personne ne daigne répondre. On prend notre gourde. « A ta santé, capetan ! » On boit un coup, on en boit deux, on tire le mouton du trou. Ah ! mon vieux, quel mouton, patron ! Quand j'y pense, j'en ai encore l'eau à la bouche ! Fondant, du loukoum ! On se jette tous dessus à belles dents. « De ma vie, je n'ai jamais goûté de viande plus succulente ! dit le capetan. Dieu nous protège ! » Et le voilà qui avale son verre d'un trait, lui qui ne buvait jamais. « Chantez un chant kleftique, les enfants ! il ordonne. Ceux-là, là-bas, ils hurlent comme des loups ; nous, on va chanter comme des hommes. Chantons le *Vieux Dimos.* » On avale en vitesse, on boit encore un coup. Le chant s'élève, s'enfle en faisant résonner l'écho des ravines : « J'ai vieilli, les gars, depuis quarante ans que je suis klefte... » Un entrain à tout casser. « Hé, hé ! quelle gaieté ! dit le capetan, pourvu que ça dure ! Dis donc, Alexis, regarde un peu le dos du mouton... Qu'est-ce qu'il dit ? » Je me mets à dégager au canif le dos du mouton et j'approche du feu pour mieux voir. « Je ne vois pas de tombes, capetan, que je crie. Je ne vois pas de morts. On va encore s'en tirer les gars ! — Que Dieu t'entende, dit notre chef, qui venait de se marier. Que j'arrive au moins à faire un fils et après, advienne que pourra ! »

Zorba coupa un gros morceau autour des rognons :

— Il était bon ce mouton-là, dit-il, mais celui-ci, le brave petit, il ne lui doit rien !

— Sers à boire, Zorba, dis-je. Remplis les verres jusqu'au bord et mettons-les à sec !

Ayant trinqué, nous dégustâmes notre vin, un exquis vin crétois, pourpre comme du sang de lièvre. Le boire, c'était communier avec le sang de la terre. On se sentait devenir ogre ! Les veines débordaient de force, le cœur de bonté. L'agneau se changeait en lion. On oubliait les petitesses de la vie, les cadres étroits craquaient. Unis aux hommes, aux bêtes, à Dieu, on ne faisait plus qu'un avec l'univers.

— Voyons nous aussi, ce que dit le dos du mouton, fis-je. Allez, vas-y, Zorba !

Il suça bien soigneusement le dos, le racla avec son couteau, l'approcha de la lumière et regarda attentivement.

— Tout va bien, dit-il. On vivra mille ans, patron, un cœur d'acier !

Il se pencha, se mit à examiner de nouveau :

— Je vois un voyage, dit-il, un grand voyage. Je vois au bout du voyage une grande maison avec beaucoup de portes. Ça doit être la capitale de quelque royaume, patron. Ou bien le monastère où je serai portier et où je ferai de la contrebande, comme on disait.

— Verse à boire, Zorba, et laisse les prophéties. Je vais te dire, moi, ce que c'est que cette grande maison aux nombreuses portes : c'est la terre avec les tombes, Zorba. C'est ça, le bout du voyage. A ta santé, bandit !

— A ta santé, patron ! On dit que la chance est aveugle. Elle ne sait pas où elle va, elle se cogne aux passants et celui sur qui elle tombe, on l'appelle veinard. Au diable une chance pareille, nous, on n'en veut pas, patron, hein ?

— On n'en veut pas, Zorba, à ta santé !

Nous buvions et mangions les restes de mouton. Le monde devenait plus léger, la mer riait, la terre tanguait comme le pont d'un navire, deux mouettes marchaient sur les galets, devisant comme des hommes.

Je me levai.

— Viens, Zorba, criai-je, apprends-moi à danser !

Zorba bondit, son visage étincela.

— Danser, patron ? fit-il. Danser ? Allez ! Viens !

— Allons-y, Zorba, ma vie a changé, hardi !

— Pour commencer, je vais t'apprendre le zeïmbékiko. Une danse sauvage, martiale ; nous, les comitadjis, on la dansait avant la bataille.

Il ôta ses souliers, ses chaussettes aubergine, ne garda que sa chemise. Mais il étouffait encore, il l'enleva aussi.

— Regarde mon pied, patron, m'ordonna-t-il, fais attention !

Il tendit le pied, toucha légèrement le sol, tendit l'autre ; les pas s'emmêlèrent violemment, joyeusement et la terre résonna.

Il me prit par l'épaule :

— Allez, mon garçon, dit-il, à nous deux !

Nous nous jetâmes dans la danse. Zorba me corrigeait, sérieux, patient, avec tendresse. Je m'enhardissais et sentais pousser des ailes à mes pieds lourds.

— Bravo, tu es un as ! cria Zorba en frappant dans ses mains pour marquer la mesure. Bravo, mon garçon ! Au diable paperasses et encriers ! Au diable biens et intérêts. Maintenant que tu danses aussi et que tu apprends ma langue, qu'est-ce qu'on ne va pas pouvoir se dire !

Il pilonna les galets de ses pieds nus et frappa dans ses mains :

— Patron, cria-t-il, j'ai beaucoup de choses à te dire, je n'ai jamais aimé personne comme je t'aime, j'ai beaucoup de choses à te dire, mais ma langue n'y arrive pas. Alors, je vais les danser ! Mets-toi à l'écart que je ne te marche pas dessus ! En avant, hop ! hop !

Il fit un saut, ses pieds et ses mains devinrent des ailes. Comme il s'élançait, tout droit, au-dessus du sol, sur ce fond de ciel et de mer, il ressemblait à un vieil archange révolté. Car cette danse de Zorba était toute de défi, d'obstination et de révolte. On eût dit qu'il criait : « Qu'est-ce que tu peux me faire, Tout-Puissant ? Tu ne peux rien me faire, sinon me tuer. Tue-moi, je m'en fiche. Je me suis déchargé la bile, j'ai dit tout ce que je voulais dire : j'ai eu le temps de danser et je n'ai plus besoin de toi ! »

En regardant Zorba danser, je comprenais pour la première fois l'effort chimérique de l'homme pour vaincre la pesanteur. J'admirais son endurance, son agilité, sa fierté. Sur les galets, les pas de Zorba, impétueux et habiles, gravaient l'histoire démoniaque de l'homme.

Il s'arrêta, contempla le téléférique écroulé en une enfilade de tas. Le soleil déclinait vers le couchant, les ombres s'allongeaient. Zorba écarquilla les yeux comme s'il venait soudain de se rappeler quelque chose. Il se tourna vers moi et, d'un geste qui lui était habituel, se couvrit la bouche de sa paume.

— Oh, là ! là ! patron, fit-il, tu as vu, qu'est-ce qu'il lançait comme étincelles, le bougre ?

Nous éclatâmes de rire.

Zorba se jeta sur moi, me prit dans ses bras et se mit à m'embrasser.

— Tu rigoles, toi aussi ? me cria-t-il tendrement, tu rigoles toi aussi, patron ? Bravo, mon gars !

Nous tordant de rire, nous luttâmes longtemps en jouant sur les galets. Puis, nous laissant tomber à terre tous deux, allongés sur le gravier, nous nous endormîmes, enlacés.

Au point du jour, je me levai et marchai rapidement, le long de l'eau, vers le village ; mon cœur bondissait. J'avais rarement éprouvé une telle joie dans ma vie. Ce n'était pas de la joie, c'était une sublime, absurde et injustifiable allégresse. Non seulement injustifiable, mais contraire à toute justification. J'avais perdu cette fois tout mon argent, ouvriers, téléférique, wagonnets ; nous avions construit un petit port pour exporter le charbon et maintenant nous n'avions rien à exporter. Tout était perdu.

Or, c'est précisément à ce moment que j'éprouvais une sensation inattendue de délivrance. Comme si j'avais découvert dans les replis durs et moroses de la nécessité, la liberté jouant dans un coin. Et je jouais avec elle.

Lorsque tout marche de travers, quelle joie de mettre notre âme à l'épreuve pour voir si elle a de l'endurance et de la valeur ! On dirait qu'un ennemi invisible et tout-puissant — les uns l'appellent Dieu, les autres diable — s'élance pour nous abattre ; mais nous restons debout. Chaque fois qu'intérieurement il est vainqueur, alors qu'au-dehors il est vaincu à plate couture, l'homme véritable ressent une fierté et une joie indicibles. La calamité extérieure se transforme en une suprême et dure félicité.

Je me rappelle ce que Zorba m'avait raconté un soir :

« Une nuit, sur une montagne de Macédoine, couverte

de neige, un vent terrible s'était levé. Il secouait la petite cabane où je m'étais niché et voulait la culbuter. Mais moi, je l'avais bien consolidée. J'étais assis tout seul devant la cheminée où le feu brûlait. Je riais et je provoquais le vent en lui criant : « Tu n'entreras pas dans ma cabane, je ne t'ouvrirai pas la porte, tu n'éteindras pas mon feu, tu ne me feras pas crouler ! »

A ces paroles de Zorba, j'avais compris comment l'homme doit se comporter et quel langage il doit tenir à la nécessité puissante et aveugle.

Je marchais vite sur le rivage, je parlais moi aussi avec l'ennemi invisible, je criais : « Tu n'entreras pas dans son âme, je ne t'ouvrirai pas la porte, tu n'éteindras pas mon feu, tu ne me feras pas crouler ! »

Le soleil n'avait pas encore pointé au-dessus des montagnes, les couleurs jouaient dans le ciel et sur la mer ; des bleus, des verts, des roses et des nacres ; au-delà, dans les oliviers, les petits oiseaux s'éveillaient et pépiaient, enivrés de lumière.

Je suivais le bord de l'eau pour faire mes adieux à ce rivage solitaire, le graver dans mon esprit et l'emporter avec moi.

J'avais connu bien des joies sur cette côte, la vie avec Zorba avait élargi mon cœur, quelques-unes de ses paroles avaient apaisé mon âme. Cet homme, avec son infaillible instinct, avec son primitif regard d'aigle, coupait par des raccourcis sûrs et arrivait, sans perdre le souffle, au faîte de l'effort — au-delà de l'effort.

Un groupe passa, hommes et femmes, portant des paniers pleins et de grandes bouteilles de vin. Ils se rendaient dans les jardins pour fêter le 1er mai. Une voix de jeune fille s'éleva comme un jet d'eau et chanta. Une fillette, à la poitrine précocement gonflée, passa devant moi, essoufflée, et se réfugia sur une haute pierre. Un homme à la barbe noire la poursuivait, pâle et irrité.

— Descends, descends... lui criait-il d'une voix rauque.

Mais la petite, les joues en feu, leva ses bras, les croisa derrière la tête et, balançant lentement son corps tout moite, elle continua sa chanson :

Dis-le-moi en plaisantant, dis-le-moi en minaudant
Dis-moi que tu ne m'aimes pas, je ne m'en soucie guère.

— Descends, descends... lui criait l'homme à la barbe et sa voix rauque suppliait et menaçait. Tout d'un coup, bondissant, il lui attrapa le pied, le serra fortement et la fille, comme si elle n'attendait que ce geste brutal pour se soulager, éclata en sanglots.

J'allai d'un pas rapide. Toutes ces joies m'irritaient le cœur. La vieille sirène surgissait dans mon esprit, grasse et parfumée, rassasiée de baisers, étendue sous la terre. Elle devait déjà avoir gonflé et verdi, s'être craquelée, les humeurs devaient s'écouler, les vers apparaître.

Je secouai la tête avec horreur. Parfois la terre devient transparente et nous distinguons le grand patron, le Ver, travaillant jour et nuit dans ses ateliers souterrains. Mais nous nous empressons de détourner les yeux, car l'homme peut tout supporter, sauf la vue du minuscule ver blanc.

A l'entrée du village, je rencontrai le facteur qui se préparait à emboucher sa trompette.

— Une lettre, patron ! me fit-il en me tendant une enveloppe bleue.

Je sursautai, joyeux, en reconnaissant la fine écriture. Je traversai rapidement le village, débouchai dans le bois d'oliviers et ouvris la lettre avec impatience. Elle était brève et pressée, je la lus d'une haleine :

« Nous avons atteint les frontières de Géorgie, nous avons échappé aux Kurdes, tout va bien. Je sais enfin ce que c'est que le bonheur. La très vieille sentence : le bonheur c'est de faire son devoir et plus le devoir est difficile, plus le bonheur est grand, c'est maintenant seulement que je puis la comprendre, car je la vis.

« Dans quelques jours, ces créatures pourchassées et moribondes se trouveront à Batoum et je viens de recevoir une dépêche : « Les premiers bateaux sont en vue ! »

« Ces milliers de Grecs intelligents et laborieux avec leurs femmes aux larges flancs et leurs enfants aux yeux de flamme, seront bientôt transplantés en Macédoine et en

Thrace. Nous allons infuser un sang neuf et vaillant dans les vieilles veines de la Grèce.

« Je me suis un peu fatigué, je l'avoue ; qu'importe. Nous avons combattu, maître, nous avons vaincu, je suis heureux. »

Je cachai la lettre et hâtai le pas, j'étais heureux, moi aussi. Je pris le sentier escarpé de la montagne, froissant entre mes doigts un brin odorant de thym en fleur. Midi approchait ; toute noire, l'ombre se tassait à mes pieds, un épervier plana très haut, ses ailes battaient si vite qu'il semblait immobile. Une perdrix entendit le bruit de mes pas, s'élança hors des broussailles et son vol métallique vrombit dans l'air.

J'étais heureux. Si j'avais pu, j'aurais chanté pour me soulager, mais je ne réussis qu'à pousser des cris inarticulés. « Qu'est-ce qui te prend ? me demandai-je à moi-même, en me moquant. Étais-tu donc si patriote sans le savoir ? Ou bien aimes-tu tellement ton ami ? N'as-tu pas honte ? Maîtrise-toi, reste tranquille. »

Mais moi, transporté de joie, je continuais de suivre le sentier en glapissant. Un bruit de sonnailles retentit, les chèvres noires, brunes, grises apparurent sur les rochers, ruisselantes de soleil. En avant, la nuque raide, marchait le bouc. Son odeur empuantissait l'air.

Un berger sauta sur un rocher et m'appela en sifflant dans ses doigts :

— Eh ! l'ami ! Tu vas où ? Tu cours après qui ?

— J'ai à faire, répondis-je en continuant mon escalade.

— Arrête-toi, viens boire un peu de lait pour te rafraîchir ! cria encore le berger, bondissant de roche en roche.

— J'ai à faire, criai-je de nouveau ; je ne voulais pas, en parlant, couper court à ma joie.

— Eh ! tu dédaignes mon lait ! fit le berger froissé. Alors, bon voyage, tant pis !

Il mit ses doigts dans sa bouche, siffla son troupeau et peu après, tous, chèvres, chiens et berger disparurent derrière les rochers.

J'atteignis bientôt le sommet de la montagne. Aussitôt,

comme si ce sommet avait été mon but, je me calmai. Je m'étendis sur un rocher, à l'ombre, et regardai au loin la plaine et la mer. Je respirais profondément, l'air sentait la sauge et le thym.

Je me levai, cueillis une brassée de sauges, en fis un oreiller et me couchai. J'étais fatigué, je fermai les yeux.

Un instant, mon esprit s'envola, là-bas, vers de hauts plateaux couverts de neige ; je m'efforçai de m'imaginer le troupeau d'hommes, de femmes, de bœufs, s'acheminant vers le nord et mon ami marchant en avant, comme le bélier-tête-de-file. Mais bien vite, mon cerveau s'obscurcit et je sentis une invincible envie de dormir.

Je voulus résister, ne pas m'engloutir dans le sommeil, j'ouvris les yeux. Un corbeau s'était posé en face de moi sur le rocher, juste au sommet de la montagne. Ses plumes d'un noir-bleu luisaient au soleil, et je distinguais nettement son grand bec jaune. Je me fâchai, ce corbeau me semblait de mauvais augure ; je pris une pierre et la lui lançai. L'oiseau, tranquillement, lentement, déploya ses ailes.

Je fermai de nouveau les yeux, ne pouvant plus résister, et d'un seul coup, foudroyant, le sommeil s'empara de moi.

Je ne devais pas avoir dormi plus de quelques secondes, quand je poussai un cri et me dressai d'un bond. Le corbeau passait en ce moment au-dessus de ma tête. Je m'accoudai tout tremblant au rocher. Un rêve violent, en coup de sabre, m'avait traversé l'esprit.

Je me voyais à Athènes, remontant la rue Hermès, tout seul. Le soleil brûlait, la rue était déserte, les magasins fermés, la solitude complète. Comme je passais devant l'église de Kapnikaréa, je vis de la place de la Constitution, accourir mon ami, pâle et essoufflé ; il suivait un homme très grand, très maigre, qui marchait à pas de géant. Mon ami portait son grand uniforme de diplomate ; il m'aperçut et me cria de loin, haletant :

— Holà, maître, que deviens-tu ? Il y a un siècle que je ne t'ai vu ; viens ce soir, on causera.

— Où ? criai-je moi aussi, très fort, comme si mon ami

était très loin et qu'il me fallût donner toute ma voix pour me faire entendre.

— Place de la Concorde, ce soir, à six heures Au café « La Fontaine du Paradis ».

— Bien, répondis-je, je viendrai.

— Tu dis ça, fit-il d'un ton de reproche ; tu dis ça, mais tu ne viendras pas.

— Je viendrai sûrement ! criai-je, donne-moi la main !

— Je suis pressé.

— Pourquoi es-tu pressé ? Donne-moi la main.

Il tendit son bras et, brusquement, celui-ci se détacha de son épaule et vint, traversant les airs, me saisir la main.

Je fus épouvanté par ce contact froid, poussai un cri et m'éveillai en sursaut.

Je surpris alors le corbeau planant au-dessus de ma tête. Mes lèvres distillaient du poison.

Je me tournai vers l'est, rivai mes yeux sur l'horizon, comme si je voulais percer la distance et voir.. Mon ami, j'en étais sûr, se trouvait en danger. Je criai trois fois son nom :

— Stavridaki ! Stavridaki ! Stavridáki !

Comme si je voulais lui donner du courage. Mais ma voix se perdit à quelques brasses devant moi et s'évanouit dans l'air.

Je pris le chemin du retour. Je dégringolais de la montagne, essayant, à force de fatigue, de déplacer la douleur. Mon cerveau tâchait en vain de rallier les messages mystérieux qui parfois réussissent à percer le corps et à parvenir à l'âme. Au fond de mon être, une certitude primitive, plus profonde que la raison, tout animale, s'emplissait de terreur. La même certitude qu'éprouvent certaines bêtes, les moutons, les rats, avant qu'éclate le tremblement de terre. En moi s'éveilla l'âme des premiers hommes telle qu'elle était avant de s'être tout à fait détachée de l'univers, lorsqu'elle sentait encore directement, sans l'intervention déformante de la raison, la vérité.

— Il est en danger ! il est en danger... murmurai-je. Il va mourir. Peut-être que lui-même ne le sait pas encore. Moi, je le sais, j'en suis sûr...

Je descendais de la montagne en courant, je trébuchai sur un tas de pierres et dégringolai, entraînant avec moi les cailloux. Je me relevai, les mains et les jambes en sang, couvertes d'écorchures. Ma chemise était déchirée, mais j'éprouvai une sorte de soulagement.

« Il va mourir, il va mourir ! » me disais-je, et ma gorge se serrait.

L'homme, l'infortuné, a élevé autour de sa pauvre petite existence une haute forteresse inexpugnable, prétend-il ; il s'y réfugie et s'efforce d'y apporter un peu d'ordre et de sécurité. Un peu de bonheur. Tout y doit suivre les chemins tracés, la sacro-sainte routine, obéir à des lois simples et sûres. Dans cet enclos fortifié contre les incursions violentes du mystère, se traînent, toutes-puissantes, les petites certitudes aux mille pattes. Il n'y a qu'un seul ennemi formidable, mortellement redouté et haï : la Grande Certitude. Or, cette Grande Certitude avait maintenant franchi les murailles et s'était ruée sur mon âme.

Quand j'atteignis ma plage, je soufflai un moment. « Tous ces messages, pensai-je, naissent de notre propre inquiétude et prennent dans notre sommeil la brillante parure du symbole. Mais c'est nous-mêmes qui les créons... » Je me calmai un peu. La raison remit de l'ordre dans mon cœur, coupa les ailes à l'étrange chauve-souris, la tailla, la retailla jusqu'à en faire une souris familière.

Quand j'arrivai à la baraque, je souriais de ma naïveté ; j'étais honteux de ce que mon esprit se fût si vite pris de panique. Je retombai dans la réalité routinière, j'avais faim, j'avais soif, je me sentais épuisé, et les plaies que m'avaient faites les pierres me cuisaient. Mais surtout, j'éprouvais un grand soulagement : le terrible ennemi qui avait franchi les murailles s'était trouvé contenu sur la deuxième ligne fortifiée de mon âme.

26

C'ÉTAIT fini. Zorba rassembla le câble, les outils, les wagonnets, la ferraille, les bois de construction et en fit un tas sur la plage en attendant que le caïque vînt les charger.

— Je t'en fais cadeau, Zorba, dis-je, c'est à toi, bonne chance !

Zorba comprima sa gorge comme s'il voulait contenir un sanglot.

— On se sépare ? murmura-t-il. Où tu vas aller, patron ?

— Je pars pour l'étranger, Zorba ; elle a encore beaucoup de paperasses à grignoter, la chèvre qui est en moi.

— Tu ne t'es pas encore corrigé, patron ?

— Si, Zorba, grâce à toi, mais je suis la même route que toi, je vais faire avec les livres ce que tu as fait avec les cerises ; je vais manger tant de papier que j'en aurai des haut-le-cœur, je vomirai et je serai débarrassé.

— Et qu'est-ce que je deviendrai, moi, sans ta compagnie, patron ?

— Ne te chagrine pas, Zorba, nous nous rencontrerons encore, et, qui sait, la force de l'homme est formidable ! Nous réaliserons un jour notre grand projet ; nous construirons un monastère à nous, sans dieu, sans diable, avec des hommes libres ; et toi, Zorba, tu seras à la porte, tenant les grosses clefs, comme saint Pierre, pour ouvrir et fermer...

Zorba, assis par terre, le dos appuyé à la baraque, remplissait son verre sans arrêt, buvait et ne disait rien.

La nuit était tombée, nous avions fini notre repas et nous

faisions notre dernière causerie en buvotant. Le lendemain, de bon matin, nous allions nous séparer.

— Oui, oui... faisait Zorba, qui tiraillait sa moustache et buvait. Oui, oui...

Le ciel était plein d'étoiles, la nuit au-dessus de nous ruisselait, toute bleue ; en nous, notre cœur voulait guérir, mais il se retenait.

« Fais-lui tes adieux pour toujours, pensais-je, regarde-le bien, jamais plus, jamais plus tes yeux ne reverront Zorba ! »

Je fus sur le point de me jeter contre la vieille poitrine et de me mettre à pleurer, mais j'eus honte. J'essayai de rire pour cacher mon émotion, je n'y parvins pas. Ma gorge était serrée.

Je regardai Zorba tendre son cou d'oiseau de proie et boire en silence. Je le regardais et mes yeux s'embrumaient ; quel est donc ce mystère atroce, la vie ? Les hommes se rencontrent et se séparent comme les feuilles que chasse le vent ; en vain, le regard s'efforce de retenir le visage, le corps, les gestes de l'être aimé ; dans quelques années on ne se rappellera plus si ses yeux étaient bleus ou noirs.

« Elle devrait être de bronze, elle devrait être d'acier, l'âme humaine, criai-je en moi-même, et non de vent ! »

Zorba buvait, tenait sa grosse tête bien droite, immobile. On eût dit qu'il écoutait dans la nuit des pas qui se rapprochaient ou des pas qui s'éloignaient au tréfonds de son être.

— A quoi penses-tu, Zorba ?

— A quoi veux-tu que je pense, patron ? A rien. A rien, je te dis ! Je ne pense à rien.

Au bout d'un moment, remplissant à nouveau son verre :

— A ta santé, patron !

Nous trinquâmes. Nous sentions tous les deux qu'une si âpre tristesse ne pouvait plus durer longtemps. Il nous fallait éclater en sanglots ou nous soûler, ou nous mettre à danser éperdument.

— Joue, Zorba ! proposai-je.

— Le santouri, on l'a déjà dit, patron, le santouri veut un cœur heureux. Je jouerai dans un mois, dans deux mois, dans deux ans, je n'en sais rien ! Je chanterai alors comment deux êtres se séparent pour toujours.

— Pour toujours ! criai-je terrifié.

Je le répétais en moi, ce mot irrémédiable, mais je ne m'attendais pas à l'entendre prononcer. Je fus effrayé.

— Pour toujours ! répéta Zorba, en avalant sa salive avec difficulté. Oui, pour toujours. Ce que tu me dis là, qu'on se rencontrera encore, qu'on construira un monastère, c'est des consolations indignes ; je ne les accepte pas ! Je n'en veux pas ! Quoi ? Est-ce qu'on est des femmelettes pour avoir besoin de consolations ? Oui, pour toujours !

— Peut-être que je resterai avec toi, ici... dis-je, effrayé par la tendresse farouche de Zorba. Peut-être aussi que je reviendrai avec toi. Je suis libre !

Zorba secoua la tête :

— Non, tu n'es pas libre, dit-il. La corde avec laquelle tu es attaché, est un peu plus longue que celle des autres. C'est tout. Toi, patron, tu as une longue ficelle, tu vas, tu viens, tu crois que tu es libre, mais la ficelle tu ne la coupes pas. Et quand on ne coupe pas la ficelle...

— Je la couperai un jour ! dis-je avec défi, car les paroles de Zorba avaient touché en moi une plaie ouverte et j'avais eu mal.

— C'est difficile, patron, très difficile. Pour ça, il faut un brin de folie ; de folie, tu entends ? Risquer tout ! Mais toi, tu as un cerveau solide et il viendra à bout de toi. Le cerveau est un épicier, il tient des registres, j'ai payé tant, j'ai encaissé tant, voilà mes bénéfices, voilà mes pertes ! C'est un prudent petit boutiquier ; il ne met pas tout en jeu, il garde toujours des réserves. Il ne casse pas la ficelle, non ! il la tient solidement dans sa main, la fripouille. Si elle lui échappe, il est foutu, foutu le pauvre ! Mais si tu ne casses pas la ficelle, dis-moi, quelle saveur peut avoir la vie ? Un goût de camomille, de fade camomille ! Ce n'est pas du rhum qui te fait voir le monde à l'envers !

Il se tut, se servit à boire, mais changea d'avis.

— Il faut m'excuser, patron, dit-il, je suis un rustre. Les

mots collent à mes dents comme la boue aux pieds. Je ne peux pas tourner des belles phrases et faire des politesses. Je ne peux pas. Mais toi, tu comprends.

Il vida son verre et me regarda.

— Tu comprends ! cria-t-il, comme si brusquement la colère s'emparait de lui, tu comprends et c'est ce qui te perdra ! Si tu ne comprenais pas, tu serais heureux. Qu'est-ce qui te manque ? Tu es jeune, intelligent, tu as des sous, une bonne santé, tu es un brave type ; il ne te manque rien, nom d'un chien ! Rien qu'une chose, la folie. Et ça, quand ça manque, patron...

Il hocha sa grosse tête et se tut de nouveau.

Il s'en fallut de peu que je me mette à pleurer. Tout ce que disait Zorba était juste. Enfant, j'étais plein d'élans fous, de désirs qui dépassent l'homme et le monde ne pouvait pas me contenir.

Peu à peu, avec le temps, je devenais plus sage. Je posais des limites, séparais le possible de l'impossible, l'humain du divin, je tenais solidement mon cerf-volant pour qu'il ne s'échappe pas.

Une grosse étoile filante raya le ciel ; Zorba sursauta, écarquilla les yeux, comme s'il voyait pour la première fois une étoile filante.

— Tu as vu l'étoile ? me fit-il.

— Oui.

Nous nous tûmes.

Soudain, Zorba dressa très haut son cou maigre, gonfla sa poitrine et poussa un cri sauvage et désespéré. Et aussitôt le cri se transforma en paroles humaines, et des entrailles de Zorba monta un vieil air turc monotone, plein de tristesse et de solitude. Le cœur de la terre se fendit, le très doux poison oriental se répandit ; je sentis en moi pourrir toutes les fibres qui me liaient encore à la vertu et à l'espérance :

Iki kiklik bir tependé otiyor
Otme dé, kiklik, benim dertim yetiyor, aman ! aman !

Désert, sable fin à perte de vue, l'air vibre, rose, bleu,

jaune, les tempes se sont ouvertes, l'âme pousse un cri dément et exulte de ce qu'aucun cri ne lui répond. Mes yeux s'emplirent de larmes.

Deux perdrix chantaient sur une colline ;
Ne chante pas, perdrix, ma peine à moi me suffit, aman! aman!

Zorba se tut ; d'un geste sec il essuya du doigt la sueur de son front. Il se pencha et fixa le sol.

— Quelle est cette chanson turque, Zorba ? demandai-je au bout d'un long moment.

— Celle du chamelier. C'est la chanson que chante le chamelier dans le désert. Il y avait des années que je ne me l'étais pas rappelée. Et ce soir...

Il leva la tête et me regarda, sa voix était sèche, sa gorge serrée.

— Patron, dit-il, il est temps que tu ailles te coucher. Demain, tu vas te lever à l'aube pour aller à Candie prendre le bateau. Bonne nuit !

— Je n'ai pas sommeil, répondis-je. Je vais rester avec toi. C'est la dernière soirée que nous passons ensemble.

— Mais c'est justement pour ça qu'il faut en finir vite, cria-t-il, et il retourna son verre vide, signe qu'il ne voulait plus boire. Là, comme ça, comme les vrais hommes coupent court au tabac, au vin, ou au jeu, bravement.

« Il faut que tu le saches, mon père était brave comme pas un. Ne me regarde pas, moi, je ne suis qu'un péteux, je ne lui arrive pas à la cheville. Lui, il était de ces Grecs d'autrefois... Quand il te serrait la main, il te broyait les os. Moi, je peux parler de temps en temps, mais mon père rugissait, hennissait et chantait. Il lui sortait rarement un mot vraiment humain de la bouche.

« Eh bien, lui, il avait toutes les passions, mais il tranchait dedans à coups de sabre. Par exemple, il fumait comme une cheminée. Un matin, il se lève et se rend à son champ pour labourer. Il arrive, s'appuie à la haie et fourre fébrilement la main dans sa ceinture pour prendre sa blague à tabac et rouler une cigarette avant de commencer son travail. Il tire sa blague... elle était vide ; il avait oublié de la remplir à la maison.

« Il écumait de colère, il rugissait et tout d'un coup, faisant un bond, il se met à courir vers le village. La passion le dominait, tu vois. Mais voilà que brusquement, pendant qu'il courait — l'homme est un mystère, je te dis — il s'arrête, tout honteux, prend sa blague et la déchire en mille morceaux avec ses dents. Il la piétine, crache dessus :

« — Salope ! salope ! il beuglait, putain !

« Et à partir de ce moment-là, jusqu'à la fin de ses jours, il n'a plus jamais mis une cigarette dans sa bouche.

« C'est comme ça que font les vrais hommes, patron, bonne nuit ! »

Il se leva, traversa la grève à longues foulées. Il ne se retourna même pas. Il atteignit l'extrême bord de la mer et s'étendit sur un rocher.

Je ne le revis plus. Avant le chant du coq, le muletier arriva. Je montai en selle et partis. Je soupçonne, mais je me trompe peut-être, qu'il était, ce matin-là, caché quelque part à me regarder partir, car il n'était plus sur le rocher, mais il n'accourut pas pour débiter les habituelles paroles d'adieux, pour nous attendrir et pleurnicher des serments.

La séparation fut tranchée d'un coup de sabre.

A Candie, on me remit un télégramme. Je le pris et le regardai longtemps, la main tremblante. Je savais ce qu'il m'annonçait ; je voyais avec une terrifiante certitude combien de mots il contenait, combien de lettres.

Le désir m'envahit de le déchirer sans l'ouvrir. Pourquoi le lire, puisque je savais ? Mais nous n'avons pas encore, hélas ! confiance en notre âme. La raison, cette épicière, se moque de l'âme, comme nous nous moquons des vieilles jeteuses de sorts et des sorcières. J'ouvris donc la dépêche. Elle venait de Tiflis. Un instant, les lettres dansèrent devant mes yeux ; je ne distinguais rien. Mais, peu à peu, elles s'immobilisèrent, et je lus :

Hier après-midi, des suites d'une pneumonie, Stavridaki est mort.

Cinq années passèrent, cinq longues années terribles, pendant lesquelles le temps s'élança, effréné. Les frontières géographiques entrèrent dans la danse, les États se déployaient et se contractaient comme des accordéons. Un certain temps, Zorba et moi fûmes emportés par la bourrasque ; de temps à autre, les trois premières années, je recevais une brève carte de lui.

Une fois du mont Athos — la carte de la Vierge, Gardienne-de-la-Porte, avec ses grands yeux tristes et son menton ferme et volontaire. Au-dessous de la Vierge, Zorba m'écrivait de sa lourde et grosse plume qui déchirait le papier : « Ici, pas moyen de faire des affaires, patron. Ici, les moines ferrent même les puces. Je vais m'en aller ! » Quelques jours après, une autre carte : « Je ne peux pas courir les monastères en tenant à la main le perroquet comme un forain ; j'en ai fait cadeau à un drôle de moine qui a appris à son merle à chanter *Kyrie eleison.* Il chante comme un vrai moine, le bougre. C'est à ne pas y croire ! Alors, il va apprendre aussi à chanter à notre perroquet. Ah ! il en a vu dans sa vie, le coquin ! Et à présent, le voilà devenu Pater Perroquet ! Je t'embrasse amicalement. Pater Alexios, saint anachorèto. »

Au bout de six ou sept mois, je reçus de Roumanie une carte représentant une plantureuse femme décolletée : « Je vis encore, je mange de la mamaliga, je bois de la bière, je travaille dans les puits de pétrole, sale, puant comme un rat d'égout. Mais qu'importe ! ! On trouve ici en abondance tout ce que le cœur et le ventre peuvent désirer. Un vrai paradis pour de vieux lascars comme moi. Tu me comprends, patron : la bonne vie, la poule et la poupoule en plus, Dieu soit loué ! Je t'embrasse amicalement, Alexis Zorbesco, rat d'égout. »

Deux ans passèrent ; je reçus une nouvelle carte, de Serbie cette fois : « Je vis encore, il fait un froid de tous les diables, alors j'ai été obligé de me marier. Regarde derrière pour voir son museau, un beau brin de femme. Elle a le ventre un peu enflé car, tu sais, elle me prépare un petit Zorba. Moi, à ses côtés, je porte le costume dont tu m'as fait cadeau et l'alliance que tu vois à ma main, c'est celle de la pauvre Bouboulina — tout arrive ! Qu'elle repose en paix ! — Celle-ci s'appelle Liouba. Le manteau à col de renard que je porte, c'est de la dot de ma femme. Elle m'a aussi apporté une jument et sept cochons, une drôle de race. Et deux enfants de son premier mari, car j'ai oublié de te le dire, c'est une veuve. J'ai trouvé dans une montagne, tout près d'ici, une carrière de pierre blanche. J'ai encore embobiné un capitaliste. Je me la coule douce, comme un pacha. Je t'embrasse amicalement, Alexis Zorbietch, ex-veuf. »

Au recto de la carte, la photo de Zorba, florissant, vêtu en nouveau marié, avec son bonnet de fourrure, une petite canne de gommeux et un long manteau tout neuf. Suspendue à son bras, une jolie Slave de vingt-cinq ans au plus, jument sauvage à la croupe généreuse, provocante, mutine, chaussée de hautes bottes et dotée d'une opulente poitrine. Au-dessous, de nouveau les grosses lettres en coups de serpe de Zorba :

« Moi, Zorba, et l'affaire interminable, la femme ; cette fois-ci, elle s'appelle Liouba. »

Toutes ces années-là, je voyageais à l'étranger. J'avais moi aussi mon affaire interminable. Mais elle n'avait ni poitrine opulente, ni manteau à me donner, ni cochons.

Un jour, à Berlin, je reçus un télégramme : « Trouvé magnifique pierre verte, viens tout de suite. Zorba. »

C'était à l'époque de la grande famine en Allemagne. Le mark était tombé si bas que pour acheter la moindre chose — un timbre-poste — on était obligé de transporter les millions à pleines valises. Famine, froid, vestons râpés, souliers éculés, les rubicondes joues allemandes avaient blêmi. La bise soufflait et, telles des feuilles, les hommes tombaient dans les rues. Aux bébés on donnait à mâcher un morceau de caoutchouc pour qu'ils ne pleurent plus. La nuit, la police montait la garde aux ponts du fleuve afin que les mères ne s'y jettent pas avec leurs enfants pour en finir.

C'était l'hiver, il neigeait. Dans la chambre contiguë à la mienne, un professeur allemand, orientaliste, s'efforçait, pour se réchauffer, de recopier quelques vieux poèmes chinois ou une sentence de Confucius, à l'aide d'un long pinceau, selon le pénible usage d'Extrême-Orient. La pointe du pinceau, le coude levé et le cœur du savant formaient un triangle.

— Au bout de quelques minutes, me disait-il satisfait, la sueur me coule des aisselles, et de cette façon, je me réchauffe.

C'est au milieu de tels jours d'amertume que je reçus le télégramme de Zorba. Tout d'abord, je me fâchai. Tandis que des millions d'hommes s'avilissaient et fléchissaient parce qu'ils n'avaient même pas un morceau de pain pour soutenir leurs os et leur âme, je recevais des dépêches m'invitant à parcourir des milliers de kilomètres pour voir une belle pierre verte ! Au diable, la beauté ! m'écriai-je car elle n'a pas de cœur et ne se soucie pas de la souffrance humaine.

Mais bientôt, je fus épouvanté : ma colère s'étant calmée, je m'apercevais avec horreur qu'à cet appel inhumain de Zorba, répondait en moi un autre appel inhumain. J'étais habité par un oiseau sauvage qui battait des ailes pour s'en aller.

Pourtant, je ne m'en allai pas. Je n'écoutai pas la divine et féroce clameur qui montait en moi, je ne fis pas une action généreuse et insensée. J'écoutai la voix modérée, froide, humaine de la logique. Je pris donc ma plume et écrivis à Zorba pour lui expliquer.

Et il me répondit :

« Tu es, sauf ton respect, patron, un gratte-papier. Tu pouvais, toi aussi, malheureux, voir une fois dans ta vie une belle pierre verte et tu ne l'as pas vue. Par ma foi, il m'est arrivé, quand je n'avais pas de travail, de me demander : « Y a-t-il ou n'y a-t-il pas d'Enfer ? » Mais hier, quand j'ai reçu ta lettre, j'ai dit : « Sûrement il faut qu'il y ait un Enfer pour quelques gratte-papier, comme toi. »

Depuis lors il ne m'a plus écrit. De nouveau, de terribles événements nous séparèrent, le monde continua de chanceler comme un blessé, comme un homme ivre, amitiés et soucis personnels furent engloutis.

Je parlais souvent à mes amis de cette grande âme ; nous admirions la démarche fière et sûre, au-delà de la raison de cet homme inculte. Des sommets spirituels qu'il nous fallait des années pour conquérir de haute lutte, Zorba les atteignait d'un bond. Nous disions alors : « Zorba est une grande âme. » Ou bien il dépassait ces sommets et alors nous disions : « Zorba est fou. »

Ainsi passait le temps, doucement empoisonné par les souvenirs. L'autre ombre, celle de mon ami, pesait aussi sur mon âme ; elle ne m'abandonnait pas — car c'était moi qui ne voulais pas l'abandonner.

Mais de cette ombre-là je ne parlais à personne. Je conversais avec elle en cachette, et grâce à elle, je me réconciliais avec la mort. Elle était mon pont secret avec l'autre rive. Quand l'âme de mon ami le franchissait, je la sentais épuisée et pâle ; elle n'avait plus la force de me serrer la main.

Parfois je pensais avec effroi — peut-être mon ami n'a-t-il pas eu le temps sur terre de sublimer en liberté l'esclavage de son corps, d'élaborer et d'affermir son âme, pour qu'elle ne soit pas, à l'instant suprême, prise par la panique de la mort et anéantie. Peut-être, pensais-je, n'a-t-il pas eu le temps d'immortaliser ce qu'il y avait en lui d'immortalisable.

Mais, de temps à autre, il prenait des forces — ou bien était-ce moi qui me le rappelais tout à coup avec une tendresse plus intense ? — il venait alors rajeuni et exigeant et j'entendais même, me semblait-il, ses pas dans l'escalier.

Cet hiver j'avais fait, seul, un pèlerinage dans les hautes montagnes de l'Engadine, où, une fois, mon ami et moi, avec une femme que nous aimions, avions passé des heures exquises.

J'étais couché dans ce même hôtel où nous étions alors descendus. Je dormais. La lune ruisselait par la fenêtre ouverte, je sentais dans mon esprit endormi entrer les montagnes, les sapins couverts de neige et la douce nuit bleue.

J'éprouvais une indicible félicité, comme si le sommeil était une mer profonde, calme et transparente et que je fusse allongé dans son sein, immobile et heureux ; telle était ma sensibilité qu'une barque passant à la surface de l'eau, à des milliers de brasses au-dessus de moi, m'eût entaillé le corps.

Soudain une ombre tomba sur moi. Je compris qui elle était. Sa voix retentit, pleine de reproche :

— Tu dors ?

Je répondis sur le même ton :

— Tu t'es fait attendre ; il y a des mois que je n'ai pas entendu le son de ta voix. Où errais-tu ?

— Je suis sans cesse près de toi, mais c'est toi qui m'oublies. Je n'ai pas toujours la force d'appeler et toi tu cherches à m'abandonner. Le clair de lune, c'est bien et les arbres couverts de neige, et la vie sur la terre ; mais, de grâce, ne m'oublie pas !

— Je ne t'oublie jamais, tu le sais bien. Les premiers jours où tu m'as quitté, je parcourais des montagnes sauvages, je harassais mon corps, passais des nuits sans dormir en pensant à toi. J'ai même composé des poèmes pour ne pas étouffer. Mais c'étaient de piètres poésies qui ne m'enlevaient pas ma peine. Il y en a une qui commence ainsi :

Tandis que tu allais aux côtés de la mort, j'admirais votre stature,
Votre souplesse à tous deux sur le sentier escarpé.
Comme deux camarades qui s'éveillent à l'aube et s'en vont.

« Et dans un autre poème, inachevé lui aussi, je te criais :

Serre les dents, ô bien-aimé, que ton âme ne s'envole pas !

Il sourit amèrement. Il pencha son visage sur moi et je frémis en voyant sa pâleur.

Il me regarda longtemps de ses orbites creuses où il n'y avait plus d'yeux. Seulement deux boulettes de terre.

— A quoi penses-tu ? murmurai-je, pourquoi ne parles-tu pas ?

De nouveau sa voix retentit comme un lointain soupir :

— Ah ! que reste-t-il d'une âme pour qui le monde était trop petit ! Quelques vers d'un autre, épars et mutilés, pas même un quatrain entier ! J'erre sur la terre, visite ceux qui m'étaient chers, mais leur cœur s'est fermé. Par où entrer ? Comment me ranimer ? Je tourne en rond comme un chien autour d'une maison aux portes verrouillées. Ah ! si je pouvais vivre libre, sans m'accrocher, comme un noyé, à vos corps chauds et vivants !

Ses larmes jaillirent de ses orbites ; la terre y devint de la boue.

Mais bientôt, sa voix se raffermit :

— La plus grande joie que tu m'aies donnée, dit-il, c'était une fois, le jour de ma fête, à Zurich, tu te souviens ? quand tu as levé ton verre pour boire à ma santé. Tu te rappelles ? il y avait une autre personne avec nous...

— Je me rappelle, répondis-je, c'était celle que nous appelions notre dame...

Nous nous tûmes. Combien de siècles avaient passé depuis lors ! Zurich, il neigeait dehors, des fleurs sur la table, nous étions trois.

— A quoi penses-tu, cher maître ? demanda l'ombre avec une légère ironie.

— A beaucoup de choses, à tout...

— Moi, je pense à tes derniers mots ; tu as levé ton verre, et tu as prononcé ces paroles, la voix tremblante : « Ami, quand tu étais un bébé, ton vieux grand-père te tenait sur un de ses genoux, et sur l'autre, il posait la lyre crétoise et jouait des airs de palikares. Je bois ce soir à ta santé : que la destinée fasse que tu sois toujours assis de la sorte sur les genoux de Dieu ! »

— Dieu a bien vite exaucé ta prière !

— Qu'importe ! m'écriai-je, l'amour est plus fort que la mort.

Il sourit, amer, mais ne dit rien. Je sentais son corps se dissoudre dans l'obscurité, devenir sanglot, soupir et raillerie.

Pendant des jours le goût de la mort demeura sur mes lèvres. Mais mon cœur fut soulagé. La mort était entrée dans ma vie avec un visage connu et aimé, tel un ami venu nous prendre et qui attend dans un coin que nous ayons terminé notre travail, sans s'impatienter.

Mais l'ombre de Zorba rôdait toujours autour de moi, jalouse.

Une nuit, j'étais seul dans ma maison au bord de la mer, dans l'île d'Égine. Je me sentais heureux ; la fenêtre vers la mer était grande ouverte, la lune entrait, la mer soupirait, heureuse elle aussi ; mon corps, voluptueusement fatigué d'avoir trop nagé, dormait profondément.

Et voilà qu'au milieu de tant de bonheur, vers l'aube Zorba surgit dans mon rêve. Je ne me rappelle pas ce qu'il dit, ni pourquoi il était venu. Mais à mon réveil, mon cœur était près d'éclater ; sans que je sache pourquoi, mes yeux s'emplirent de larmes. Un désir irrésistible me prit aussitôt de reconstituer la vie que nous avions tous deux vécue sur la côte crétoise, de forcer ma mémoire à se souvenir, à rassembler tous les propos, les cris, les gestes, les rires, les pleurs, les danses de Zorba pour les sauver.

Si violent était ce désir, que j'eus peur d'y voir le signe que quelque part sur la terre, ces jours-là, Zorba agonisait. Car je sentais mon âme tellement unie à la sienne, qu'il m'apparaissait impossible que l'une des deux mourût sans que l'autre en fût ébranlée et ne criât de douleur.

J'hésitai un moment à grouper tous les souvenirs laissés par Zorba et à les formuler en paroles. Une peur enfantine s'empara de moi. Je me disais : « Si je le fais, cela voudra dire que Zorba est réellement en danger de mort. Je dois résester à la main qui pousse la mienne. »

Je résistai deux jours, trois jours, une semaine. Je me plongeai dans d'autres écrits, fis des excursions, lus beaucoup. C'est avec de tels stratagèmes que je m'efforcais de tromper la présence invisible. Mais mon esprit tout entier se concentrait avec une pesante inquiétude sur Zorba.

Un jour, j'étais assis sur la terrasse de ma maison, au-dessus de la mer. Il était midi, le soleil brûlait et je regardais en face de moi les flancs nus et gracieux de Salamine. Tout à coup, poussé par la main invisible, je pris du papier, m'allongeai sur les dalles brûlantes de la terrasse et commençai à relater les faits et gestes de Zorba.

J'écrivais avec véhémence, je faisais revivre avec hâte le passé, essayais de me rappeler et de ressusciter Zorba tout entier. On aurait dit que s'il disparaissait ce serait moi qui serais responsable ; je travaillais donc jour et nuit pour fixer, intact, son visage.

Je travaillais comme les sorciers des tribus sauvages d'Afrique qui dessinent dans les grottes l'Ancêtre qu'ils ont vu en rêve, s'efforcent de le rendre aussi fidèlement que possible, pour que l'âme de l'Ancêtre puisse reconnaître son corps et y rentrer.

En quelques semaines la légende dorée de Zorba fut achevée.

Ce jour-là, j'étais encore assis, à la fin de l'après-midi, sur la terrasse et regardais la mer. J'avais le manuscrit terminé sur mes genoux. J'éprouvais de la joie et du soulagement, comme si un poids m'était enlevé. J'étais pareil à une femme qui vient d'accoucher et qui tient son nouveau-né dans ses bras.

Derrière les montagnes du Péloponnèse, le soleil, tout rouge, se couchait. Soula, une petite paysanne qui m'apporte le courrier de la ville, monta sur la terrasse. Elle me tendit une lettre et s'en alla en courant. Je compris. Du moins il me sembla que j'avais compris, car lorsque j'ouvris la lettre et la lus je ne me dressai pas pour pousser un cri, je ne fus pas saisi d'effroi. J'étais sûr. Je savais qu'à cette minute précise où je tenais sur mes genoux le manuscrit achevé et regardais le coucher du soleil, je recevrais cette lettre.

Calme, sans hâte, je la lus. Elle venait d'un village près de Skoplje, en Serbie, et était rédigée tant bien que mal en allemand. Je la traduis :

« Je suis l'instituteur du village et je vous écris pour vous annoncer la triste nouvelle qu'Alexis Zorba, qui possédait ici une carrière de pierre blanche, est mort dimanche dernier, à six heures de l'après-midi. Dans son agonie il m'a appelé :

« — Viens ici, maître d'école, m'a-t-il dit ; j'ai mon ami un tel, en Grèce ; quand je serai mort, écris-lui que jusqu'à la dernière minute j'avais tous mes esprits et pensais à lui, et que je ne regrette rien de ce que j'ai fait, qu'il se porte bien et qu'il est temps pour lui de devenir raisonnable.

« — Écoute encore ; Si un pope vient pour me confesser et me donner les saints sacrements, dis-lui de déguerpir en vitesse et qu'il me donne sa malédiction ! J'ai fait des tas et des tas de choses dans ma vie, et je trouve que ce n'est pas encore suffisant. Des hommes comme moi devraient vivre mille ans. Bonne nuit ! »

« Ce furent ses dernières paroles. Aussitôt après, il se souleva sur son oreiller, rejeta les draps et voulut se lever. Nous accourûmes pour le retenir, Liouba, sa femme, moi et quelques voisins à forte poigne. Mais il nous écarta brusquement, sauta du lit et alla jusqu'à la fenêtre. Là il s'agrippa à l'embrasure, regarda au loin vers les montagnes, écarquilla les yeux et se mit à rire, puis à hennir comme un cheval. C'est ainsi, debout, les ongles enfoncés dans la fenêtre, qu'il est mort.

« Sa femme, Liouba, me charge de vous écrire qu'elle vous salue, que le défunt lui parlait souvent de vous et qu'il a donné ordre de vous donner son santouri, en souvenir, après sa mort.

« La veuve vous prie donc, quand vous aurez l'occasion de passer par notre village, de vous donner la peine de venir passer la nuit chez elle, et le matin, en vous en allant, d'emporter le santouri. »

OUVRAGES DE NIKOS KAZANTZAKI
A LA LIBRAIRIE PLON

Romans :

ALEXIS ZORBA, traduit du grec par Yvonne Gauthier.

LE CHRIST RECRUCIFIÉ, traduit du grec par Pierre Amandry.

LA LIBERTÉ OU LA MORT, traduit du grec par Gisèle Prassinos et Pierre Fridas.

LES FRÈRES ENNEMIS, traduit du grec par Pierre Aellig.

Essais :

ASCÈSE, *Salvatores Dei.* Texte établi par Azziz Izzet.

LA DERNIÈRE TENTATION, traduit du grec par Michel Saunier.

LE PAUVRE D'ASSISE, traduit du grec par Gisèle Prassinos et Pierre Fridas.

TODA RABA.

LETTRE AU GRECO.

Poésie :

L'ODYSSÉE, traduit du grec par Jacqueline Moatti-Fine.

Voyages :

Tome I : CHINE JAPON, traduit du grec par Liliane Princet et Nikos Athanassiou.

Tome II : RUSSIE (à paraître).

Correspondance :

LE DISSIDENT, par Eleni N. Kazantzaki.

Théâtre :

Tome I : KOUROS, MELISSA, CHRISTOPHE COLOMB, traduit du grec par Liliane Princet et Nikos Athanassiou.

Achevé d'imprimer en juin 1990
sur les presses de l'Imprimerie Bussière
à Saint-Amand (Cher)

PRESSES POCKET - 8, rue Garancière - 75285 Paris
Tél. : 46-34-12-80

— N° d'imp. 1917. —
Dépôt légal : 1er trimestre 1977.

Imprimé en France